JAMES L. RUBART

Das Vermächtnis des Zimmermanns

Über den Autor

James L. Rubart ist verheiratet und hat zwei Söhne im Teenageralter. Neben dem Schreiben leitet er eine eigene Marketingfirma und hält Vorträge zu so spannenden Themen wie „Freiheit“ oder „Versöhnung“.
http://jimrubart.wordpress.com

JAMES L. RUBART

Das Vermächtnis des Zimmermanns

ROMAN

Aus dem Amerikanischen
von Sylvia Lutz

GerthMedien

Einen echten Freund
musst du mit beiden Händen festhalten.

Nigerianisches Sprichwort

Kapitel 1

Am späten Dienstagnachmittag marschierte eine ältere Frau zielsicher und selbstbewusst in Corins Antiquitätengeschäft und verkündete: „Die nächsten zwei Monate deines Lebens werden entweder der Himmel oder die Hölle." Ihre Mundwinkel zogen sich leicht nach oben. Es war fast ein Lächeln.

„Wie bitte?" Corin Roscoe schaute sie über den Berg von Rechnungen, der vor ihm lag, etwas entgeistert an und hatte Mühe, sich ein Lachen zu verkneifen.

Sie hatte weiße Haare. Tiefe Lachfalten hatten sich um ihre Augen gegraben. Sie musste mindestens Mitte 70 sein. Vielleicht 80. Aber sie bewegte sich wie eine Vierzigjährige. Sie trug einen dunkelbraunen Mantel, der um ihre Waden flatterte, als sie forschen Schrittes auf Corin zuschritt und ihn mit lachenden blauen Augen anschaute. Sie sah keineswegs aus, als hätte sie den Verstand verloren.

„Ich habe dir den Stuhl gebracht." Sie schaute ihn an, als würde dieser Satz alles erklären.

Corin strich sich seine dunklen Haare aus der Stirn und rutschte von seinem Hocker hinter der Verkaufstheke. „Was für einen Stuhl?"

Die Frau schaute sich in seinem Laden um wie eine Lehrerin, die eine neue Schulklasse auf sich wirken lässt. Ihr Blick blieb an dem Stoß ordentlich gestapelter Bücher aus dem 18. Jahrhundert hängen. „Ich liebe Bücher."

Irgendetwas an ihr kam ihm bekannt vor. „Kenne ich Sie?" Er ging einen Schritt auf die Frau zu.

„Nein." Ihr Lachen klang melodisch. „Das glaube ich kaum."

„Sind Sie sicher?"

„Ja."

„Sie sind eine Wahrsagerin, nicht wahr? Und Sie glauben, dass mich ein wenig Himmel und ein wenig Hölle erwarten. Kann ich nicht einfach Ihren Newsletter abonnieren?"

Sie zeichnete mit dem Zeigefinger einen Kreis in die Luft. Ihr kirschroter Nagellack glänzte im Schein der Halogenstrahler. „Wahrscheinlich greifen die zwei Bereiche ineinander über. Ich glaube, dass du die Hoffnung auf einen Neubeginn finden wirst. Wie es am Ende ausgeht, ist natürlich deine eigene Entscheidung."

Corin lächelte. „Wissen Sie, manche Leute halten mich für ein wenig verrückt, aber im Vergleich zu Ihnen bin ich völlig normal."

Sie zeigte keine Reaktion; sie schaute ihn nur voll unerschütterlichen Selbstvertrauens an. Diese Frau strahlte etwas Gebildetes aus, das im krassen Gegensatz zu ihrer sonderbaren Ankündigung stand. In den sieben Jahren, seit er mit Ende 20 sein Geschäft eröffnet hatte, hatte Corin schon einige sonderbare Kunden gehabt, aber diese Frau hier war mehr als nur ungewöhnlich. Ihr Auftreten und ihr faszinierendes Aussehen machten ihre Worte beinahe glaubwürdig.

„Du brauchst ihn."

„Ich denke, jetzt ist der Moment, in dem Sie mir sagen, wer Sie sind, oder in dem ich Sie höflich bitte zu gehen."

Die Frau schaute aus dem Schaufenster zu dem Skigeschäft auf der anderen Straßenseite hinüber. „Leider kann ich das noch nicht sagen, aber ich versichere dir, dass ich es nachholen werde." Wieder zog der Anflug eines Lächelns über ihre Lippen. „Jetzt muss ich gehen. Wenn du mir also helfen könntest, den Stuhl hereinzutragen, wäre ich dir sehr dankbar." Sie deutete zur Ladentür. „Er ist nicht sehr schwer, aber wir müssen vorsichtig sein. Er ist unbezahlbar."

Direkt vor der Tür bedeckte ein braunes Tuch einen Gegenstand. Das musste dieser Stuhl sein, von dem die Frau gesprochen hatte. Sie schaute Corin abwartend an, als befänden sie sich in einem Wettbewerb, wer als Erster den Blick abwenden würde.

„Ich habe keinen Stuhl bestellt. Tut mir leid. Und ob Sie es glauben oder nicht, ich habe in diesem Monat schon zu viele Stühle auf Lager." Er lächelte. „Trotzdem danke."

„Hör mir bitte gut zu." Sie schlang die Finger ineinander, legte die Daumen unter ihr Kinn und deutete mit den Zeigefingern auf ihn.

„Okay", schmunzelte Corin.

„Das hier ist ein ganz besonderer Stuhl."

„Das glaube ich gern." Corin legte den Kopf schief und zwinkerte.

„Mach dich nicht über mich lustig!" Sie schaute ihn durchdringend an.

Corin wich einen halben Schritt zurück. Wenn ihre Augen Laserstrahler gewesen wären, würde jetzt bereits Rauch von seinem leblosen Körper aufsteigen. „Entschuldigung. Ich bin sicher, dass Ihr Stuhl etwas Besonderes ist, aber mein Lagerhaus ist voll mit antiken Stühlen, auf denen sich seit über einem halben Jahr der Staub ansammelt. Zurzeit herrscht leider keine große Nachfrage nach Stühlen."

Corin betrachtete die Frau. Die Falten, die sich in ihre helle Haut gegraben hatten, verrieten ein Leben voller Freude und Schmerz. Ihre Augen, in denen eben noch ein unerbittliches Feuer gelodert hatte, waren weicher geworden und strahlten Mitgefühl und eine tiefe Sehnsucht aus. Es würde ihm nicht schaden, ihr ein wenig zu helfen.

„Falls Sie Schreibtische haben, kann ich sie mir gern anschauen. Ich könnte zwei oder drei gebrauchen, vielleicht sogar mehr; je nachdem, in welchem Zustand sie sind. Und ich kann den Stuhl in Kommission nehmen, wenn Sie möchten. Ich stelle ihn kostenlos für Sie aus."

Sie schaute Corin an, als wäre er ein verirrtes Kind. „Du hast mich falsch verstanden. Ich bitte dich nicht, den Stuhl zu kaufen. Ich gebe ihn dir."

„Warum sollten Sie das tun?"

„Du sollst ihn haben." Sie deutete wieder zur Tür.

„Aha?" Corin steckte die Hände in seine Jeanstaschen und ging langsam auf die Frau zu. „Wer sagt das?"

Sie schaute ihn direkt an und lächelte schwach, gab ihm aber keine Antwort.

„Und wenn ich dieses Geschenk nicht will?"

„Du willst es." Sie schloss die Augen und senkte den Kopf. Was machte sie da? Beten? „Du wirst es wollen."

„Sie scheinen fest davon überzeugt zu sein."

„Unbedingt. Es ist ein faszinierendes Stück." Sie schaute nach unten, legte einen Finger auf die Kante des französischen Walnussbeistelltisches aus dem 19. Jahrhundert, der neben ihr stand, und fuhr mit dem Finger langsam über das Holz. „Der Stuhl wurde von dem begabtesten Handwerker hergestellt, den die Welt je gesehen hat."

„Und wer soll das gewesen sein?"

„Das wirst du bald herausfinden, Corin." Sie schaute ihn an

und das wissende Lächeln lag wieder auf ihrem Gesicht. „Ich glaube an dich."

Er hatte im Moment wirklich andere Sorgen; irgendwie musste er verhindern, dass die Bank bald sagte: „Vielen Dank. Die paar Sachen aus früheren Jahrhunderten, die Sie noch in Ihrem Laden haben, gehören jetzt uns."

Die Frau schaute ihn weiterhin durchdringend an.

Es war unübersehbar, dass sie erst gehen würde, wenn sie ihr Ziel erreicht hatte. Na, was konnte es schon schaden? Kostenlos ... gegen diesen Preis war nichts einzuwenden. Wenn der Stuhl nichts taugte, konnte er ihn immer noch im Garten verheizen. Oder ihn in zwei Monaten einer wohltätigen Organisation als Weihnachtsgeschenk geben.

„Okay, Sie haben gewonnen." Corin grinste. „Soll ich einen Blick darauf werfen und Ihnen sagen, was ich davon halte?"

„Natürlich."

Sie trat hinaus, um den Stuhl zu holen, und ein kalter Windstoß wehte durch die offene Tür in den Laden. In Colorado Springs hatten sie im Herbst normalerweise um die 15 Grad, aber heute fühlte es sich deutlich kühler an.

Corin folgte ihr nach draußen. „Ich nehme ihn schon." Eine dünne Schnur verlief über das Tuch, das den Stuhl bedeckte. Er beugte sich darüber, packte die Armlehnen und spürte einen leichten elektrischen Schlag, als wäre er mit Gummisohlen über einen Teppich gelaufen und hätte danach etwas Metallenes berührt.

„Autsch!" Corin taumelte einen Schritt zurück und rieb sich die Finger.

„Ist alles in Ordnung?"

„Ja, alles bestens. Ich habe nur einen kleinen, äh, elektrischen Schlag bekommen." Er hob den Stuhl hoch.

„Verstehe." Sie zog ihre rechte Augenbraue in die Höhe,

dann hielt sie Corin die Ladentür auf, während er den Stuhl hineintrug. Sie trat neben sein Schaufenster und deutete auf den Boden. „Hier. Hier sollte er stehen."

Corin stellte den Stuhl ab und trat zurück. Mit einem kleinen Taschenmesser durchschnitt die Frau die Schnur und ließ sie zu Boden fallen. Dann ergriff sie das Laken. „Bist du bereit?"

„Klar." Corin verkniff sich ein Lächeln. Fast erwartete er, dass ein klassisches Musikstück spielen würde, bevor sie das Laken zurückzog. Die Frau schaute ihn an, dann deckte sie den Stuhl so ehrfürchtig ab, als enthülle sie ein mundgeblasenes venezianisches Einhorn aus dem 17. Jahrhundert.

Corin war nicht sicher, was er erwartet hatte, aber das hier bestimmt nicht. Der begabteste Handwerker, den die Welt je gesehen hatte? Nun ja. Dieses Stück als schlicht zu beschreiben wäre schon großzügig gewesen. Das einzig Faszinierende an dem Stuhl war sein Alter. Er sah älter aus als alle Antiquitäten, die er bisher in seinem Leben gesehen hatte. Er war höchstwahrscheinlich aus Olivenholz. Corin trat näher und umkreiste den Stuhl.

Seine erste Einschätzung war falsch gewesen. Als er ihn länger betrachtete, wurde ihm bewusst, dass sein Minimalismus eine komplexe Schönheit enthielt.

Interessant.

Und die Oberfläche war ... hmmm. So etwas hatte er noch nie gesehen. Fast ein durchscheinender Goldton.

Er rieb mit dem Finger über die Rückenlehne. Wieder lief ein Kribbeln durch seine Finger. Dieses Mal war es leichter. Als hätte er seinen Finger in eine Steckdose gesteckt, durch die nur ganz schwacher Strom floss. Aber das Gefühl war nicht schmerzhaft. Es war fast warm und energiegeladen. Er fühlte sich seltsam erfrischt, als hätte er gerade ein belebendes Nickerchen gehalten.

Er zog die Hand zurück und rieb den Daumen und die anderen Finger aneinander. „Komisch." Er wandte sich an die Frau.

„Hast du etwas gefühlt, als du den Stuhl berührt hast?", wollte Sie mit einem Lächeln wissen.

„Es war fast wie ein Stromschlag. Und eine irgendwie fließende Energie."

Sie nickte, als hätte sie mit dieser Antwort gerechnet. „Es ist ein ganz besonderer Stuhl."

„Inwiefern ist er besonders? Warum hat er mir einen Stromschlag versetzt?"

„Ich hoffe, du findest das bald heraus, aber auch das ist natürlich deine eigene Entscheidung." Sie ging zu dem Stuhl hinüber, legte beide Hände auf seine Rückenlehne und ließ sie langsam über die Seiten gleiten, während sie wieder den Kopf neigte.

„Woher kommt er? Wer hat ihn gemacht?"

Sie stand auf. „Das habe ich doch schon gesagt. Ein Handwerker."

„Wie hieß er?"

Sie sprach weiter, als hätte sie ihn nicht gehört. „... der vor langer Zeit lebte."

„Wie hieß er?"

Sie blickte auf. „Das ist im Moment nicht wichtig. Mit der Zeit wird es wichtiger werden. Lass dir Zeit."

Sie lächelte so breit wie Julia Roberts, dann drehte sie sich um und ging zur Ladentür.

„Sie gehen schon?"

„Es tut mir leid, Corin. Ich muss weiter."

„Ich würde Ihnen gern noch ein paar Fragen zu diesem Stuhl stellen."

„Fragen zu stellen ist immer gut."

„Okay." Corin zog sein Handy heraus und öffnete seinen Kalender. „Wann können wir einen Termin vereinbaren?"

„Es tut mir leid; ich muss jetzt gehen." Die Frau legte die Hand auf den Türgriff.

Corin ging auf sie zu. „Haben Sie eine Karte?"

„Nein."

„Und wenn ich Sie erreichen möchte?"

„Mach dir keine Sorgen, mein lieber Corin. Ich melde mich. Ich bin sehr neugierig, wie diese ganze Geschichte weitergeht."

„Woher kennen Sie eigentlich meinen Namen?"

„Du bist klug." Sie lachte. „Dir entgeht nicht viel."

„Sie wollen es mir nicht verraten?"

„Nein, im Moment nicht." Sie öffnete die Tür und trat hinaus. Dann drehte sie sich noch einmal um. „Ach, und Corin?"

„Ja?"

„Du musst dich nicht in den Stuhl setzen, solange du nicht bereit bist." Damit spazierte sie davon und verschwand in der Spätnachmittagssonne.

Corin schloss seine Ladentür und starrte sie kopfschüttelnd an, bis die Glocke über der Tür verstummte. Dieses Erlebnis verdiente eine Seite in dem Manuskript seines geplanten Buches *Seltsame Antiquitäten, noch seltsamere Kunden*. Vielleicht sogar ein ganzes Kapitel.

Er schüttelte seufzend den Kopf. Er hoffte, dass er nicht so exzentrisch auftreten würde, wenn er so alt war wie diese Frau.

Corin drehte sich auf dem Absatz um und kehrte zu dem Stuhl zurück. Hatte er wirklich etwas gefühlt? Zweifellos. Und seine Schuhe konnten sich nicht auf einem Teppich elektrisch aufgeladen haben, da er Parkettboden hatte.

Er streckte die Hand aus, so behutsam, als wollte er einen

Schmetterling fangen, und hielt inne, bevor sein Zeigefinger den Stuhl berührte. Nachdem er tief eingeatmet und die Luft zehn Sekunden angehalten hatte, stieß er sie langsam wieder aus. Dann beugte er sich leicht vor und berührte den Stuhl.

Nichts.

Er fuhr mit den Fingern über die Lehne und die Kanten. Doch auch dabei spürte er nichts. Hatte er sich das eben nur eingebildet? Vor einem Moment war er doch noch ganz sicher gewesen.

Corin ging an seiner Verkaufstheke vorbei, die schon viel zu lange unbenutzt war, und kehrte in sein vier Quadratmeter kleines Büro zurück, wo er sich auf einen der schwarzen Hitchcock-Stühle setzte, die er vor vier Monaten restauriert hatte.

Vor zwei Jahren hätte dieser Stuhl an einem schlechten Tag 1.500 Dollar gebracht. Jetzt schien er nicht mehr als ein Aufhänger zu einem Gespräch für neugierige Leute zu sein, die einen Schaufensterbummel machten und von der guten alten Zeit träumen wollten, als die Welt noch in Ordnung war. Diese Leute würden aber kein Geld ausgeben, um diesen Stuhl als Bereicherung für ihre Wohnung zu kaufen.

Die gute alte Zeit.

Beruflich eine Erinnerung an bessere Tage. Persönlich eine Erinnerung an längst vergangene Tage aus grauer Vorzeit.

Corin öffnete seine Schreibtischschublade und starrte das gerahmte Bild an, das oben auf einem dicken Fotostapel lag. Zwei Männer Mitte 20 rasten in identischen schwarz-roten Lederjacken nur wenige Zentimeter über der Straße sitzend auf flachen Straßenrodeln mit 100 Sachen um die Ecke. Sie hielten jeder einen Daumen in die Höhe und grinsten unter ihren Helmen. Wenigstens glaubte er, dass Sebastian gelächelt hatte. Corin hatte auf jeden Fall breit gegrinst.

Sein Bruder hatte das Foto unterschrieben, so wie sie alle ihre Fotos unterschrieben hatten, die ihre zahlreichen Abenteuer belegten. Sie hatten als Bildunterschrift dazugekritzelt: „Bis zum Wahnsinn und noch viel weiter!"

Das war ihr Motto gewesen, inspiriert von dem Film *Toy Story*, den sie als Jugendliche gern gesehen hatten. Die Hauptfigur Buzz hatte alle Grenzen überschritten; in ihrem Hunger nach dem nächsten Kick waren sie noch weiter gegangen.

Zu weit.

Corin warf das Foto in die Schublade zurück und knallte sie zu.

Nie wieder.

Nie wieder würden sie sich mit ihren Gleitschirmen von der Thermik in eine Höhe von 6.000 Metern tragen lassen. Nie wieder würden sie auf ihren Motocross-Rädern meterweit durch die Luft fliegen. Nie wieder würden sie sich in Höhlen abseilen, aus denen sie vielleicht nie wieder herausklettern konnten.

Dank Corin Carter Roscoe war das alles vorbei.

Das Klingeln seines Handys riss ihn aus diesen düsteren Gedanken. Gut. Es war höchste Zeit, wieder in die Gegenwart zurückzukehren. „Hallo?"

„Corin? Hier ist Romy."

„Hallo, wie geht's?" Corin schüttelte den Kopf. *Wenn man vom Teufel spricht, hat man wenige Sekunden später Sebastians Frau am Telefon.*

„Gut. Und dir?"

„Auch gut."

„Kann ich dich um einen Gefallen bitten, Corin?"

„Was kann ich für dich tun?"

„Ich habe Käufer, die sich meine Sachen angeschaut haben und jetzt so weit sind, dass sie unterschreiben wollen. Und ich brauche jemanden, der ..."

„Meinen Lieblingsneffen abholt."

„Ja."

„Das heißt, ich müsste ihn bei euch zu Hause absetzen?" Corin öffnete die Schublade und schaute das Foto wieder an.

„Ja", seufzte Romy.

„Und das heißt, dass ich wahrscheinlich ins Haus gehen muss, um sicherzugehen, dass ..."

„Geh nicht hinein. Er arbeitet an einem umfangreichen Fall und hat nächste Woche seinen Gerichtstermin."

„Ich weiß. Du brauchst das nicht zu erklären." Corin schob die Schublade mit dem kleinen Finger zu, die mit einem leisen Klicken einrastete. „Ich fahre sofort los."

„Danke." Sie atmete tief ein. „Und ... Cor?"

„Ja?"

„Verlier die Hoffnung nicht. Dieses Leben ist noch nicht vorbei. Vielleicht ändert Sebastian irgendwann seine Meinung."

Corin legte auf, warf einen Blick auf seinen Kalender, dann auf seine Armbanduhr und fluchte. Toris Kurs würde in 20 Minuten beginnen. Es war unmöglich, Sam von seinem Fußballtraining abzuholen, ihn am Haus seines Bruders abzusetzen und pünktlich zu Toris Kurs zu kommen.

Es wäre das dritte Mal in diesem Monat, dass er zu spät kam. Tori beschwerte sich selten über seine Unpünktlichkeit, auch wenn er in ihren Augen oft eine leichte Frustration sehen konnte. Sie sagte immer, dass sie ja auch ihre Fehler habe, aber er machte sich trotzdem Gedanken.

Nachdem er Sam abgeholt und gewartet hatte, bis er im Haus seines Bruders verschwunden war, warf Corin einen Blick auf seine Armbanduhr und drückte kräftig aufs Gaspedal. Kein Problem. Wenn er mit einer Durchschnittsgeschwindigkeit von 150 Stundenkilometern durch die Stadt fuhr, käme er gerade noch rechtzeitig.

Kapitel 2

Corin sah Toris durchdringenden Blick, sobald er das Dojo[1] betrat. Sie sah nicht wütend aus. Nicht sehr. Sie warf einen Blick auf ihre Kursteilnehmer und dann wieder auf ihn. Pechschwarze Haare. Mandelförmige Augen. Schöne Haut. Asiatinnen hatten etwas an sich, das ihn anzog wie Licht eine Motte. Und Tori war wie ein glühendes Feuer.

„Macht weiter", forderte sie ihre Schüler auf und joggte zu Corin hinüber. Sie zog den Gürtel um ihr Oberteil enger und grinste. „Du kommst zu spät."

„Ja, ich weiß."

„Mach dir keine Sorgen." Tori stellte sich auf Zehenspitzen und gab ihm einen schnellen Kuss auf die Wange. „Andererseits werde ich dich deshalb heute Abend in den Hintern treten."

„Ich mache mir schon Sorgen. Es ist zum zweiten Mal in diesem Monat."

„Nein, ich habe dich in den letzten dreißig Tagen nur einmal in den Hintern getreten."

„Ich spreche davon, dass ich zu spät komme."

1 Ein Dojo ist eine Trainingshalle für japanische Kampfkünste

„Ich weiß, und das ist in diesem Monat bis jetzt viermal passiert."

„Wirklich? Tut mir leid."

„Wir haben schon angefangen." Tori nickte und drehte dann den Kopf zu der Matte herum, auf der sich zehn Kursteilnehmer im Alter zwischen 15 und 45 Jahren befanden. „Du solltest dich umziehen."

„Das stimmt."

Er hatte sich aus drei Gründen bereit erklärt, den Kurs bei Tori zu belegen: Um Selbstverteidigung zu lernen. Um in Toris Nähe zu sein. Und um noch mehr in Toris Nähe zu sein. Der erste Grund war ihm ziemlich egal. Und das nicht nur, weil sie in jeder Hinsicht das absolute Gegenteil von seiner Exfrau war.

Sie hatten sich vor drei Monaten kennengelernt, aber es fiel ihm schwer, seine Fantasie daran zu hindern, sich mindestens drei gemeinsame Jahrzehnte vorzustellen. Mit ihren 1,60 Metern war sie fast einen Kopf kleiner als er und sie wog fast 50 Kilo weniger, aber sie stellte unter Beweis, dass bei Kampfsportarten die Körpergröße keine Rolle spielte. Und sie betrachtete seine Besessenheit von Base-Jumping, Drachenfliegen und anderen verrückten sportlichen Aktivitäten nicht als krank oder komisch. Sie begleitete ihn sogar bei vielen Sprüngen aus schwindelnden Höhen.

Nach einer Viertelstunde forderte Tori ihre Kursteilnehmer auf, sich in Paaren zusammenzustellen und miteinander zu kämpfen.

„Schneller!", rief sie. „Zuschlagen und dann konzentriert zurückweichen. Konzentriert euch dabei die ganze Zeit auf euren nächsten Gegenangriff."

Corins Partner, ein Afroamerikaner, der nicht älter als 14 sein konnte, sagte: „Sind Sie nicht schon zu alt, um so etwas zu lernen?"

„Vierunddreißig ist nicht alt."

„O doch."

Corin lachte. „Wir können ja in zwanzig Jahren noch einmal darüber sprechen."

Nach zehn Minuten rief Tori die Kursteilnehmer zusammen. „Seid ihr bereit, einen neuen Schritt zu lernen?" Sie ging auf und ab und ihr pechschwarzer Pferdeschwanz hüpfte im Rhythmus ihrer Schritte. Die meisten Schüler nickten. Corin schüttelte den Kopf. Er wusste, was es bedeutete, einen neuen Schritt zu lernen. Schmerzen. Und Demütigung.

„Haben wir einen Freiwilligen? Ich brauche jemanden, der groß und stark ist. Einen Sportler. Jemanden, der an der Uni vielleicht in einer Rudermannschaft war." Sie schlenderte hin und her, bis sie direkt vor Corin stand. „Jemanden, der immer noch in einer ziemlich guten Verfassung ist. Jemanden, der keine Angst davor hat, Risiken einzugehen."

Tori tat so, als schaue sie sich im Raum um, bevor ihr Blick an Corin hängen blieb. Sie stemmte die Hände in die Hüften, beugte sich vor und schaute ihn direkt an. „Ist hier jemand, auf den diese Beschreibung passt?"

„Klar", sagte Corin. „Wie wäre es mit mir?"

„Du?" Tori schaute ihn stirnrunzelnd an. „Ich habe dich nicht einmal gesehen." Der ganze Kurs lachte.

Sie führte ihn vor die anderen und sie stellten sich so auf, dass sie seitlich zu den Schülern standen. „Greif mich an. Mit aller Kraft. Ohne falsche Zurückhaltung, okay?"

Es war immer noch ein seltsames Gefühl, eine Frau anzugreifen, besonders eine Frau, die er so mochte, aber seine Erfahrungen sagten ihm, dass er es am nächsten Tag bereuen würde, wenn er nicht machte, was sie sagte, und dass er keine Angst haben musste, sie zu verletzen. Er machte einen Satz nach vorn und wollte ihr die Faust in den Magen rammen.

Wumm!

Schon lag er am Boden und schaute in ihre dunkelbraunen Augen hinauf, während sein Hinterkopf dröhnte wie eine Basstrommel.

„Alles in Ordnung?“ Sie zwinkerte ihm zu.

„Alles bestens. Das ist viel schöner als Bungee-Jumping.“

Nach einer schnellen Dusche verließ Corin mit Tori das Dojo und schlenderte mit ihr auf der Suche nach einer Belohnung für ihre Anstrengungen durch die Straße.

„Du musst zum Friseur.“ Sie zerzauste seine dunkelbraunen Haare.

Corin rieb sich an der Stelle, an der sie ihm die Haare durcheinandergebracht hatte, den Kopf. „Ich finde es okay. Längere Haare kommen wieder in Mode.“ Er hob ein Eichenblatt vom Gehweg auf und hielt es ihr hin. „Für dich.“

Sie nahm das Blatt und steckte es unter ihre Sportuhr. „Vielen Dank. Ich werde es immer in Ehren halten.“

Corin legte den Arm um ihre Schultern. „Darf ich dich zu einem frisch gepressten Brombeersaft einladen oder reizt dich eher ein Schokomilchshake?“

„Ein Saft. Nach dem Training braucht man etwas Gesundes.“

„Schokomilchshake *ist* gesund.“

„Was du nicht sagst!“ Tori verzog das Gesicht.

„Er wirkt sich positiv auf die psychische Gesundheit aus. Schokolade macht glücklich.“

„Und einen dicken Bauch.“

Corin klopfte auf seinen Bauch. „Was hast du gegen meinen Onepack?“

„Nichts. Er ist umwerfend.“

„Warte hier. Ich bin gleich zurück.“ Corin joggte über die

Straße zur Milchbar, wo er sich einen großen Schokomilchshake bestellte.

Tori deutete auf den Becher, als er wieder auf dem Gehweg bei ihr ankam. „Den kannst du nicht mit in die Saftbar nehmen."

„Natürlich kann ich das. Schau." Er hielt ihr die Tür auf, und sie schaute ihn strafend an, während sie an ihm vorbeiging und eintrat.

Die Saftbar war bis auf einen einzigen Gast leer. Tori bestellte sich eine Karibische Saftmischung und sie setzten sich hinten in der Bar an einen Tisch. „Der Kurs heute Abend war gut, findest du nicht?"

„Du hast mich in den Hintern getreten. Vor allen anderen. Schon wieder." Corin trank einen Schluck von ihrem Saft. „Es ist ein wenig beschämend, vor deinen Schülern so behandelt zu werden."

„Warum?" Sie grinste ihn an. „Weil du mindestens fünfzig Kilo schwerer und einen Kopf größer bist als ich?"

„Zum Beispiel."

„Bei Karate geht es nicht um die Körpergröße ..."

„Es geht um die Technik, ich weiß."

„Warum bist du zu spät gekommen?"

„Ein kleiner Notfall."

„Ist alles in Ordnung?"

„Ja."

„Gut zu wissen." Tori schaute ihn über ihren Strohhalm hinweg an. Ihre Augen forderten ihn auf, mehr zu erzählen. „War heute in deinem Laden etwas Interessantes los?"

Corin trank gerade einen großen Schluck von seinem Milchshake, als ein Teenager in einem Rollstuhl an ihrem Tisch vorbeikam. Es gab kein Entkommen. Er wurde ständig daran erinnert. Er verdrehte die Augen und schüttelte den Kopf. Es war passiert, ja. Aber das war eine Ewigkeit her. Und er konnte die Zeit nicht zurückdrehen und es ungeschehen machen.

Lass es los.

Meistens gelang es ihm. Nein, nicht meistens. Manchmal.

„Geht es dir gut?"

„Bestens." Corin setzte ein Lächeln auf, das nur halb gezwungen war. „Und ja, es ist wirklich etwas Komisches passiert. Peter Parkers Tante kam mit einem Geschenk in meinen Laden."

„Peter Parker?"

„Du weißt schon, der von Spiderman. Peter Parker. Er hat eine Tante May, bei der er wohnt beziehungsweise bei der er wohnte, bevor er und Mary Jane sich kennenlernten. Die Frau heute sah genauso aus wie diese Tante. Nur hübscher."

„Ich konnte mit Comics noch nie etwas anfangen."

„Hast du die Filme auch nicht gesehen?"

„Tut mir leid." Tori zuckte die Achseln. „Ich weiß, dass man sich an den Kinokassen um die Eintrittskarten geprügelt hat."

„Wir schauen irgendwann einen miteinander an."

„Ich kann es nicht erwarten."

Corin lachte, nahm Toris Hände und drückte sie zweimal. Sie drückte ihn auch zweimal.

„Was hat sie dir denn geschenkt?"

„Einen Stuhl."

„Eine Antiquität?"

„Richtig geraten. Sie hat mir eine geheimnisvolle Erklärung zu dem Stuhl gegeben. Dass er etwas ganz Besonderes sei und dass der größte Handwerker, der je gelebt hat, ihn gebaut habe."

„Hat sie gesagt, warum er so besonders ist?"

„Sie war ein wenig seltsam. Sie wollte mir nicht einmal ihren Namen oder ihre Telefonnummer verraten. Nichts."

„Vielleicht will sie es dir nicht zu leicht machen, sie zu erobern."

„Haha."

„Ist der Stuhl alt?" Tori trank ihren Becher leer und warf ihn in den Abfalleimer. Er traf den Rand und purzelte hinein.

„Soweit ich es beurteilen kann, ist er richtig alt. Auf den ersten Blick sieht er aus, als wäre er nichts Besonderes. Er hat eine schlichte Form, aber ich werde ihn diese Woche gründlich untersuchen. Etwas an diesem Stuhl ist ungewöhnlich."

„Wie meinst du das?"

Corin zögerte. Sollte er es ihr sagen? Nein. Er wollte nicht, dass sie ihn für verrückt hielt. Er rieb die Finger an der Stelle zusammen, an der er das Kribbeln gespürt hatte. Er konnte immer noch nicht sagen, ob er sich das nur eingebildet hatte. „Vielleicht lag es daran, wie sie mich anschaute. Oder an dem, was sie sagte. Vielleicht bilde ich es mir auch nur ein, aber ich glaube, dieser Stuhl strahlt eine ... Energie aus. Wahrscheinlich lasse ich ihn untersuchen, um herauszufinden, wie alt er wirklich ist. Ich bin neugierig."

„Der Stuhl strahlt Energie aus? Bist du jetzt auf einem Esoteriktrip?"

Corin schüttelte den Kopf. „Ich will nur mehr darüber herausfinden."

„Wollte sie, dass du ihn auf Kommission verkaufst?"

„Nein, sie will, dass ich ihn behalte. Sie sagte, ich sei dazu auserwählt, den Stuhl zu haben."

„Dudududu dudududu."

„Soll das die Titelmelodie von *Twilight Zone* sein?" Corin tat es mit einer Handbewegung ab. „Wer ist der größte Möbelbauer, der je gelebt hat?"

„Ich weiß, was meine leicht gestörten Eltern darauf antworten würden."

„Wirklich?" Corin beugte sich vor. „Wer?"
Tori trank einen Schluck von Corins Milchshake. „Wenn wir vom absolut größten Zimmermann oder Schreiner sprechen, liegt die Antwort auf der Hand."
„Und sie lautet?"
„Jesus." Tori zuckte die Achseln.
„Jesus? Der Sohn Gottes?", lachte Corin. „War er nicht eher darauf spezialisiert, Wunder zu tun und mit seiner Gruppe vogelfreier Männer durch die Gegend zu ziehen?"
„Das war Romy Hood."
„Egal."
„Jesus war Zimmermann, bis er dreißig war. Er hat also bestimmt auch Tische und Stühle gezimmert."
„Und ein Stuhl soll zweitausend Jahre lang halten?"
„Keine Ahnung. Du bist der Fachmann für alte Möbel, Corin. Sag du es mir. Wenn das Holz richtig behandelt wird, verrottet es nicht, oder? Außerdem hat er wahrscheinlich einen Zauberspruch oder Segen oder irgendwas darüber ausgesprochen."
„Möglich wärs."
„Es heißt, bei Gott sind alle Dinge möglich."
„Ich wusste nicht, dass du etwas mit dem christlichen Glauben am Hut hast."
„Soll das ein Scherz sein? Ich habe damit absolut nichts am Hut. Aber als Kind haben mich meine Eltern gezwungen, jeden Sonntag zur Kirche zu gehen. Ich habe damit aufgehört, sobald ich von zu Hause ausgezogen war." Sie trank einen letzten Schluck von seinem Milchshake und stand auf.
Corin stand auf und merkte, dass ihm nach dem Karatekurs alles wehtat. „Und aus welchem Grund?"
Ein dunkler Schatten huschte über Toris Gesicht. Sie zuckte die Achseln. „Zu viel Religion. Zu engstirnig. Alle außer den Christen kommen in die Hölle, weil sie nicht im richtigen Land

geboren wurden und nicht so aufgewachsen sind ... nein, das kann ich nicht glauben. Und ich finde, Christen sind zu schnell damit, andere wegen ihrer Sünden zu verurteilen, als dass sie sie lieben würden. Eben die typischen Gründe." Ihre Worte klangen ehrlich. Aber irgendetwas stimmte nicht.

Sie verließen die Saftbar und schlenderten zum Parkplatz vor dem Dojo zurück, auf dem sie ihre Autos abgestellt hatten. Tori breitete die Arme aus und schaute zum Himmel hinauf. „Ich glaube nicht, dass es einen einzigen Gott gibt. Ich glaube, Gott ist in uns allen. Das Gute in den Menschen zusammengenommen nenne ich Gott." Sie schaute ihn an. „Und du? Wo stehst du geistlich?"

„Ich glaube fest, dass es etwas Größeres als uns gibt. Vielleicht Gott. Ich denke, es gibt eine Macht ..."

Tori lachte. „Dada, dadadadada, dadada, dahhhh. *Luke, ich bin dein Vaaaater.*"

„Nur weil ich *Star Wars* mag, heißt das nicht, dass ich ein Trottel bin." Er stimmte in ihr Lachen ein und legte den Arm um ihre Schultern.

„Es wäre doch cool, wenn du einen Stuhl hättest, den Jesus gemacht hat. Dann könntest du eine Sekte aufmachen und so tun, als bekämen die Leute Visionen, wenn sie darauf sitzen. Hey! Lass sie dafür zahlen, dass sie darauf sitzen dürfen, und verdien dir ein paar Dollar. Oder bau ihn nach. Stell die Duplikate in deinem Laden aus und biete sie auf deiner Website an."

„Okay, anderes Thema: Du bist also dabei, wenn wir uns am Wochenende von diesem Berg stürzen?"

„Unbedingt." Sie schaute ihn an. „Mehr oder weniger."

„Wie meinst du das?"

„Versprich mir einfach, dass du nicht wieder durchdrehst, okay?"

War es so offensichtlich? Seine Neigung, sein Leben aufs Spiel zu setzen? Wahrscheinlich. Aber er konnte nichts dagegen tun. Vielleicht *wollte* er nichts dagegen tun. „Ich habe keine Ahnung, wovon du sprichst."

„Gerade deshalb mache ich mir ja Sorgen."

Ihre Sorgen waren begründet. Aber das würde er ihr nie verraten. Er gestand es sich selbst kaum ein.

Kapitel 3

Am nächsten Abend gegen 21:00 Uhr erschütterte ein so lautes Donnergrollen Corins Haus, dass er dachte, die Mauern wären aus Pappmaschee gebaut. Die Lampe über seiner Werkbank flackerte. Typisches Wetter für Ende Oktober in Colorado.

„Nein." Corin drückte die Augen zu. „Schluss damit. Ich will dieses Teil fertigbringen."

Ein zweites Donnergrollen ließ das Zimmer erzittern und die Lichter gingen eine halbe Sekunde aus und dann wieder an. Corin zog eine Schublade auf und holte eine Taschenlampe heraus. Wenn der Strom ausfiel, bedeutete das eine weitere Verzögerung, bevor er den Tisch fertigstellen und ihn in seinem Geschäft zum Verkauf anbieten konnte.

Er strich mit den Händen über den geschnitzten Beistelltisch. Er würde schön werden. Es hatte Tage gedauert, bis er herausgefunden hatte, welcher Lack ursprünglich benutzt worden war. Den Lack aufzutreiben hatte noch länger gedauert. Aber er wollte genau den Originalzustand wiederherstellen. Das war der einzige Standard, den er gelten ließ. Am Ende hatte er den Lack extra zusammenmischen lassen.

Er steckte das Schleifgerät in die Steckdose und schaltete

es ein. In ein paar Minuten würden am letzten Tischbein die ganzen rauen Stellen abgeschliffen sein. Corin warf einen Blick auf die Lampen. Die Birne flackerte wieder.

Corin stellte das Gerät auf die höchste Stufe und begann das Tischbein anzuschleifen. Drei Sekunden später gingen alle Lichter in seiner Werkstatt aus. Corin seufzte, legte sein Schleifgerät auf seine Werkbank, nahm die Taschenlampe und drehte sich zur Tür herum. „Was ist denn los?“ Ein schwaches Licht drang aus der Küche zu ihm herein. Der Strom war also nicht im ganzen Haus weg. Eine Sicherung war durchgebrannt oder herausgeflogen.

Corin fluchte, schloss die Augen und schob die Hände in seine Hosentaschen, um zu verhindern, dass sie zitterten. Jedes Mal, wenn das passierte, nahm er sich fest vor, dass er eine Tür von der Außenseite der Garage einbauen würde, damit er zum Sicherungskasten gelangen konnte, ohne in den Tunnel der Angst kriechen zu müssen.

Schweiß tropfte von seiner Stirn, als er ins Wohnzimmer ging und das Sofa anstarrte. Vielleicht würde er sich fünf oder zehn Minuten hinsetzen. Das würde ihm Zeit geben, seine Nerven zu beruhigen.

Unsinn. Er wusste, dass das nichts half.

Konnte er wirklich keine Sicherung austauschen, ohne vor Angst am ganzen Körper zu erstarren? Was hatte ihm der Psychiater vor ein paar Jahren gesagt? *Denk offene Gedanken. Schließ die Augen und denk an Wiesen, das Meer, Berggipfel mit dem weiten Himmel darüber.* Er holte tief Luft. Wenn er die Luft anhielt, konnte er die Klaustrophobie im Griff behalten. Wenn er die Luft anhielt, bedeutete das, dass er nicht ...

Nein. Diesen Weg schlug er jetzt nicht ein. Es reichte schon, wenn er es in seinen Albträumen ständig durchlebte. Er wischte sich wieder den Schweiß von der Stirn und schüttelte den Kopf. Warum konnte er nicht eine einfachere Angst haben, zum Beispiel vor der Dunkelheit? Die Hilfsmittel gegen diese Art von Angst waren einfach: Nachtlichter, Taschenlampen, Scheinwerfer.

Er schleppte sich zur Garagentür und legte die Hand auf den Griff. Er hasste die glitschige Schweißschicht, die er darauf hinterließ. Als er in den Bauch des Ungeheuers trat, holte er noch einmal tief Luft.

Corin begab sich zu dem schmalen Schacht zwischen der Rückseite der Garage und der Wand, die einen zusätzlichen, versteckten Lagerbereich bildete. Hätte das Haus nicht mit einem leicht zugänglichen Sicherungskasten gebaut werden können? Oder hatte der frühere Besitzer diese Mauer gebaut, ohne eine Genehmigung dafür einzuholen?

Als er die Stelle erreichte, an der die Wand anfing, rieb er mit der Handfläche über den Stein und murmelte zum zweimillionsten Mal: „Es besteht kein logischer Grund, Angst zu haben." Und zum zweimillionsten Mal half es nicht.

Warum konnte er diese Angst nicht abschütteln?

Geschlossene Räume hatten doch nichts mit Wasser zu tun. Er stieß einen schnellen Atemzug aus. Doch. Deshalb konnten manche Menschen nicht tauchen und nicht einmal schnorcheln. Es fühlte sich an, als schließe das Wasser einen ein.

Corin verdrängte den Sommer 1987 aus seinem Kopf; er belog sich immer wieder gern selbst und tat, als hätten die zwei Vorfälle nichts miteinander zu tun.

Er richtete seine Taschenlampe auf die Öffnung. Es waren nur fünf Meter bis zum Sicherungskasten. Auf dieser Strecke gab es reichlich Luft zum Atmen. Und er konnte die Luft locker lange genug anhalten, um zum Sicherungskasten zu kommen, den Schalter umzulegen und wieder in den Schutz der offenen Garage zurückzukommen.

Nein, er würde nicht zulassen, dass er wieder in Panik geriet, nur weil er als Kind ein paar Mundvoll Wasser geschluckt hatte. *Es ist keine große Sache. Bring es hinter dich. Sei ein Superheld, stell dich der Angst und freu dich deines Lebens.* Aber das konnte er nicht. Psychotherapie, Hypnose, Akupunktur. Nichts hatte geholfen.

Er hielt die Luft an, schloss die Augen und stellte sich offene Felder vor. Warum überflutete sein Gehirn die Felder immer mit Wasser?

Geh!

Er drehte sich zur Seite, quetschte sich zwischen die Mauern und schob sich seitlich auf den Sicherungskasten zu. In sechs Sekunden hatte er ihn erreicht. *Leg den Schalter um und geh zurück.* Corin drückte den Sicherungsschalter nach unten, dann schob er ihn wieder nach oben. Er rastete ein.

Ja! Geschafft!

Jetzt musste er nur noch aus dem engen Raum herauskommen, bevor er wieder ausatmen musste. Als er die Hälfte des Rückwegs zurückgelegt hatte, blieb er mit der Jeans an einem Nagelkopf hängen, der aus einem Brett an der Wand ragte. Er grub sich in die Seite seines Schienbeins und jagte einen stechenden Schmerz an seinem Bein hinauf.

Er fluchte und die Luft in seiner Lunge kam in einem Schwall heraus. Panik erfasste ihn. Seine Handflächen waren feucht, und die Wände rückten näher, erdrückten ihn, quetschten ... *Nein. Bleib ruhig.* Die Wände bewegten sich nicht. Sie erdrückten ihn nicht. Er zog kräftig, aber der Nagel war hartnäckig und machte einen langen Riss in seine Jeans. Er schloss die Augen. *Offene Flächen. Denk an offene Flächen.* Er schlug die Augen auf, beugte sich nach unten und zerrte mit zitternden Händen seine Jeans von dem Nagel los. *Halt durch. Nur noch ein kleines Stück.*

Als er aus dem engen Raum heraustaumelte, fiel er über die Motorhaube seines Autos. Kalter Schweiß rann über seinen Rücken und sein Puls musste bei über 140 liegen.

Keuchend richtete er sich auf, zog sein Hemd aus und stieg die Treppe hinauf, um zu duschen. Im Bad zog er den Rest seiner Kleidung aus, drehte das Wasser auf und wartete, bis dicker Dampf das Badezimmer erfüllte und den gequälten Blick aussperrte, den er sonst im Spiegel sehen würde. Er wollte lange und heiß duschen. So lange, bis er sich entspannte und seine Vergangenheit wieder verdrängt hatte.

Nachdem er sich abgetrocknet und eine Trainingshose und ein T-Shirt angezogen hatte, setzte er sich auf die Veranda vor seinem Haus und wünschte, er könnte sich von dieser Angst befreien. Er hasste die Klaustrophobie. Es spielte keine Rolle, dass sieben Prozent der Menschheit Angst vor engen Räumen hatte. Es gab ihm das Gefühl, schwach zu sein. Hilflos. Verwundbar.

Corin ging wieder hinein und holte sich etwas zu trinken. Während er mit schweren Schritten wieder auf die Veranda hinausging, verdrängte er alles bis auf den Sprung am kommenden Wochenende aus seinem Kopf. Dieser Sprung würde ihm helfen, seinen verwirrten, neurotischen Verstand zu verdrängen.

Kurz bevor er ins Bett ging, durchbrach ein Meteor die Erdatmosphäre. *Wenn du eine Sternschnuppe siehst und dir etwas wünschst, geht es in Erfüllung … heile mein Herz und heile meinen Kopf und schenk mir angenehme Träume.*

Sehr unwahrscheinlich.

Corin stand auf und ging ins Schlafzimmer. Die bernsteinfarbene Plastikflasche, die auf seinem Nachttisch stand, schien ihn anzustarren. Sein Arzt hatte ihm die Tabletten verschrieben, damit er besser und, was noch wichtiger war, ohne Träume schlafen konnte. In den meisten Nächten halfen sie. Aber nicht immer.

Corin nahm die Flasche und schüttelte die zwei Tabletten darin, die noch übrig waren. Er sollte nur höchstens zwei oder drei pro Woche nehmen. Im letzten Monat hatte er jede Nacht eine genommen. Denn die Träume wurden schlimmer.

Er schlief wenige Minuten später ein, aber seine Tablette beschloss wieder einmal, nicht zu wirken.

Kapitel 4

Corins Augen waren geschlossen, aber er musste sie nicht öffnen, um das kalte Wasser zu fühlen, das versuchte, in seinen Mund einzudringen.

Eine eisige Strömung drückte von links an sein Gesicht, dann von vorn. Corin fühlte jemanden neben sich und zwang sich, die Augen zu öffnen.

Eine verschwommene Gestalt. Ein Ungeheuer? Ein Mensch?

Ja.

Ein Held.

Sein Vater. Rettung. Dieses Mal würde er an die Oberfläche gezogen werden. Er würde prusten und nach Luft ringen, aber er wäre am Leben.

Sein Vater packte die Bänder von Corins Schwimmweste, riss ihn von den Griffen des umgedrehten Fahrrads los und wollte mit ihm an die Wasseroberfläche schwimmen.

Noch ein kleines Stück, vielleicht zwei Meter, höchstens drei, dann würde er wieder Luft bekommen.

Das Licht, das durch das Wasser drang, wurde heller. Er sah die verschwommenen Umrisse seiner Mutter und seines Bruders über der Wasseroberfläche, die im Boot knieten und zu ihm nach unten schauten.

Schneller. Bitte. Mach schneller, Papa!

Nur noch ein kleines Stück.

Aber einen Moment später war der Riemen nicht mehr der Riemen einer Schwimmweste. Während sein Vater daran zog, schmolz er zu einem langen schwarzen Lakritzstreifen, der in Stücke riss und in die Dunkelheit des Sees hinabsank. Corins Schwimmweste verwandelte sich in Blei und er sank wie ein Felsbrocken auf den Grund des Sees hinab.

Die schwarze Dunkelheit raste ihm entgegen.

Er tauchte tiefer, hielt die Luft an, bis der Druck die Luft aus ihm herauspresste und er das dunkle, kalte Wasser in vollen Zügen einatmete.

Dann Dunkelheit.

Dann nichts. Immer dieses Nichts.

Dann ...

Corin war schweißgebadet. Die Angst vertrieb jeden logischen Gedanken daran, dass es nur ein Traum war. Kein Traum, ein Albtraum. Er warf einen Blick auf die Digitaluhr auf seinem Nachttisch: 4:15 Uhr. Er taumelte aus dem Bett, schleppte sich ins Badezimmer und spritzte sich kaltes Wasser ins Gesicht.

Er konnte genauso gut aufstehen. An Schlaf war in dieser Nacht nicht mehr zu denken.

Kapitel 5

Corin saß über seinen Rechnungen und versuchte, den Artikel auf der Titelseite der medizinischen Zeitschrift zu ignorieren, der ihn förmlich anschrie. Er warf zum achtundneunzigsten Mal an diesem Tag einen Blick darauf, und zum achtundneunzigsten Mal bildete sich ein Knoten in seinem Magen.

Neue Operationsmethode bei Rückenmarksverletzungen mit hoher Erfolgsquote. Es war eine wunderbare Nachricht, vorausgesetzt der Weihnachtsmann würde ihm 300.000 Dollar bringen. Aber die Versicherungen fraßen das wenige Geld, das er gehabt hatte, und in Corins Leben gab es keinen Geldsegen.

Einen Moment später kündigte die Glocke über der Eingangstür einen Kunden an und riss ihn aus seiner melancholischen Stimmung. Corin stand auf und schüttelte den Kopf. *Ich muss aufwachen und charmant sein. Lächeln, immer freundlich lächeln.*

Als er aus seinem Büro trat, sah er eine Frau mit einem kleinen Jungen an der Hand, die die zwei Stufen in seinen Hauptausstellungsraum herabstiegen. Es war nicht zu übersehen, dass die Frau den Jungen weiter an der Hand halten wollte; genauso deutlich war zu sehen, dass der Junge das nicht wollte. Er zerrte mit der anderen Hand an ihrer schief hängenden Handtasche.

„Darf ich? Ich werde auch nicht rennen, Mama."

Sie war Mitte 30, hatte rotbraune Haare, trug eine Jeans und ein ausgewaschenes T-Shirt, auf das ein Foto von drei Jungen aufgebügelt war, über dem stand: „Vernünftige Frauen hören bei zweien auf."

„Versprichst du es mir?"

„Ja!" Der Junge wippte auf den Zehen und zog an der Hand seiner Mutter.

Die Frau ließ ihn los. Seine blonden Haare waren kurz geschnitten und seine braunen Augen sprühten Funken.

„Hallo, ich bin Corin. Willkommen in meinem Geschäft. Waren Sie schon einmal hier?"

„Nein, wir sind zum ersten Mal hier."

„Kann ich Ihnen helfen?"

Die Frau deutete auf den Jungen, der zum hinteren Teil des Ladens schlenderte. „Er darf wegen seines Asthmas nicht rennen." Sie schüttelte leicht den Kopf. „Natürlich sollte er in einem Geschäft überhaupt nicht rennen, aber die Gänge in einem Laden haben etwas an sich, das ihn dazu anreizt." Eine tiefe Traurigkeit zog über ihr Gesicht und in diesem Moment sah sie wie 50 aus.

„Das habe ich als Kind auch gern gemacht."

„Ich auch." Die Frau zuckte die Achseln und seufzte.

„Das muss hart sein."

Sie lächelte traurig. „Es ist für ihn besonders schwer, weil seine zwei älteren Brüder Basketball spielen und er auch gern möchte. Aber bei seinem Asthma ist das aussichtslos." Sie seufzte wieder und strich sich die Haare zurück. „Er kann nicht mal Baseball spielen, obwohl das sein Lieblingssport ist. Wenn also ein Spiel oder Training ist wie heute Nachmittag, geht mein Mann mit den zwei älteren zum Sport und wir suchen uns etwas anderes zu tun, während seine Brüder spielen."

„Das tut mir leid."

„Uns auch. Schon als er klein war, wollte er nichts lieber als Ball spielen."

„Wie heißt er?"

„Brian. Ich bin Tracie."

„Freut mich, Sie kennenzulernen." Corin trat zu dem kleinen Kühlschrank neben seiner Verkaufstheke. „Darf ich Ihnen etwas zu trinken anbieten?"

„Nein, danke."

Er schaute zu, wie Brian durch den zweiten Gang schlenderte und sich die Antiquitäten anschaute. „Wie alt?"

„Eine Dame fragt man nicht, wie alt sie ist."

Corin lächelte. „Ich meinte ..."

Tracie begann zu lachen. „Ich weiß. Das war nur ein Scherz. In zwei Monaten wird er sieben."

Aus dem hinteren Teil des Ladens ertönte ein Freudenschrei. „Mama! Schau mal!"

Als sie sich umdrehten, kam Brian durch den Gang und hielt ein Saisonprogramm der Boston Red Sox aus den 1950er-Jahren in der Hand. „Schau dir das an! Können wir das kaufen?"

„Du darfst nicht so schnell rennen, Brian!"

Einige Sekunden später kam der Junge am Ende des Gangs an und sank vor ihnen auf die Knie. Sein Atem klang pfeifend wie ein kaputter Staubsauger. Einen Moment später sank er auf die Seite und rang keuchend nach Luft.

Corin wich zurück. *Keine Luft. Der Junge bekommt keine Luft.* Eisige Hände griffen nach seinem Hals, drückten ihn zu. Nein! Sie hatten alle genug Luft zum Atmen. Ihm ging es gut. *Entspann dich.* Corin schlang die Finger ineinander, aber seine Hände zitterten trotzdem.

„Brian!“ Seine Mutter eilte zu ihm, sank auf die Knie und kramte in ihrer Handtasche. „Wo ist es nur?“ Sie wandte sich an Brian. „Hast du dein Asthmaspray?“ Sie wartete nicht auf eine Antwort, sondern wühlte weiter in ihrer Handtasche.

„Mama“, flüsterte Brian mühsam. „Reg dich ab.“ Der Junge zog ein Asthmaspray aus seiner Tasche, steckte es sich in den Mund, pumpte dreimal, dann versuchte er weniger angestrengt zu atmen.

Seine Mutter zog ihn hoch und legte den Arm um seine Schulter. „Okay. Atme tief durch. Alles okay, Brian.“ Sie wandte sich an Corin. „Tut mir leid.“

Corin atmete wieder langsamer und blinzelte. „Was?“

„Es tut mir leid, dass das in Ihrem Geschäft passiert ist.“

„Kein Problem.“

Doch es war ein Problem. Die Angst brach meistens nur direkt nach dem Traum wie ein Wasserfall über ihn herein. Er war es nicht gewohnt, dass so eine Panikattacke in der Öffentlichkeit auftrat. Er fuhr sich mit den Händen durch die Haare und zwang sich zu einem Lächeln. „Was kann ich tun?“

Sie schaute sich im Raum um. „Kann er sich irgendwo hinsetzen und ein wenig ausruhen?“

Das nächste Möbelstück war der Stuhl, den die alte Frau ihm am Dienstag gebracht hatte. Corin deutete darauf. „Da.“ Er richtete sich auf und trat einen Schritt zurück.

Einen Moment später atmete Brian wieder normal und lächelte. „Ist alles wieder gut.“

„Du jagst mir große Angst ein, wenn du das machst, Brian.“

„Entschuldige, Mama. Aber schau nur.“ Brian hustete und hielt das Programmheft aus einer Zeit hoch, in der Baseballspieler noch wahre Helden gewesen waren. Und falls sie in ihrem Privatleben etwas weniger Heldenhaftes gemacht hatten, hatte es nicht gleich die ganze Welt erfahren.

„Sieht gut aus."

Brian strahlte und schaute dann Corin an. „Mögen Sie Ted Williams, Mister?"

Corin trat vor und ging neben dem Jungen auf ein Knie. „Natürlich. Und mir scheint, du auch."

„Machen Sie Witze? Er war der letzte Spieler in der Major League, der einen Trefferdurchschnitt von 40 Prozent hatte. Er ist eine Legende!"

„Ich bin beeindruckt. Die meisten Kinder in deinem Alter wüssten nicht einmal, wer er ist."

Brian lächelte wieder. Ein großes, unschuldiges Lächeln, zu dem nur Kinder fähig waren. „Ich kenne auch Lou Gehrig und Joe DiMaggio und Roger Maris. Willie Mays ist mein Lieblingsspieler. Und ich bin erst sechs Jahre alt. Aber ich werde bald sieben."

Corin lachte. „Mit wie vielen Homeruns hat Maris den Rekord aufgestellt?"

„Mit einundsechzig."

„Und in wie vielen Spielen in Folge traf DiMaggio? Dieser Rekord wurde in über siebzig Jahren nicht gebrochen!"

„Sechsundfünfzig!"

„Dieser Junge ist unglaublich." Corin warf einen Blick auf Brians Mutter, die über das ganze Gesicht strahlte. „Okay, jetzt kommt die Bonus-Frage für den Sieger im schwersten Baseball-Quiz aller Zeiten." Corin begann mit den Fingern einen Trommelwirbel auf der Stuhlkante. „Bist du bereit?"

„Ja!" Brian umklammerte den Stuhlsitz und beugte sich vor.

„Hier kommt die Frage." Corin hörte auf zu trommeln und sprach in seiner besten Quizmasterstimme: „Wer hält den Home-Run-Rekord in der Major League aller Zeiten?"

„Das ist leicht." Brian lächelte. „Hank Aaron."

„Bist du sicher?“

„Total sicher. Es ist egal, wie viele Home Runs Barry Bonds schaffte – Hank Aaron schaffte sie, ohne komisches Zeug zu schlucken und zu spritzen.“

Corin schüttelte lachend den Kopf. „Sie haben wirklich einen faszinierenden Jungen.“

„Können wir das kaufen, Mama?“ Der Junge hielt das Baseballprogramm in die Höhe.

„Tu mir einen Gefallen, Brian, und ruh dich erst mal einen Moment aus, ja?“

„Ich muss mich nicht ausruhen; mir geht es gut.“

„Brian.“

„Okay, Mama.“

Sie rieb sich das Gesicht. „Ohne dieses Asthmaspray wären wir völlig aufgeschmissen. Wir brauchen es oft. Brian ist nicht zu bändigen und läuft los, wenn er aufgeregt ist, und ich kann ihm daraus keinen Vorwurf machen. Welcher Junge will nicht rennen?“

Corin ballte die Hand zur Faust und boxte Brian scherzhaft gegen den Arm. „Ich bin froh, dass es dir wieder besser geht.“

„Ich auch, aber ich hasse dieses Asthma. Wenn es doch nur weg wäre!“

„Wusstest du, dass fast jeder etwas in seinem Leben hat, das er gern los wäre? Und etwas, vor dem er Angst hat?“

Brian hob den Kopf und schaute Corin neugierig an. „Sie auch?“

„Klar.“

„Was?“

Corin legte die Hände zusammen, als hielte er einen Ball, und hob sie vor sein Gesicht. „Ich mag keine engen Räume.“

„Sie haben Klaustrophobie?“

„Wow, dieses Wort kennst du?“

„Ich bin fast sieben. Ich kenne viele Wörter. Haben Sie sonst noch vor etwas Angst?“

„Ich mag kein Wasser.“

„Wirklich? Warum nicht?“

Corin verzog das Gesicht. „Das ist eine lange Geschichte, für die wir heute wahrscheinlich keine Zeit haben.“

„Okay.“ Brian lehnte sich an die Rückenlehne des Stuhls und schloss die Augen. „Ich bin müde.“ Ein friedlicher Ausdruck legte sich auf sein Gesicht.

„Auch wenn ich das schon oft durchgemacht habe, jagt es mir immer noch Angst ein, wenn er einen Asthmaanfall hat.“ Tracie streichelte Brian über den Kopf. „So schnell wie heute hat er sich noch nie davon erholt.“

„Es geht ihm jetzt wieder gut?“

„Ja. Bis er das nächste Mal rennt.“ Sie setzte wieder ihr trauriges Lächeln auf, dann drehte sie sich nach rechts und schaute in den zweiten Gang hinein. „Ich würde gern sehen, ob Sie noch andere Baseballschätze aus den 1950er- und 60er-Jahren haben.“

„Ein paar Sachen könnte ich haben.“ Corin deutete mit der Hand den Gang hinab. „Kommen Sie mit.“

Zehn Minuten später kamen sie mit einem *Life Magazine* mit Ted Williams auf der Titelseite und einer Autogrammkarte von Joe DiMaggio zurück. Brians Augen waren geschlossen und er atmete tief und gleichmäßig.

„Ich glaube, er ist eingeschlafen.“

„Brian?“

Die Augen des Jungen gingen langsam auf … und wurden ganz groß, als er die Zeitschrift erblickte. „Wow!“

Tracie drehte sich wieder zu Brian um und schaute ihren Sohn an. Corin folgte ihrem Blick. Unschuldig, voller Staunen und Erwartung. Wie beschützte man ein Kind wie Brian, wie beschützte man überhaupt ein Kind vor den Schicksalsschlägen, die das Leben bereithielt?

„Er scheint sich auf diesem Stuhl wohlzufühlen. Ich sehe überhaupt kein Preisschild daran. Steht er zum Verkauf?"

„Im Moment noch nicht, aber bald, denke ich." Corin hatte sich noch nicht entschieden, ob er den Stuhl verkaufen wollte oder nicht. Aber er brauchte das Geld. Die Worte der alten Frau, dass der Stuhl für ihn sei, schossen ihm durch den Kopf, aber er verdrängte sie. „Ich habe diesen Stuhl erst vor Kurzem hereinbekommen und muss erst noch feststellen, wie viel er wert ist."

„Er hat etwas Besonderes an sich. Finden Sie nicht auch?" Sie fuhr mit den Fingern über die Rückseite des Stuhls.

„Ich weiß nicht. Vielleicht."

Tracie packte die Baseballsachen zusammen, ging zu Corins Verkaufstheke und legte sie dort ab.

Corin warf einen Blick auf Brian, dann trat er hinter seine Verkaufstheke und gab die Preise in die Kasse ein. „Ich habe es Ihnen nicht gesagt, aber jeder, der Sieger des schwersten Baseballquiz' aller Zeiten wird, bekommt auf alles im Laden siebzig Prozent Rabatt."

„Was?", fragte Brian von dem Stuhl aus. „Ich habe also meiner Mama geholfen, Geld zu sparen?"

„Allerdings, Brian. Gut gemacht."

„Nein." Tracie senkte den Kopf und flüsterte: „Ich ... wir ... ich weiß nicht, was ich sagen soll. Danke."

„Gern geschehen." Corin steckte die Sachen in eine Plastiktüte und reichte sie Tracie. „Brian ist ein wunderbarer Junge."

„Gehen wir jetzt?" Brian rutschte vom Stuhl und sprang auf seine Mutter zu.

Corin salutierte mit zwei Fingern, als Brian und seine Mutter zur Tür gingen. Falls Gott im 21. Jahrhundert immer noch Gebete erhören würde, hätte Corin ihn gebeten, Brian zu heilen.

Kapitel 6

An diesem Abend legte sich Corin mit der Spiderman-Ausgabe vom November 1963 auf sein Sofa und flüchtete sich in die Geschichte. Die Spinne im Kampf gegen den Bösen. Ihre erste Auseinandersetzung. Warum las er immer noch solche Sachen? Der Therapeut, den er im ersten Jahr nach seiner Scheidung aufgesucht hatte, würde jetzt sagen, die Erklärung liege auf der Hand: Corin fühlte sich in seinem Inneren immer noch wie Peter Parker, der dürre, verängstigte Junge, aus dem schließlich etwas Großes wurde. Der seine Ängste überwand und ein Held wurde. Der mehr wurde, als er sich je zugetraut hätte. Und Corin sehnte sich nach alledem.

Er sehnte sich danach, besondere Kräfte zu haben, die ihn von den Zwängen dieser Welt erlösten. Nach einer Kraft, die seine Angst vor engen Räumen und dem See besiegen würde. Eine Kraft, die ihm die Fähigkeit gab, den Traum auszulöschen, damit er ihn nie wieder nachts quälen konnte. Die Macht, ein Kind wie Brian gesund zu machen, damit es an jedem Sommertag ausgelassen herumlaufen konnte. Die Macht, seinen Bruder zu heilen und dafür zu sorgen, dass alles wieder so wurde wie früher.

Vielleicht las er aber auch immer noch Comics, weil er einfach gern so tat, als gäbe es so etwas wie Superhelden. Vielleicht las er sie, weil sie ihm das Gefühl gaben, Dinge tun zu können, die nur Superhelden konnten. Nein, nicht vielleicht. Das war einer der Gründe, warum seine Ehe in die Brüche gegangen war.

Sie hatte seine Besessenheit von Extremsport nie verstehen können. Sie hatte gehofft, er würde irgendwann „erwachsen werden und damit aufhören". Aber das war nie geschehen. In den letzten Monaten, die sie zusammen gewesen waren, hatte er versucht, ihr zu erklären, warum er es machte, aber wie sollte sie die Gründe verstehen, wenn er sie selbst nicht richtig verstand? Natürlich hatte das, was *sie* getan hatte, ihre Ehe auch nicht unbedingt gefestigt.

Er klappte das Comicheft zu und betrachtete wieder das Titelbild. Die Spinne war gut in Form, sie spritzte ein Netz aus ihrem Handgelenk und hing 40 Stockwerke über Manhattan. Er verdrängte die kritische Selbstanalyse und entschied sich für die zweite Möglichkeit. Er liebte Comics einfach, weil er sich danach sehnte, wieder zehn zu sein.

Wie vor dem Tag, an dem er gestorben war.

Als es passierte, hatte er kein weißes Licht gesehen. Keine Engel mit silbrigen Stimmen. Keine Tore, die ihn in einen wunderschönen Garten führten.

Es war nur ein großes Nichts gewesen.

Er wollte zu dem unschuldigen Dasein zurückkehren, das er hatte, bevor er prustend ins Leben zurückgeholt worden war und brackiges Seewasser ausgespuckt hatte und seine Welt sich für immer verändert hatte.

Corins Gedanken wanderten zu dem Stuhl, der in seinem Laden stand. Und wenn diesen Stuhl tatsächlich Jesus höchstpersönlich gebaut hatte? Steckte dann göttliche Kraft in ihm?

Tori hatte nur einen Scherz gemacht, aber was war, wenn sie recht hatte? Die seltsame Frau hatte gesagt, dass er sich auf den Stuhl setzen solle, wenn er bereit sei. Vielleicht würde er ihm Visionen über die Zukunft geben? Na klar, und vielleicht waren in dem Stuhl verborgene Gammastrahlen gefangen, die ihn in den unglaublichen Hulk verwandeln würden.

Wenigstens wollte er ihn am nächsten Morgen genauer unter die Lupe nehmen. Corin rieb seinen Daumen und die anderen Finger zusammen, um dem Kribbeln nachzuspüren.

Kapitel 7

Wie war sie nur so alt geworden? Das war doch nicht richtig.

Nicole stand vor dem Badezimmerspiegel und starrte die alte Frau an, die ihr entgegenschaute. Innerlich war sie immer noch 28. Na gut, vielleicht 38. Gewiss nicht 88, wie der Kalender behauptete.

Wenigstens versuchte sie nicht, Kleidung zu tragen, die für fünfzigjährige Frauen gedacht waren. Auf keinen Fall. Sie blieb bei Kleidung für Vierzigjährige.

Nicole ging auf den Flur hinaus und dann in die Küche, wo sie sich auf den Eichenstuhl in ihrer Frühstücksnische setzte und einen Fleck Erdbeermarmelade wegwischte, den sie am Vortag übersehen hatte.

Hatte sie Corin den Stuhl zu früh gegeben?

Vielleicht.

Aber wann wäre der richtige Zeitpunkt gewesen? Wenn nicht jetzt, wann dann?

Sie hatte tagelang gebetet und eine Bestätigung dafür gesucht, dass es der richtige Zeitpunkt war, aber die einzige Antwort war ein Schweigen in ihrer Seele gewesen.

Und warum hatte sie ihn Corin gegeben, wenn Sebastian

die logischere Wahl war? Er war derjenige, der den Stuhl mehr brauchte. Aber auch wenn sich immer wieder Zweifel in ihr regten, wusste sie tief in ihrem Herzen, was Gott ihr gesagt hatte, und sie glaubte es. Corin war es. Er war der Ältere.

Sie war viel jünger gewesen, als sie den Stuhl bekommen hatte. Und unvernünftiger. Sie lachte. Auf jeden Fall war sie unvernünftiger gewesen. Aber Gott hatte sie sicher geführt. Und er würde auch Corin bei seiner Etappe dieser endlosen Reise begleiten. Sie würde das Rennen beenden und darauf vertrauen, dass Corin es fortsetzte.

Die Uhr über dem Tisch schlug elf Mal. Es blieb nicht mehr viel Zeit, bis dieser Tag vorbei war. Wie viel Zeit hatte sie noch auf dieser Erde? Jahre? Tage? Das spielte keine Rolle. Gottes Wille würde geschehen.

Sie nahm das Bild von Corin, das mitten auf ihrem Frühstückstisch stand, und drehte es um. *Sommer 1996.* Seine Haare waren länger als jetzt und er hatte noch keine Falten im Gesicht. Aber davon abgesehen sah er jetzt nicht viel anders aus als damals. In seinen Augen lag Stärke. Und Angst. Die Angst, mit der er schon den größten Teil seines Lebens kämpfte. Sie würde ihn auf diese Angst ansprechen, wenn der richtige Zeitpunkt gekommen war.

Bald würde sie ihm einiges über sich verraten. Nicht alles, aber so viel, wie er wissen musste. War er stark genug für die Anfechtungen, die ihn erwarteten? War seine Angst so groß, dass sie ihn daran hindern würde, auf die andere Seite durchzudringen?

Sie stand auf und zog das ledergebundene Tagebuch aus dem Bücherregal, das die Wände der Frühstücksnische säumte, setzte sich wieder und begann zu schreiben.

Nach einer halben Stunde stellte sie das Tagebuch ins Regal zurück und tätschelte es kurz, bevor sie die Küche verließ.

Das Tagebuch würde eines Tages ihm gehören.

Kapitel 8

Am Freitagmorgen betrat Corin seinen Laden, blieb an der Tür stehen und schaute den Stuhl an. Er hatte ihn mit der braunen Decke zugedeckt, nachdem Brian und seine Mutter gegangen waren; er wusste nicht genau, warum er das gemacht hatte. Er hatte einfach das Gefühl gehabt, dass es richtig sei. Vielleicht wollte er nicht, dass jeder Kunde, der seinen Laden betrat, den Stuhl anfasste, falls er doch mehr war als nur ein Stück altes Holz.

Er musste seine Fantasie zügeln, damit sie nicht ins Lächerliche abglitt. Corin warf einen Blick auf seine Armbanduhr. 9:00 Uhr. In einer Stunde würde er seinen Laden öffnen. Er hatte also noch genug Zeit, um den Stuhl gründlich zu untersuchen.

Nachdem er seine Schlüssel und seine Brieftasche auf die Verkaufstheke gelegt hatte, schaltete er das Radio ein. Einen Klassiksender. Klassische Musik erschien ihm passend für diesen Augenblick.

Er näherte sich langsam dem Stuhl, zog die Decke zurück und betrachtete das Ding. Wie schon beim letzten Mal fiel ihm die Farbe auf. Sie war für einen so alten Stuhl überraschend gleichmäßig und der Lack hatte keine Risse.

Schön. Beim Anblick des Stuhls sah er sich auf dem Pikes Peak stehen, während die Morgendämmerung die Dunkelheit im Osten durchbrach.

Es war Zeit, den Stuhl zu berühren. Er musste herausfinden, ob er sich das Kribbeln in seinen Fingern nur eingebildet hatte. Corin ging zur Rückseite des Stuhls und hielt seine Finger knapp darüber. Dann legte er sie sachte auf den Stuhl, als berühre er die Wange eines Neugeborenen.

Nichts.

Er schob die Finger über die Oberfläche. Immer noch nichts.

Das Kribbeln musste er sich wohl nur eingebildet haben. Wenigstens redete er sich das ein.

Er ging zur Vorderseite, dann legte er beide Handflächen auf den Sitz und schob sie vor und zurück.

Immer noch nichts.

Nach 20 oder 30 weiteren Sekunden zuckte er die Achseln, beugte sich weiter darüber und fuhr mit dem Zeigefinger über die Ränder, an denen die Stuhlbeine auf die Sitzfläche trafen. Dann weiter zu der Stelle, an der die Rückenlehne begann.

Erstaunlich.

Er war so präzise gearbeitet, dass er aussah und sich anfühlte, als wäre er maschinell hergestellt worden. Nirgends irgendwelche Spalten; keine unebenen Stellen; keine Beschädigung des Holzes. Das bedeutete, dass entweder die früheren Besitzer im Laufe der Jahre sehr sorgsam mit dem Stück umgegangen waren oder dass das Holz so behandelt worden war, dass die Klimaveränderungen und die Jahre dem Stuhl nicht im Mindesten geschadet hatten.

Er zog ein kleines Maßband heraus und glich die Abmessungen des Stuhls ab.

Erstaunlich.

Die Maße waren perfekt. Der absolut gleiche Abstand zwischen den Stuhlkanten. Die Beine hatten genau die gleiche Länge. Ganz genau.

Nachdem er den Stuhl weiter untersucht hatte, trat er zurück, betrachtete ihn und lächelte. Er musste einige Nachforschungen anstellen, bevor er einen Preis festlegen konnte, aber sein Instinkt verriet ihm, dass er ein Stück hatte, das mehrere Tausend Dollar wert war. Vielleicht sogar mehrere Hunderttausend Dollar.

Ein Stuhl, den Gott gebaut hatte? Vielleicht nicht, aber trotzdem könnte er für ihn ein Geschenk des Himmels sein.

Konnte er sich wohl daraufsetzen? War er stabil genug? Die Frau hatte gesagt, dass er sich erst daraufsetzen sollte, wenn er bereit war, aber was bedeutete das?

Brian hatte in dem Stuhl gesessen, warum sollte er das nicht auch können? Er wog vielleicht 60 Kilo mehr als der Junge.

Corin packte die Rückenlehne des Stuhls mit einer Hand und den Sitz mit der anderen und hob ihn an. Stabil. Er stellte ihn ab und stützte sich mit seinem ganzen Gewicht darauf. Keine Bewegung. Kein Knarren. Es war, als wäre der Stuhl aus einem massiven Holzblock geschnitzt worden.

Er ging davor in die Hocke und klopfte mit den Fingerknöcheln auf den Sitz. Er konnte sein Gewicht leicht tragen. Corin stand davor und wollte sich setzen, aber etwas hielt ihn zurück. Es war ein ähnliches Gefühl wie damals bei dem Schulausflug, als sie den Regierungssitz ihres Bundesstaats besucht hatten und eingeladen worden waren, sich auf den Stuhl des Gouverneurs zu setzen. Die gleiche Nervosität wie damals erfasste ihn.

Corin lachte kurz über seine rege Fantasie und setzte sich dann hin. Der Stuhl war bequem und wie für ihn maßgefertigt. Noch ein paar Sekunden und er würde aufstehen und die

Tür aufschließen müssen. Aber er wollte nicht. Er wollte warten auf ... was?

Sei kein Idiot.

Was erwartete er? Eine göttliche Botschaft? Eine Vision vom Himmel? Es war nur ein Stuhl. Alt, ja, vielleicht sehr alt, aber trotzdem nur Holz. Er fühlte sich an wie tausend andere Stühle, auf denen er im Laufe der Jahre gesessen war. Ein harter Sitz. Gut gebaut. Ende der Geschichte.

Aber trotzdem hatte die Frau recht: Der Mann, der ihn gebaut hatte, hatte ungewöhnliche Fertigkeiten besessen. Und um ihn interessanter zu machen, wenn er ihn zum Verkauf anbot, wäre es nett gewesen zu wissen, wer ihn gebaut hatte.

Nachdem er seine Kamera genommen und rund 30 Bilder aus allen Winkeln von dem Stuhl gemacht hatte und dann noch welche mit seinem Handy, warf er das Tuch wieder über den Stuhl und ging zur Eingangstür, um die Scharen von Kunden zu begrüßen, die heute viel Geld in seine Kasse bringen würden.

Anfang nächster Woche würde er eine Weile im Internet suchen und vielleicht sogar zur Bibliothek fahren, um Informationen über den Stuhl auszugraben.

Wenn er das Wochenende überlebte.

Kapitel 9

Die Sonne lugte um 5:45 Uhr über einen kleinen Baum hinter ihrem Lager, schien Corin ins Gesicht und erinnerte ihn daran, wo er war. 2647 Meter über dem Meeresspiegel. Aber nicht mehr lange. Er streckte sich und gähnte herzhaft. Für einen gewöhnlichen Samstagmorgen war er zu früh wach, aber heute war kein gewöhnlicher Samstag.

Blautannenduft stieg ihm in die Nase und die Kälte des Morgens fühlte sich fast greifbar an. Er warf einen Blick auf die anderen. Sie schliefen noch. Er musste sie wecken, wenn er Kaffee gekocht hatte. Es war zwar Instantkaffee, aber es war trotzdem Kaffee.

Der Wetterbericht hatte keinen Wind angekündigt, aber er wollte kein Risiko eingehen. Das wäre der kürzeste Sprung, den er seit zwei Jahren gemacht hatte, und er wollte nicht, dass irgendwelche ungebetenen Winde ihnen die Freude verdarben. Je geringer die Sprunghöhe, umso höher der Adrenalinfaktor. Er lächelte und rieb sich die Hände.

Als das Wasser im Campingkocher sprudelte, kroch Tori aus ihrem Schlafsack und setzte sich neben ihm auf einen Felsen.

„Morgen“, sagte Corin.

„Noch lange nicht.“ Tori sah ihn aus verquollenen Augen an.

„Ich liebe dich auch."

Tori nahm ihre Strickmütze ab und fuhr durch ihre zerzausten Haare. „Kannst du mir noch einmal sagen, warum wir gestern drei Stunden lang hier heraufgewandert sind?"

„Machst du Witze? Schau dir diese Aussicht an!" Corin deutete zu dem faszinierenden Panorama der Rocky Mountains in der Ferne. „Außerdem ist noch nie jemand von dieser Stelle gesprungen."

„Jetzt fühle ich mich schon viel besser." Tori hielt ihm ihre Kaffeetasse hin und Corin füllte sie zur Hälfte. „Nein, ich habe eine ganze Tasse bestellt."

Er lachte und kam ihrer Bitte nach.

„Dieser Kaffee sieht dünn aus." Sie warf einen stirnrunzelnden Blick in ihre Tasse.

„Du bist morgens ganz schön anspruchsvoll und reizbar."

„Das hat nichts mit dem Morgen zu tun, sondern mit dem Sprung."

Sie trank einen Schluck und verzog das Gesicht. Corin schaute sie im Sonnenlicht an, das ihren kleinen Lagerplatz beschien. „Als wir uns neulich über diesen Stuhl unterhielten, den ich bekommen habe, hast du gesagt, deine Eltern würden bestimmt sofort glauben, dass Jesus ihn gebaut hat."

„Und?"

„Hältst du das wirklich für möglich?"

„Keine Ahnung. Warum ist das wichtig?"

„Ich habe mir den Stuhl gestern genauer angesehen. Die alte Dame hat recht. Derjenige, der ihn gemacht hat, besaß außerordentliche Fähigkeiten. Es ist ein faszinierendes Stück. Die Qualität ist verblüffend."

Tori stand auf, trank ihren Kaffee aus und ließ ihre Tasse vor Corins Füße fallen. „Da bekomme ich gleich Kopfschmerzen. Es ist zu früh am Morgen für Comicgeschichten."

„Das stimmt.“ Corin lachte und hob ihre Tasse auf. „Aber es ist nicht zu früh, um von einer Felswand zu springen. Komm, wecken wir die anderen.“

Zwanzig Minuten später standen Corin, Tori und die sechs anderen in einem Kreis und hatten einander die Arme und Hände auf die Schultern gelegt.

Corin ließ seinen Blick um die Runde wandern. Alle schauten ihn mit leuchtenden Augen an. „Fertig?“

Wie aus einem Mund riefen sie: „Wir wollen dieses wunderbare Gefühl von Freiheit, und deshalb springen wir. Jump, Baby, jump!“

Die Gruppe löste die Arme voneinander, um sich ihre Fallschirme anzuschnallen. Das einzige Geräusch, das man in den nächsten Minuten hörte, war das Festzurren von Riemen und Gurten und das tiefe Atmen von Menschen, die so angespannt waren, dass sie das Gefühl hatten, dringend auf die Toilette zu müssen, selbst wenn sie erst vor zwei Minuten gewesen waren.

„Sind alle bereit?“, fragte Corin.

Nachdem die anderen sieben mit Ja geantwortet hatten, führte er sie zum Rand der Felswand und legte dann den Arm um Tori. „Willst du als Erste springen?“

„Ich lasse dir gern den Vortritt.“ Tori schaute in die Tiefe. „Mein Herz schlägt etwa fünfhundertmal schneller, als es sollte.“

„Eine hohe Herzfrequenz, ohne dass du dich körperlich anstrengst, nennt man Noncardio-Cardio-Training“, erklärte einer der anderen Springer.

Corin schaute über den Rand in die Tiefe. Sein Herz hämmerte wie bei einem Hundertmeterläufer nach dem Sprint. Obwohl er schon so oft gesprungen war, wurden seine Hände jedes Mal wieder feucht, wenn er nach unten schaute. Und jedes Mal tauchte das Bild vor seinem inneren Auge auf, wie er mit gebrochenen Knochen unten lag. Jedes Mal verdrängte er das Bild wieder aus seinem Kopf und weigerte sich, diesen morbiden Gedanken zuzulassen. Es war alles Teil des Spiels. Er musste dieses Spiel spielen. Er musste dieses Spiel gewinnen.

Der Boden der Schlucht war nur 150 Meter unterhalb der Felswand, was bedeutete, dass sie ihre Fallschirme fast direkt nach dem Absprung öffnen mussten. Das wiederum bedeutete, dass sie mindestens sieben Meter von der Felswand wegspringen mussten, um zu verhindern, dass ihre Fallschirme irgendwo hängen blieben. Und das bedeutete, dass kein Raum für den kleinsten Fehler war. Das erhöhte den Angstfaktor mehr, als den meisten von ihnen lieb war. Aber es verstärkte auch den Adrenalinkick.

Krystals Augen wanderten nervös zwischen den anderen hin und her. „Es wird doch gut ausgehen? Uns passiert nichts? Wir werden das alle überleben?“

„Zweifellos. Es ist nicht schlimmer als ein Spaziergang durch den Riverside Park“, sagte Peter.

„Sieben Meter hinaus“, sagte Corin. „Das ist der Abstand, den wir brauchen. Das heißt, dass ihr so kraftvoll wie möglich zum Rand sprinten und euch abstoßen müsst, wenn ihr springt. Dann habt ihr maximal zwei Sekunden Zeit, um euren Fallschirm zu öffnen. In der Schlucht dürfte kein Wind sein, aber falls doch, dann sind es Aufwinde, die uns eher entgegenkommen.“ Corin schaute seine Freunde an. Es war so weit. „Will jemand ein Gebet sprechen?“ Wow, die Sache mit diesem Stuhl brachte ihn ganz schön durcheinander.

Alle lachten, außer Krystal. „Das ist eine gute Idee.“

Corin schaute sie an. „Ist das dein Ernst?“

„Deiner nicht?“

„Eigentlich nicht.“

„Ich habe Angst." Krystal schlang die Arme um sich. „Das ist das Verrückteste, was wir je gemacht haben. Von so weit unten zu springen ist ... einfach verrückt."

„Wir erhöhen die Spannung nur ein wenig." Corin lächelte. „Es gibt nichts, wovor man Angst haben müsste."

„Nur den Tod."

„Ich habe keine Angst vor dem Tod." Er schaute wieder über den Rand. „Überhaupt nicht." Er ignorierte den rasenden Schlag seines Herzes, das in seinem Kopf statt in seiner Brust zu hämmern schien. „Das Einzige, was mir Angst macht, ist die Aussicht, nicht gelebt zu haben, bevor ich sterbe."

In dem Moment, in dem Corin das sagte, schien ein Schatten die Sonne auszusperren und sein Kopf fühlte sich an, als wäre er in Blei gehüllt, das ihn nach unten zog. Woher kam das? Er *hatte* keine Angst vor dem Tod. Diese Tatsache erlaubte ihm, auf Messers Schneide zu tanzen, ohne sich die Füße aufzuschlitzen. Das ließ ihn Freiheit spüren, wenn er von Brücken oder Felsen sprang oder mit rasender Geschwindigkeit mit seinem Straßenrodel unterwegs war.

Er schüttelte den Kopf und schluckte. Es war Zeit zu springen, bevor sein Verstand ihm die nächste Lüge erzählte. „Los gehts!"

Corin ging 20 Schritte zurück, drehte sich dann um und sprintete ohne zu zögern auf den Abgrund zu. Bei jedem Schritt wurde ein neuer Stoß Adrenalin in seine Adern gepumpt. Noch zehn Meter. Drei Meter. Jetzt!

Los!

Einen Moment schwebte er in der Luft, der Wind wehte wild um ihn herum, der Fluss und das Ufer unter ihm rasten wie eine riesige, silberne Schlange auf ihn zu.

Einundzwanzig.

Zweiundzwanzig.

Er sollte den Fallschirm öffnen.

Nein, noch eine halbe Sekunde länger.

Zieh!, schrie sein Verstand.

Noch ein wenig länger.

Was machst du denn!?

Corin starrte auf die Erde, die in rasender Geschwindigkeit auf ihn zukam. Ein Anflug von Panik durchfuhr seinen Körper und er zog die Reißleine. Zu spät. Er hatte zu lange gewartet. Warum öffnete sich sein Fallschirm nicht?

Komm schon!

Eine Sekunde später ging sein Fallschirm mit dem bekannten „Ploff"-Geräusch auf, das wie ein gedämpfter Schuss klang, und hielt seinen freien Fall auf.

Noch wenige Meter bis zum Aufprall. Er würde mit großer Wucht auf der Erde landen. Fünf Meter. Er biss die Zähne zusammen und zog kräftig an den Seilen, um so viel Auftrieb wie möglich zu bekommen.

„Ahhh!"

Er landete mit einem schmerzhaften Ruck auf einem winzigen Grasstreifen 50 Meter vom Flussufer entfernt und rollte sich ab, um den Aufprall abzumildern.

Es half nicht viel.

Er rollte sich nach links und starrte auf eine Felsreihe direkt neben sich. Das hätte schlimmer wehgetan. Viel schlimmer. Mühsam rappelte er sich auf, stieg aus seinem Fallschirm und schaute mit zusammengekniffenen Augen zu den anderen hinauf, die auf die Erde zuschwebten.

„Wuuuuuhuuuu!" Toris Schrei hallte von den Felswänden wider. Dann hörte er Krystal und dann die anderen.

Corin grinste. Wieder ein geniales Erlebnis mit den Verrückten, die er als seine Freunde bezeichnete.

Toris verschränkte Arme und ihre finstere Miene unterstrichen eindrücklich ihr Schweigen und nach einer halben Stunde hatte Corin genug davon. „Was für eine Eiseskälte, die du ausstrahlst. Könntest du bitte die Heizung hochdrehen?“

„Sehr witzig.“

„Würdest du mir verraten, worüber du dich so aufregst?“

Tori drehte sich auf ihrem Sitz um, ließ die Arme aber weiterhin über ihrer Brust verschränkt. „Ich weiß, dass wir erst seit einem Vierteljahr zusammen sind, aber ich habe dich ziemlich gern.“

„Ich dich auch. Worauf willst du hinaus?“

„Du hättest dich heute fast umgebracht.“

„Quatsch.“

„Soll ich die anderen sechs Zeugen fragen, die alle vor Erleichterung laut gestöhnt haben, als du endlich den Fallschirm geöffnet hast?“

„Sie haben wirklich gestöhnt?“ Corin grinste. „Cool.“

„Das ist nicht lustig, Corin.“

„Ich finde, du übertreibst.“ Er schaltete die Scheinwerfer ein. „Ich hatte alles im Griff.“

„Was ist los mit dir?“ Tori drehte sich weg und schaute aus dem Beifahrerfenster. „Willst du dich umbringen? Hast du eine Todessehnsucht, von der du mir nichts erzählt hast?“

„Nein.“

„Was sollte das dann heute?“

Was konnte er ihr sagen? „Das weiß ich selbst nicht.“ Er umklammerte das Lenkrad fester. *Aber ich sollte es herausfinden.*

Kapitel 10

Corin ging am Montagmorgen ins Internet, um die Onlinezeitung zu lesen, während er von seinem Toast abbiss, das er mit Wurst, Ei und Käse belegt hatte. Das Wetter würde in den nächsten Tagen angenehm bleiben. Schön. Und die Broncs hatten wieder gewonnen.

Er wollte gerade auf eine neue Seite klicken, als eine Schlagzeile seine Finger erstarren ließ: *Junge von Asthma geheilt. Familie spricht von einem Wunder.*

Na, das wäre ja etwas für seinen neuen Freund Brian! Corin klickte den Artikel an, trank einen Schluck von seinem grünen Tee und begann zu lesen.

Colorado Springs – Ein fast siebenjähriger Junge aus unserer Stadt litt sein Leben lang an schwerem Asthma. Das ist jetzt vorbei. Laut seinen Eltern ist vor vier Tagen etwas Ungewöhnliches passiert. Sie behaupten, dass der Junge durch ein Wunder geheilt worden sei. Als sie ihrem Sohn am Donnerstagabend seine täglichen Asthmamedikamente geben wollten, hat der sechsjährige Brian Gibson …

„Was?!" Corin fuhr so abrupt hoch, dass er den grünen Tee auf dem Tisch und seinem Sandwich verschüttete. Er wischte den Tee hastig mit einer Serviette weg und las weiter.

... gesagt, dass er die Medikamente nicht brauche, da sein Asthma „nicht mehr da" sei. Zuerst glaubten sie ihm nicht, aber nachdem er darauf beharrte, ihnen zu zeigen, was er meinte, gaben sie nach und bekamen von ihm eine überzeugende Demonstration vorgeführt.

Der Artikel wurde von einem Videoclip unterbrochen. Corin klickte das Video an und ein paar Sekunden später sah er den Vorgarten eines Mittelklassehauses mit frisch gemähtem Rasen und einem weißen Kleinbus in der Einfahrt. Als Nächstes tauchte ein Junge auf, der fröhlich kreischend durchs Bild rannte. Zweifellos. Es war der Junge aus seinem Geschäft.

„Genauso wie für unsere Kameras lief Brian Gibson für seine Eltern durch den ganzen Garten. Er war außer Atem, ja, aber nicht mehr als jeder gesunde Junge, der im Garten getobt hat."

Corin stützte den Kopf auf seine Hand und warf einen Blick auf ein Bild von dem Stuhl, das er an die Pinnwand in seiner Küche gehängt hatte.

Der Reporter berichtete: *„Sein Arzt bestätigt, dass Brian wirklich schweres Asthma gehabt hat. Er kann sich nicht erklären, wie oder warum das Asthma verschwunden ist."*

Das Video zeigte nun den Arzt. *„Manchmal gehen bei Asthmatikern die Symptome im Erwachsenenalter langsam zurück. Einen solchen Fall habe ich allerdings noch nie erlebt. Aber es gibt für alles ein erstes Mal."* Jetzt wieder der Sprecher: *„Die Gibsons sprechen nicht davon, dass die Krankheit verschwunden sei; sie bezeichnen es als Wunder."*

Brians Mutter und ein Reporter tauchten im Bild auf. *„Haben Sie denn irgendetwas Ungewöhnliches gemacht?"*

„Wir waren einkaufen. In einem Antiquitätengeschäft hatte Brian einen schlimmen Asthmaanfall. Er ruhte sich eine Weile auf einem Stuhl in dem Geschäft aus. Das war alles. Vier Stunden später war sein Asthma verschwunden."

Corin verschränkte die Arme vor der Brust. *Der Junge setzt sich auf den Stuhl. Und ein paar Stunden später ist er geheilt.* Das war … ungewöhnlich. Es war faszinierend. Ein erstaunlicher Zufall.

Aber irgendwie wusste er, dass es mehr als nur ein Zufall war.

Kapitel 11

Pastor Mark Jefferies warf seine Lederjacke über die Rückenlehne des Lederstuhls vor seinem Schreibtisch aus Kirschholz und betrachtete im Spiegel links neben der Bürotür seine schwarzen Haare. Nicht schlecht. Sie mussten nur noch ein wenig mehr zerzaust werden. Er massierte seine Kopfhaut mit den Fingern, bis seine Haare gewollt verstrubbelt aussahen. Gut. Er drehte sich um und ging zu seinem Schreibtisch.

37 war noch nicht zu alt für den Emo-Look. Seine YouTube-Klicks waren um 17 Prozent gestiegen, seit er sich die neue Frisur zugelegt hatte. Außerdem sah er damit jünger aus. Das war hilfreich, um die Massen zu erreichen. Und die Massen in der Gemeinde in La Jolla liebten ihn. Genauso wie die fünf Satellitengemeinden in der Gegend um San Diego.

Nachdem er es sich auf dem Stuhl vor seinem Schreibtisch bequem gemacht, seine Bibel in die Hand genommen und sie geküsst hatte, öffnete er seine Facebook-Fanseite. Nett. 372 neue Freunde seit gestern. Wahrscheinlich war es Zeit, wieder einmal zu posten, wie gern er mit seiner Frau ausging. Solche Posts lösten immer viele positive Reaktionen aus. Danach wäre dann irgendein Sinnspruch über wahre Männlichkeit dran. Er musste über starke Männer sprechen. Männer, die wussten, wohin sie gingen und warum. Die Leute da draußen brauchten eine solche Inspiration.

Es war nicht so, dass er nicht an das glaubte, was er verbreitete. Er ging wirklich gern mit seiner Frau aus. Und er glaubte auch das, was er predigte. Es war richtig und es war wahr. Aber noch besser war, dass es ihn bei seiner Legion von Fans immer beliebter machte. Und auch gut, wenn es einige Leute auf die Palme brachte. Denn damit bekam er Presse und die Presse brachte ihn ins Rampenlicht. Die Leute wollten eine Leitfigur, um die sie sich scharen konnten. Und er war die Leitfigur, die sie zu Gott zurückführen würde. Vielleicht ging das Land mit seiner intoleranten Toleranz den Bach hinunter, aber das bedeutete nicht, dass er nicht versuchen konnte, so viele wie möglich zu retten.

Er schüttelte den Kopf. Noch vor sechs Jahren hatte er in seinem Wohnzimmer vor seiner Frau und drei anderen Ehepaaren gepredigt. Und jetzt hingen zigtausend Menschen an jedem Wort, das er sagte, an jedem YouTube-Video. Sehnte er sich manchmal nach jenen frühen Tagen zurück, als der Druck, eine Ikone zu sein, ihn noch nicht niedergedrückt hatte wie das Wasser beim Tauchen in 40 Metern Tiefe? Ja. War er darauf vorbereitet gewesen, dass seine Gemeinde so schnell wachsen würde? Wahrscheinlich nicht.

Aber jemand musste es ja tun. Und wenn er ein Star werden musste, um das, was getan werden musste, zu erreichen, dann sollte es eben so sein. Der Zweck heiligte die Mittel.

Ein Klopfen an der Tür riss ihn aus seinen Gedanken. „Was ist?" Als er den Kopf hob, sah er Ben Raney mit einem Papierstapel in den Händen an der Tür stehen.

„Bist du bereit für die Besprechung?"

„Ist es schon so weit?" Mark warf einen Blick auf seine

Armbanduhr und runzelte die Stirn. Die Zeit verging immer viel zu schnell.

„Ja." Ben tippte mit seinem kleinen Finger auf seine Armbanduhr. Warum machte der Junge das immer? „Punkt fünfzehn Uhr."

„Gib mir noch zehn Minuten." Ben nickte und wandte sich zum Gehen. „Warte! Warum lächelst du so auffällig?"

„Das sage ich dir bei unserer Besprechung. Du wirst begeistert sein."

„Sag es mir jetzt." Mark stand auf, schlenderte um seinen Schreibtisch herum und lehnte sich daran.

Ben verzog so leicht das Gesicht, dass es Mark fast entgangen wäre. „Hast du schon die Nachrichten überflogen?" Er schob sich seine dunkelroten Haare aus der Stirn, aber sie rutschten sofort wieder nach vorn.

„Nein. Ich bezahle dich dafür, dass du das machst." Mark verschränkte die Arme vor seiner Brust.

„Ja, das stimmt."

Mark hasste passiv-aggressives Verhalten. Offene Aggressivität funktionierte schneller und sorgte für effektivere Ergebnisse. „Ben, was soll das? Wir wissen beide, was du hier abziehst. Wenn du eines Tages auf dem Platz sitzen willst, auf dem ich sitze, musst du dich schon angemessen verhalten. Innerlich wie äußerlich. Verstehen wir uns oder willst du dir eine neue Stelle suchen?"

„Tut mir leid, Mark. Du hast recht."

Barmherzigkeit. Er brauchte sie selbst immer wieder. Also musste er sie auch anderen entgegenbringen. *Atme tief durch. Lass es los.* „Schon vergessen." Mark faltete die Hände hinter seinem Kopf. „Jetzt sag schon, was du gefunden hast."

Ben legte einen Ausdruck eines Zeitungsartikels auf Marks Schreibtisch. Er zeigte ein Bild von einem blonden Jungen, der offenbar zwischen seinen Eltern stand. Die Schlagzeile lautete: *Junge von Asthma geheilt. Familie spricht von einem Wunder.*

„Na und?“ Mark schob Ben die Zeitung wieder hin. „Wir wissen doch, dass Gott auch heute noch Menschen heilt.“

„Das glaube ich auch. Aber wenn die Heilung durch den Kontakt mit einem bestimmten Gegenstand zustande gekommen ist, von dem du meines Wissens nach sehr fasziniert bist, wird die ganze Geschichte gleich noch viel interessanter.“

Marks Puls ging in die Höhe. „Wenn du mich verschaukeln willst ...“

„Das will ich nicht.“ Ben schüttelte den Kopf und deutete auf den Ausdruck. „Ich wette, dass der Stuhl, auf dem der Junge saß, bevor er plötzlich gesund wurde, dir sehr bekannt vorkommt.“

„Ist das dein Ernst?“

„Ja.“ Ben tippte wieder auf den Artikel. „Er war in einem Antiquitätenladen.“

Mark beugte sich vor und las den ganzen Artikel, dann fuhr er sich mit den Fingern durch die Haare und sagte mehr zu sich selbst als zu Ben: „Diese Mutter und ihr Sohn spazieren also in einen Antiquitätenladen, der Junge hat einen Asthmaanfall, er setzt sich auf einen Stuhl, und voilà, er ist geheilt.“

„Genau so sieht es aus.“

„Wo ist der Laden?“

„Der Artikel nennt den Namen des Antiquitätenladens nicht.“

„Ja, ich weiß.“ Mark schlug mit seinem Handrücken auf den Artikel. „Ich kann lesen. Aber der Artikel ist aus Colorado Springs, nicht wahr?“

„Ich soll also ...?“

„... in ein Flugzeug steigen und den Laden finden. Dann

sprichst du überaus freundlich mit dem Ladenbesitzer und findest so viel wie möglich über den Stuhl heraus."

„Und das alles sollte möglichst schon gestern geschehen sein."

„Genau."

Ben wandte sich zum Gehen. „Sonst noch etwas?"

„Nein." Mark rieb sich über den Mund. „Warte." Er ging zu seinem Schreibtisch und schob die oberste Schublade auf. „Ich habe morgen Abend keine Zeit. Du kannst die hier also haben." Er reichte Ben zwei Eintrittskarten für ein OneRepublic-Konzert.

„Ist das dein Ernst?" Bens Gesicht erhellte sich. „Ich liebe diese Band!"

„Weiß ich doch." Mark klopfte ihm auf die Schulter. „Viel Spaß."

Mark trat an sein Bürofenster und betrachtete die vielen Seelen, die draußen auf der Straße unterwegs waren. Die meisten hatten keine Ahnung von der Ewigkeit. Keinen Blick dafür, dass sie von Unsterblichkeit umgeben waren. Dass Gott auch heute noch mitten unter ihnen wirkte.

Falls es wirklich *der* Stuhl war, musste er schnell handeln. Ja, die Legende war ein wenig seltsam und weitestgehend unbekannt. Die Wahrscheinlichkeit, dass der Ladenbesitzer wusste, was er da hatte, war nahezu gleich null. Aber andere, die die Regenbogenpresse und die Nachrichten verfolgten, wären nicht so ahnungslos. Mit ein wenig Glück sollte es Ben gelingen, den Stuhl für ein paar Hundert Dollar zu bekommen, und dann würde er morgen Nachmittag in seinem Büro stehen. Und dann könnte er das Ungeheuer endlich für immer besiegen.

Kapitel 12

Corin konnte sich nicht entscheiden, ob er Tori erzählen sollte, dass der Stuhl Brian geheilt hatte. Nicht nur, weil sie von dieser Christensache nichts mehr wissen wollte. Sondern auch, weil er tief in seinem Herzen glauben *wollte*, dass es wahr war, und wenn er darüber sprach, würde es real werden. Und wenn dann die unvermeidliche rationale Erklärung für Brians Heilung auftauchte, würde wieder eine schwache Hoffnung für seinen Bruder in tausend Scherben zerschellen.

Er bog auf die Bundesstraße, schaltete in den vierten Gang und warf einen Blick auf seine Armbanduhr. Warum musste Tori auch so weit außerhalb der Stadt wohnen?

Corin klingelte um 18:10 Uhr an Toris Tür. Zehn Minuten, nur zehn Minuten zu spät. Sie öffnete die Tür und schaute ihn mit gerunzelter Stirn an. „Ist mit dir alles in Ordnung?"

„Warum?"

„Du kommst nur zwölf Minuten zu spät. Etwas muss nicht in Ordnung sein."

„Zehn."

„Zwölf." Tori tippte auf ihre Armbanduhr. „Aber zwölf ist ein deutliches Zeichen der Besserung."

Corin setzte ein, wie er hoffte, fröhliches Lächeln auf und trat in ihre Diele. Tori huschte an ihm vorbei in die Küche. „Möchtest du einen Wein?“

„Nein, danke.“

„Wirklich?“

„Wenn ich herausfinden will, was los ist, muss ich einen klaren Kopf behalten.“

„Ah, du hast also einen dieser Tage. Wie würdest du ihn mit einem einzigen Wort beschreiben?“, rief sie aus der Küche.

Sollte er es ihr erzählen? „Beunruhigend.“

„Das klingt interessant.“ Tori kam mit einem Glas dunkelrotem Wein zurück und hatte die Flasche mit dem restlichen Wein unter dem Arm. „Es stört dich doch nicht, wenn ich ohne dich ein Glas trinke, oder?“

Corin schüttelte den Kopf und überlegte, ob er darüber sprechen wollte. Wollte er? Ja. Außerdem wusste er wenig über den christlichen Glauben und Tori hatte mehr Ahnung davon. Sie konnte ihm also vielleicht helfen zu verstehen, was mit Brian Gibson passiert war.

Sie traten auf Toris überdachte Veranda hinaus und setzten sich in die zwei Terrassenstühle, die in der hintersten rechten Ecke standen. Corin betrachtete den Cheyenne Mountain in der Ferne und ließ den friedlichen Anblick der untergehenden Sonne auf sich wirken. „Hier draußen ist es schön.“

„Die Fahrt lohnt sich also?“

Corin nickte lächelnd. Er beugte sich vor und gab ihr einen schnellen Kuss.

Sie schnippte sanft mit dem Finger an den Rand ihres Glases. Der Klang erfüllte die kühle Abendluft. „Bist du jetzt bereit, mir zu erklären, was du mit beunruhigend meinst?“ Tori schlug die Beine übereinander, trank einen Schluck von ihrem Wein und beugte sich vor.

Corin konnte den Blick nicht von den zerklüfteten Gipfeln im Westen losreißen. „Wenn Jesus in den Jahren, in denen er als Zimmermann tätig war, einen Gegenstand gebaut hätte, wäre es dann möglich, dass dieser heilende Kräfte hat?"

„Was?"

„Du hast mich doch gehört."

„Sprechen wir hier von Indiana Jones oder vom wahren Leben?"

„Vom wahren Leben."

„Ach! Woher soll ich das wissen?"

„Du hast mir erzählt, dass du früher viel in der Kirche warst. Ich dachte, du wüsstest, ob religiöse Artefakte heilende Kräfte haben."

„Klar!" Sie lachte. „Ich weiß auch alles über UFOs."

„Ich meine es ernst."

„Solches Zeug interessiert Leute, die Filme drehen, nicht Jugendliche, die in den Konfirmandenunterricht gehen. Können wir bitte das Thema wechseln?"

„Warum?"

„Ich will nicht über Religion sprechen."

„Warum nicht?"

„Ich habe es dir doch schon gesagt: Meine Eltern waren strenggläubig, aber das war nichts für mich. Als ich von zu Hause auszog, habe ich das alles hinter mir gelassen. Und so soll es auch bleiben. Ich habe keine Lust, über die Kirche oder Gottes Liebe oder Jesus oder solches Zeug zu sprechen."

„Ich spreche nicht von der Kirche. Ich will wissen, ob religiöse Gegenstände irgendwie übernatürliche Kräfte haben können."

„Gut." Tori lehnte sich auf ihrem Stuhl zurück. „Sprechen wir also über den Stuhl, den diese alte Frau vor ein paar Tagen in deinen Laden gebracht hat."

„Sie war nicht alt."

„Ich dachte, du sagtest, sie sei über siebzig gewesen."

„Sie war ... älter, aber nicht alt."

Tori lachte wieder. „Entschuldige. Also sprechen wir über den Stuhl, von dem eine *ältere* Dame gesagt hat, dass er von Jesus geschreinert worden sein soll."

„Sie hat nicht gesagt, dass Jesus ihn gemacht hat. Sie hat es angedeutet. Du warst diejenige, die ..."

„Ist doch egal."

Tori war so merkwürdig abweisend. Warum? „Nehmen wir mal an, Jesus hätte diesen Stuhl wirklich angefertigt, könnte er dann jemanden heilen?"

Tori beugte sich wieder vor. „Ist denn jemand geheilt worden?"

Corin zog den Internetartikel über Brian aus seiner Hosentasche. „Hast du diesen Artikel über den Jungen gelesen, dessen Asthma von jetzt auf gleich verschwunden ist?"

„Nein."

Corin reichte ihn ihr. Sie stellte die Beine auf den Boden und nippte an ihrem Wein, während sie den Artikel las. Als sie fertig war, legte sie sie auf die Armlehne ihres Stuhls und strich ihn mit der Handfläche glatt. „Was für ein Witz!"

„Was?"

„Willst du mir jetzt sagen, dass du tatsächlich glaubst, dein Stuhl hätte dieses Kind geheilt?" Tori lehnte sich wieder zurück und verschränkte die Arme vor sich.

Corin wackelte mit dem Kopf hin und her. „Ich sage nur, dass es möglich sein könnte. Ein paar Stunden bevor das angebliche Wunder eintrat, war er in meinem Geschäft. Er schlief auf dem Stuhl ein. Vielleicht wurde er dabei geheilt."

„Du willst damit also sagen, ein wenig auf diesem Stuhl zu sitzen hat ihm geholfen, sein Asthma loszuwerden?"

„Keine Ahnung. Ich denke noch darüber nach."

„Na klasse, und wenn ich mich daraufsetze und dabei ganz fest an meine Füße denke, wachsen dann meine Zehennägel nicht mehr ein?"

„Ich meine es ernst, Tori. Ich glaube, der Stuhl hat etwas damit zu tun, dass er geheilt wurde."

„Okay."

„Glauben also die verschiedenen Religionen, dass Artefakte wie dieser Stuhl heilende Kräfte haben können?"

Tori nippte wieder an ihrem Glas und schwieg. Die finstere Miene, die sie aufgesetzt hatte, seit sie über den Stuhl sprachen, verwandelte sich in etwas wie Traurigkeit.

Corin stand auf, trat ans Geländer der Veranda und trommelte mit den Fingern darauf herum. „Okay, ich verstehe. Du willst nicht darüber sprechen. Vergiss es. Ich kann im Internet nachschauen."

Tori fuhr sich mit den Fingern durch ihre schwarzen Haare. „Ja, es gibt jede Menge Leute, die glauben, religiöse Gegenstände könnten Wunder wirken."

„Wie zum Beispiel?"

„Na, du hast doch sicher auch schon die Storys gehört von den Marienstatuen, die Blut weinen oder Jesus, der in einer Avocado auftaucht?"

„Ich hatte auf etwas gehofft, das ein wenig gehaltvoller ist."

Tori band ihre dunklen Haare zu einem Pferdeschwanz zurück. „Okay, es gibt auch ernst zu nehmende Geschichten von Heilungen im Zusammenhang mit religiösen Artefakten."

„Wie zum Beispiel?"

„Bis ins Mittelalter glaubten die meisten Christen, Amulette oder geweihte Dinge hätten heilende Kräfte. Manchmal benutzten sie in verzweifelten Situationen die Bibel wie einen

Talisman, wenn zum Beispiel jemand im Sterben lag. Sie legten sie unter das Bett, da sie dachten, das würde die Kranken heilen."

„Weiter?"

„Das Turiner Grabtuch. Manche behaupteten, sie seien geheilt worden, als sie das Tuch nur anschauten." Tori stand auf und deutete auf Corins Bauch. „Hast du Platz für Camembert und Cracker?"

„Ja, unbedingt."

Tori gab Corin einen Kuss auf die Wange und verschwand im Haus. Heiß, kalt. Sie wollte nicht darüber sprechen, dann wollte sie doch. Dann war sie wieder abweisend. Was hatte sie gegen Religion? Diese Abwehrhaltung musste doch irgendwoher kommen. Je mehr jemand gegen etwas ankämpfte, umso größer war die Wahrscheinlichkeit, dass ihm diese Sache früher einmal sehr wichtig gewesen war. Welche Narben hatte die Religion bei Tori hinterlassen, die sie unter ihrer normalerweise so selbstsicheren Persönlichkeit verbarg?

Sie kam mit dem Käse und den Crackern zurück. „Ich habe eine Frage zu deinem heilenden Stuhl." Die Traurigkeit in ihren Augen war Neugier, ja Sehnsucht gewichen.

„Okay."

„Hast du schon darauf gesessen?"

„Ja."

„Und hat er dich geheilt?"

„Die einzigen Verletzungen, die ich je hatte, waren kleinere Abschürfungen und Prellungen, und ich hatte nie eine chronische Krankheit. Ich weiß also nicht, wovon er mich heilen sollte."

„Wovon wolltest du geheilt werden, als du dich daraufgesetzt hast? Woran hast du gedacht?"

„Du meinst, ich hätte an etwas denken sollen?"

„Ich möchte wetten, wenn du diesen Brian fragst, sagt er, dass er sich gewünscht hat, von seinem Asthma geheilt zu werden, als er auf deinem Stuhl saß." Tori schob sich die Haare aus dem Gesicht. „Das passierte oft in der Bibel. Ich erinnere mich, dass Jesus Leute, die zu ihm kamen, oft gefragt hat: ‚Was wollt ihr, das ich für euch tue?' Und sie sagten dann: ‚Ich will sehen können' oder so etwas. Es klingt also logisch, dass du wissen solltest, wovon du geheilt werden willst, wenn du auf diesem Stuhl sitzt. Du musst glauben, dass es geschehen kann."

Er lächelte. „Das weckt in mir fast den Wunsch, ich hätte etwas, wovon ich geheilt werden müsste, damit ich den Stuhl selbst testen kann."

Tori zog eine Braue in die Höhe, sagte aber nichts.

„Verrätst du mir, was du denkst?"

Sie zuckte die Achseln. „Nein."

„Bitte."

„Wer sagt, dass der Stuhl nicht auch bei psychischen Problemen helfen kann, nicht nur bei körperlichen?"

Er schaute sie finster an. „Soll das heißen, dass ich psychisch krank bin?"

„Ja."

„Danke."

Tori nahm seine Hände. „Wenn ich meiner Fantasie für einen Moment freien Lauf lasse, ja, dann wäre es doch schön, wenn du nur auf einem Stuhl sitzen oder in einem Bett liegen oder auf einer Schaukel schaukeln müsstest, um von den Ängsten geheilt zu werden, die dir bewusst und unbewusst durch den Kopf gehen. Wäre das nicht schön?"

„Davon habe ich dir erzählt?"

„Ja."

Corin steckte sich ein Stück Käse in den Mund und schaute einem Specht zu, der zwischen zwei Tannen hin und her hüpfte.

Ja. Er würde gern geheilt werden. Sehr gern sogar. Aber Brians Heilung war körperlich und nicht psychisch gewesen.

Morgen würde er in ein paar Kirchen anrufen. Vielleicht konnte ihm dort jemand weiterhelfen. Außerdem wollte er sich im Internet nach den Heilkräften von religiösen Artefakten erkundigen und auch herausfinden, was die Bibel über Heilungen sagte.

Und vielleicht würde er sich noch einmal auf den Stuhl setzen.

Kapitel 13

Als jemand an die Tür von Mark Jefferies' Büro klopfte, zuckte er zusammen.

„Hallo, Schatz, das Essen ist bald fertig." Marks Frau stand lächelnd im Türrahmen; ihre schwarzen Haare fielen ihr über die Schultern.

„Wie bald ist bald?"

Sie schaute ihn einen Moment verärgert an. Mark überlegte, etwas dazu zu sagen, ließ es dann aber bleiben. Barmherzigkeit war immer eine gute Entscheidung.

„In zehn bis fünfzehn Minuten."

„Perfekt." Er zwinkerte ihr zu. „Du bist wunderbar."

Sie lächelte und wandte sich zum Gehen.

„Hey, noch eine Sache." Mark lehnte sich zurück und faltete die Hände hinter seinem Kopf. „Könntest du bitte diesen Bademodenkatalog abbestellen, der uns alle paar Wochen ins Haus flattert? Oder ihn zumindest wegwerfen, wenn du ihn durchgeblättert hast? Ich will mir so etwas nicht ansehen; es bringt mich auf ungute Gedanken."

„Andere Männer würden ..."

„Ich bin nicht andere Männer." Mark nahm seine Fernbedienung, schaltete einen Sportsender ein und lächelte.

„Ja, und dafür bin ich dankbar." Sie ging zu Mark hinüber und küsste ihn auf die Wange. „Mach dir keine Sorgen. Du wirst den Katalog nicht zu Gesicht bekommen."

„Danke, Schatz."

Gegen Mitternacht wachte Mark auf, schlüpfte aus dem Bett und ging in sein Büro. Er warf einen Blick auf die Regale, die mit Büchern aus den letzten fünf Jahrhunderten gefüllt waren. Dann schlenderte er zu seinem schwarzen Lederstuhl hinüber, setzte sich und schaltete die Lampe auf dem Tisch neben seinem Stuhl ein. Das warme Licht fiel auf das kleine Buch und beleuchtete den abgenutzten braunen Ledereinband. Mark nahm es und fuhr mit den Fingern über seine Oberfläche.

Falls dieser Corin Roscoe wirklich den Stuhl hatte, waren Marks Gebete endlich erhört worden. Alle Hinweise, die er in dem kleinen Tagebuch gesammelt hatte, würden sich als wahr herausstellen. Er versuchte, seine Hoffnung zu zügeln, aber nach ein paar Minuten ließ er seinen Gefühlen freien Lauf. Wenn er wirklich echt war und wenn er tatsächlich heilende Kräfte hatte ... sein Leben würde sich für immer verändern.

Morgen. Ben würde morgen diesen Antiquitätenladen finden und anfangen, der Sache auf den Grund zu gehen. Und je nachdem was er fand, konnte es sein, dass Corin Roscoe ein guter Freund wurde.

Mark stand auf, ging zu seinem Schreibtisch, fuhr sein MacBook hoch und begann im Internet zu surfen. Auf Facebook war nichts los. Und bei Twitter auch nicht. Er zögerte und warf einen Blick zu seiner Bürotür. Auf dem Gang brannte kein Licht. Seine Frau und seine Kinder schliefen längst.

Nur ein kurzer Blick. Nur ein schneller Blick; mehr wollte er gar nicht. Es war nicht schlimm; es würde ihm vergeben werden. Er machte das nur, um zu sehen, womit die Männer aus seiner Gemeinde rangen. Er musste den Feind kennen, um ihn bekämpfen zu können. Nicht wahr?

Sofort tauchten Fotos von umwerfend schönen Frauen auf seinem Bildschirm auf, die bestenfalls nur wenige Zentimeter Stoff trugen und ihn mit Blicken anschauten, die so herausfordernd waren, dass sein Puls höher schlug. Er klickte schnell durch die Bilder. Nein, er machte nichts Schlimmes, er schadete niemandem, er lud keine Schuld auf sich.

Es war nicht falsch. Es war nichts anderes, als wenn er am Strand spazieren ging und einen Moment stehen blieb, um zu bewundern, was Gott geschaffen hatte. Nur ein kurzer Blick auf die Kreativität des Schöpfers, die bewundert werden wollte.

Hör auf.

Der Gedanke schoss wie ein Blitz aus seinem Herzen in seinen Kopf.

Warum?

Was er hier sah, schauten sich in dieser Minute Tausende, Millionen von Männern auf der ganzen Welt an. *Und wenn das deine Tochter wäre? Würdest du wollen, dass Männer sie so ansehen, wie du jetzt diese Frauen ansiehst?* Der Gedanke traf ihn mitten ins Herz. Aber das waren nicht seine Töchter. Er dankte Gott, dass er nur Söhne hatte.

Nach einer Viertelstunde hörte er auf, sich selbst etwas vorzumachen, knallte seinen Laptop zu, fluchte und sank auf seinem Stuhl zurück. Das war das letzte Mal gewesen, dass er das gemacht hatte. Nie wieder. Niemals wieder.

Aber er glaubte diese Lüge selbst nicht.

Mark rieb sich mit beiden Händen über das Gesicht, stützte die Ellbogen auf seinen Schreibtisch und stieß ein leises Stöhnen aus. Als er wieder aufsah, stand seine Frau im Türrahmen. Sein Herzschlag verdoppelte sich. Wie lang stand sie schon da?

„Ist alles in Ordnung?“

Wusste sie es? Sie konnte es nicht wissen. Sie konnte nicht sehen, was er angeschaut hatte, aber vielleicht hatte sein Gesicht ihn verraten. „Wow, du hast mich erschreckt.“

„Tut mir leid, aber ich bin aufgewacht und du warst nicht im Bett. Geht es dir gut?“

„Ja, ich überlege nur, worüber ich am Sonntag predigen soll.“ Mark drehte seinen Kopf nach rechts und dann nach links. „Und ich bin ein wenig angespannt.“

„Was beschäftigt dich denn gerade?“

Zum Beispiel, dass er sich selbst hasste, weil er nicht stärker war; dass er sich hasste, weil er an seinen Kindern, seiner Frau, seiner Gemeinde versagte; dass er das Bild hasste, das die anderen von ihm sahen. „Vieles“, sagte er vage.

„Dann predige doch darüber.“

Ha! Das wäre wohl keine so gute Idee. „Okay. Ich bin bald wieder im Bett, Schatz.“

Seine Frau ging wieder, zweifellos mit einem engelhaften Lächeln im Gesicht. Sie hatte ein gutes Herz, sie glaubte an ihn, auch wenn er selbst nicht an sich glaubte. Er brauchte Heilung. Tief in seinem Inneren. Es hieß, der erste Schritt sei es, seine Schuld zu bekennen.

Und der Stuhl könnte der zweite Schritt sein.

Kapitel 14

Während die Sonne im Osten aufging, stand Corin mit seinem Kumpel A.C. Avena oben an einer langen, kurvenreichen Straße und das Adrenalin schoss durch seinen Körper. Das wäre eine geniale Abfahrt. Ein großartiger Start für einen Dienstagmorgen.

„Bist du sicher, dass wir heil unten ankommen?" A.C. schaute ihn mit dem schiefen Grinsen an, bei dem an der Highschool fast alle Mädchen schwach geworden waren.

„Sebastian hätte sofort mitgemacht."

„Nur weil du ihn dazu überredet hättest." A.C. zog seine Lederhandschuhe an und schaute Corin an. „Ich habe gehört, dass du am Wochenende am Pikes Peak ein wenig den Verstand verloren hast."

Corin grinste. „Du hättest dabei sein und mit uns springen sollen! Es war cool."

„Man sagte mir, dass du dich fast umgebracht hast."

„Das stimmt nicht."

„Aha."

Sie waren die Straße drei Mal abgefahren – vier Kilometer – und hatten die Kurven und das Gefälle studiert.

„Die perfekte Abfahrt." Corin rieb mit den Händen über seine dicke Lederhose. „Fahren wir von ganz oben, ohne zu bremsen."

„Bist du verrückt?" A.C. trat einen Schritt zurück.

„Ja."

„Ohne zu bremsen? Das mache ich nicht."

„Warum nicht? Ich dachte, wir wollten einen richtigen Adrenalinstoß."

„Die Kurve auf dem letzten Stück kannst du unmöglich schaffen, ohne zu bremsen."

„Woher willst du das wissen?"

„Weil ich mich über diese Straße informiert habe. Fünf Leute haben es versucht und alle haben den Asphalt geküsst." A.C. runzelte die Stirn und grinste gleichzeitig.

„Beim sechsten Mal müsste es also klappen, oder?"

„Du hältst dich echt für Superman, was? Nichts kann dich berühren; nichts kann dich treffen."

Corin runzelte die Stirn. „Nein, das stimmt nicht."

„Warum musst du immer über alle Grenzen gehen?"

Corin legte den Kopf schief. „Ich gehe *an* die Grenzen, aber bis jetzt ist doch nichts passiert."

„Noch nicht." A.C. nahm seinen Straßenrodel und drehte die Räder. „Diese Abfahrt ist lebensgefährlich, wenn du nicht bremst. Manchmal frage ich mich, ob du dich absichtlich verletzen willst."

„Es ist mir egal, ob ich mich verletze." Corin starrte die Abfahrt hinunter. „Das würde mir vielleicht sogar guttun."

„Was redest du da für einen Unsinn, Corin? Wie soll es jemandem guttun, wenn er sich verletzt?"

Corin gab keine Antwort. Er legte seinen Rodel auf den Boden und setzte sich darauf. Dann zog er den Riemen an seinem Helm fest und klappte sein Visier nach unten. „Kommst du?"

Als Corin die letzte Kurve nahm, von der A.C. gesagt hatte, dass sie ihn schaffen würde, griff er mit zitternden Fingern nach der Bremse. Nein. Das konnte er nicht. Er verdiente es nicht, unverletzt zu bleiben.

Er lehnte sich nach links, während die Zentrifugalkraft bei einer Geschwindigkeit von hundert Stundenkilometern alles daran setzte, ihn rechts über den Straßenrand zu tragen. *Komm schon, bleib auf der Straße! Leg dich in die Kurve!*

Die Räder schlitterten über den Asphalt, während er sich stärker nach links neigte. Zu nah. Der Straßenrand, der noch vor einem Moment einen oder zwei Meter entfernt gewesen war, war jetzt nur wenige Zentimeter weit weg.

Er rollte mit hundert Stundenkilometern über den Rand. Nicht gut. Nicht gesund.

Noch drei Sekunden. *Halt durch. Nicht bremsen! Nicht bremsen!*

Einen Moment später hatte er die Kurve geschafft und raste weiter die Straße hinab. Erleichterung durchströmte sein Denken und seinen Körper.

Zwei Minuten später kam A.C. neben ihm zum Stehen. Corin riss sich den Helm vom Kopf und grinste seinen Freund an.

„Du hast es gemacht, nicht wahr?"

Er nickte und grinste immer noch wie ein Kind, das mit seinem Vater zum ersten Mal bei einem Profispiel im Stadion war.

„Du bist verrückt."

Corin nickte zum zweiten Mal. „Das ist meine Berufung."

„Und was machst du, wenn eine Aufgabe kommt, der du nicht gewachsen bist?"

Corin warf sich seinen Helm über die Schulter, bückte sich, um seinen Rodelschlitten aufzuheben, und ein kleiner Teil tief in seinem Herzen hoffte, diese Aufgabe würde bald kommen.

Kapitel 15

Am Mittwochmorgen machte sich Corin einen Kaffee und sank dann aufs Sofa, um sich als Antiquitätendetektiv zu betätigen. Er gab „Stuhl Jesus" bei Google ein. 0,24 Sekunden später hatte er null Ergebnisse. Auf Bing und AltaVista kam er auch nicht weiter. „Stuhl von Jesus gemacht" brachte auch keine Treffer. Jesus *hatte* Möbel gemacht, oder? Tische, Pflüge, Bänke, Stühle. Hatten Zimmerleute damals nicht solche Sachen gebaut? Er hatte keine Ahnung.

Dann stieß er auf einen Artikel, in dem von einem Heiligen die Rede war, der als „Justin der Märtyrer" bezeichnet wurde und im zweiten Jahrhundert in Galiläa gelebt hatte. Justin der Märtyrer sagte, dass es zu seinen Lebzeiten nicht unüblich gewesen sei, Bauern zu sehen, die Pflüge benutzten, die der Zimmermann Jesus von Nazareth gebaut hatte.

Gut. Das war vielversprechend. Wenn ein Pflug, der täglich der steinigen Erde und dem Wetter ausgesetzt war, über hundert Jahre halten konnte, warum sollte dann ein Stuhl, der gut gepflegt wurde, nicht bis heute halten?

Als er „religiöse Artefakte" eingab, wurde es noch interessanter. Er klickte einen Link zu *Sudarium von Oviedo* an und begann zu lesen. Faszinierend. Das Sudarium war ein blutgetränktes Tuch, 80 mal 45 Zentimeter groß, in das angeblich Jesu Kopf nach seinem Tod eingewickelt gewesen war. Untersuchungen des Blutes an dem Tuch bestätigten, dass es eine übliche Blutgruppe bei den Bewohnern des Nahen Ostens war, aber bei Europäern im Mittelalter sehr selten. Pollenuntersuchungen wiesen deutlich darauf hin, dass das Tuch irgendwann in der Gegend von Palästina gewesen sein musste.

Corin las weiter. Aber er fand keinen Hinweis, dass das Sudarium irgendjemanden geheilt hätte. Daneben war ein Link zum „Bildnis von Edessa", einer Art Porträt von Jesus, das ein Bote dem König Abgar V. von Edessa mitgebracht haben soll, der Jesus eingeladen hatte, ihn zu besuchen und von einer schweren Krankheit zu heilen. Jesus hatte angeblich diesem Besuch nicht zugestimmt, aber nach der Auferstehung wurde dann Thaddäus, ein Jünger des Thomas, zu Abgar geschickt und heilte ihn tatsächlich.

Er kam der Sache näher.

Aber als er weiterlas, wurde ihm klar, dass es viel mehr wilde Spekulationen als Fakten gab. Corin klickte weiter. Laut der Legende war das Schweißtuch der Veronika benutzt worden, um den Schweiß von Jesu Stirn zu wischen, als er das Kreuz getragen hatte; dieses Tuch wurde im Petersdom aufbewahrt.

Er überflog den Text. Nichts davon, dass das Tuch heilende Kräfte hätte. Er übersprang den *Heiligen Gral.* Dank Indiana und Henry Jones wusste er schon alles darüber. Aber zumindest unterstützte diese Legende den Gedanken daran, dass Gegenstände, die mit Jesus in Berührung gekommen waren, besondere Kräfte haben konnten. Nein, eigentlich nicht. Genau genommen gab es noch weniger Beweise für die Existenz eines original Abendmahlkelchs als für die Echtheit des Sudariums, des Bildnisses von Edessa oder des Schweißtuchs der Veronika.

Er überflog weitere Artikel über Holzsplitter vom Kreuz, Nägel vom Kreuz, den Mantel Jesu und der Dornenkrone. Wieder fand er nichts darüber, dass diese Artefakte jemanden geheilt hätten.

Corin seufzte und streckte sich. Das Einzige, was er in drei Stunden Suche herausgefunden hatte, war die vage Annahme, dass etwas, das Jesus hergestellt hatte, vielleicht tatsächlich bis heute überlebt haben könnte.

Jetzt wurde es Zeit nachzuschauen, was die Bibel über Heilung sagte. Seine Finger flogen über seine Laptoptastatur. Viele Bibelverse wurden auf seinem Bildschirm angezeigt.

Zwanzig Minuten kopierte er lächelnd drei Verse in ein Word-Dokument und speicherte es, dann druckte er die Seite aus, las sie noch einmal, und sein Lächeln verwandelte sich in ein breites Grinsen. Wenigstens war laut der Bibel die Vorstellung, dass ein Stuhl heilende Kräfte hatte, gar nicht so absurd:

Apostelgeschichte 19,11-12: „Gott ließ durch Paulus erstaunliche Wunder geschehen. Die Leute legten sogar Tücher, mit denen Paulus sich den Schweiß abgewischt hatte, und Kleidungsstücke von ihm auf die Kranken. Dadurch wurden sie gesund, und die Dämonen verließen sie."

Matthäus 14,35-36: „Als die Leute Jesus erkannten, schickten sie Boten in die benachbarten Orte, und man brachte alle Kranken zu ihm. Diese baten Jesus, wenigstens ein Stück seiner Kleidung berühren zu dürfen; und alle, die das taten, wurden gesund."

Markus 5,27-29: „Dann hatte sie davon gehört, dass Jesus Kranke heilte. Deshalb drängte sie sich durch die Menge an Jesus heran und berührte von hinten sein Gewand. Dabei dachte sie: ‚Wenn ich wenigstens seine Kleider berühren kann, werde ich bestimmt gesund.' Und tatsächlich: Die Blutung hörte auf. Sie merkte sofort, dass sie von ihrem Leiden befreit war."

Corin lehnte sich zurück und lächelte. Tücher, Gewänder und Kleidungsstücke. Warum also nicht Stühle? Besonders wenn der Stuhl von Jesus eigenhändig gebaut worden war.

Dieser Stuhl stand für jeden gut sichtbar mitten im Schaufenster in seinem Laden.

Nicht gut.

Gleich morgen würde er ihn in den versteckten Tresorraum hinten in seinem Laden bringen. Und er musste mit jemandem sprechen, der mehr über diese Dinge wusste als Tori. Aber wer? Corin schlenderte in seine Küche, steckte zwei Scheiben Vollkornbrot in seinen Toaster und überlegte. Nachdem er beide Scheiben mit einer großzügigen Portion Erdbeermarmelade bestrichen und sich ein Glas Milch eingeschenkt hatte, setzte er sich wieder auf seine Couch, gab bei Google „Kirchen" ein und rief die erste Nummer in der Liste an.

„Sekretariat der Auferstehungskirche, hallo!", meldete sich eine Frau mit einer etwas zu forschen Stimme.

„Mein Name ist Corin Roscoe. Ich würde gern mit jemandem sprechen, der ..." Was sollte er sagen? *Ich habe einen Stuhl mit Wunderkräften, der vielleicht Leute heilen kann?* „... Ahnung von religiösen Reliquien hat."

„Worum handelt es sich denn genau?" Die Forschheit verschwand ein wenig aus der Stimme.

„Um einen Stuhl. Er ist sehr alt."

„Haben Sie schon mit einem Antiquitätenhändler gesprochen?"

Corin seufzte. „Ich *bin* Antiquitätenhändler."

„Warum rufen Sie dann in einer Kirche an?"

„Weil es sich um einen Stuhl handelt, der religiöse Bedeutung haben könnte."

„Ach." Jetzt war von der Forschheit überhaupt nichts mehr zu hören. „Inwiefern denn?"

„Die Person, die mir den Stuhl gab, sagte, er sei von Jesus gebaut worden."

Die Frau am Telefon lachte kurz. „Dann muss es aber ein sehr alter Stuhl sein."

„Das ist er."

„Sie hat Ihnen gesagt, dass er von *Jesus* gebaut wurde?"

„Na ja, sie hat es nicht ausdrücklich gesagt. Aber sie hat es stark angedeutet."

„Aha."

Diese Frau half ihm nicht weiter. Corin rieb sich die Augen. „Kann mir bei Ihnen jemand weiterhelfen?"

„Was wollen Sie denn wissen?"

„Ob es ..." Corin zögerte. Was wollte er wissen? Ob der Stuhl echt war? Ob er Brian tatsächlich geheilt hatte? „Haben Sie vor ein paar Tagen den Artikel in der Zeitung über den Jungen gelesen, der von seinem Asthma geheilt wurde?"

„Ja."

„Der Stuhl, auf dem er vorher gesessen hatte, war mein Stuhl."

„Aha." Wieder sagte die Frau sonst nichts.

Corin hielt das Telefon an sein anderes Ohr. „Ich hatte gehofft, es gäbe bei Ihnen vielleicht jemanden, der sich mit religiösen Artefakten auskennt ... der mir vielleicht erklären kann, ob es Zufall war, dass der Junge auf dem Stuhl saß und geheilt wurde oder ob tatsächlich ein Wunder passiert ist."

Es war zehn Sekunden lang still in der Leitung. „Wissen Sie was?", sagte die Frau schließlich. „Wenn Sie mir Ihren Namen und Ihre Telefonnummer geben, mache ich jemanden ausfindig, der Ihnen weiterhelfen kann. Einverstanden?"

„Gut." Corin gab ihr seine Nummer, legte auf und starrte sein Handy an. Niemand würde ihn zurückrufen.

Er rief zwei weitere Kirchen an und die Gespräche ähnelten

sich. Corin konnte diesen Leuten keinen Vorwurf machen. Seine Geschichte klang wie etwas aus *Spiderman*. Aber mit wem konnte er darüber sprechen? Tori hatte er schon als Möglichkeit verworfen, er hatte keine Freunde, die religiös waren, und die Frau, die ihm den Stuhl gebracht hatte, hatte ihr Versprechen, sich wieder bei ihm zu melden, bisher nicht gehalten.

Einen Moment später lachte Corin. Natürlich! Er hatte zwar wahrscheinlich nicht die geringste Ahnung von Reliquien, aber er ließ sich bestimmt dazu überreden, den Stuhl auszuprobieren: A.C.!

A.C. war bei allen Abenteuern dabei. Warum sollte er sich auf dieses nicht einlassen? Wenn A.C. heute Nachmittag den Rollschreibtisch vorbeibrachte, würde Corin seinen Freund zu einer kleinen Sitzung auf dem Stuhl überreden.

Kapitel 16

A.C. betrat um halb vier an diesem Nachmittag Corins Laden durch die Hintertür und schleppte den Schreibtisch herein, als bestünde er aus Balsaholz. „Hey, Cor, ich habe hier deinen Schreibtisch. Wo willst du ihn haben?"

Corin lief zum Lieferanteneingang. „Soll ich mit anpacken?"

„Nein, er wiegt nur ungefähr hundertfünfzig Kilo", grinste A.C. und trug ihn zur Tür vor der Werkstatt. „Kann ich ihn hier abstellen?"

„Perfekt."

A.C. war 41 und gebaut wie ein Schrank. Leicht feuchte Strähnen seiner blonden Haare, die immer noch so dicht waren wie eh und je, fielen ihm in die Stirn. Der einzige Hinweis darauf, dass er sich anstrengen musste, um den Schreibtisch zu tragen, waren seine angespannten Oberarme, die sich in die Ärmel seines T-Shirts drückten. Nach seiner Profikarriere im Football hatte A.C. sich eine solide laufende Betonfirma aufgebaut und nebenbei war er trotz einiger alter Verletzungen in beinahe jeder existierenden Sportart hervorragend. Und er machte jeden Spaß mit, den Corin vorschlug, und sei er auch noch so verrückt.

„Danke fürs Vorbeibringen."

„Kein Problem. Dein Laden liegt auf dem Weg zu meiner Arbeit."

„Was machst du zurzeit?"

„Nichts Aufregendes. Wir betonieren die Gehwege und Einfahrten für ein neues Bauprojekt im Norden der Stadt."

„Eines der wenigen Bauprojekte, die es zurzeit gibt, nehme ich an."

„Die Aufträge sind spärlicher geworden, aber es geht." A.C. rieb die Hände an seiner Jeans ab. „Wie ist es bei dir?"

„Unverändert. Sehr mühselig."

„Tut mir leid."

„Kein Grund zur Sorge. Die Leute werden irgendwann wieder kaufen."

„Glaubst du das?"

„Nein."

Sie lachten beide.

„Wie war das Wochenende in Disneyland?"

„Ach, wirklich lustig. Die Kinder waren begeistert. Dina war begeistert. Und ich auch." A.C. schlenderte zur Kaffeekanne, nahm sich eine große Tasse und füllte sie bis zum Rand mit schwarzem Kaffee.

„Dieser Kaffee ist sechs Stunden alt."

„Perfekt." A.C. warf einen Blick auf seine Armbanduhr. „Ich muss los. Ich will nicht in den Feierabendverkehr kommen, wenn es sich vermeiden lässt."

„Kann ich dich noch etwas fragen, bevor du gehst?"

„Was?" A.C. bedachte Corin mit seinem typischen Grinsen.

„Hast du vor irgendetwas Angst? Also, ich meine jetzt wirklich Schiss, Panik, Muffensausen?"

A.C. trank einen großen Schluck von seinem Kaffee. „Wie lange kennst du mich schon? Zwanzig Jahre? Hast du in dieser ganzen Zeit je erlebt, dass ich vor etwas Angst hatte?"

Corins Gesicht begann sofort zu glühen. Er hatte A.C. nie erzählt, dass er einmal ertrunken war und dass er Angst vor engen Räumen hatte, aber wenn A.C. sein Unbehagen bemerkte, überging er es. „Nichts? Sprechen in der Öffentlichkeit? Höhen? Clowns? Sterben?“

„Das ist es: Clowns.“ A.C. nickte. „Du hast mich erwischt.“

Aber Corin hatte das Flackern in A.C.s Augen gesehen, als er „Sprechen in der Öffentlichkeit“ erwähnt hatte. „Komm schon, A.C. Ich habe wirklich einen triftigen Grund, warum ich dich das frage.“

„Was hast du heute geraucht?“

„Du sollst etwas für mich ausprobieren.“ Corin beugte sich zu A.C. vor. „Etwas, das dir helfen könnte, diese Angst loszuwerden.“

„Du hast einen Hypnosekurs belegt, stimmt's?“ A.C. verschränkte die Arme vor sich und lachte. „Und ich bin dein Testpatient.“

Corin zog seine Schlüssel aus seiner Tasche und ging zum Tresorraum im hinteren Teil des Ladens, in dem der Stuhl jetzt stand. Als er den Schlüssel ins Schloss steckte, trat A.C. hinter ihn. „Welche Schätze hast du denn zurzeit in deinem Allerheiligsten?“, fragte er.

Corin forderte A.C. mit einer Kopfbewegung auf, ihm zu folgen, und trat ein.

„Ah. Netter Stuhl.“ Er trat neben Corin.

„Ich will, dass du dich auf den Stuhl setzt.“

„Oooohο.“ A.C. schaute sich interessiert um. „Lass mich raten. Wenn ich mich hingesetzt habe, sagst du die Zauberformel, und auf der Stelle bin ich die Angst los, von der du glaubst, dass ich sie habe?“

„Genau.“ Corin lächelte. „Erzähl mir also, wovor du Angst hast, dann können wir anfangen.“

„Nein, lieber nicht." A.C. schüttelte den Kopf.

„Was?"

A.C. verschwieg selten etwas. Selbst die unangenehmen Dinge. *Mein Leben ist ein offenes Buch* wäre ein passender Autoaufkleber für ihn gewesen. „Ich bin nicht sicher, ob ich das jemandem verraten will."

Corin betrachtete seinen Freund. Er kannte niemanden, der loyaler war als A.C. Und weiser, heldenhafter und mutiger. Kein Wunder, dass die Jungen in der Footballmannschaft, die er trainierte, ihn „Mr Unglaublich" nannten. Corin würde nie versuchen, ihn zu etwas zu drängen, das er nicht wollte. Als könnte man A.C. zu irgendetwas drängen! „Vergiss es."

„Aber vielleicht *sollte* ich darüber sprechen." A.C. verschränkte die Arme vor sich und schien plötzlich ein auffälliges Interesse an seinen Turnschuhen zu haben.

„Bist du sicher?"

„Ja." A.C. knirschte mit den Zähnen und nach zehn Sekunden begann er zu sprechen. „Als ich in der sechsten Klasse war, gab es einen Wettbewerb. Wir mussten drei Reden vor unserer Klasse halten, und ich war in jeder Rede gut, aber dann kam eine vierte Rede vor der ganzen Schule dazu. Die Kinder in meiner Klasse waren cool, sie mochten mich, aber ..." A.C. schaute Corin an. „Ich lispelte damals ziemlich stark. Das restliche Jahr musste ich mir jedes Mal, wenn ich in der Pause auf den Pausenhof kam, Dinge anhören wie: ‚Na, wie gehts, Lispie?' Ich schlug ein paar von denen zusammen, und das war ein gutes Gefühl, aber ich musste jeden zweiten Tag zum Rektor. Schließlich hörte ich auf, die anderen zu verprügeln, aber sie hörten nicht auf, so etwas zu sagen."

A.C. faltete die Hände hinter seinem Kopf. „In dem Sommer arbeitete ich daran, das Lispeln loszuwerden, und bis zum Herbst hatte ich es geschafft, aber ich konnte und wollte auch nicht mehr vor Leuten sprechen. Allein bei der Vorstellung will ich am liebsten weglaufen."

„Tut mir leid."

„Vergiss es." A.C. richtete sich auf und rieb sich die Schulter. „Ich bin drüber weg."

„Aha."

„Also gut. Ich bin's nicht. Aber solange niemand von mir verlangt, eine Rede zu halten, kann ich damit leben."

Corin trat näher auf seinen Freund zu. „Willst du von dieser Angst frei werden?"

„Es ist dir also ernst."

„Ja."

„Willst du damit sagen, wenn ich mich hier auf deinen Stuhl setze, buche ich plötzlich einen großen Saal und steige auf die Bühne?"

„Genau."

A.C. schaute ihn mit einem schiefen Lächeln und einem Stirnrunzeln an, das sagte: „Soll ich die Männer in den weißen Kitteln holen?"

„Hast du in letzter Zeit Zeitung gelesen?"

„Nein."

„Ich will dir etwas zeigen." Corin reichte ihm den Artikel über Brian.

A.C. las den Artikel, dann schaute er Corin mit einem fragenden Blick an. „Willst du damit sagen, dass dein Stuhl diesen Jungen geheilt hat?"

„Das sage ich nicht; ich frage mich nur, was dahintersteckt. Und ich finde, dass es ein ziemlich interessanter Zufall ist. Warum sollte nicht noch jemand anders den Stuhl ausprobieren?"

A.C. starrte ihn zwanzig Sekunden lang an, bevor er antwortete. „Das ist dein Ernst."

„Ja."
„Und ich bin dein Versuchskaninchen?"
„Ja."
„Hast du schon auf dem Stuhl gesessen?"
„Ja."
„Und was ist passiert?"
„Nichts. Und das könnte auch bei dir so sein."
„Richtig." A.C. warf wieder einen Blick auf den Artikel und tippte zweimal darauf. „Du glaubst das auch nicht wirklich, oder?"
„Nein, so ganz glaube ich es nicht, aber was kann ein Versuch schon schaden?"
A.C. fuhr mit den Fingern über die Rückenlehne des Stuhls, dann bewegte er ihn nach vorn und starrte ihn lange an. „Was soll's? Komm, probieren wir es." Er drehte sich um und setzte sich auf den Stuhl. „Woher hast du den Stuhl eigentlich?"
„Ich bekam ihn letzte Woche von einer Frau geschenkt. Aus heiterem Himmel."
A.C. schaute zu ihm hinauf. „Und wie hieß sie?"
„Das wollte sie mir nicht verraten."
„Sah sie gut aus?"
„Sie war wahrscheinlich über siebzig, vielleicht sogar schon über achtzig." Corin dachte an ihre Augen, die so jung ausgesehen hatten. „Aber ja, sie war schön."
A.C. grinste ihn an. „Du sagst jetzt aber keinen Zauberspruch auf, oder?"
„Vielleicht singe ich dir ein Lied vor."
„So viel Schmerz halten meine Ohren nicht aus."
Corin verschränkte die Arme vor seiner Brust und lehnte sich an die Werkbank an der hinteren Wand.
„Was soll ich jetzt machen?"

„Ich habe keine Ahnung, aber ich würde vorschlagen, dass du an das denkst, wovon du geheilt werden willst. Das hat der Junge wahrscheinlich getan, als er auf dem Stuhl saß, und in der Bibel steht, dass die Leute, die Jesus gesund gemacht hat, das auch gemacht haben."

„Du liest in der Bibel?"

„Ich bin fast schon ein Theologe. Vierzehn Verse habe ich gelesen."

„Okay, fangen wir an." A.C. lehnte den Kopf zurück, atmete tief ein und langsam wieder aus. Eine Sekunde später zog eine Gefühlsregung über sein Gesicht. Überraschung? Frieden? Corin konnte es nicht sagen.

„Nicht schlecht. Der ist bequemer, als ich gedacht hatte. Er passt perfekt." A.C. klopfte auf die Seiten des Stuhls und atmete wieder tief durch. Während Corin ihn beobachtete, veränderte sich das Gesicht seines Freundes langsam, als falle eine Schicht Sorgen von ihm ab und der kleine Junge kam darunter zum Vorschein, der A.C. früher gewesen war, bevor sich die Härten des Lebens in die Falten in seinem Gesicht eingegraben hatten.

„Oh, das gefällt mir."

„Was gefällt dir?"

„Es ist einfach ..." Die Veränderung ging weiter. A.C. sah so entspannt aus, wie Corin ihn seit Jahren nicht mehr gesehen hatte. Auf seinem Gesicht lag tiefe Zufriedenheit. „Es fühlt sich an, als läge ich am Strand und hätte keine anderen Sorgen als die, ob ich gleichmäßig braun werde."

Eine ähnliche Reaktion hatte er bei dem kleinen Brian Gibson beobachtet. Warum hatte dann Corin selbst nicht das gleiche Gefühl gehabt, als er auf dem Stuhl gesessen hatte? „Sonst noch etwas?"

„Im Moment nicht. Außer dass ich das Gefühl habe, ewig

hier sitzen zu können." A.C. stieß ein zufriedenes Seufzen aus. „Was passiert jetzt?"

„Ich gehe in den Laden zurück und warte auf einen Kunden, der mir zehntausend Dollar für einen Stuhl und Schreibtisch aus dem achtzehnten Jahrhundert zahlen will, und du bleibst hier sitzen, solange du willst."

„Das ist alles?" A.C. runzelte die Stirn. „Muss ich nicht irgendein Gebet sprechen oder so? Etwas, damit der Zauber wirkt?"

Corin lächelte. „Tu, wonach dir der Sinn steht." Er verließ den Tresorraum. Wenn seine Theorie stimmte, konnte der Stuhl ihn nur heilen, wenn er an das dachte, wovon er geheilt werden wollte, während er auf dem Stuhl saß. Und als Corin darauf gesessen hatte, hatte er das nicht gewusst.

Nachdem er einem Kunden Manschettenknöpfe aus den 1920er-Jahren verkauft hatte, leider nicht für 10.000 Dollar, schlenderte er in den Tresorraum zurück, um nach A.C. zu sehen. Sein Freund hatte die Augen geschlossen, und ein friedlicher Ausdruck lag auf seinem Gesicht. Als Corin sich räusperte, blickte A.C. so verwirrt auf, als hätte er geschlafen.

„Und? Wie ist es?"

„Das ist ein wunderbarer Stuhl. Verkauf ihn nicht. Ich könnte stundenlang hier sitzen."

„Hat er irgendetwas bewirkt?"

A.C. lachte. „Abgesehen davon, dass ich mich seit Langem zum ersten Mal richtig entspannt habe? Ja, unbedingt. Ich habe den starken Drang, Moderator im Boxring zu werden."

„Dann hat es funktioniert?"

„Nein, tut mir leid." A.C. stand langsam auf. „Aber es hat gutgetan, darauf zu sitzen."

„Danke, dass du es versucht hast."

„Kein Problem."

Als Corin sechs Stunden später nach Hause fuhr, rief er A.C. an. „Merkst du jetzt irgendwas?“

„Du meinst, ob ich geheilt wurde?“

„Ja. Bei dem Jungen hat es vier Stunden gedauert, bis der Effekt eintrat.“

„Hör mal, Corin. Wir sind Freunde, deshalb sage ich es dir geradeheraus: Bei deinen finanziellen Problemen ist jetzt nicht der richtige Zeitpunkt, dich von Stühlen ablenken zu lassen, die magische Kräfte haben. Wie ich schon sagte, es ist ein schöner Stuhl. Es war wirklich ein gutes Gefühl, darauf zu sitzen, aber ich würde angebliche Wunderheilungen lieber Hollywood und den Fernsehevangelisten überlassen, okay? Der Stuhl sieht gut aus. Er wird deinen Kunden gefallen. Verkaufe das Ding und mach es zu Geld. Wenn es geht, zu viel Geld. Du brauchst es.“

Corin seufzte und legte auf. A.C. hatte recht. Er würde den Stuhl morgen zum Verkauf anbieten. Es wäre schon ein grelles Warnschild nötig, um ihn davon abzuhalten.

Kapitel 17

Corin tauchte fast sofort in den Traum ein. Er stand in seinem Geschäft und schaute den Stuhl an. Ein kleiner Mann, der leicht gebeugt war, stand neben ihm.

„Dieser Stuhl ist viel Geld wert. Und wir wissen beide, dass Sie Geld brauchen. Ich glaube, Sie könnten ihn verkaufen und einen großen Teil der Schulden loswerden, in denen Sie zurzeit schwimmen. Das wäre eine weise Entscheidung."

„Wie viel ist er wert?", fragte Corin. Die Gestalt des Mannes war verschwommen, als sehe Corin ihn durch eine Wasserwand. „Für wie viel Geld könnte ich ihn verkaufen?"

„Sagen Sie den Leuten, dass der Stuhl von Jesus gebaut wurde, und warten Sie in Ruhe ab, während die religiösen Fanatiker den Preis hochtreiben." Der Mann zuckte die Achseln. „Oder ich könnte ihn nehmen. Ich gebe zu, dass das wahrscheinlich der beste Weg wäre."

Corin drehte sich zu dem Mann herum, aber im nächsten Moment saß er mit einer Kaffeetasse in der Hand in der hinteren Ecke seines Ladens und eine Frau saß ihm direkt gegenüber.

„Wir sollten einen kleinen Spaziergang machen", sagte sie. Und schon standen sie nebeneinander auf einer Klippe am Meer und der Wind wehte ihm durch die Haare. Das Wasser schien an

ihm zu ziehen, als wollte es ihn über die Klippe locken und ihn in seinen dunklen Armen festhalten.

„Du musst den Stuhl mit aller Kraft beschützen. Du musst ihn mit ganzem Herzen bewachen. Verstehst du?“

„Warum?“

„Weil du das musst. Gib ihn nicht her. Niemals.“

„Warum haben Sie ihn mir gegeben?“

„Du bist derjenige.“

„Das verstehe ich nicht.“

„Ich weiß. Es tut mir leid, aber mehr kann ich nicht sagen.“

„Wer sind Sie?“

„Jemand, der schon lange darauf wartet, dich kennenzulernen.“

War sie es? Die Frau, die ihm den Stuhl gegeben hatte? Eine eisige Welle krachte vor ihm auf den Strand. Oder war sie …?

Er wurde von einem kalten Wind geweckt, der durch sein offenes Fenster hereinwehte. Die Vorhänge flappten wie Wellen auf sein Fensterbrett.

Corin setzte sich auf, rieb sich die Augen und atmete tief durch. Na toll! Jetzt drang der Stuhl sogar schon in seine Träume ein.

Er verdrängte den Traum, schob die Decke weg und taumelte in die Küche. Die grünen Ziffern auf seiner Mikrowelle zeigten an, dass es 1:55 Uhr war. Er holte seinen Laptop und überflog die E-Mails, die seinen Posteingang füllten, seit er das letzte Mal nachgesehen hatte.

Müll.

Müll.

Müll.

Corin nahm seinen Laptop mit zum Sofa hinüber, setzte sich und schaute aus dem Fenster auf den Wind hinaus, der durch die Pappeln peitschte. Warum konnte er diesen dummen Stuhl nicht aus dem Kopf bekommen? Oder aus seinen Träumen? Es war nur ein Stuhl. Nur ein Stuhl, der niemanden sonst interessierte.

Aber er wusste, dass das nicht stimmte.

Ganz im Gegenteil.

Kapitel 18

Corin war gerade damit fertig geworden, ein Mahagoni-Bücherregal vom Anfang des 20. Jahrhunderts zu restaurieren, als ein Mann mit einer hellbraunen Lederaktentasche unter dem Arm und mit einem großen Trinkbecher, der mit einer himbeerfarbenen Flüssigkeit gefüllt war, in der anderen Hand und einer irgendwie verschlagenen Miene in sein Geschäft marschierte.

„Hallo, könnte ich bitte mit dem Ladeninhaber sprechen?" Er stellte sein Getränk und seine Aktentasche auf einen runden viktorianischen Walnussesstisch, steckte die Hände in seine Taschen und wippte auf den Fersen vor und zurück.

„Steht vor Ihnen." Corin schaute den Mann genauer an. Mittelgroß, weißes Polohemd, gebügelte Khakihose, spitze italienische Schuhe, die unbequem aussahen, und rote Haare. Die Haare passten nicht. „Was wollen Sie mir verkaufen?"

„Verkaufen? Nichts." Der Mann schaute sich in dem Geschäft um, als suche er etwas Bestimmtes, dann runzelte er die Stirn.

„Wenn jemand hier hereinkommt, der so geschniegelt aussieht wie Sie und eine Aktentasche dabeihat, will er normalerweise etwas verkaufen."

Der Mann schüttelte den Kopf. „Ich verkaufe nichts."

„Kann ich Ihnen dann helfen, etwas zu finden?"

„Ich will auch nichts kaufen." Der Mann trat grinsend auf ihn zu und hielt ihm die Hand hin.

Corin ergriff sie nicht. „Was kann ich dann für Sie tun?"

„Ihnen gehört dieser Laden?" Der Mann wischte sich die Hand an seiner Hose ab und tat, als wäre er nicht soeben abgewiesen worden.

„Ja." Hatte er das nicht gerade gesagt?

„Sie sind Corin Roscoe?"

„Wer sind Sie?"

„Ich vertrete den leitenden Pastor einer Gemeinde in Südkalifornien, der an einer Zusammenarbeit mit Ihnen interessiert ist. Als Gegenleistung würden wir Ihnen helfen."

„Wobei wollen Sie mir helfen?"

„Das hängt davon ab, bei was Sie Hilfe brauchen."

Interessant. Vielleicht war das ein Glücksfall. Vielleicht konnte dieser Mann ihm helfen, die großen Lücken in seiner Dissertation zum Thema: „Kann dieser Stuhl Menschen heilen?" zu schließen. Aber etwas an dem Typ störte Corin. Er sah ... unehrlich aus. Aber das war noch nicht alles. Obwohl er wie ein männliches Model in einem Magazin herausgeputzt war, hatte er auch etwas von einem Gebrauchtwagenhändler.

Corin warf den Lappen, mit dem er sich die Hände abgewischt hatte, in einen Eimer. „Und warum hat der Pastor Sie geschickt? Will er sich nicht in der Öffentlichkeit zeigen?"

„Alles, was Sie mir sagen, wird streng vertraulich behandelt. Ich werde kein Wort davon weitergeben. Darauf gebe ich Ihnen mein Ehrenwort."

„Schön, das zu hören." Corin trat hinter seine Verkaufstheke und stützte sich darauf. „Ich kann nicht so viel mit Leuten anfangen, die in meinen Laden hereinmarschieren und komische Andeutungen machen." Corin starrte den Mann an.

„Das kann ich verstehen."

„Haben Sie einen Namen?"

„Sie können Ben zu mir sagen."

„Was wollen Sie also, Ben?"

„Ich will ihnen nur ein paar kurze Fragen stellen. Dann bin ich auch schon wieder weg. Okay?" Corin hob die Hände. „Danke. Wir haben erfahren, dass Sie vor Kurzem in den Besitz eines einmaligen Stuhls gelangt sind."

„Woher wissen Sie das?"

Ben hielt den Zeitungsartikel aus dem Internet in die Höhe.

„Ah."

„Ist es wahr? Wurde Brian Gibson geheilt, weil er auf Ihrem Stuhl saß?"

„Ich habe keine Ahnung, ob das mit dem Stuhl in Zusammenhang steht. Ich weiß nur, dass er und seine Eltern behaupten, dass er geheilt wurde."

Ben zog einen Notizblock heraus und schrieb etwas auf. „Woher haben Sie den Stuhl?"

Corin schlenderte zu einer Sammlung Röhrenradios aus den 1930er-Jahren hinüber. Schöne Geräte. Kein einziges Radio hatte funktioniert, als er sie in seinen Laden gebracht hatte. Jetzt liefen alle. Der Empfang war genauso sauber wie an dem Tag, an dem sie hergestellt worden waren. Er hatte sogar die Röhren durch Originalteile ersetzt; es hatte ewig gedauert, bis er sie aufgetrieben hatte. Er stellte den Knopf an einem Radio auf 103,9 UKW, obwohl das Radio gar nicht eingesteckt war. „Erklären Sie mir etwas, Ben."

„Ich werde es versuchen."

„Warum sollte Sie das etwas angehen?"

Ben fuhr sich durchs Haar und versuchte zu lächeln. „Es geht mich im Grunde nichts an."

„Genau. Schön, dass wir das ähnlich sehen." Corin schaute ihn mit einem dünnen Lächeln an. „Verraten Sie mir noch etwas: Sie sind anstelle Ihres Pastors hier, um mit mir über den Stuhl zu sprechen, weil er seinen Ruf nicht damit beflecken will, dass er mit jemandem über ein Thema spricht, das nach Science Fiction klingt?"

„Das trifft es ungefähr." Ben verlagerte sein Gewicht auf das andere Bein. „Unser Pastor predigt jedes Wochenende vor über zehntausend Menschen, und er würde nie etwas tun, das ein Schaf aus seiner Herde irritieren könnte. Es wäre nicht ... weise, wenn ein Gerücht in Umlauf käme, dass er etwas so Irrationales tut wie einen Stuhl zu suchen, der Leute heilt."

„Ich habe nie gesagt, dass der Stuhl Leute heilt."

„Tut er das nicht?"

„Wie ich schon sagte: Ich habe keine Ahnung. Warum sprechen Sie nicht mit der Mutter des Jungen, der angeblich geheilt wurde?"

„Das tue ich vielleicht noch." Ben nahm seine Aktentasche und sein Getränk. „Könnte ich den Stuhl sehen, bevor ich gehe?"

„Ich schätze, die Antwort kennen Sie bereits."

„Das stimmt." Ben lächelte. Dieses Mal war es ein echtes Lächeln. „Ich kann mir vorstellen, wie es wirken muss, wenn ich so in Ihren Laden platze und diese ganzen Fragen stelle. Aber unsere Absicht ist es wirklich, Ihnen zu helfen."

Irgendwie klang es ehrlich, als Ben das sagte. Corin traute Ben nicht, er mochte ihn nicht, aber er war dennoch neugierig auf sein Angebot. „Falls ich mich entscheiden sollte, Ihre Hilfe anzunehmen, wie würde die dann aussehen?"

„Ich glaube, Sie haben keine Ahnung, womit Sie es zu tun haben."

„Und Sie schon?"

„Nein." Ben schüttelte den Kopf. „Wir wissen es wahrscheinlich auch nicht. Wenn der Heilige Gral in der Krypta einer englischen Kathedrale auftauchen würde, wüssten wir auch nicht, was wir damit anfangen sollten. Wenn Teile der Arche Noah in der Türkei entdeckt würden, wäre es sehr anmaßend zu behaupten, wir wüssten, was damit zu tun ist." Ben hob sein himbeerfarbenes Getränk an den Mund und schaute über den Becherrand. „Aber ich würde sagen, dass wir wahrscheinlich mit übernatürlichen Dingen mehr Erfahrung haben als Sie."

„Da haben Sie wahrscheinlich recht."

„Und wir wissen mehr über die übernatürlichen Aspekte des christlichen Glaubens."

„Das stimmt wahrscheinlich auch."

„Und wir könnten den Stuhl untersuchen, Ihnen unsere Meinung sagen und ihn für Sie an einem sicheren Ort aufbewahren."

„Ich soll Ihnen den Stuhl geben?"

Vor dem Traum und Brians Heilung hätte Corin den Mann wahrscheinlich in seinen Tresorraum geführt und ihm den Stuhl gezeigt, ohne lange zu überlegen. Wahrscheinlich hätte er sogar angeboten, Ben das Ding mitzugeben, und sich ein paar Tage später von ihm berichten lassen, was er herausgefunden hatte.

Sprach Gott in Träumen zu Menschen? Hatte er das nicht einmal in einem Film gesehen? Er wollte im Moment den Traum als Warnung verstehen und lieber den Rat der alten Frau befolgen. Denn er konnte den Gedanken nicht loswerden, dass seine Wohltäterin und die Frau in dem Traum dieselbe Person gewesen waren.

Corin ging demonstrativ zur Tür. „Danke für Ihren Besuch, Ben. Wenn ich irgendwelche Fragen habe, weiß ich jetzt ja, an wen ich mich wenden kann."

„Genau." Ben reichte Corin seine Karte. „Danke, dass Sie sich die Zeit genommen haben." Er schob die Eingangstür auf, trat hinaus und drehte sich dann noch einmal zu Corin um. „Mein Pastor ist ein mächtiger Mann. Einflussreich. Und fest entschlossen, das zu bekommen, was er sich in den Kopf gesetzt hat."

„Danke für die Warnung."

„Das war keine Warnung; es ist eine Einladung, seine Hilfe anzunehmen."

Corin drehte sich um und ging zu seiner Verkaufstheke zurück. „Danke für die Warnung, Ben. Wenn ich Hilfe brauche, melde ich mich."

Als er an diesem Abend nach Hause fuhr, stand ein fest eingewickeltes und gut gesichertes Artefakt aus längst vergangenen Zeiten auf der Ladefläche seines Pick-ups.

Kapitel 19

Corin nahm auf dem Heimweg sein Handy und wählte die Nummer seines Bruders, um sich zu erkundigen, ob das Geschenk, das er geschickt hatte, angekommen war. Es war eine Möglichkeit, an Sebastians Familienleben teilzuhaben, auch wenn es nur so war, als schaue man durch verdunkelte Fensterscheiben in ein fremdes Wohnzimmer. Sein Neffe war ein toller Junge.

Romy meldete sich nach dem ersten Klingeln. „Hallo, Cor. Sam hält dich wieder einmal für den coolsten Onkel der Welt."

„Ich musste es einfach schicken. Jeder zehnjährige Junge braucht zum Geburtstag *Race Town III*." Und jeder zehnjährige Junge sollte irgendwie vor dem bewahrt werden, was Corin in diesem Alter erlebt hatte.

Sie lachte. „Ich fürchte, er wird die Spielkonsole nicht mehr loslassen."

„Aber du beschränkst die Zeit, die er täglich spielen darf?"

„Natürlich. Ich will nicht, dass er später so adrenalinsüchtig ist wie du."

Corin zögerte. „Vielleicht kann ich es irgendwann mit ihm gemeinsam spielen."

Romy gab keine Antwort. Ein kurzes Seufzen kam im

Gleichklang mit seinem eigenen durch das Telefon. Sollte er die nächste Frage überhaupt stellen? Er kannte doch die Antwort, warum fragte er dann immer? „Kommt ihr mit Sam am nächsten Wochenende zum Essen zu mir?"

„Ich denke, du kennst die Antwort auf diese Frage."

„Ja. Was hat er dieses Mal gesagt?"

„Dass er keine Zeit hat."

„Gelegentlich könnte er sich eine bessere Ausrede einfallen lassen." Corin knetete das Lenkrad. „Vermisst er Mama und Papa? Vor sechs Wochen war ihr Todestag."

„Ich weiß." Romy räusperte sich. „Er vermisst sie sehr."

„Aber mich vermisst er nicht." Es war eine Feststellung, keine Frage.

„Bleib einen Moment dran."

Corin hörte durch das Telefon, wie eine Tür zugemacht wurde, und als Romy wieder sprach, war es ein Flüstern. „Du bist ihm jedenfalls nicht egal. Und ich werde nie aufhören, mit Gott darüber zu sprechen."

„Na klar."

„Tief in seinem Herzen liebt er dich. Ich sehe es in seinen Augen, wenn dein Name fällt."

„Alles, was ich bei meinem letzten spontanen Besuch in seinen Augen gesehen habe, war Gleichgültigkeit. Jede Menge davon. Es ist nicht so, dass er mich hassen würde; er hat einfach überhaupt keine Gefühle in Bezug auf mich."

„Du bist ihm wichtig."

„Wenn ich morgen sterben würde, würde er vielleicht nicht in Begeisterungsstürme ausbrechen, aber er würde ganz sicher auch nicht vor Trauer zusammenbrechen. Er würde überhaupt nicht reagieren."

Fünf Sekunden vergingen. „Weißt du, was er repariert in der Garage stehen hat?"

„Keine Ahnung."

„Seine Honda CRF 230."

Eine Erinnerung schoss Corin durch den Kopf, als er daran dachte, was es bedeutete, dass Sebastian die Honda noch hatte. Sein Bruder hätte sich an jenem Augustmorgen 1994 mit diesem Motorrad fast umgebracht.

„Du musst mich immer ein wenig weiter treiben, als ich eigentlich gehen will, nicht wahr?" Sebastian versuchte, frustriert zu schauen, aber Corin sah, dass sein Bruder unter seinem Helm lachte.

Sie saßen auf ihren Motocross-Rädern, jagten die Motordrehzahl in die Höhe und schauten über die Schlucht im Osten von Colorado, die in 20 Metern Tiefe das Bett für einen tosenden Fluss bildete.

„Nicht ein wenig, sondern viel weiter." Corin schaltete in den ersten Gang, gab Gas und ließ die Kupplung kommen. Das Vorderrad seiner Honda CR 500 ging in die Luft und das Motorrad raste los. Bei dieser starken Beschleunigung musste er lachen. Der Sprung war nicht weit, aber es war trotzdem riskant. Er jagte die Drehzahl im ersten Gang so hoch, dass ihm fast das Trommelfell platzte, dann schaltete er in den zweiten und dann in den dritten Gang. Er müsste mindestens 70 Stundenkilometer draufhaben, wenn er die Absprungstelle erreichte. 80 wären besser.

Der Wind peitschte gegen seine Brust und er beugte sich auf seinem Sitz vor.

Noch zehn Meter bis zur Rampe.

Noch fünf.

Noch zwei.

Absprung!

Der Boden verschwand unter ihm und er flog durch die Luft.

Die Landung war perfekt. 40 Meter weiter kam er mit schabenden Reifen auf der anderen Seite der Schlucht zum Stehen. Er schaltete in den ersten Gang, raste zur Abbruchkante zurück und rief über die Schlucht: „Kommst du?"

Sebastians Antwort war ein aufheulender Motor. Corin konnte fast sehen, wie Sebastian unter seinem Helm die Augen verdrehte.

Sebastian traf die Absprungrampe genau in der Mitte, aber Corins Herz zog sich entsetzt zusammen: Das Motorrad hatte nicht genug Geschwindigkeit drauf. *Komm schon! Du musst es schaffen.* Die Zeit blieb stehen, während Sebastian über die Schlucht flog. Sein Körper und sein Motorrad hatten die perfekte Haltung.

Schaff es!

Einen Moment später prallte das Hinterrad von Sebastians Honda auf der Landerampe auf und schleuderte kleine Steinchen in die Luft. Sebastian warf triumphierend die Arme in die Höhe. Er riss sich den Helm vom Kopf, sodass seine langen dunkelbraunen Haare im Wind wehten, und grinste Corin an, nachdem er stehen geblieben war. „Ja, Mann!"

„Ich wollte eigentlich keinen Herzinfarkt erleiden! Was hast du dir nur dabei gedacht?"

„Wovon sprichst du?"

Corin joggte zu der Rampe, um zu sehen, wo Sebastians Rad gelandet war. Er keuchte auf. Höchstens ein halber Meter, auf keinen Fall mehr. Er starrte Sebastian an. „Das nächste Mal bitte mit mehr Geschwindigkeit!"

„Hey, ich wollte es für dich interessanter machen."

„Das war mir *zu* interessant." Corin ging zurück zu seinem Bruder und legte Sebastian beide Hände auf die Schultern. „Darauf kann ich verzichten."

„Ich war nur neugierig, wie sehr du dich aufregen würdest."

„Sei ernst. Hast du das absichtlich gemacht?"

Sebastian zog seine Handschuhe aus und steckte sie in seine hinteren Hosentaschen. „Willst du das wirklich wissen?"

„Ja."

„Ich habe es vermasselt", antwortete Sebastian zerknirscht. „Ich dachte, ich hätte genug Speed drauf. Tut mir leid, Corin; ich wollte dir keine Angst einjagen. Ich habe mir selbst beinahe in die Hose gepinkelt."

„Mach so etwas nie wieder! Dich zu verlieren wäre nicht gut für meine Psyche, verstanden?"

„Verstanden."

„Cor? Bist du noch dran?" Romys Stimme holte ihn aus seinen Erinnerungen in die Gegenwart zurück.

„Ja, ich bin dran."

Das Bild vor seinem geistigen Auge von dem Sprung mit dem Motocross-Rad verwandelte sich in einen Skihang. „Ich habe ihn dazu überredet."

„Es war seine Entscheidung."

„Ich habe ihn mehr oder weniger dazu gezwungen."

„Hast du ihn den Hang hinabgestoßen? Hast du ihn auf diese Sprungschanze geschleift?"

Corin massierte sich den Nacken. „Grmpf."

„Ja, du hast ihn wahrscheinlich zu den Dingen gedrängt, aber letztendlich war es seine Entscheidung. *Er* hat beschlossen, diesen Hang hinabzufahren und zu springen. Diese Entscheidung hast du nicht für ihn getroffen."

„Unser Leben wäre ganz anders verlaufen, wenn ich ihn nicht dazu überredet hätte."

„Versprich mir etwas", bat Romy.

„Alles, was du willst."

„Hör nie auf, es zu versuchen."

„Niemals." Corin schaute in den Rückspiegel und sah seinen eigenen gequälten Blick. „Solange ich lebe."

Am frühen Freitagabend betrat Corin Toris Dojo mit dem festen Entschluss, mit ihr über den Stuhl zu sprechen. Ja, sie mochte dieses Thema nicht, aber die Sache wurde immer seltsamer, und sie war die Einzige, der er vertrauen konnte.

„Hey!" Sie kam in einem hellblauen Top und einer schwarzen Gymnastikhose auf ihn zu und gab ihm einen Kuss. „Wir wär's mit einem schnellen Intensivtraining?"

„Schnell und intensiv?"

„Wir machen das ganze Programm durch, sind aber so schnell, dass wir danach das Abendessen genießen können, das du mir kochen wolltest, und später könnten wir noch ins Kino gehen." Sie warf einen Blick auf die Uhr über den Spiegeln, die die ganze Wand des Studios einnahmen. Dann trabte sie zu den grauen Sandsäcken hinüber, die von der Decke hingen.

Während Corin sich umzog, sagte er: „Ich muss mit dir über etwas sprechen."

Wumm! Tori versetzte dem Sandsack einen kräftigen Tritt. „Sprich."

Er joggte zu dem Sandsack neben Tori hinüber und schlug wie ein Boxer darauf ein.

„Hier wird nicht geboxt. Hier geht es um Karate."

„Ich weiß."

„Worüber willst du sprechen?"

„Über den Stuhl."

„Schon wieder?"

„Heute war ein Kerl von so einer Megakirche bei mir und wollte mir sein Fachwissen anbieten, damit ich weiß, womit ich es zu tun habe."

„Womit du es zu tun hast? Fliegt das Ding möglicherweise jeden Moment in die Luft?"

„Dann hat er angedeutet, dass es weise wäre, ihm den Stuhl zu geben."

Rumms! Bumm! Wumm! Tori trat dreimal schnell hintereinander auf den Sandsack ein, dann verpasste sie ihm noch einen Fausthieb. „Verkauf das Ding doch einfach. Oder gib es diesem Kerl."

„Findest du nicht, dass das ein wenig seltsam ist? Zuerst wird dieser Junge geheilt und jetzt plötzlich das Interesse dieser Kirche?"

„Hier ist eindeutig etwas seltsam." *Bumm, bumm, bumm!* Tori misshandelte weiter den Sandsack.

„Ich muss wissen, ob dieser Stuhl wirklich übernatürliche Kräfte hat." Corin versetzte seinem Sandsack einen schnellen Fußtritt, dem ein Schlag mit dem Unterarm folgte, der sogar Tori beeindrucken musste. „Könnte er wirklich von Jesus gebaut worden sein? Was soll ich damit machen? Ich muss mit jemandem sprechen, der etwas davon versteht."

„Halt den Mund, Corin." Tori hielt den Sandsack mit beiden Händen auf und starrte ihn an.

„Was soll das heißen?"

„Der Einzige, der hier seltsam ist, bist du. Ein Kind hat eine Spontanheilung erlebt und du wirst völlig irrational!"

„Hallo?" Corin tippte an seinen Kopf. „Was ist denn daran so seltsam? Ich will nur wissen, was das für ein Stuhl ist und was ich damit anfangen soll. Findest du es nicht aufregend, dass ich vielleicht einen Wunderstuhl im Keller stehen habe? Willst du nicht mehr darüber herausfinden?"

„Ich will nicht über Religion sprechen. Das habe ich dir doch gesagt."

„Hier geht es nicht um Religion. Es geht um einen Stuhl.

Einen Stuhl, der vielleicht bizarre Eigenschaften hat. Ich hätte einfach gern ein paar Antworten."

„Ruf James Randi an."

„Wen?"

„Den Gründer der James-Randi-Stiftung. Er bietet jedem eine Million Dollar, der ihm übernatürliche oder parapsychologische Fähigkeiten demonstrieren kann. Ich möchte wetten, dass er dir beweisen könnte, dass dein Stuhl nichts weiter ist als ein nett aussehendes Stück Holz."

„Ich rufe nicht irgendwelche berühmten Leute an."

„Auch recht." Sie versetzte ihrem Sandsack drei kräftige Tritte. „Können wir jetzt aufhören, darüber zu sprechen?"

Sie hörten auf, darüber zu sprechen, und Corin hämmerte auf den Sandsack ein, um seine Frustrationen an ihm auszulassen. Tori ließ ihn nicht an sich heran. Aber das bedeutete nicht, dass er es nicht weiter versuchen konnte.

„Ich werde nicht mehr über den Stuhl sprechen."

„Gut." Tori trat gegen ihren Sandsack.

„Aber darüber, wer ihn gemacht hat."

„Komm schon, Corin." Wieder drei Tritte.

„Es ist nur eine einzige Frage."

Sie fuhr zu ihm herum. „Eine einzige Frage? Nur eine einzige Frage?"

„Ja."

„Können wir den Stuhl danach vergessen?"

Corin versetzte seinem eigenen Sandsack drei Tritte. „Ich verstehe nicht, warum das für dich so ein wunder Punkt ist."

„Ist es nicht! Es ist nur langweilig, ständig darüber zu sprechen."

„Letzte Frage."

„Warum nur glaube ich dir nicht?"

„Weil mir wahrscheinlich danach doch noch die eine oder

andere Frage einfällt." Er grinste. „Aber wenigstens nicht heute. Versprochen. Garantiert keine religiösen Fragen mehr in den nächsten vierundzwanzig Stunden."

Tori verdrehte die Augen und stemmte die Hände in die Hüften. „Also, was?"

„Ist es möglich, dass Jesus tatsächlich der war, der er zu sein behauptete? Dass er wirklich Gottes Sohn war?"

„Das hat er selbst gar nicht behauptet. Er hat nie gesagt: Ich bin Gottes Sohn."

„Was?"

„Er sagte, er sei der Menschensohn, ‚Ich bin, der ich bin', ‚Ich und der Vater sind eins.' Aber er hat nie gesagt: ‚Ich bin der Sohn Gottes.'"

„Worauf willst du hinaus?"

„Dass er vielleicht nur ein Mensch war, der Gott wirklich nahe gekommen ist, und dass die Leute dann anfingen zu sagen, er sei Gott." Tori zog ein Handtuch aus ihrer Trainingstasche. „Sind wir jetzt fertig?"

„Das war noch nicht die ganze Frage. Sie hatte noch einen zweiten Teil."

„Tut mir leid, das war die einzige, die du heute stellen durftest." Tori warf ihr Handtuch auf den Boden.

„Was hat dich so tief verletzt?"

„Das geht dich nichts an."

„So schlimm?"

„Hör auf, Corin! Das ist mein Ernst."

„Meiner auch. Die Prediger, die am lautesten gegen Schwule schimpfen, sind genau die, die sich hinter verschlossenen Türen heimlich mit Männern treffen. Die, die immer davon reden, dass man sich von Pornografie fernhalten muss, treiben es im Internet am wüstesten."

„Worauf willst du hinaus?"

„Ich glaube, das weißt du."

„Ich gehe jetzt duschen." Tori kickte ihr Handtuch in die Luft und fing es auf, während sie zur Garderobentür ging. „Wir treffen uns in fünfunddreißig Minuten bei dir zu Hause."

Corins Türglocke klingelte vierunddreißig Minuten nachdem er Toris Dojo verlassen hatte. Er lächelte. Pünktlich wie immer.

„Komm herein, Königin der Präzision." Er hielt ihr die Tür auf.

„Ist zwischen uns wieder alles in Ordnung?" Tori umarmte ihn. „Tut mir leid, dass ich mich so aufgeregt habe."

„Kein Problem."

Tori gab ihm einen schnellen Kuss, dann schlenderte sie ins Wohnzimmer und blieb vor dem Kamin stehen. „Dieser Kamin ist ja umwerfend." Sie berührte den Kaminsims mit den Fingern und beugte sich näher vor, um ihn sich genauer anzuschauen. „Wirklich schön."

„Ich habe ihn gestern eingebaut."

„Woher hast du ihn?"

Corin lächelte und fuhr mit den Fingern über den Sims. „Du hast ihn früher schon gesehen."

„Nein." Tori schüttelte leicht den Kopf und trat näher. „Daran würde ich mich erinnern."

Corin lachte. „Ich zeig dir was." Er ging in sein Arbeitszimmer, holte einen braunen Umschlag von seinem Schreibtisch und kam damit zu Tori zurück. „Schau." Er reichte ihr ein Blatt Papier mit zwei Fotos darauf.

Ihr Blick wanderte zwischen den beiden Fotos hin und her. „Derselbe Kaminsims", sagte sie mehr zu sich selbst als zu Corin. „Erstaunlich. Wer hätte das gedacht? Auf dem Vorher-Bild sieht er völlig kaputt aus."

„Ja." Er versuchte, sie nicht zu breit anzulächeln.

Tori legte den Kopf schief und schaute ihn an. „Du hast mir nicht verraten, dass zu deinen Talenten auch das Restaurieren gehört. Ich dachte, du verkaufst das Zeug nur."

„Am Anfang stand nicht der Traum, Möbel zu verkaufen, sondern sie zu bauen."

„Was wurde aus dem Traum?"

„Die Gewinnspanne beim Verkauf von neuen Möbeln ist zu gering. Wenn jemand etwas Altes sieht, denkt er, es wäre mehr wert als etwas Neues." Corin strich über den Kaminsims. „Das stimmt einerseits natürlich. Die Vorstellung, wer sich vor hundert Jahren an diesem Kamin die Hände gewärmt haben könnte oder an diesem Tisch gegessen hat, gibt einer Sache einen Wert, den man nicht in Zahlen messen kann, aber ich war nie der Meinung, dass Antiquitäten zehnmal mehr wert wären als etwas Neues. Ich finde sogar, einige Dinge sind besser, wenn sie neu sind und man mit ihnen alt werden kann."

Tori legte die Arme um Corins Nacken und küsste ihn. „Wie Beziehungen?"

„In manchen Fällen, ja."

„Gibt es etwas, das du gern reparieren würdest, aber noch nicht konntest?"

Corin warf einen Blick auf ein Foto an der Wand, auf dem sein Bruder und er in North Dakota Fallschirm sprangen. Der Fotograf hatte sie so getroffen, dass die Sonne wie ein starker Scheinwerfer hinter ihnen schien. Eine Sternformation aus zwei Männern, die zur Erde raste. „Manches kann man nicht reparieren."

„Du sprichst jetzt nicht von Möbeln, nicht wahr?"

Corin nahm seine Autoschlüssel vom Kaminsims. „Komm, sonst verpassen wir noch den Film."

Er umklammerte seine Schlüssel so fest, dass sie sich in seine Finger bohrten und schmerzhafte Stiche an seinem Arm hinaufjagten. Warum musste er so oft an seinen Bruder erinnert werden? Er dachte tagsüber fast ständig an Sebastian und kämpfte fast jede Nacht gegen den Traum an. Irgendwann würde er darunter zusammenbrechen.

Und kein Holzleim der Welt könnte ihn wieder zusammenkleben.

Kapitel 20

„Nein!"

Corin fuhr aus dem Schlaf hoch, sprang aus dem Bett, wollte zur Tür und zog dabei seine verschwitzte Decke hinter sich her. Als sich seine Beine in der Decke verhedderten, fiel er um.

„Oh, Mann. Reg dich ab." Die Worte kamen stoßweise wie bei einer alten Lokomotive aus seinem Mund. Corin versuchte, langsamer zu atmen, und fuhr sich mit den Händen durch die Haare, als könnte er damit die Bilder aus seinem Kopf vertreiben: von einem Wasserfall, der in seine Lunge strömte, bis sie platzte, bis die Panik ihm die Luft raubte und ihn in der Dunkelheit begrub.

Der Traum war seit drei Jahren nicht mehr so schlimm gewesen. Vielleicht war es sogar noch länger her. *Nur ein Traum, nur ein Traum, nur ein Traum. Komm schon, beruhige dich, Corin.* Nachdem er noch ein paarmal tief durchgeatmet hatte, warf er einen Blick auf seine Digitaluhr: 3:00 Uhr. Später als sonst.

Er lehnte sich ans Bett zurück und wartete, bis sein Pulsschlag sich wieder beruhigt hatte. Die Dunkelheit, die sich auf dem Boden des Sees ausbreitete, war erdrückender gewesen als sonst, tiefer, und das Nichts war verzehrender gewesen.

Corin ging ins Badezimmer, spritzte sich Wasser ins Gesicht und fluchte bei dem Anblick, der sich ihm im Spiegel bot. Er müsste jetzt eine Million Schafe zählen, um wieder einschlafen zu können, aber er hatte bei Weitem nicht genug Schlaf bekommen, um für den nächsten Tag fit zu sein. Außerdem wollte er nicht wieder einschlafen, solange der Traum und das Gefühl zu ertrinken ihn noch so stark aufwühlten.

Mühsam schleppte er sich ins Wohnzimmer und nahm ein Buch mit einem Dämon darauf vom Tisch. Diesen Roman hatte er heute im Buchladen gekauft. Er hatte eine Verkäuferin nach einem Buch gefragt, in dem es um Übernatürliches ging, und sie hatte ihm dieses Buch und ein weiteres mit dem Titel *Dienstanweisungen an einen Unterteufel* empfohlen.

Nach drei Kapiteln legte er das Buch weg und dachte darüber nach, was er gelesen hatte. Dämonen und Engel geistern auf der Erde herum und nehmen menschliche Gestalt an? Na klar. Und morgen würden die kleinen grünen Marsmännchen in sein Geschäft kommen und ein paar ausgesuchte europäische Antiquitäten für die Lobby kaufen. Und noch mehr Stühle, die Gott gemacht hatte, würden an seiner Tür auftauchen.

Sein Laptop piepte. Er ging zu seinem Küchentisch hinüber, um nachzusehen, wer ihm um 3:00 Uhr nachts eine E-Mail schrieb.

Von NicoleIIV@gmail.com
Betreff: Glück
An: CorinR@artifications.com

Hier nahm ihn doch wohl jemand auf den Arm? Sein Laptop piepte erneut. Derselbe Name. Anderer Betreff: *Noch etwas.* Er legte sein Buch weg und öffnete die erste E-Mail.

Hallo Corin,

ich hoffe, dir geht es gut, auch wenn du im Moment wahrscheinlich einige ungewohnte Fragen mit dir herumträgst.

Mach dir keine Sorgen. Das, was du erlebst, hat einen Sinn. Es ist gut für dich und ein Segen, dass du auf diese Reise geführt wirst. Das musst du glauben. Und hör nicht auf zu fragen. Hör nicht auf zu suchen. Du wirst Antworten bekommen.

Lass nicht locker, ja?

Deine Freundin Nicole

Corin rieb sich das Kinn. Das musste sie sein – die Frau mit dem Stuhl. Er öffnete die nächste E-Mail.

Corin, noch etwas: Du weißt das bestimmt selbst, aber Vertrauen muss man sich verdienen und es sollte in Bezug auf alles und jeden, der mit dem Stuhl zu tun hat, nicht leichtfertig geschenkt werden. Sei vorsichtig, ja? Mit jedem, mit dem du zu tun hast. Sowohl in der natürlichen Welt als auch in der geistlichen Welt.

Deine Freundin Nicole

Freundin? Er kannte sie doch gar nicht. Er gab bei Google ihre E-Mail-Adresse ein, um zu sehen, ob er sie zu einer Telefonnummer oder Postadresse zurückverfolgen konnte. Eigentlich hielt er das nicht für wahrscheinlich, aber einen Versuch war es wert. Eine Viertelstunde später gab er es auf und schrieb eine Antwort auf ihre E-Mail.

Hallo Nicole,

Sie haben recht. Es passieren sonderbare Dinge, und ich weiß nicht, wo ich Antworten finden soll. Können wir uns treffen? Kann ich Sie wenigstens anrufen?

Corin

Einen Moment nachdem er die E-Mail abgeschickt hatte, ließ ihn ein Geräusch aus dem Keller zusammenzucken. Es klang, als würde eine klemmende Tür gewaltsam geöffnet.

Er starrte die Tür an, die nach unten in den Keller führte. Ein schwacher Lichtschein war unter der Tür zu sehen. Er konnte sich nicht erinnern, dass er das Licht angelassen hatte. Corin stellte seinen Laptop beiseite und stand langsam auf, ohne den Blick von dem Licht unter der Tür abzuwenden.

Sein Puls schlug schneller. Das Licht auf dem Boden bewegte sich. Es wurde heller und dunkler. Einen Moment später erlosch es und es blieb dunkel.

Corin schaute sich in seinem Wohnzimmer um, dann stand er auf und schlich zur Kellertür. Er legte die Hand auf den Türgriff und lauschte. Nichts. Eine Fliege summte an seinem Kopf vorbei, als er die Tür öffnete und das Licht oben auf der Treppe einschaltete. Er schlug nach der Fliege und stieg die vierzehn Stufen hinab, als wären sie eine dünne Eisschicht, und er hätte Angst einzubrechen. Stimmte etwas mit den Stromleitungen nicht? Vielleicht. Ältere Häuser hatten ihre Macken.

Als er im Keller angekommen war, schaltete er nach kurzem Zögern das Licht an und schaute sich suchend um. Alles war wie immer. Aber seine Fantasie ging trotzdem mit ihm durch. Konnte es der Stuhl gewesen sein? Gab er eine Art übernatürlichen Lichtschein ab?

So ein Quatsch. Der Traum und der Roman hatten ihn wohl zu sehr aufgewühlt.

Er warf einen Blick auf die verriegelte Tür hinten im Raum, in dem er den Stuhl gestern versteckt hatte. Sie stand ein Stück offen. Hatte er sie nicht abgeschlossen? Corin war sich nicht mehr sicher. Aus dem Raum kam kein Licht.

Einen Moment später wurde es um ihn herum heller und dann sofort wieder dunkel. Corin fuhr herum. Die Glühlampe in der hinteren Ecke des Kellers flackerte auf, dann wurde sie wieder dunkel und dann wieder hell. Sie summte und fing wieder an, hell und dunkel zu werden.

Corin seufzte. Natürlich. Wenn man den Schalter zu weit drehte, ging die Lampe ständig an und aus und zitterte und summte, weil der Strom, der die Glühbirne versorgte, nicht konstant floss.

Er setzte sich auf die unterste Stufe und rieb sich den Nacken. Vielleicht sollte er den Stuhl lieber in seinen Lagerraum außerhalb der Stadt bringen. Dann würde seine überaktive comicverseuchte Fantasie ihm keine solchen bizarren Szenarien mehr vorspielen.

Er konzentrierte seinen Blick auf die Tür, hinter der der Stuhl stand. Corin ging hin, schob sie weiter auf und drückte den Lichtschalter gleich neben der Tür. Der Stuhl stand exakt auf demselben Platz, an dem er ihn gestern abgestellt hatte.

Was sollte das? Erwartete er, dass der Stuhl Rumba tanzen würde? Er war ein *Gegenstand*, um Himmels willen! Aber wenn der Sohn Gottes den Stuhl gebaut hatte, wäre er dann nicht mehr als ein Stuhl? In gewisser Weise lebendig. Wenn Jesu Hände den Stuhl berührt hatten, ihn geformt hatten, ihn vielleicht sogar gesegnet hatten, konnte es doch sein, dass er einen Funken von seiner göttlichen Macht enthielt.

Er trat in den Raum und blieb vor dem Stuhl stehen. „Bist

du echt?“ Corin zog einen kleinen Hocker heran, setzte sich vor den Stuhl und betrachtete ihn. Die perfekten Linien. Die schöne Maserung in dem alten Holz. „Wo warst du in all den Jahrhunderten? Und wenn du ein Stuhl bist, den ein jüdischer Zimmermann gebaut hat, wie kommst du dann nach Amerika? Sprich mit mir.“

Corin lachte über sich selbst, aber diese Leichtigkeit verschwand bald und wich einer gewissen Vorahnung. Wenn der Stuhl nicht von Jesus gebaut worden war, sollte er ihn einfach so teuer wie möglich verkaufen und dieses seltsame Abenteuer vergessen. Aber wenn der Sohn Gottes ihn gemacht hatte, musste er mehr über das Ganze erfahren und überlegen, was er als Nächstes tun sollte.

Ein Meer an Fragen stürmte auf ihn ein und Corin ertrank fast darin. Er brauchte jemanden, der die aufgewühlten Gewässer navigieren konnte. Er brauchte ein Boot.

Aber wer?

Ein Name schoss ihm durch den Kopf.

Ja, natürlich! Warum hatte er nicht schon längst an Travis gedacht?

Er stieg wieder die Kellertreppe hinauf und ging zu seinem Laptop. Nach drei Minuten hatte er Travis eine E-Mail geschrieben. Wenn ihm jemand Antworten liefern konnte, dann Travis. Keine religiös verstrahlten Spekulationen, sondern handfeste, wissenschaftliche Antworten. Das bedeutete, dass er am nächsten Tag ein paar Messungen an dem Stuhl vornehmen und Proben entnehmen müsste, auch wenn es ihm widerstrebte.

Pastor Mark Jefferies rammte den Finger auf den roten Hörer an seinem Handy. Er legte nicht gern bei einem Gespräch einfach auf, aber wenn man ihn reizte, konnte das passieren. Und wenn Frauen in seiner Gemeinde seine Autorität infrage stellten, reizte ihn das sehr.

Er stand auf, schritt vor den Eckfenstern auf und ab und schaute auf die Bäume hinaus, die mit goldenen und roten Blättern übersät waren, die bald abfallen und die Straße bedecken würden, weil sie sich nicht mehr am Baum halten konnten.

Kurze Zeit später nahm er das Telefon und drückte auf die Wahlwiederholung.

„Hallo?"

Mark verkrampfte seine Hand um das Telefon. „Eric, hier ist noch einmal Mark. Hör zu, ich habe die Beherrschung verloren. Es tut mir leid." Er atmete viel zu hektisch. „Aber du musst deine Frau im Zaum halten. Es steht ihr nicht zu, mich so infrage zu stellen. Oder irgendeinen anderen Mann in der Kirche."

„Sie hat nur ihre Meinung gesagt. Sie hat nicht gesagt, dass du falsch liegst, nur, wie sie sich fühlt."

„Das ist okay. Jeder hat ein Recht auf seine Gefühle. Aber das muss im richtigen Rahmen geschehen. Eine Gruppe mit fast siebzig Leuten ist nicht der richtige Ort oder der richtige Zeitpunkt. Sind wir uns darin einig?"

Es wurde still am Telefon.

„Sind wir uns darin einig, Eric?"

„Hör zu, Mark. Du hast uns sehr geholfen, aber nun reicht es. Alles Gute weiterhin."

Mark rieb sich die Stirn und drückte mit seiner anderen Hand seinen Kopfhörer fester in sein linkes Ohr. „Ihr tretet aus der Gemeinde aus? *Deshalb*?"

„Nicht nur deshalb, aber dieser Tropfen bringt das Fass zum Überlaufen."

„Was sind die anderen Gründe?"

„Leb wohl, Mark. Danke für alles." *Klick.*

Mark wartete einen Moment, dann riss er sich den Stöpsel aus seinem Ohr. Leute, die aus seiner Gemeinde austraten! Sein zweites Reizthema. Er hätte sie hinauswerfen sollen, bevor sie austreten konnten! Innerlich kochend wandte er sich wieder zum Fenster. Ein Klopfen an seiner Tür riss ihn aus seinen Gedanken. „Was ist?"

Die Tür ging ein paar Zentimeter weit auf und Ben steckte den Kopf in Marks Büro. Mark forderte ihn mit einer Kopfbewegung auf einzutreten.

„Schlechter Zeitpunkt?"

„Nein." Mark versuchte sich zusammenzureißen. „Weißt du, Ben, ich hasse es, wenn ich Bileams Esel bin."

„Entschuldige? Ich kann dir nicht ganz folgen."

„Vergiss es. Setz dich. Ich bin heute nur schlecht gelaunt. Und dann mache ich Dinge, die ich später bereue. Das passiert doch jedem mal, oder?"

„Ja."

„Kaffee?" Mark deutete zu der Espressomaschine.

„Nein, danke."

Mark ging zur Maschine und machte sich einen Kaffee. „Was hast du über diesen Antiquitätenhändler herausgefunden?"

„Er ist nicht dumm."

„Das heißt?"

„Er bettelt nicht gerade um deine Hilfe."

„Schade." Mark schritt unruhig auf und ab, während die Maschine den Kaffee ausspuckte. „Glaubt er an Gott?"

„Weiß ich nicht."

„Das müssen wir wissen." Mark schaute Ben durchbohrend an. „Du hättest ihn fragen sollen."

„Ich werde es herausfinden." Ben scharrte mit den Füßen. „Sorry."

Mark nahm seinen Kaffee aus der Maschine. „Weiß er, was er da hat?"

„Wenn er es weiß, verrät er es nicht."

„Glaubst du, dass der Stuhl echt ist?" Mark setzte sich und trank einen Schluck von seinem Kaffee.

„Du meinst, ob ich glaube, dass der Stuhl, der in einem Antiquitätenladen zwölfhundert Kilometer von hier steht, der Stuhl ist, den du schon fast dein ganzes Leben lang suchst?"

„Ja."

„Ich weiß es nicht. Er hat ihn mich nicht anschauen lassen."

Mark trank noch einen großen Schluck von seinem Kaffee und wischte sich dann den Mund ab. „Ich will, dass du diesen Mann im Auge behältst. Du weißt, was ich meine, nicht wahr?"

„Ja."

„Wie heißt er?"

„Corin Roscoe."

„Ich will wissen, wohin dieser Corin geht, mit wem er seine Zeit verbringt, mit wem er spricht. Alles. Verstanden?"

„Wird erledigt." Ben legte den Kopf schief. „Darf ich fragen, was du mit dem Stuhl vorhast, falls sich herausstellt, dass es der echte ist?"

„Nein."

„Tut mir leid, ich wollte nicht neugierig sein."

„Doch, das wolltest du." Mark trank noch einen Schluck von seinem Kaffee. „Aber das macht nichts. Ich mag deinen Ehrgeiz. Ich würde es an deiner Stelle auch wissen wollen. Gut gemacht."

Mark öffnete die obere rechte Schublade seines Schreibtisches, zog einen großen Notizblock heraus und begann aufzuschreiben, was er von Ben erfahren hatte. Nach ein paar

Sekunden hob er den Kopf und schaute Ben an. „Ja? Ist sonst noch etwas?“

„Nein, ich, äh …“ Ben schob seine Aktentasche von einer Hand in die andere. „Ich dachte, du würdest mir vielleicht sagen, warum der Stuhl so wichtig für dich ist.“

„Da hast du falsch gedacht.“ Mark lehnte sich auf seinem Stuhl zurück und schaute ihn finster an.

Ben kniff die Augen zusammen. „Wenn ich dir bei diesem kleinen Projekt helfen soll, sollte ich dann nicht ein wenig mehr darüber wissen?“

„Ausgezeichnet. Sehr guter Einwand. Wirklich gut.“ Mark stand auf und applaudierte. „Das ist Selbstsicherheit und Mut angesichts von Widerstand. Solche Männer braucht das Reich Gottes.“

„Danke.“ Ben bedachte Mark mit einem dünnen Lächeln. „Erzählst du mir jetzt mehr?“

Irgendwie sehnte er sich danach, es jemandem zu erzählen. Mit jemandem über die Dunkelheit in seinem Inneren zu sprechen, über seine Wut und seinen Stolz, Gefühle, die er einfach nicht in den Griff bekam. Über seine Sehnsucht nach der Gewissheit, dass ihm seine Sünden wirklich vergeben waren und dass er angenommen war, egal ob er Fehler machte. Über die Sehnsucht, der Mann zu sein, der er vorgab zu sein. Über die Hoffnung, dass der Stuhl ihm helfen könnte. Aber das konnte er Ben nicht erzählen. Das konnte er niemandem erzählen.

Als Ben gegangen war, drehte sich Mark auf seinem Stuhl herum und schob ein Bücherregal zur Seite, hinter dem sich ein Tresor befand. Er stellte die Zahlenkombination ein, öffnete die Tür einen Spaltbreit und sah sich noch einmal um, um sich zu vergewissern, dass er allein war, bevor er die Tresortür ganz öffnete.

Er zog ein Notizbuch heraus, klappte es in der Mitte auf und blätterte vor und zurück, bis er die Seite gefunden hatte, die er suchte.

Wenn der echte Stuhl aufgetaucht war, konnte die Frau auch nicht weit sein. Er musste mit ihr sprechen. Und er musste diesen Corin Roscoe besuchen und all seine Überredungskünste anwenden, damit der Mann ihm den Stuhl gab. Nachdem er ein paar Minuten nachgedacht hatte, lächelte Mark. Er wusste genau, welches Mittel er einsetzen würde, um Corin zu überzeugen.

Kapitel 21

Bevor Corin am nächsten Morgen zum Laden fuhr, ging er in den Keller hinunter und drehte die Zahlenkombination an der Sicherheitstür im hinteren Teil des Raums. Seine Hände zitterten. Warum? Weil er etwas vorhatte, das an Frevel grenzte? Oder weil er das Gefühl hatte, abzugleiten und immer schneller bergab zu rutschen?

Die Tür ging quietschend auf und er betrachtete den Stuhl. *Nun mach schon.* Er musste das tun. Es war die beste Möglichkeit herauszufinden, ob er es mit einer zum Leben erwachten Legende zu tun hatte oder mit einem schlechten Scherz von dieser Nicole.

Er trat auf den Stuhl zu und ging mit in die Hüften gestemmten Händen um ihn herum. „Irgendwie widerstrebt es mir, das zu machen, aber ich muss mehr über dich herausfinden. Angefangen bei deinem Alter."

Er umrundete den Stuhl erneut, dieses Mal anders herum. „Das heißt, dass ich eine kleine Materialprobe entnehmen muss, um sie ins Labor zu schicken. Ein Freund von mir wird bei der Untersuchung alle möglichen Fakten über dich herausfinden. Ich hoffe, das verstehst du."

Was war bloß mit ihm los? Er sprach mit dem Stuhl, als wäre

er ein Golden Retriever, dem er Blut abnehmen wollte. Es war nur ein Stück Holz. Möglicherweise sehr alt. Und sehr schön. Aber wahrscheinlich nichts anderes als eben sauber verarbeitete Holzstücke, die mehrere Jahrhunderte alt waren.

Vielleicht auch nur ein paar Jahrzehnte.

Vielleicht war es aber auch der größte archäologische Fund des Jahrhunderts.

Er hörte auf, um den Stuhl herumzugehen, zog ein kleines Messer aus seiner Hosentasche und kniete vor dem Stuhl nieder. Als er das linke Stuhlbein innen berührte, wo es am wenigsten auffallen würde, wenn er eine Materialprobe entnahm, schien die Luft im Raum wärmer zu werden und einen Moment später wieder auf die normale Temperatur zu sinken.

Seine Fantasie ging wieder mit ihm durch, und er schüttelte den Kopf, um den Unsinn zu vertreiben. Bei so altem Holz musste er vorsichtig sein. Er fuhr mit dem Finger über die Stelle, an der er das Messer ansetzen wollte. Das Holz war hart; er würde recht viel Druck ausüben müssen, um ein Stück herauszuschneiden.

Er drückte die Schneide seines Messers auf seinen linken Zeigefinger. Scharf. Sollte er es vorsichtshalber noch mal schleifen? Nein. Das war nur eine Ausrede, weil er den Stuhl nicht beschädigen wollte. Aber ihm blieb wirklich keine andere Wahl.

Er setzte die Klinge in einem Zwanzig-Grad-Winkel an. Er brauchte nur einen kleinen Splitter. Zu seinem Erstaunen glitt die Klinge durch das Holz, als schnitze er an einem Stück Butter. Kein Widerstand. Nach einem halben Zentimeter zog er die Klinge nach oben und schaute zu, wie ein dünner Span auf seine Handfläche fiel.

Er starrte die Stelle an dem Stuhl an, von der er die Materialprobe entnommen hatte, und drückte die Kante seiner Klinge vorsichtig in den Schnitt. Das Holz war hart. Er drückte kräftiger. Dort, wo das Holz vorher butterweich gewesen war, war es jetzt stahlhart.

Corin setzte sich auf seine Fersen zurück. Das wurde ja immer seltsamer. Umgab den Stuhl jetzt ein schwacher Lichtschein oder ging seine Fantasie wieder mit ihm durch? Er stand auf und schaltete das Licht aus, um zu sehen, ob der Stuhl leuchtete.

Nichts. Völlige Dunkelheit.

Er zog ein Glasfläschchen aus seiner Tasche, steckte den Holzspan hinein und schraubte das Fläschchen wieder zu. Nachdem er die Tür wieder verschlossen und auch die Kellertür mit einem schweren Riegel gesichert hatte, schenkte er sich seine achte Tasse schwarzen Kaffee ein und nahm sein Handy.

„Hallo?"

„Travis, hier ist Corin. Hast du meine E-Mail gestern Nacht bekommen?"

„Ja."

„Ich habe gerade eine Materialprobe entnommen. Kann ich sie dir am Nachmittag vorbeibringen, auch wenn heute Sonntag ist?"

„Natürlich."

Corin ging zur Kellertür und überprüfte noch einmal das Schloss. Fest verschlossen. Er lachte über sich selbst und nahm seine Autoschlüssel vom Küchentisch. „Wie bald kannst du die Ergebnisse liefern?"

„Willst du das volle Programm oder nur das Alter?"

„Vorerst will ich nur wissen, wie alt das Ding ist." Corin ließ den Motor an und fuhr aus seiner Einfahrt.

„Denkst du, dass man dir eine gefälschte Antiquität angedreht hat?"

„Ja, so in der Art."

„Aus welchem Jahr soll es sein?"

„Das kann ich dir noch nicht sagen."

„Kannst du nicht oder willst du nicht?"

„Beides."

„Jetzt werde ich aber langsam neugierig."

„Ich sage es dir schon noch. Aber jetzt noch nicht." Corin bog auf die linke Fahrbahn, um einen langsam fahrenden gelben Käfer zu überholen.

„Sag mir wenigstens, von welcher Art Antiquität die Probe stammt."

Corin überlegte. Er kannte Travis seit sechs Jahren. Sie waren keine engen Freunde, aber er mochte ihn. Und er war vertrauenswürdig. „Sie stammt von einem Stuhl. Wahrscheinlich aus dem Nahen Osten. Wenn ich recht habe, ist er alt. Sehr alt."

„Ach, wie enttäuschend. Ich hatte gehofft, es wäre ein Stück von König Artus' Waffenrüstung oder so etwas."

„Das würde ich aber geheim halten." Corin blieb an einer roten Ampel stehen und warf einen Blick auf den Möchtegern-Cowboy in dem Nissan, der neben ihm stand. Hatte der Mann ihn gerade komisch angeschaut? Corin setzte seine Sonnenbrille auf.

„Bringst du mir deine Materialprobe jetzt gleich?"

„Ich muss vorher noch ein paar Sachen erledigen, aber in ungefähr einer Stunde kann ich bei dir sein."

Zehn Minuten später bog er auf den Parkplatz vor einem Elektroladen ein, um Überwachungskameras für das Geschäft und sein Haus zu besorgen. Das hatte er schon seit einer ganzen Weile vor, und jetzt, da dieser Ben Raney und Nicole seine Sinne in Bezug auf Leute geschärft hatten, die möglicherweise hinter dem Stuhl her waren, würde er es endlich tun. Corin stellte den Motor ab, stieg aber nicht aus. Sechs

Reihen weiter parkte derselbe Nissan, der eben neben ihm an der Ampel gestanden hatte. Ein paar Sekunden später stieg der komische Cowboy aus und schlenderte auf den Markt zu. Er warf keinen Blick in Corins Richtung, aber Corin wurde das Gefühl nicht los, dass er seinetwegen hier war.

Puh! Er musste seine Gefühle in den Griff bekommen. Wann hatte sich das leichte Misstrauen zu einer ausgewachsenen Paranoia entwickelt? Und sein Bauchgefühl sagte ihm, dass das längst noch nicht alles war.

Kapitel 22

Als die Sonne hoch am Himmel stand, nahm Corin seine Inlineskates und begab sich auf den Sundance-Trail, um allem eine Weile zu entfliehen. Eineinhalb Stunden später setzte er sich auf eine Bank und wartete, dass seine Herzfrequenz wieder in den Normalbereich zurückkehrte. Die körperliche Anstrengung machte seinen Kopf frei und er hatte nur einmal an den Stuhl gedacht.

Ein paar Minuten später marschierten zwei Männer in schwarzen Lederjacken über den Rasen auf der anderen Seite des Weges in seine Richtung. Der Mann links sah aus wie eine Möchtegernversion von U2-Sänger Bono und der andere wie ein waschechter Mafioso. In einiger Entfernung blieb der Mafioso zurück und lehnte sich an den Stamm einer Zitterpappel.

Der andere ging weiter und schaute Corin durchdringend an. Corin wollte sich schon umdrehen und hinter sich blicken, ob er jemand anderen meinte, als der Mann die Hand zum Gruß hob. Als er bei Corin ankam, schaute er zu ihm hinab und sagte: „Hallo, Corin."

Seine Haare waren pechschwarz, seine Augen grün. Er war mittelgroß und eher schlank, wobei er einen kleinen Bauchansatz unter einer Schicht Kleidung versteckte. Auf den ersten

Blick sah er aus wie Mitte 30, auf den zweiten schätzte Corin ihn eher auf einen Mittvierziger, der versuchte, jünger auszusehen.

„Wer sind Sie?"

„Mark Jefferies." Er hielt ihm die Hand hin.

Corin ergriff sie nicht. „Woher wissen Sie, wie ich heiße?"

„Ein Mitarbeiter von mir war neulich bei Ihnen." Mark deutete auf die Bank. „Darf ich mich setzen?" Ohne auf eine Antwort zu warten, setzte er sich neben Corin.

„Ah, Ben."

„Ja."

Corin rutschte ein Stück von Mark weg. „Der Megapastor kommt also aus seinem Herrschaftssitz, um den Besitzer des Stuhls persönlich zu treffen."

Mark drehte sich zu Corin herum und legte den Arm auf die Rückenlehne der Bank. „Dass ich hier draußen unter vier Augen mit Ihnen spreche, dient genauso sehr Ihrem wie meinem Schutz."

„Vor wem?"

„Vor den anderen, die vielleicht den Stuhl haben wollen."

„Warum sollte jemand den Stuhl haben wollen?" Corin kannte die Antwort, aber er war neugierig, wie Jefferies auf die Frage reagieren würde.

„Glauben Sie nicht, dass ein Stuhl, der Kranke heilen kann, ein paar Verrückte auf den Plan ruft?"

„Solche wie Sie?"

Wut flackerte in Marks Augen auf, legte sich einen Moment später aber wieder.

„Geben Sie jetzt Ihrem Mann da drüben den Befehl, mich zu erschießen?"

„Sie haben Sinn für Humor, Corin." Mark schlug die Beine übereinander und griff in seine innere Jackentasche, aus der er eine Packung Kaugummi zog. „Wie ich schon sagte, wir wollen Ihnen helfen. Wir wollen Sie beschützen. Deshalb halten wir die Augen offen und beobachten, ob Sie verfolgt werden."

„Der Cowboy, der mich gestern beschattet hat, war ...?"

„Ihnen ist also aufgefallen, dass er Ihnen folgt?" Mark steckte sich einen Kaugummi in den Mund. „Das überrascht mich nicht. Er ist nicht besonders diskret."

„Was hat ein Pastor mit Schnüfflern zu tun?"

„Wenn man so bekannt ist wie ich, wird man zur Zielscheibe. Viele Menschen lieben mich und viele hassen mich. Deshalb nehme ich Personenschutz in Anspruch."

„Der Mann da drüben ist also Ihr Bodyguard?"

„Ja."

„Er sieht so aus, als hätte er ein langes Vorstrafenregister."

„Ich glaube, jeder Mensch hat Dinge in seiner Vergangenheit, für die er Vergebung braucht. Und auch in seiner Gegenwart. Und man muss jedem mit Barmherzigkeit begegnen, wenn er seine Taten bereut."

Sie saßen eine Minute schweigend da.

„Wenn ich lange genug warte, verraten Sie mir vermutlich, warum Sie hier sind. Aber da wir beide heute noch etwas anderes vorhaben, könnten Sie auch einfach direkt mit der Sprache herausrücken", sagte Corin schließlich.

Mark lächelte und trommelte mit den Fingern auf die Rücklehne der Bank. „Ich sage es zum dritten Mal: Ich bin hier, um Ihnen zu helfen." Er schaute ihn an.

„Was für eine Hilfe soll das sein?"

„Wenn dieser Stuhl den Jungen wirklich geheilt hat, dann haben Sie es mit Mächten zu tun, von denen Sie keine Ahnung haben. Sie brauchen jemanden, der versteht, was in dem Stuhl steckt, wie man mit dieser Macht umgeht und wie Sie sich und den Stuhl schützen, solange Sie ihn haben. Sie haben möglicherweise eines der bedeutendsten Artefakte der Welt in Ihrem Besitz. Einen Stuhl, den ich schon mein ganzes Leben lang gern sehen würde. Sie könnten mit diesem Stuhl vielen Menschen helfen, Corin."

„Und Sie trauen mir nicht zu, dass ich das allein schaffe?"

Mark zog eine kleine abgegriffene Bibel aus seiner Hosentasche. „Erstens vermute ich, dass ich mehr über den Erbauer des Stuhls weiß als Sie. Und über dieses Buch."

Corin nickte, sagte aber nichts.

„Zweitens habe ich mich vermutlich ausführlicher mit der Legende um diesen Stuhl befasst als jeder andere." Mark schmunzelte. „Meine Frau würde sagen, dass ich von dem Stuhl besessen bin." Er schwieg einen Moment. „Wahrscheinlich hat sie recht."

„Was für eine Legende?"

„Da haben wir schon den Beweis, dass ich richtig liege."

Corin beugte sich vor und wiederholte: „Was für eine Legende?"

„Es überrascht mich ein wenig, dass Sie noch nichts davon gehört haben." Mark schaute Corin an, als versuche er, seine Gedanken zu lesen. „Sie wissen wahrscheinlich auch nichts davon, dass manche Menschen glauben, der Apostel Johannes sei noch am Leben, oder dass die echte Bundeslade unter dem Tempelberg versteckt und über eine Reihe geheimer unterirdischer Gänge zugänglich sein soll."

„Es gibt Leute, die so etwas glauben?"

„Leidenschaftlich", nickte Mark. „Und sie haben jede Menge Beweise, die ihre Annahme stützen. Sie dagegen haben vom Heiligen Gral und der Bundeslade vermutlich nur deshalb schon mal etwas gehört, weil Monty Python und Steven Spielberg beschlossen haben, diese Legenden unterhaltsam in Filme zu verpacken."

„Wenn ich Ihnen also vertrauen würde, was ich nicht tue, was hätten Sie dann vor?"

„Sie über die Legende zu informieren. Ihnen zu zeigen, was Sie mit dem Stuhl machen sollten und was Sie besser nicht machen sollten. Sie der Person vorzustellen, die den Stuhl gebaut hat."

„Und Sie würden ihn natürlich sehen wollen."

„Irgendwann, ja."

„Und untersuchen."

„Ich habe die letzten zwanzig Jahre die halbe Welt nach Geschichten und Hinweisen darüber abgegrast, wo dieser Stuhl sein könnte. Ich habe mehrere Hundert Leute befragt, von denen die meisten nichts wussten, was mir weiterhelfen konnte. Ich habe viel Zeit in dieses Geheimnis investiert." Mark schaute Corin durchdringend an. „Ja, ich würde ihn gern sehen. Aber der Stuhl würde bei Ihnen bleiben. Ich habe nicht das Recht, ihn mitzunehmen, solange Sie ihn nicht verkaufen oder weggeben wollen. Wenn Gott Sie dazu auserwählt hat, ihn zu haben, sollte er bei Ihnen bleiben, bis Sie sich dazu entscheiden, ihn an jemand anderen weiterzugeben."

„Woher wissen Sie, ob mein Stuhl der Stuhl ist, den Sie suchen?"

„Das weiß ich nicht. Vielleicht ist es nicht der echte Stuhl. In diesem Fall höre ich sofort auf, Ihre und meine Zeit zu vergeuden."

„Und falls ich ihn Ihnen jemals zeigen sollte, woher wollen Sie dann wissen, ob er echt ist oder nicht?"

„Das werde ich einfach wissen. Und Sie auch." Mark beugte sich zu Corin vor. „Vielleicht wissen Sie es schon."

Corin hackte mit einem seiner Inlineskates auf den Boden und ließ die Räder durchdrehen. Jefferies war ein Mann, dem er nie trauen würde, aber etwas an ihm hatte auch eine starke

Anziehungskraft. Ihm war klar, warum Tausende von Leuten Mark Jefferies sonntagmorgens andächtig zuhörten, und noch einige Tausend mehr im Internet. Aber Corin würde kein treuer Gefolgsmann dieses Gurus werden. Der Mann war gefährlich.

„Hat die Frau, die Ihnen den Stuhl gegeben hat, Ihnen ihren Namen gesagt?“

„Nein“, log Corin.

Ein zufriedener Blick trat in Jefferies' Augen und sein Mund verzog sich zu einem dünnen Lächeln. „Verstehe.“

Jefferies stand auf und hielt ihm wieder die Hand hin. Dieses Mal schlug Corin ein. „Denken Sie darüber nach. Ich bin auf Ihrer Seite.“ Mark reichte ihm eine Visitenkarte. „Unter dieser Nummer können Sie mich erreichen. Jederzeit.“

Damit drehte er sich um und ging auf dem Weg zurück, den er gekommen war. Er blieb bei dem Baum, an dem sein Bodyguard lehnte, nicht stehen, und schaute den Mann auch nicht an. Er machte keine Umwege. Mark hatte ganz offensichtlich herausgefunden, was er wissen wollte. Wenn Corin nur wüsste, was es war.

Niemand außer Tori und A.C. wusste, wie er zu dem Stuhl gekommen war. Und dieser Pastor hatte ihn gerade nach dem Namen der Frau gefragt. Jefferies hatte einen Köder ausgeworfen und Corin hatte angebissen.

Kapitel 23

Corin schlängelte sich auf der Heimfahrt wie ein Rennfahrer durch den Verkehr, wechselte immer wieder die Fahrspur, schaute alle paar Sekunden in den Rückspiegel und beobachtete jedes Auto, das ihn überholte, mit Argusaugen.

Verfolgten Marks Mafiatypen ihn immer noch? Wahrscheinlich.

Corin lächelte die Frau an, die ihn aus dem Auto anschaute, das neben ihm an der Ampel stand. Sie trug eine rosa Mütze, die aussah, als wäre sie in den 1970er-Jahren gestrickt worden. Er hielt sie nicht für eine von Marks Gefolgsleuten. Was für ein Agent mit Selbstachtung würde so etwas aufsetzen? Andererseits wäre das die perfekte Tarnung ...

Zum hundertsten Mal sagte er sich, dass er jemanden finden musste, dem er die ganze Geschichte erzählen konnte und der sich mit dem Christentum und mit Geschichte auskannte. Und er müsste am besten auch etwas von dieser Legende wissen, von der Jefferies gesprochen hatte.

Aber wer könnte das sein? Vertrauenswürdige, geniale Historiker standen nicht an jeder Straßenecke und boten ihr Wissen und die Lösung alter Geheimnisse für einen Apfel und ein Ei an. Und Mark Jefferies würde er bestimmt nicht –

Moment!

Er warf den Kopf zurück und lachte. Natürlich! Wenn ihm jemand helfen konnte, dann Tesser. Falls der Mann überhaupt noch lebte.

Corin öffnete die Kontaktliste in seinem Handy und gab den Namen seines alten Professors ein. Nichts. Vielleicht hatte die Universität seine letzte bekannte Telefonnummer, auch wenn er vor fast 20 Jahren dort gelehrt hatte. Er könnte auch einfach die Auskunft anrufen.

Zwei Minuten später hatte er Tessers Nummer und wählte sie. Es klingelte sieben Mal, bevor die Stimme seines alten Freundes vom Band ertönte. *Ja!* Er weilte immer noch unter den Lebenden.

Nach dem Piepton meldete sich Corin: „Tesser, hier ist Corin Roscoe." Er schwieg einen Moment. „Es ist ein paar Jahre her." Zehn Jahre waren zwar mehr als „ein paar", aber ... Corin zögerte. Wie viel sollte er auf dem Anrufbeantworter verraten? „Ich bin da in eine Sache geraten, in der ich nicht weiterkomme. Und ich müsste mit dir darüber sprechen. Bald. Sag mir, wann du Zeit hast, okay?" Corin nannte seine Handynummer und legte auf.

Ihm fiel niemand Besseres ein als Tesser. Tesser war eine Koryphäe auf dem Gebiet der Archäologie, Geschichte und Anthropologie. Wenn jemand etwas über einen legendären Stuhl aus der Zeit Jesu wusste, dann war das sein alter Professor. Er konnte ein wandelndes Lexikon sein, wenn er nicht zu sehr vom Thema abschweifte.

Zwei Stunden später vibrierte Corins Telefon. Er warf einen Blick auf den Namen des Anrufers. Tesser! „Hallo?"

„Corin Roscoe?"

„Ja, ich bin es, Professor."

„Meine Güte! Wie schön, von dir zu hören. Es waren nicht ‚ein paar Jahre'. Es waren zehn Jahre. Zehn, mein lieber Corin. Das ist zu lang. Du rufst nie an. Nie. Aber jetzt, wo du etwas von mir willst, hast du plötzlich meine Nummer."

„Du hast meine Nummer ja wohl auch vergessen."

Tessers Lachen weckte Erinnerungen daran, wie es in den engen Gassen in Griechenland widergehallt hatte, als sie vor langer Zeit dort gemeinsam unterwegs gewesen waren. „Du hast recht. Ich hätte dich auch anrufen können. Also vergeben wir einander und sind dankbar, dass wir uns jetzt unterhalten können, solange ich noch ein Mindestmaß an Verstand habe. Ja?"

„Gut", lachte Corin.

„Ausgezeichnet." Tesser räusperte sich. „Wann wollen wir uns treffen? Wie dringend ist es?"

„Sehr dringend."

„Also gut. Sagen wir sechs Uhr morgen früh. Bei mir. Ich wohne immer noch in demselben Haus wie damals. Denke ich. Warte, ich bin seit dreiundvierzig Jahren nicht mehr umgezogen, und ich habe dich das letzte Mal gesehen ... Ja, dasselbe Haus. Du wirst mir alles über die Probleme erzählen, in die du dich hineinmanövriert hast, und ich berichte dir alles, was ich in den letzten zehn Jahren erlebt habe."

Corin stöhnte innerlich. Er hatte vergessen, dass Tesser es liebte, sich am frühen Morgen zu verabreden. Nachteule trifft auf Frühaufsteher. Aber das war ein kleines Opfer. Wenn ihm jemand etwas über die Geheimnisse des Stuhls erzählen konnte, dann Tesser.

Kapitel 24

An diesem Abend servierte Corin Tori Spaghetti mit drei verschiedenen Soßen und versuchte, seine innere Unruhe zu verbergen, obwohl er fast platzte. Hatte Tesser Antworten auf seine Fragen? Er brauchte dringend Antworten.

Als sie ihre Eisbecher leer gegessen hatten, war es ihm erfolgreich gelungen, seine Sorgen in den Hintergrund zu drängen, aber er konnte sie nicht völlig zum Schweigen bringen.

„Ein herrliches Essen. Wir sollten ein Foto davon machen", sagte Tori.

„Aber wir haben alles aufgegessen. Wir hätten ein Foto machen sollen, bevor alle Schüsseln leer waren." Er deutete auf die Schüsseln und Teller mit roten Spuren von der Tomatensoße, die auf seinem jakobinischen Eichentisch aus dem 17. Jahrhundert standen.

„Nein, jetzt ist es besser. So zeigt das Foto, dass uns das Essen geschmeckt hat."

Corin lächelte. „Okay, das stimmt natürlich." Er legte die Kamera in sein eingebautes Bücherregal und stellte den Selbstauslöser auf zehn Sekunden. Dann eilte er zu Tori zurück, legte den Arm um sie und lächelte.

Und schon zuckte das Blitzlicht. Tori holte die Kamera und schaute sich das Bild an. „Nett!"

„Zeig."

Sie hatten fast das ganze Geschirr verdeckt, aber es war wirklich ein netter Schnappschuss. Tori betrachtete seine Kamera. „Du hast auf der Kamera 238 Bilder. Speicherst du die denn nie auf dem Computer und löschst sie von der Karte?"

„Ich weiß, dass ich das eigentlich tun sollte, aber ich komme irgendwie nie dazu."

„Wenn du willst, kann ich das für dich machen. Am besten jetzt gleich."

„Gern. Du lädst die Bilder herunter und ich räume den Tisch ab und spüle das Geschirr."

Ein paar Minuten später stand Corin an der Spüle. Es war nicht so, dass er seine Spülmaschine nicht schätzen würde. Aber Geschirr von Hand zu spülen hatte etwas Therapeutisches an sich, als könnte er dadurch Dinge aus seiner Vergangenheit wegwaschen, die er bereute.

Er warf einen Blick durch die Küchentür auf Tori, die vor seinem Laptop saß. Ob sie in zwei Monaten noch zusammen sein würden? In zwei Jahren? In zwei Jahrzehnten? *Wollte* er so lange mit ihr zusammen sein? Vielleicht. Er wusste es nicht, und er vermutete, dass sie es auch nicht wusste. Drei Monate waren zu kurz, um das schon beurteilen zu können und er brauchte ... er hielt mit einem Teller in der einen und der Spülbürste in der anderen Hand inne. Er brauchte Zeit, um etwas in Ordnung zu bringen, das man nie in Ordnung bringen konnte.

Er verdrängte diese Gedanken und drehte das Wasser ab.

„Hey!", rief Tori aus dem Wohnzimmer. „Ich habe alles auf den Computer geladen."

„Super. Danke." Corin wischte sich die Hände an einem Geschirrtuch ab und trat zu ihr.

„Hebst du hier alle deine Fotos auf?“ Tori setzte sich aufs Sofa, überkreuzte die Beine auf seinem Wohnzimmertisch und betrachtete den Laptop.

„Ja.“ Corin setzte sich neben sie.

„Und wo hast du deine Backups?“

„Backups?“

Tori stieß ihn mit dem Zeigefinger an. „Du willst mir jetzt nicht erzählen, dass du keine Backups von deinen Fotos machst.“

„Nein, das würde ich dir nie erzählen. Zu dieser Schlussfolgerung darfst du ganz allein kommen.“

„Sag mir, dass das ein Scherz ist.“ Tori klickte auf einen Ordner von irgendeinem Jahr und öffnete ihn.

„Ich bin nicht gerade ein Computergenie.“

„Verstehe. Man muss ja auch ein Genie sein, um eine leere DVD in den Computer zu schieben, einen Ordner mit Fotos zu öffnen und auf ‚Brennen‘ zu klicken.“

„Haha.“

„Ich kann das schnell für dich machen, wenn du willst.“ Sie öffnete einen anderen Ordner und überflog mehrere Fotos. Es sah nach der Rucksackwanderung zum Castle Peak aus.

„Wirklich?“

„Klar. Und du solltest sie auch in Cloud speichern.“

„Cloud?“

„Du musst doch wissen, was Cloud ist.“

„Ich soll sie auf einem fremden Computer speichern, wo man mir meine Bilder stehlen kann?“

„Wir sprechen hier von Fotos, Corin. Hast du wirklich so wertvolle Bilder, dass andere sie stehlen würden?“

„Wahrscheinlich nicht.“

„Wow.“ Tori stieß ihn mit dem Ellbogen an. „Ich wusste gar nicht, dass du Ski fährst.“

„Das tue ich auch nicht." Seit zehn Jahren nicht mehr.

„Bist das nicht du auf diesem Bild?"

Corin öffnete die Augen und warf einen Blick auf den Bildschirm. Sein Herz begann zu rasen und sein Gesicht wurde ganz heiß. Wie hatte sie ausgerechnet *dieses* Bild gefunden? „Was?"

„Hier." Tori deutete auf das Bild, das seinen Bildschirm ausfüllte. „Sieht nach einem verrückten Sprung aus. Du musst ja gut acht Meter in der Luft sein. Schön. Wer ist das da bei dir? Das hier bist doch du, oder?"

Corins Gesicht glühte noch mehr. „Wo hast du das Bild gefunden? Warum hast du es geöffnet?"

„Was ist denn? Es war keine versteckte Datei. Es war hier in einem Ordner mit vielen anderen alten Bildern. Gehörst du zu den Leuten, die ihre Erinnerungen begraben wollen?"

„Lösch das Bild." Corin beugte sich zu ihr hinüber und klappte den Laptop zu. „Ich ..." Er stand auf, marschierte zur Haustür, riss sie auf und ging in den Vorgarten hinaus.

Das war gar nicht gut. Es war nicht gut, dass dieses Foto plötzlich aus der Vergangenheit auftauchte und ihn packte und würgte. Und schon gar nicht in Toris Beisein! Er spuckte auf den Boden. Warum hatte sie ausgerechnet dieses Bild geöffnet?

Er legte die Hand an die raue Rinde des Baums an der Einfahrt. Er musste sich wieder einkriegen. Es war nicht Toris Schuld. Er hätte das Bild schon längst löschen sollen, aber er hatte diesen Teil seines Lebens so tief vergraben, dass er ganz vergessen hatte, dass das Foto immer noch auf seinem Computer war.

Corin drehte sich um und schaute durch das Fenster ins Wohnzimmer. Der warme Schein der Lampen links und rechts neben seinem Sofa warf ein weiches Licht auf Tori. Er war ihr eine Erklärung schuldig. Aber was sollte er sagen? Dass der Tag, an dem dieses Foto gemacht worden war, der dunkelste Tag seines Lebens war? Dass er erfolglos versucht hatte, ihn aus seinem Gedächtnis zu löschen? Dass sein Herz vor ein paar Minuten wieder aus seiner Brust gerissen worden war und seine Schuldgefühle ihn fast erstickten?

Während er über den Rasen zurückging und die Stufen zur Veranda hinaufstieg, beschloss er, ihr nur das Allernötigste zu erzählen.

Sie blickte auf, als die Tür knarrend aufging. „Ist mit dir alles in Ordnung?“

„Nein.“

„Willst du darüber sprechen?“ Sie deutete auf seinen Laptop.

„Nein.“

„Das solltest du aber.“

„Ich weiß.“ Corin schleppte sich zum Sofa und ließ sich neben ihr darauf fallen. „Hast du es gelöscht?“

„Ich habe das Gefühl, dass es mir nicht zusteht, es zu löschen.“

„Wahrscheinlich hast du recht.“ Corin lehnte den Kopf zurück und biss die Zähne zusammen, als könnte er damit die Gefühle drinnen halten, die in seiner Seele brannten.

„Du musst ein wenig Licht in den dunklen Raum lassen, in dem du im Moment sitzt.“

„Du kannst dir gar nicht vorstellen, wie dunkel dieser Raum ist.“

Im nächsten Moment überrollten ihn die Erinnerungen, als wäre es gestern gewesen.

„Fahren wir da hinunter?“, fragte Sebastian, als er oben an einem schmalen Hang bremste und zu Corin hinübersah.

„Nein. Auf uns wartet etwas anderes."

„Und wann willst du mir erzählen, was das ist?"

„Wenn wir dort sind." Corin deutete mit seiner Skispitze zum Lift, der sie oben am Heaven's Gate absetzen würde. „Komm mit."

Eine Minute später saßen sie im Lift und fuhren den Berg hinauf, während die Sonne einen glänzend weißen Teppich vor ihnen ausrollte, der von Felswänden und weiß bedeckten Tannen unterbrochen wurde.

„Wie steht's um deine Füße?"

„Angenehm warm." Sebastian lachte. „Ich kann es nicht erwarten, Romy zu heiraten."

„Gut. Dann war es ja keine Zeitverschwendung, hierherzukommen." Corin bewegte seine Füße mit den Skiern, um die Blutzirkulation in seinen Beinen aufrechtzuerhalten.

„Das, wohin wir fahren, hat nichts mit unserem üblichen Wahnsinn zu tun, oder?"

„Nein. Es ist eine ganz besondere Stelle."

„Warum tröstet mich das nicht?"

Corin lächelte. „Wenn wir es hinter uns haben und du mir nicht recht gibst, dass es das absolut Richtige war, esse ich einen Handschuh." Er hielt seine schwarzblauen Handschuhe hoch und rief: „Wohl bekomm's."

„Ich nehme dich beim Wort."

Vier Minuten später stiegen sie oben aus dem Lift und ließen ihren Blick über die langen Abfahrten unter sich schweifen. Ein schmaler Weg verlief slalomartig durch die weiße Landschaft rechts von ihnen. Links von ihnen warnten leuchtend rote Schilder: GEFÄHRLICH!

„Rechts oder links?", fragte Sebastian.

Corin grinste. „Links."

„Warum wusste ich nur, dass du das sagen würdest?"

„Weil ich dein Bruder bin."

„Aber bitte nichts Verrücktes."

„Nein, nichts Verrücktes." Corin schob die dunkelbraune Sonnenbrille nach oben und zwinkerte ihm zu. „Vertrau mir."

Nachdem er seine Skibindung fester zugezogen hatte, fuhr Corin los und glitt über den Rand einer kleinen Felswand gleich neben dem Gefahrenschild. Sie ließen die Geräusche des Lifts hinter sich. Die ersten 50 Meter müssten sie es langsam angehen, aber danach war der Hang für Skifahrer ihres Könnens machbar.

Er fuhr auf einem schmalen, von Bäumen gesäumten Weg voraus, der hoch oben über der Felswand verlief. Ungefähr 600 Meter weiter erreichten sie eine freie Stelle, die einen herrlichen Blick auf den Wintersportort unter ihnen bot.

Corin breitete die Arme aus und betrachtete die schneebedeckten Berge, die sie von allen Seiten umgaben. „Schönes Panorama, nicht wahr?"

„Atemberaubend."

Autos krochen gleich hinter dem Ort über die kurvige Straße. Die winzigen Punkte, die von den weißen Hängen dunkel abstachen, waren Skifahrer und Snowboarder, die den Pulverschnee auskosteten.

Corin lächelte in sich hinein, während er mit zusammengekniffenen Augen zu der Stelle ungefähr einen Kilometer entfernt hinüberschaute, die er letzte Woche ausgesucht hatte. Der Tag war perfekt. Sonnenschein und strahlend blauer Himmel, die perfekte Kulisse. Sebastian würde begeistert sein.

„Bist du so weit?"

Sebastian nickte und Corin glitt über den unberührten Pulverschnee. Kurze Zeit später erreichten sie einen langen Hang mit einem mäßigen Gefälle.

„Wir sind da."

„Verrätst du mir jetzt deinen großen Plan?“

Corin deutete zu einer Erhöhung unten am Hang. Sebastian betrachtete das Gelände, das darunterlag.

„Du hast eine Sprungschanze gefunden.“ Sebastian nahm seine Sonnenbrille ab und schaute gegen die Sonne, die den Schnee glitzern und funkeln ließ. „Eine große.“

„Ja.“

„Ich kann das nicht machen, Corin. Das weißt du.“ Sebastian setzte seine Sonnenbrille wieder auf. „Wie sieht das denn aus, wenn ich mit Krücken zum Altar humpele?“

„Stylisch.“ Corin grinste. „Komm schon, du willst das doch machen. Der letzte Sprung, bevor du für immer eingesperrt bist.“

„Eingesperrt?“

„Auf gute Weise.“

„Warum machst du das nur?“, seufzte Sebastian. „In den letzten Jahren haben wir uns immer wieder auf hauchdünnes Eis gewagt.“

„Was soll das heißen?“

„Das soll heißen, dass wir allmählich älter werden und dass du wie ein Süchtiger bist, der immer eine neue Steigerung braucht.“

„Du willst damit nicht sagen, dass du jetzt, wo du alt wirst, Angst kriegst?“

Sebastian schaute ihn an. „Ich will damit sagen, dass es eine Grenze gibt, ab der das Abenteuer aufhört und der Wahnsinn beginnt.“

„Es ist nur ein Sprung.“

„Romy bringt mich um, wenn ich mit einem Gips am Bein in die Flitterwochen fahre.“

„Du willst wirklich kneifen?“ Corin breitete die Arme aus. „Der letzte Sprung als unverheiratete Brüder?“

Sebastian bohrte seinen Ski in den Schnee. „Wie hoch ist es?“

„Acht bis zehn Meter hoch. Vierzig Grad Gefälle bei der Landung. Perfekt. Ich war letztes Wochenende hier, um es zu testen, und habe den Sprung dreimal gemacht. Da, knapp links neben den Felsen, die ungefähr nach zwei Dritteln der Strecke aus dem Schnee herausragen.“

„Das sollte ich bleiben lassen, Corin.“ Sebastian zog den Reißverschluss an seiner Jacke zu. „Ich mache es nicht.“

„Du musst.“

„Warum? Wir haben schon Millionen solche Sprünge gemacht. Warum ist dieser eine so wichtig? Warum kann meine Hochzeit nicht wichtiger sein?“

Corin deutete den Hang hinab. „Siehst du da unten jemanden?“

Sebastian bewegte den Kopf nach links, dann nach rechts und schaute den Hang hinab. „Ja, ich sehe jemanden. Kennst du ihn?“

„Das ist Tony Budiseski. Ich habe ihn gebeten zu kommen.“

„Warum?“

„Es ist mein Hochzeitsgeschenk für dich.“ Corin lächelte. „Wenn wir uns in die Luft stürzen, macht Tony tausend High-Speed-Schnappschüsse. Wir suchen uns den Besten aus, machen daraus ein Poster, und du kannst es als Erinnerung in deiner Garage an die Wand hängen, wenn du ein gezähmter Ehemann bist. Denn nach diesem Sprung wird das Leben nie wieder so sein wie vorher.“

„Du bist unmöglich.“

„Das hoffe ich doch.“ Corin winkte Tony zu, der zurückwinkte. „Hey, schau hinter dich.“

Hinter ihnen befanden sich eine Schneewand und Bäume, die so perfekt waren, dass das Bild wie ein Gemälde aussah. Die Sonne schien so hell auf den Schnee, dass das Licht ihn blendete, und die grauschwarzen Felsen ragten in einem faszinierenden Muster aus dem Schnee.

„Das ist der Hintergrund, den ich für das Bild will."

„Wie lange hast du gebraucht, um diese Stelle zu finden?"

„Nur drei Wochenenden."

„Ich liebe dich", sagte Sebastian. „Auch wenn es dir anscheinend Spaß macht, mich dazu zu bringen, auf einem Drahtseil zu tanzen, auf das ich eigentlich keinen Fuß setzen will."

Corin rückte seine Sonnenbrille zurecht. „Bist du so weit?"

„Es kann losgehen."

Seite an Seite wedelten sie durch den Schnee und fuhren fast identische Kurven. Zwanzig Meter von der Sprungschanze entfernt warfen sie sich einen kurzen Blick zu und steuerten dann geradewegs darauf zu. Vier Sekunden bis zum Absprung.

Corin warf einen Blick auf Sebastian, während die Absprungstelle immer näher kam. Nur noch wenige Sekunden, bis ihr Sprung für die Ewigkeit festgehalten würde. Drei, zwei, eins ... dann verschwand der Schnee unter ihm und er und Sebastian waren wie Adler, die gemeinsam am Himmel schwebten.

Corin stieß einen lauten Triumphschrei aus. Er hatte die Arme und Beine ausgebreitet, als könnte er für immer in der Luft bleiben. Sekunden später landeten seine Skier zielgenau auf dem steilen Abhang. Er bremste und kam 20 Meter unterhalb der Absprungstelle zum Stehen.

Er drehte sich breit grinsend zu Tony herum. „Hast du das eingefangen?"

Tony antwortete nicht. Er starrte mit blassem Gesicht und vor Entsetzen großen Augen auf etwas hinter Corin.

Corin fuhr herum und suchte Sebastian. Sein Bruder lag 15 Meter hinter ihm mit dem Gesicht im Schnee. Er hatte die Skier noch an den Füßen, einen Arm hatte er auf dem Rücken liegen, und der andere stand von seiner Seite ab.

„Sebastian, ist alles in Ordnung?“ Keine Antwort. Keine Bewegung. Corin schnallte seine Skier ab und versuchte, durch den Schnee zu laufen, fiel aber immer wieder hin, weil er in dem weichen Pulverschnee einsank. „Sebastian!“

Die einzige Antwort war ein leises Pfeifen des Windes.

Eine Minute später erreichte er seinen Bruder und fiel neben ihm auf die Knie. „Sprich mit mir, Sebastian.“ Corin riss sich die Handschuhe von den Händen und legte zwei Finger an Sebastians Hals. Er spürte einen Pulsschlag. Schwach, aber regelmäßig.

Er drehte sich zu Tony um. „Wir müssen ihn schnell von hier wegbringen!“

„Hier ist weit und breit niemand, und ohne Satellitentelefon ...“

„Fahr mit den Skiern zur Talstation. Du musst die Bergwacht holen!“

„Ich beeile mich. Beweg ihn bloß nicht.“

Corin nickte und wandte sich wieder zu Sebastian um. Er atmete noch – immerhin!

„Ich bin hier, Sebastian. Wach auf. Bitte.“ Corin setzte sich auf seine Fersen zurück. Ihm war am ganzen Körper heiß. Das konnte doch nicht wirklich passiert sein!

Corin kontrollierte wieder Sebastians Puls und versuchte, die Panik, die sich in seiner Brust ausbreitete, nicht überkochen zu lassen.

Was habe ich nur angerichtet?

„Hey“, sagte Tori. „Wo bist du?“ Sie streichelte seine Schulter und legte den Kopf schief.

„Tut mir leid.“ Corin rutschte auf dem Sofa nach vorn und kratzte sich das Gesicht. „Das Foto hat alles hervorgeholt.“

„Was hat es alles hervorgeholt?“

Corin stand auf und schaute zur Haustür. „Ich muss damit allein sein."

„Bist du sicher?"

Er nickte, ging zur Haustür und hielt sie ihr auf. „Tut mir leid, aber ich kann im Moment nicht darüber sprechen."

Eine Viertelstunde später lag er im Bett und wünschte, er könnte endlich einschlafen, aber als er schließlich in einen unruhigen Schlaf fiel, war sein Traum schlimmer als die Erinnerung an Sebastians Unfall.

Kapitel 25

Corin stand am Rand des Pedalfloßes und versuchte wegzukommen, aber seine Beine und Füße waren im Salzwasser gefangen. „Beweg dich!“, schrie er, aber kein Ton kam aus seinem Mund, und seine Mutter und sein Vater und Sebastian lächelten ihn nur an.

„Wir tauschen die Plätze, sodass ich bei Sebastian bin und du bei Mama …“

„Nein, Papa, es kippt um!“, rief Corin, so laut er konnte, aber die Worte sanken ins Wasser und wurden verschluckt.

„Komm, ich helfe dir, Corin.“ Sein Vater umfasste seinen Ellenbogen und zog. Corin riss den Arm weg.

„Was ist los?“ Sein Vater runzelte die Stirn.

„Es wird umkippen und ich bin dann im Wasser gefangen und ertrinke. Wir müssen bleiben, wo wir sind!“

Einen Moment später stand Corin mit dem Rest seiner Familie auf dem anderen Floß. Nein! Seine Mutter und Sebastian wollten auf das andere Floß gehen und lächelten fröhlich.

„Nein! Macht das nicht!“ Aber es war zu spät. Corin versuchte, ins Wasser zu springen, aber seine Füße waren wie an das Floß geklebt.

Die Zeit verging wie in Zeitlupe, während das Floß umkippte.

Sein Magen zog sich zusammen, und er versuchte, Luft zu holen, bevor das Wasser ihn verschlang, aber sein Mund war wie verschlossen, und einen Moment später ging er unter. Das kalte Wasser legte seine Tentakel um ihn.

Alle Geräusche verstummten, als er in den See sank.

Das dunkle Wasser drehte sich wie ein Strudel und zog ihn mit rasender Geschwindigkeit in die Tiefe. Drei, fünf, dann zehn Meter. Corin zwang sich, nach oben zu schauen. Das Licht, das durch das grüne Wasser drang, wurde schwächer, dann verschwand es ganz, als der See ihn immer weiter in die Dunkelheit riss.

„Nein!“ Er versuchte zu rufen, aber Wasser drang in seinen Mund und in seine Lunge und erstickte seinen Schrei. Dann Dunkelheit. Und Nichts. Immer dieses Nichts. Dieses Mal war es, als hätte es Hände, die ihn nach unten zogen und das Leben aus ihm herauspressten.

Die seine Seele aus ihm herauspressten.

Kapitel 26

Corin fuhr um 5:55 Uhr vor Tessers Haus vor. Er freute sich darauf, seinen alten Freund wiederzusehen, und war froh, dass er sogar ein paar Minuten zu früh kam. Der Professor mochte es nicht, wenn man unpünktlich war. Und schon gar nicht am ersten Tag der Woche. Jedenfalls war das früher so gewesen. War es wirklich zehn Jahre her, dass er den alten Mann das letzte Mal gesehen hatte?

Er hatte vorgehabt, ihn zu besuchen, aber es gab immer etwas Dringendes zu tun, das ihn davon abgehalten hatte. Sein Geschäft aufzubauen. Sich um das Geschäft zu kümmern. Reisen ins Ausland, um exotische Schätze zu finden, die dafür sorgten, dass er Essen auf dem Tisch und ein Auto in der Garage hatte. Seine Scheidung. Die Tyrannei des Dringenden verdrängte das Wichtige und Wertvolle.

Corin schlenderte den Weg zu Tessers Haus hinauf und lächelte. Das Haus war immer noch nicht neu gestrichen worden. Die dunkelbraune Farbe blätterte an tausend Stellen ab. Der Rasen müsste dringend mal gemäht oder besser gleich mit einem Buschmesser bearbeitet werden. Das Dach ließe sich wahrscheinlich zu einem guten Preis in Corins Laden verkaufen, so alt sah es aus.

Professor Tesser C. Achille. Tesser hasste den Namen Achille und hatte seinen Studenten am ersten Vorlesungstag gesagt, dass sie ihn mit Tesser ansprechen sollten – oder überhaupt nicht. Zwischen ihm und Corin hatte sich eine Art Mentorenverhältnis entwickelt. Er hatte den Professor oft in seinem Büro an der Universität besucht, sie hatten gemeinsam gegessen und sich bis spät in die Nacht unterhalten und sogar drei gemeinsame Studienreisen nach Italien, Griechenland und Spanien unternommen.

Corin salutierte, als er die abgenutzten Stufen hinaufstieg, die zu Tessers Haustür führten. Es war schön, wieder hier zu sein. Er hatte schon auf die Glocke gedrückt, als er einen kleinen Zettel bemerkte, der an der Tür klebte.

Komm rein, Corin. Meine Tür ist nie verschlossen. Das weißt du.

Er wusste es. Sie hatten unzählige Male darüber diskutiert, dass Tesser seine Haustür nicht einmal dann abschloss, wenn er verreiste. Corin hatte versucht, ihn davon zu überzeugen, dass das bei den wertvollen Büchern in den Regalen und den unbezahlbaren Artefakten, die in Glasvitrinen im ganzen Haus verteilt waren, eine allzu freundliche Einladung an Leute war, die keinen Respekt vor fremdem Eigentum hatten. Aber der Professor hatte immer gesagt, wenn jemand seine Bücher und Antiquitäten unbedingt wolle, könne er sie haben.

Die Tür quietschte, als Corin sie aufschob, aber nicht so laut, wie er erwartet hatte. Vielleicht hatte Tesser tatsächlich inzwischen entdeckt, dass man quietschende Türangeln ölen konnte. „Professor?"

Keine Antwort.

Er schaute sich in dem geräumigen Eingangsbereich um. Sein Blick fiel auf eine dunkle Holztreppe, die zu den vier leer stehenden Zimmern hinaufführte und weiter nach links zu der großen Küche, in der wahrscheinlich seit Jahren niemand mehr gekocht hatte.

Dann betrachtete er den Flur, der nach rechts zu Tessers großer Bibliothek und seinem Büro führte. Die Wahrscheinlichkeit war sehr groß, dass er den alten Professor dort finden würde. Vermutlich über ein Buch gebeugt, das noch älter war als er.

Corin ging auf Zehenspitzen – warum auch immer er das machte – durch den Korridor und warf im Vorbeigehen einen Blick in jedes Zimmer. Alles war unverändert. Der Geruch von alten Büchern lag in der Luft und weckte in ihm Erinnerungen daran, wie er hier während seiner Studentenzeit stundenlang über solchen Büchern gebrütet hatte.

„Tesser? Bist du da?" Alles bestand aus dunklem Holz, und obwohl mehrere Lichter an waren, war es dämmrig. Er war schon fast im Büro und bekam immer noch keine Antwort. „Professor?"

„Komme schon!", rief endlich eine Stimme aus dem Büro.

Tesser war mindestens 90 Jahre alt. Er trug ehemals weiße Hausschuhe, die im Laufe der Jahre vergilbt waren und mindestens zwei Nummern zu groß waren. Dadurch schlurfte er beim Gehen. Die Öffentlichkeit sah ihn nie ohne seine reichlich mitgenommene Baseballkappe mit der Aufschrift „Finde es!", unter der drahtige, weiße Haare in alle Richtungen abstanden.

Hinter seinem Rücken bezeichnete man ihn als exzentrisch. Ins Gesicht sagte man ihm, dass er brillant sei. Tesser war beides. Wer ihm zum ersten Mal begegnete, wäre nie auf die Idee gekommen, dass man 10.543 Links und einen ausführlichen Wikipedia-Eintrag fand, wenn man seinen Namen bei Google eingab. Eine Brille mit Goldrand – mehr Silber als Gold an den Stellen, an denen die Farbe abgeblättert war – saß auf halber Höhe auf seiner kleinen Hakennase. Als Tesser Corin erblickte, unterbrach er seine Arbeit und legte den Kopf schief. „Du bist pünktlich."

„Ich versuche, mir neue Gewohnheiten zuzulegen."

„Ausgezeichnet. Ich arbeite zurzeit selbst auch an ein paar neuen Gewohnheiten." Er fuhr mit den Handflächen über seine Wangen. „Vielleicht fällt dir auf, dass ich mich heute rasiert habe. Das ist schon das zweite Mal in dieser Woche."

„Gratuliere."

Er schlurfte auf Corin zu und klopfte ihm auf die Schulter. „Du siehst noch ganz rüstig aus."

„Das war eigentlich mein Spruch."

Tesser lachte. „Nein, *ich* sehe alt aus."

Das stimmte nicht. Auf jeden Fall sah er nicht älter aus als beim letzten Mal, als Corin ihn gesehen hatte. Manche Leute erreichten anscheinend irgendwann ein bestimmtes optisches Alter und veränderten sich dann nicht mehr groß, egal wie viele Jahre vergingen.

„Schau dir das an." Tesser deutete zu einer Fotoreihe, die die Wand links neben Corin säumte.

„Was?"

„Das Bild in der Mitte."

Corin kniff die Augen zusammen. Tesser und er prosteten sich auf dem Foto mit Rotweingläsern zu. „War das in Italien?"

„Ja, du hast ein gutes Gedächtnis." Tesser nahm ihn am Ellbogen und führte ihn den Weg zurück, den er gekommen war. „Das war eine schöne Reise, nicht wahr? Pompeji war ein Höhepunkt. Und auch Capri. Obwohl ich mit dir nicht in die Blaue Grotte gekommen bin. Ich hätte allein hinfahren sollen."

„Das war eine unvergessliche Tour." Corin ließ seinen Blick über die anderen Fotos wandern. „Wo ist denn das gemacht worden?“ Er deutete auf eine grobkörnige Aufnahme ganz rechts.

„In Frankreich“, sagte Tesser ungewohnt knapp.

„Sieht ziemlich alt aus.“ Corin starrte das Foto mit zusammengekniffenen Augen an. „Wer sind denn die Männer, mit denen du da posierst?“

„Freunde. Kollegen. Brillante Köpfe. Erleuchtete.“

Corin sah Tesser überrascht an. Das klang so gar nicht nach ihm. „Erleuchtet? In welcher Hinsicht?“

Tesser blinzelte hektisch und wedelte abwehrend mit der Hand. „Das ist ein abendfüllendes Thema. Vielleicht erkläre ich es dir ein anderes Mal. Oder auch nicht. Ich weiß nicht. Eher nicht.“ Der alte Professor riss sich zusammen, klatschte in die Hände, und der seltsame Ausdruck verschwand von seinem Gesicht. „Wir können später weiterplaudern, aber jetzt, denke ich, sollten wir zur Sache kommen.“

„Welche Sache?“

Tesser sah ihn über seine Brillengläser hinweg an. „Dein Geheimnis!“

„Ja, richtig.“ Corin zog die Fotos aus seiner Aktentasche, die er am Tag zuvor von dem Stuhl gemacht hatte, und reichte sie seinem alten Freund.

Tesser starrte sie eine ganze Weile schweigend an. „Puh!“ Er schaute unter seiner Brille hervor zu Corin. Dann konzentrierte er sich wieder auf die Fotos. „Du hast da wirklich etwas Interessantes.“

„Was?“

„Erstaunlich. Wann hast du diese Bilder gemacht?“

„Gestern Abend. Mit meinem Handy.“

„Mit dem Handy?“ Tesser schaute ihn argwöhnisch an. Dann zog er ein Vergrößerungsglas aus seinem Eichenschreibtisch und betrachtete wieder ausführlich jedes Bild.

„Und?“, fragte Corin.

„Faszinierend.“ Er legte die Fotos mit einem erstaunten Blick auf den Tisch. „Sehr faszinierend.“

„Jetzt rede schon!“ Corins Herz schlug höher. Endlich bekam er vielleicht Antworten auf seine Fragen. „Was ist faszinierend?“

„Was ich hier sehe, ist wirklich unglaublich.“

„Das habe ich kapiert. Sprich weiter.“ Corin beugte sich vor. „Was ist denn daran so unglaublich?“

„Dass diese Fotos mit einem Handy aufgenommen wurden.“ Tesser tippte wieder auf die Fotos. „Die Details sind verblüffend scharf. Wirklich ganz erstaunliche Qualität!“

Corin warf den Kopf zurück und stöhnte. „Tesser, ich muss wissen, was du von dem *Stuhl* hältst. Woher er kommt, wer ihn gebaut haben könnte, wie alt er ist.“

Tesser lachte. „Früher hast du über meine Witze gelacht.“

„Das tue ich immer noch, aber könnten wir bitte über den Gegenstand auf den Bildern sprechen?“

„Natürlich.“ Tesser nahm die Fotos und legte sie in einer Reihe nebeneinander. „Das ist ein ungewöhnlicher Stuhl.“

„Darauf bin ich selbst auch schon gekommen.“

„Woher hast du ihn?“ Tesser strich über die spärlichen Haarbüschel, die von seinem Kinn abstanden und die Bezeichnung Bart kaum verdienten.

„Eine ältere Frau tauchte eines Tages in meinem Laden auf und gab ihn mir, ohne viel dazu zu sagen.“

„Eine Frau?“

„Ja.“

Tesser kratzte sich an der Nasenspitze und schwieg lange. „Und sie hat nichts gesagt?“

„Eigentlich nicht.“

„Irgendwas muss sie doch gesagt haben, als sie dir den Stuhl gab." Er nahm seine Brille ab – es war das erste Mal, dass Corin das bei ihm sah – und rieb seine alten Augen. „Gib mir den genauen Wortlaut wieder."

Als Corin Tesser alles erzählt hatte, was Nicole gesagt hatte, stand Tesser auf und ging vor dem Kamin auf und ab, dabei rieb er sich die Hände und murmelte etwas vor sich hin. Nach ein paar Minuten blieb er stehen und schaute Corin mit durchdringendem Blick an. „Hat sie gesagt, warum sie ihn ausgerechnet *dir* gab?"

„Sie sagte einfach nur, dass ich derjenige sei, der ihn haben soll."

„Faszinierend." Ein leises Schmunzeln lag auf Tessers Lippen. „Sonst noch etwas?"

Corin überlegte, ob er Tesser von dem seltsamen Kribbeln erzählen sollte, das er gespürt hatte, als er den Stuhl berührt hatte, entschied sich aber dagegen.

„Hat sie gesagt, wann er hergestellt wurde?"

„Nein. Nur, dass der, der ihn gemacht hat, vor langer Zeit gelebt hat."

Tesser zupfte an seiner Unterlippe. Dann fuhr er herum und schaute Corin an. „Wie sah sie aus?"

„Hast du die *Spiderman*-Filme gesehen?"

„Nein. Sollte ich?"

Corin schüttelte den Kopf und beschrieb die Frau. Tessers Augen wurden groß. „Warte." Tesser nahm einen Stift und einen Zeichenblock. „Beschreib sie mir noch einmal. So genau wie möglich."

Während Corin die Frau noch einmal beschrieb, raste Tessers Stift über den Block. Als Tesser fertig war, hielt er Corin die Skizze hin. „Sieht sie so ähnlich aus?"

Jetzt wurden Corins Augen groß. Die Zeichnung gab die geheimnisvolle Frau so genau wieder, dass er überrascht war.

Tesser warf den Zeichenblock auf den Schreibtisch und pfiff leise. „Ich hätte nie gedacht, dass ich diesen Tag noch erleben würde." Er hob einen Zeigefinger und lächelte. „Aber ich *wollte* ihn gern erleben." Tesser deutete auf die Skizze. „Ich kenne sie."

„Was?"

„Das heißt, ich kenne sie nicht wirklich." Er hustete. „Ich hatte kaum noch Hoffnung, dass es sie noch gibt. Die meisten glauben, die Letzte von ihnen wäre vor hundert Jahren gestorben. Aber ich habe immer geglaubt, dass sie irgendwo da draußen ist und darauf wartet, sich zum richtigen Zeitpunkt zu offenbaren." Tesser klopfte in einem schnellen Rhythmus auf seinen Bauch. „Deine Freundin hat eine auffallende Ähnlichkeit mit den Frauen in dem Buch."

„Welches Buch?" Corin war nun vollständig verwirrt.

Tesser ging nicht auf seine Frage ein. „Ich würde sie gern treffen."

„Wer ... was ist sie?"

„Sie ist ..." Tesser schien sich seine Worte genau zu überlegen. „Sie ist die Bewahrerin eines spirituellen Vermächtnisses."

„Soll das heißen, dass sie ein Engel ist oder so was?"

„Nein, nein." Tesser fuchtelte mit den Händen durch die Luft und schüttelte den Kopf. „Sie ist kein Engel. Sie ist genauso ein Mensch wie du und ich. Aber sie ist ... erwählt. Wenn sie es ist. Sie könnte es sein. Sie könnte es wirklich sein."

Tesser schlurfte doppelt so schnell, wie er sich sonst bewegte, zu einem großen Bücherstapel in der hintersten Ecke seines Büros. „Wenn ich dir dieses Buch zeige, wirst du das Gefühl haben, zwei tektonische Platten hätten sich in deinem Kopf zusammengefügt." Als er den Stapel erreichte, bog er scharf rechts ab und ging durch die Tür hinaus auf den Flur.

„Wohin willst du?“ Corin beugte sich nach links, um zu sehen, ob Tesser stehen bleiben würde. „Soll ich mitkommen?“

„Zuerst muss ich auf die Toilette. Danach wird das Rätsel gelöst. Nein, das stimmt nicht. Ich *habe* es schon gelöst. Wenn ich zurückkomme, erzähle ich dir, was ich über deinen Stuhl weiß.“

Corin schüttelte den Kopf. Tesser befand sich intellektuell auf derselben Stufe wie Stephen Hawking, aber was seine sozialen Fähigkeiten anging, bewegte er sich eher im unterirdischen Bereich.

Als Tesser zurückkam, rieb er sich durch seine Baseballkappe hindurch den Kopf. „So, jetzt kann es losgehen.“ Er zwinkerte Corin zu und zog eine kleine Trittleiter in die Mitte der Regale an der hinteren Wand. Er musste sich strecken, um das oberste Regalfach zu erreichen, dabei balancierte er auf einem Fuß und sah aus, als würde er jeden Augenblick herunterfallen.

„Ich kann dir helfen, wenn du willst“, sagte Corin.

„Wo steckt nur dieses Buch?“ Er zog zwei dicke Bücher aus dem Regal und ließ sie auf den Boden fallen.

Bumm! Bumm!

Es hörte sich an wie Schüsse, als sie auf dem Boden aufschlugen. Für einen Mann, der Bücher liebte, behandelte Tesser die Bücher in seiner Bibliothek nicht gerade mit viel Respekt.

Als könne er Corins Gedanken lesen, sagte Tesser: „Diese Bücher sind Müll. Sie wurden schon drei Mal widerlegt. Aber damals, als sie herauskamen, hat jeder, ich eingeschlossen, sie verehrt.“ Er fuhr mit den Fingern über die Bücher in dem darunterliegenden Regalfach. „Da stellt sich die Frage, welche Bücher, vor denen wir uns heute verneigen, morgen ins Feuer geworfen werden, nicht wahr?“

„Das stimmt.“

Ein paar Sekunden später zog Tesser ein dickes Buch aus dem Regal und streichelte es. „Ja. Hier ist es. Bitte lass es nicht fallen." Er hielt es hoch, sodass Corin es sehen konnte, dann warf er es ihm wie eine Frisbeescheibe zu.

Corin machte einen schnellen Satz vor und fing das Buch gerade noch auf, bevor es auf dem Boden aufschlug. Der Buchtitel war in ausgebleichter Schnörkelschrift geschrieben. Darunter stand ein Untertitel. „Was ist das?"

„Es könnte uns helfen. Dir, meine ich. Zu verstehen, was es mit deinem Stuhl auf sich hat. Ich habe es schon gelesen."

Corin deutete auf den Umschlag. „Es könnte mir helfen, wenn ich es lesen könnte. Was steht hier?"

„Das ist Latein und heißt grob übersetzt: ‚Frauen des Christus-Stuhls: Orden der Frauen, die bekannt sind, 1785 bis 1969.' Natürlich gibt es noch andere Bände dazu." Tesser stieg wieder auf den Boden herab. „Aber das ist das Einzige, an das ich leicht herankommen kann. Die anderen sind weggesperrt."

Corin kribbelte es am ganzen Körper, als bekäme er lauter leichte Elektroschocks. Unglaublich. Die Legende von dem Stuhl war wahr! „Ich habe bei Google nach allen Stichwörtern gesucht, die mir zu einem Stuhl eingefallen sind, den Jesus gebaut haben könnte, aber ich habe nichts gefunden ..."

„Pah." Tesser winkte stirnrunzelnd ab. „Jeder glaubt heutzutage, wenn er ein paar Wörter bei Google eingibt und Enter drückt, wäre das Forschungsarbeit. Niemand schaut mehr in Büchern oder Bibliotheken nach. Wikipedia ist der Lehrer der Welt, ohne dass es diesen Ruhm verdient hätte." Tesser schaute Corin an. „Nicht wahr?"

Corin ignorierte die Bemerkung. „Es gibt also wirklich eine richtige Legende um den Stuhl."

„Ja. Natürlich. Das siehst du doch an dem Buch, das du

in der Hand hältst. Der Heilige Gral bekommt die ganze Aufmerksamkeit, aber es gibt andere Legenden von Artefakten im Zusammenhang mit Jesus, die im Laufe der Jahre weitergegeben wurden. Dinge, die er berührt hat oder die er in seiner Zeit auf Erden benutzt hat, und auch eine Legende über einen Stuhl." Tesser streckte ihm die Hand hin. „Lass mich mal sehen."

Corin reichte ihm das Buch. Der Professor blätterte darin, blieb bei einigen Seiten ein paar Sekunden hängen und blätterte andere nach einem kurzen Blick sofort weiter. Als er ungefähr zur Hälfte durch war, legte er das Buch auf den Schreibtisch und deutete auf eine Zeichnung von einem Gesicht.

Corin blinzelte verblüfft. Das war Nicole! „Unglaublich! Das ist die Frau, die mir den Stuhl gegeben hat."

„Aha, aha, ja, das ist richtig." Tesser rieb sich das Kinn und nickte. „Sie hat dich gefunden. Kannst du Kontakt zu ihr aufnehmen?"

„Jein. Sie hat mir eine E-Mail geschrieben, und ich habe ihr geantwortet und sie um ein Treffen gebeten, aber bis jetzt hat sie mir nicht zurückgeschrieben."

„Hoffentlich macht sie das noch." Tesser nahm das Buch wieder. „Rate mal, was die Legende über den Stuhl besagt?"

„Verrate es mir."

„Diesen Stuhl hat Jesus nicht nur gemacht." Tessers Gesicht wurde ernst. „Angeblich hat Jesus auch auf dem Stuhl gesessen, nachdem er von den Toten auferstanden und den Jüngern erschienen ist. Und zwar bei dem Treffen, bei dem Thomas sagte, er würde erst glauben, wenn er die Wunden in Jesu Händen anfassen könnte. Und die Legende sagt, dass dieser Stuhl seine ganze Macht in sich trägt." Tessers Blick wanderte in die Ferne.

„Du machst Witze." Corin wurde ganz heiß, als er an Brian dachte ... Sebastian! War es möglich?

„Laut der Legende hat Jesus den Stuhl vor seiner Himmelfahrt Petrus gegeben. Als Petrus auf dem Kopf stehend gekreuzigt worden war, wurde der Stuhl an Johannes weitergegeben, der ihn mitnahm, als er auf die Insel Patmos verbannt wurde."

„Glaubst du, dass er Menschen heilen kann?"

Tesser fuhr mit den Fingern über die aufgeschlagenen Seiten und sprach weiter, als hätte er Corin gar nicht gehört. „Überleg doch nur! Wenn das alles mehr wäre als nur eine Legende! Wenn tatsächlich göttliche Macht in diesem Stuhl stecken würde!" Tesser wippte leicht auf den Zehen. „Eine solche Macht könnte niemand aufhalten. Welche unglaublichen Veränderungen dies möglich machen würde!" Er bewegte die Hände durch die Luft, als halte er ein Schwert. „Die Verteidiger des Guten und des Lichts könnten die Welt regieren. Ihre Soldaten könnten immer wieder neu geheilt werden."

„Willkommen in Hollywood!"

„Nun ja", lächelte Tesser. „Ich fürchte, mein Hang zur Dramatik hat mich kurz überwältigt."

„Was ist nun also laut der Legende mit dem Stuhl passiert, nachdem sie versucht hatten, Johannes zu töten, indem sie ihn in kochendes Öl warfen?"

„Ich bin beeindruckt. Du weißt ja doch etwas aus der Kirchengeschichte."

„Aber nur sehr wenig. Und das habe ich in einer Vorlesung von dir gelernt."

„Du hast also tatsächlich hin und wieder zugehört." Tesser blätterte in dem Buch weiter. „Ich will nur sehen, ob mein Gedächtnis mich nicht trügt. Ah ja, hier ist es." Er tippte auf eine Seite. „Nachdem Johannes auf wunderbare Weise das kochende Öl überlebt hatte, kamen er und der Stuhl anscheinend nach Patmos, und nach seinem Tod blieb der Stuhl dort und war über dreihundert Jahre lang verschollen, bis er langsam aus dem Bewusstsein der Leute verschwand. Erst Anfang des fünften Jahrhunderts entdeckte eine kleine Frauengruppe den Stuhl und kaufte ihn dem Besitzer des Gebäudes ab, in dem er stand. Der Besitzer hatte keine Ahnung, was er da hatte. Sie bildeten eine Sekte oder Organisation und nannten sich *Custodes Sedis*, das heißt so viel wie: ‚Hüterinnen des Stuhls.'"

Tesser blätterte die nächste Seite um. „Ihr Ziel war klar: Den Stuhl beschützen. Seinen Aufenthaltsort geheim halten. Ihn nur in Zeiten großer Not gebrauchen."

„Ihn gebrauchen?"

„Hast du nicht davon angefangen, dass in ihm die Heilungskraft Gottes steckt? Das ist ein wichtiger Teil der Legende. Das war der Beweis, dass der Stuhl von Jesus gebaut worden war. Aber er kann nicht nur heilen, sondern dem, der darauf sitzt, auch tiefe Erkenntnisse über das Wesen des Menschen vermitteln. Menschen, die auf dem Stuhl sitzen, bekommen Visionen. Sehen Jesuserscheinungen. Solche Dinge."

„Und das alles wurde aufgeschrieben?"

„Hier in diesem Buch." Tesser hielt das Buch in die Höhe und fuchtelte damit durch die Luft.

„Was wurde aus dem Stuhl?"

Tesser breitete die Hände aus und gackerte los. „Du hast ihn."

„Im Ernst?"

„Ja. Na ja, vielleicht auch nicht. Aber wer weiß? Vielleicht hast du den Stuhl wirklich in deinem ...?"

„An einem sicheren Ort."

„Was ist ein sicherer Ort?"

„Mach dir keine Sorgen." Corin legte die Hand auf Tessers Arm. „Er ist in Sicherheit."

„Wir müssen herausfinden, was damit passiert ist, bevor er zu dir kam." Tesser blätterte weiter in dem Buch. „Das gibt uns vielleicht Hinweise darauf, ob dein Stuhl wirklich der echte Stuhl ist." Ein paar Minuten hörte man in der großen Bibliothek kein anderes Geräusch als das Umblättern der Seiten. „Hier steht etwas."

Corin schaute zu, wie die Sekunden auf der Seth-Thomas-Queen-Anne-Uhr an Tessers Wand verstrichen, während der Professor jahrhundertealte Legenden überflog.

„Hier steht etwas", wiederholte Tesser und klopfte auf die obere Hälfte der Seite. „Nachdem die Frauen ihn auf Patmos fanden, behielten sie ihn dort und gaben ihn von einer Generation an die nächste weiter. Ungefähr im Jahr 820 hörte die katholische Kirche von der Legende und suchte den Stuhl. Aber die Frauen waren gewarnt und brachten ihn nach Frankreich. Die ganzen nächsten Generationen hindurch behaupteten sie, der Stuhl wäre immer von der Mutter an die Tochter weitergegeben worden, zusammen mit den Geheimnissen um den Stuhl und einem Eid, ihn zu beschützen."

„Und die Frau, die ihn bei mir abstellte, soll eine Nachfahrin dieser Frauen sein?"

„Anscheinend."

„Warum kamen sie mit dem Stuhl nach Amerika?" Corin trat zu Tessers Kamin hinüber und streckte die Hände aus, um sich von den Flammen wärmen zu lassen, die von einem großen Haufen knisternder Holzscheite aufstiegen. „Hätten sie den Stuhl nicht eher ins Heilige Land bringen sollen? Warum sollten sie das Risiko eingehen, ihn über den Ozean zu schleppen?"

„Das war sicher nicht unumstritten, aber Amerika klingt sinnvoll." Tesser bewegte die Hand über eine Weltkarte, die an der Wand hinter seinem Schreibtisch hing. „Ich nehme an, der

Stuhl wurde Ende des neunzehnten Jahrhunderts nach Amerika gebracht. Zu dem Zeitpunkt war das Land gut entwickelt. Es gab Gesetze, die das Eigentum schützten. Und wenn man etwas vor neugierigen Augen verbergen wollte, versteckte man es vielleicht lieber in einem Land, das so groß war, dass man Ewigkeiten brauchen würde, um jeden Winkel und jede Nische abzusuchen."

Das klang logisch. Corin drehte sich um und ließ sich den Rücken wärmen. „Hier gab es vermutlich weniger skrupellose Schatzjäger. Im Heiligen Land wimmelt es vor solchen Leuten. Und Amerika war ein Land, in dem nur wenige Leute je etwas von der Legende gehört hatten. Wenn überhaupt!"

„Genau. Als dann die Ostküste immer dichter besiedelt wurde, beschlossen sie, den Stuhl weiter in den Westen zu bringen."

„Aber warum nach Colorado? Warum nicht nach Seattle? Oder nach Los Angeles?"

„Das ist nur eine Vermutung, aber da hier in jedem Flussbett Gold vermutet wurde, interessierte sich wahrscheinlich niemand für einen alten Stuhl." Tesser lehnte sich zurück und faltete die Hände vor seiner Brust. „Und der Stuhl wurde weiterhin von der Mutter an die Tochter weitergegeben."

„Aber jetzt wurde diese Kette durch mich unterbrochen."

„Vielleicht hat sie keine Tochter."

„Warum ausgerechnet ich? Ich will kein Hüter eines Wunderstuhls sein ..."

„Es ist bisher nur eine Legende, Corin!", lachte Tesser. „Daraus könnte man einen guten Film drehen, aber das sind nur Fantasiegespinste. Du fängst doch nicht an, die Sache mit den Heilungen ernst zu nehmen, oder?"

Corin stand seufzend auf und setzte sich neben seinen alten Freund. „Nein, natürlich nicht."

Aber das stimmte nicht. Als er an die Frau dachte und ihren intensiven Blick, glaubte er schon irgendwie, sie könnte die Hüterin des echten Stuhls sein. Dass ihre Vorfahrinnen einen Orden gegründet hatten, der den Stuhl 1.600 Jahre lang von einer Generation an die nächste weitergegeben hatten. Dass sie die Hüterin des Geheimnisses war. Als er gelesen hatte, dass Brian geheilt worden war, hatte er das wirklich geglaubt.

Tesser legte die Hand auf Corins Bein. „Bevor ich weiterlese, solltest du tief durchatmen."

„Warum?"

„Das wirst du schon sehen."

Tesser blätterte zur Mitte des Buches und glättete die Seiten mit beiden Handflächen. „Bist du bereit?"

„Wofür?"

Tesser hob langsam die Hände, als wäre er ein Dirigent, der seinen Stab hebt, um ein Sinfoniekonzert zu beginnen.

Corin beugte sich vor und betrachtete die vier Skizzen auf den Seiten. „Wow." Er sank auf seinem Stuhl zurück und ihm wurde am ganzen Körper heiß. Die Zeichnungen, die aus vier Winkeln gezeichnet waren, gaben genau den Stuhl wieder, der in seinem Keller stand.

„Das ist mein Stuhl."

„Ja, ich weiß." Tesser hielt die Fotos hoch, die Corin ihm vorher gegeben hatte, und schaute sie an. „Verstehst du jetzt, warum ich glaube, dass dein Stuhl der Stuhl aus der Legende sein könnte?"

„Puh." Corin rieb sich die Stirn und atmete tief aus. Er starrte die Zeichnungen an. Es gab zwei Möglichkeiten, vielleicht drei. Erstens: Sein Stuhl war der Stuhl aus der Legende. Zweitens: Er war ein Duplikat, das nach diesen Zeichnungen gebaut worden war. Und drittens ... Eine dritte Möglichkeit fiel ihm nicht ein.

„Du wolltest doch Abenteuer erleben, oder?“

„Das habe ich nicht gesagt.“

„Natürlich willst du das. Jeder braucht hin und wieder ein wenig Aufregung.“ Tesser rieb die Hände aneinander und sein Kopf bewegte sich auf und ab.

„Brauchst du mehr Aufregung?“

„Ja, und du gibst sie mir gerade. Ein echtes Abenteuer.“

„Und wenn es der echte Stuhl ist?“

„Dann setze ich mich darauf und lebe ewig“, lächelte Tesser.

„Du glaubst, er kann den Tod verhindern? Die Macht, die in diesem Stuhl steckt, bedeutet ...?“

„Nein, Corin.“ Tesser tätschelte wieder Corins Hände. „Fantasie, weißt du noch? Aber kannst du einem alten Mann einen Gefallen tun? Ich glaube nicht daran, dass der Stuhl übernatürliche Kräfte hat, aber diese Legende fasziniert mich wirklich. Und selbst wenn dein Stuhl nur ein Duplikat ist, das nach diesen Zeichnungen gebaut wurde ...“ Er legte die Handfläche auf das Buch. „... wäre es ein Spaß, diese geheimnisvolle Frau aufzuspüren. Herauszufinden, ob sie echt ist und warum sie den Stuhl ausgerechnet dir gegeben hat.“

„Gibt es noch etwas, das ich über die Legende wissen muss?“

„Ja, ich glaube schon.“ Tesser klappte das Buch zu und schlurfte zu seinem alten Schreibtisch hinüber. Dort legte er es ab und streichelte es beinahe zärtlich. Dann setzte er sich und nahm einen Stapel Briefe in die Hand.

„Und? Erzählst du es mir?“

Tesser blickte auf, als sähe er Corin zum ersten Mal an diesem Tag. „Wir sollten auch noch was für nächstes Mal aufheben, ja? Ich denke, du hast für heute genug zu verdauen. Aber wir sollten uns sehr bald wieder treffen.“ Er warf einen Blick auf das Buch. „Ich lese es noch einmal ganz durch und schaue, ob die anderen Dinge, die ich in Erinnerung habe, wirklich in diesem Buch stehen."

Corin war versucht, Tesser aufzufordern, es am nächsten *Tag* zu lesen, aber er unterließ es.

Corin fuhr mit widersprüchlichen Gefühlen von Tesser weg. Konnte das alles wahr sein? Konnte es so etwas wie einen Stuhl, in dem Jesu Macht steckte, wirklich geben? Eigentlich war die ganze Idee lächerlich. Aber war Brian nicht geheilt worden?

Er kam gerade rechtzeitig zur Öffnungszeit in seinem Geschäft an, schaffte aber an diesem Tag nicht sehr viel. Er musste ständig an den Stuhl denken, der in seinem Keller stand.

Als er seine Ladentür abschloss und in sein Auto stieg, war es fast halb neun. Während Corin vom Parkplatz fuhr, fiel sein Blick auf sein Handy. Er hatte es den ganzen Tag im Auto liegen lassen. Er nahm es und schaute, ob er etwas verpasst hatte. Fünf Nachrichten auf der Mailbox. Alle von Travis DeMiglio. Das konnte nur eines bedeuten: Die Ergebnisse der Kohlenstoffdatierung waren eine Sensation.

Kapitel 27

Corin hörte die erste Nachricht ab. „Hier ist Travis; ich habe deine Ergebnisse. Sehr seltsam. Ruf mich so bald wie möglich an."

Er löschte den Anruf und hörte sich Travis' nächste Nachricht an. „Hier ist noch mal Travis. Ruf mich an, sobald du das abhörst. Ich habe etwas Interessantes bei dem Teil gefunden, das du mir gegeben hast. So etwas habe ich noch nie gesehen."

Biep.

„Corin, entschuldige, dass ich nerve, aber wir müssen über deinen Stuhl reden. Es ist alles ganz komisch."

Corin bog auf die Straße und klickte die nächste Nachricht an. „Travis wieder. Hör zu, ich habe die Tests noch einmal durchgeführt und die Ergebnisse waren noch unverständlicher. Wir müssen so bald wie möglich miteinander sprechen."

Dann die letzte Nachricht. „Corin? Travis noch mal. Ich will diesen Stuhl sehen. Ruf mich an!"

Er warf einen Blick auf seine Armbanduhr. 20:35 Uhr. Travis hatte das Labor vermutlich schon vor mindestens zwei Stunden verlassen, aber ein Versuch konnte nicht schaden. Er tippte „Rückruf" auf seinem Telefon an und wartete. Einen Moment später meldete sich Travis.

„Hallo?"

„Hey, du bist noch ..."

„Erzähl mir alles über diesen Stuhl, Corin! Woher hast du ihn? Wie lange hast du ihn schon? Woher kommt er? Woraus besteht er? Vergiss die letzte Frage. Ich weiß, woraus er besteht. Aber alles andere will ich wissen."

Es klang fast, als würde Travis röcheln. „Geht es dir gut?"

„Ja." Travis trommelte hektisch mit einem Stift oder Ähnlichem auf eine harte Oberfläche. „Nein, nicht ganz so gut."

„Du regst dich wegen ein paar *Laborergebnissen* so auf?" Corin hörte im Hintergrund Papier rascheln und dann, wie etwas auf den Boden knallte. Das sah Travis überhaupt nicht ähnlich. Er war ein vollkommen kontrollierter Mensch, ein Perfektionist. „Du bist nicht betrunken, oder?"

„Ha, ha."

„Das Ding hat dich wirklich aus der Fassung gebracht, was?"

„Das kannst du laut sagen. So etwas habe ich noch nie gesehen."

„Verrätst du mir jetzt, was eigentlich los ist?"

„Ich überlege, wo ich anfangen soll." In den nächsten zehn Sekunden war das einzige Geräusch das Summen des Telefons. „Wie wichtig ist dir dieser Stuhl?"

„Wichtig."

„Du willst ihn behalten?"

Corin dachte über diese Frage nach. Bevor er mit Tesser gesprochen hatte, hätte er ihn vielleicht verkauft, wenn jemand ihm ein hübsches Sümmchen geboten hätte. Aber jetzt? Auf keinen Fall. Corin überholte einen Langsamfahrer vor sich. „Ja, unbedingt. Also, spuck's aus."

„Nicht am Telefon. Wir müssen uns treffen."

„Was? Glaubst du etwa, dein Telefon wird abgehört?"

„Wir müssen uns treffen."

„Also gut. Wann?“

„Jetzt.“

„Du bist eine Dreiviertelstunde von mir weg und es ist viertel vor neun. Bist du sicher?“ Corin hoffte, Travis würde Ja sagen. Er brannte darauf zu erfahren, was er so Unglaubliches herausgefunden hatte.

„Wenn wir uns in der Mitte treffen, sind es nur zweiundzwanzig Minuten und dreißig Sekunden für jeden.“

„Okay, also wo?“

„Im Palmer Park. Am Westeingang.“

„In einem Park? Warum nicht in einem Restaurant, wo wir etwas trinken und uns gemütlich unterhalten können?“

„Du begreifst es nicht, oder? Mit dem Holzspan, den du mir gegeben hast, stimmt etwas nicht.“ Travis seufzte. „Es ist alles sehr seltsam.“

„Okay, dann bis gleich.“

Travis war Wissenschaftler. Er dachte logisch und ließ sich nicht so leicht aus der Fassung bringen. Die Sache mit dem Stuhl wurde mit jeder Stunde seltsamer.

Corin stellte sein Auto ab und ging zum Westeingang des Parks. Als er noch keine 30 Meter weit gegangen war, entdeckte er Travis, der unter den goldenen Blättern einer Espe stand, sich hektisch umschaute und argwöhnische Blicke zu den Bäumen hinauf warf, als könnten die Eichhörnchen getarnte Spitzel sein.

Corin schlich sich von hinten an ihn heran und klopfte ihm auf die Schulter. Travis fuhr herum und hätte Corin beinahe ins Gesicht geschlagen. „Lass das!“

Corin lachte und steckte die Hände in seine Hosentaschen. „Entschuldige, aber diese Heimlichtuerei reizt mich zu Scherzen.“

In Wirklichkeit war ihm überhaupt nicht nach Scherzen zumute. Er stand selbst völlig unter Strom. Der kleine Streich war ein Versuch gewesen, selbst Stress abzubauen, aber irgendwie ahnte er, dass die Ergebnisse der Kohlenstoffdatierung ihm jeden Übermut austreiben würden.

„Okay, sorry. Irgendetwas hat dich also total irritiert. Verrate mir doch einfach, was los ist, dann werde ich vielleicht genauso paranoid wie du."

„Ich bin nicht paranoid. Ich will nur sichergehen, dass unser Gespräch unter uns bleibt."

Corin zupfte ein Stück Rinde von dem Baum. Er würde es niemandem erzählen. Vielleicht Tesser. „Ich schätze, mein Holzspan ist älter als diese Espe hier, oder?"

„Das weiß ich nicht genau."

„Was soll das heißen?"

„So etwas Sonderbares habe ich noch nie gesehen." Travis rieb sich die Nase.

„Was soll das heißen?", wiederholte Corin.

„Wir haben den Test achtzehn Mal durchgeführt und achtzehn verschiedene Ergebnisse bekommen."

„Ist das denn möglich?"

„Nein." Travis raufte sich die Haare.

„Was war das älteste Ergebnis?"

„Über dreißigtausend." Es klang mehr wie eine Frage als wie eine Feststellung.

„Jahre?"

„Ja."

„Du machst Witze." Corin beugte sich vor, um Travis in die Augen schauen zu können.

„Nein."

„Und das jüngste Alter?"

„Heute."

„Was?“

Travis bewegte den Kopf hin und her wie ein Wackeldackel. „Die Testergebnisse eines der Tests besagten, dass der Baum, von dem das Holz stammt, irgendwann im letzten Jahr gefällt wurde.“

„Das ist verrückt.“

„Verstehst du jetzt, warum ich dich dauernd erreichen wollte?“

„Und die Datierungen dazwischen?“

„Fünftausendfünfhundert Jahre, dreihundertfünfundsiebzig Jahre, dreißig Jahre. Wie ich schon sagte: Jedes Mal waren die Ergebnisse anders.“

„Wie kann das passieren?“

„Das kann nicht passieren. Niemals. Es ist unmöglich.“

Corin ging nervös auf und ab. Drei Schritte nach rechts, dann drei zurück nach links.

„Unsere Analysen reichen maximal fünfzigtausend Jahre zurück. Alles was älter ist, ist nicht mehr messbar. Eines der Ergebnisse war so ein nicht messbares.“ Travis breitete die Hände aus und legte den Kopf schief.

„Das heißt, das Ergebnis der Untersuchung lautete, dass dieses Stück älter ist, als deine Instrumente es datieren können?“

„Genau.“

Corin blieb abrupt stehen. „Erklär mir das bitte.“

„Da gibt es nichts zu erklären. Es heißt, dass dieses Holzstück fünfzigtausend Jahre alt ist oder vielleicht auch hunderttausend oder eine Million. Und jeder hier möchte, dass der Gegenstand, von dem dieser Span stammte, ins Labor gebracht wird.“

„Du solltest niemandem erzählen, dass du diesen Span untersuchst. Ich dachte, das habe ich in meiner E-Mail deutlich gesagt." Corin brach das Rindenstück in kleine Teile und warf sie auf den Boden.

„Ich konnte schlecht verhindern, dass andere etwas davon mitkriegen. Normalerweise lassen wir drei Neun-Minuten-Tests laufen und nehmen den Mittelwert von den drei Ergebnissen, um das Alter des Gegenstands zu bestimmen. Manchmal liegen sie ein paar Jahre auseinander. Als deine Ergebnisse aber kreuz und quer durch die Zeit hüpften, fiel das eben auf."

„Ich kann es nicht gebrauchen, dass sich noch mehr Leute dafür interessieren." Corin trat gegen einen kleinen Blätterhaufen.

„Woher hast du diesen Stuhl?"

„Ich habe ihn ... überlassen bekommen."

„Von wem?"

„Von einer Frau namens Nicole."

„Hast du seitdem mit ihr gesprochen?"

„Wir haben E-Mail-Kontakt. Das ist alles."

Corin schob Travis' Ergebnisse in seinem Gehirn hin und her. Natürlich – wenn Jesus den Stuhl gebaut hatte und seine Macht in dem Stuhl steckte, musste er ja irgendwie zeitlos sein. „Wie alt wäre der Stuhl, wenn du einen Durchschnittswert genommen hättest?"

„Es hat keinen Sinn, das zu ..."

„Aber wenn du es gemacht hättest?"

„Na ja ..." Travis' Blick ging nach innen. Corin rechnete fast damit, dass jeden Moment Rauch von seinem Kopf aufsteigen würde. Travis war ein menschlicher Computer. Er hatte alle Ergebnisse in seinem Hirn gespeichert und seine mentale Festplatte verarbeitete gerade die Zahlen. „Der Durchschnitt wäre zweitausend Jahre."

Corin lachte laut auf. „Ha! Der Zimmermann. Vor zweitausend Jahren. Natürlich."

Travis lachte auch. „Jetzt erzählst du mir bestimmt gleich, dass Jesus Christus dieser Zimmermann war und dass du der stolze Besitzer eines Stuhls bist, den er hergestellt hat."

Corin schaute seinen Freund nur stumm an.

„Du machst doch Witze!"

Corin schüttelte den Kopf. „Ich fange an, das zu glauben."

„Kein Wunder, dass ich es vertraulich behandeln sollte."

Corin schälte ein neues Stück Rinde von dem Baum. „Du hast deinen Kollegen nicht erzählt, woher der Span stammte?"

„Ich habe dir doch gesagt, dass ich das nicht verrate."

„Danke."

„Aber ich muss dir sagen, dass ich heute Abend ein Telefongespräch mitgehört habe, das so klang, als erkundige sich jemand nach deinem Stuhl."

„Was?!" Corin schlug gegen den Baum. Na toll! Noch ein Stuhlstalker! „Wer hat da angerufen?"

„Ich habe nur eine Seite des Gesprächs gehört. Mein Chef sagte, dass wir die verschiedensten Sachen untersuchen, aber wenn der andere in ein paar Tagen wieder anriefe, könnte er ihm sagen, was wir in der letzten Woche untersucht haben. Er schien den Anrufer zu kennen."

„Ist dein Chef religiös?"

„Ja. Woher weißt du das?"

„Das war nur geraten." Corin steckte die Hände in seine Hosentaschen und biss sich auf die Unterlippe. Sein Handyklingelton durchschnitt die Nachtluft. Er warf einen Blick auf den Namen des Anrufers: A.C. Er ging nicht dran.

„Es gibt einen Pastor in Südkalifornien, der sich für meinen Geschmack viel zu sehr für diesen Stuhl interessiert." Corin schaute sich im Park um. „Und hast du neulich die Geschichte von dem Jungen in der Zeitung gelesen, der von seinem Asthma geheilt wurde?"

„Nein."

Corin verdrehte die Augen. „Liest denn heutzutage niemand mehr Zeitung?"

„Ich habe keine Zeit dafür."

Corin berichtete Travis die Kurzversion.

„Selbst wenn es mit dem Stuhl zu tun hatte ..."

„Wenn die verrückte Altersbestimmung des Stuhls bekannt wird, kombiniert mit der Vermutung, dass er diesen Jungen geheilt hat, werden die religiösen Fanatiker meinen Laden stürmen, als sei er die Bastille."

„Ich hoffe, der Stuhl steht nicht mehr in deinem Laden."

„Nein. Ich habe ihn weggebracht."

„Ich muss los." Travis deutete über Corins Schulter auf den Parkplatz und sie setzten sich in Bewegung. „Wenn er echt ist, könnte er viel wert sein."

„Wenn er echt ist, ist er unbezahlbar."

„Wie läuft dein Geschäft zurzeit?"

„Ich könnte etwas Geld gebrauchen." Sogar dringend. Für das Geschäft. Für Sebastian. Für Hoffnung auf eine Zukunft.

„Warum verkaufst du ihn dann nicht so teuer wie möglich?"

„Das sollte ich mir ernsthaft überlegen."

„Auf jeden Fall. Die Aussicht auf viel Geld vermischt mit religiösem Fanatismus bedeutet oft, dass Leute sterben. Wenn der Stuhl wirklich die Macht hat, Menschen zu heilen, steckst du in einem ganz schönen Schlamassel."

„Bis jetzt ist es nur eine Idee. Es gibt keine Beweise." Außer dem Jungen, aber solche Zufälle passierten doch öfter im Leben, vielleicht sogar häufiger als Wunder.

„Um deinetwillen hoffe ich fast, dass es nur eine Legende ist."

Corins Handy vibrierte. Eine SMS von A.C.: *Es gibt*

Neuigkeiten. Ziemlich abgefahren. Ruf mich an, wenn du noch wach bist.

Corin wurde es abwechselnd heiß und kalt. Er drehte sich zu Travis um. „Wahrscheinlich ist es nicht mehr als das."

Sie kamen bei ihren Autos an. „Aber wie erklärst du dir dann die Laborergebnisse?"

„Keine Ahnung."

„Halte mich auf dem Laufenden, Corin."

„Natürlich."

Corin wählte eine seiner neuen Favoritennummern. „Hallo, hier ist Tesser. Dein Lieblingsprofessor."

„Du brauchst einen neuen Spruch."

„Mir gefällt er aber." Tesser hustete. „Wie geht's? Was machen deine Nachforschungen?"

„Sie werden immer verrückter."

„Das ist gut."

„Gut?"

„Wenn du zweiundneunzig bist, genießt du es, dass verrückte Dinge das Leben interessanter machen. Erzähl, was gibt es Neues?"

„Das Alter des Stuhls."

„Wenn er echt ist, wissen wir doch, wie alt er ist. Bis auf ein paar Jahre."

„Du willst damit also sagen, dass es Zeitverschwendung war, ihn einer Kohlenstoffdatierung zu unterziehen?"

„Nein! Du hast doch von dem Stuhl nichts abgeschnitten!? Sag mir, dass du das nicht gemacht hast. Nicht klug. Nicht weise. Dummheit in Potenz!"

„Es war nur ein winziges Stückchen, Tesser."

„Wenn er echt ist, hast du gerade einen Stuhl entweiht, den Gottes Sohn gebaut hat. Welcher Idiot hat dir gesagt, dass du sein Alter bestimmen lassen sollst?"

„Ich."

„Pffffff." Das Geräusch, das durch das Telefon drang, klang, als würde die Luft aus einem Traktorreifen entweichen. „Hast du denn noch nicht begriffen, dass dieser Stuhl sehr wahrscheinlich viel mehr ist als nur ein Stück Holz?"

„Nein. In der einen Minute glaube ich, dass er echt ist, im nächsten Moment bin ich mir nicht mehr so sicher." Corin seufzte. „Willst du wissen, was bei der Kohlenstoffuntersuchung herauskam?"

„Das brauche ich nicht zu wissen."

„Warum? Weil klar ist, dass der Stuhl zweitausend Jahre alt ist, falls Jesus ihn gebaut hat?"

„Genau."

„Das Jahr, in dem Jesus geboren wurde."

„Die meisten Historiker datieren die Geburt Jesu auf vier oder fünf Jahre vor unserem offiziellen Jahr Null. Als die Kirche beschloss, einen heidnischen Feiertag zu übernehmen, hat sie ..."

„Tesser, ich liebe deine Geschichtsvorlesungen, aber können wir uns auf den Stuhl konzentrieren?"

„Ja. Ja, natürlich."

„Soll das also heißen, dass er deiner Meinung nach echt ist?"

„Die Beweise werden mehr. Ich sage nicht, dass er übernatürliche Kräfte hat, aber ich sage, dass du vielleicht ein echtes religiöses Artefakt hast, das von der historischen Person gebaut wurde, die als Jesus Christus bekannt ist."

Corins Handy summte wieder. Er warf einen Blick darauf. Wieder A.C. *Ich gehe jetzt ins Bett. Komme morgen früh zu dir in den Laden. Ich muss mit dir sprechen. Bitte sei da.*

„Tesser, ich muss aufhören. Ich rufe dich morgen an."

Corin legte auf und wählte A.C.s Nummer. Er meldete sich

nicht; er musste seinen Klingelton ausgeschaltet haben, sobald er die SMS losgeschickt hatte.

A.C. war nicht so leicht aus der Bahn zu werfen, und Corin brannte schon darauf zu erfahren, was mit ihm los war.

Kapitel 28

„Ist alles in Ordnung? Du siehst irgendwie ... komisch aus", sagte Corin, während er auf seinen Laden zuging.

A.C.s Gesichtsausdruck war in der Tat eine ungewohnte Mischung aus Verwirrung, Freude und Unsicherheit. „Doch, ja. Mir geht es gut." A.C. verlagerte sein Gewicht von einem Bein auf das andere und rieb sich die Schulter.

„Warum hast du es denn dann so dringend gemacht?" Corin öffnete die Eingangstür und sie gingen hinein.

„Es ist etwas ... passiert."

„Bei dir?"

„Ja." Das Wechselbad der Gefühle auf A.C.s Gesicht wich einem breiten Grinsen.

„Und was ist der Grund für deine unübersehbare Freude?" Corin schaltete die Kaffeemaschine hinter seiner Verkaufstheke ein.

„Du." A.C. schaute Corin mit erhobenen Augenbrauen an. „Und der Stuhl."

Corin atmete scharf ein. „Erzähl! Was ist passiert?"

„Es hat funktioniert."

Corin lief es eiskalt über den Rücken, während er A.C. fragend anschaute. Wollte sein Freund ihn auf den Arm nehmen?

Unwahrscheinlich. Das war nicht A.C.s Art. „Du willst mir also sagen, dass du geheilt worden bist?“

„Ja.“

„Du hast keine Angst mehr davor, vor Leuten zu sprechen?“

„Doch.“ A.C. rieb sich sein linkes Ohr und seine Augen funkelten belustigt.

„Was, doch? Du hast immer noch Angst? Oder hast du keine Angst mehr?“

„Ich bin immer noch nicht wild darauf, vor Publikum zu sprechen.“

Corins Pulsschlag beruhigte sich langsam wieder. „Ich kann dir nicht folgen. Ich dachte, du hättest gesagt, der Stuhl hätte dich geheilt und du wirst jetzt ein großer Redner werden.“

„Nicht ganz.“ A.C. schlenderte zum Tresorraum im hinteren Teil des Ladens und warf einen Blick hinein. „Wo ist der Stuhl?“

„Ich habe ihn mit nach Hause genommen und weggeschlossen.“

„Gute Idee.“

„Warum sagst du das?“

„Du musst ihn an einem sicheren Ort aufbewahren.“ A.C. ging zu Corin zurück und setzte sich auf einen Hepplewhite-Esszimmerstuhl vom Anfang des 20. Jahrhunderts. „Ich war nie religiös, aber wenn Gott vom Himmel herabkäme und mich mit seinem Frieden erfüllen würde, würde es sich wahrscheinlich so anfühlen, wie es war, in diesem Stuhl zu sitzen.“

„Was willst du damit sagen?“

„Als du mich neulich allein gelassen hast, hat der Stuhl angefangen, irgendetwas ... abzugeben. Ich fühlte mich, als wäre ich in einen Ozean aus Wärme und Frieden getaucht. Wow, fühlte sich das gut an! Dann wanderte dieses Licht durch das Zimmer. Ja, ich weiß, dass Licht nicht durch ein Zimmer wandern kann. Ich erzähle dir nur, was ich gesehen habe." A.C. schloss die Augen. „Es war wie ein Karussell aus Licht, und ich befand mich in der Mitte und drehte mich langsam, während das Äußere des Karussells vorbeiraste."

„Warum hast du mir das nicht erzählt?"

„Weil ich nicht wusste, ob ich es mir nur eingebildet habe." Er lachte. „Und ich wollte nicht, dass du fragst, was für Pilze ich an diesem Tag in meinem Omelette gehabt hatte."

Corin schenkte sich eine Tasse Kaffee ein und bot A.C. auch eine an.

A.C. schaute ihn direkt an. „Du weißt, warum ich letztlich aus dem Sport ausgestiegen bin, nicht wahr?"

„Du hast dir diese Schulterverletzung zugezogen."

„Genau." A.C. betastete seine linke Schulter und schaute Corin an. „Sie ist nie richtig verheilt, obwohl wir alles versucht haben. Cortisonspritzen, Physiotherapie, drei Operationen. Nichts hat geholfen."

Worauf wollte A.C. hinaus? Corin öffnete die Jalousien und ließ die Oktobersonne herein, die die Staubpartikel anstrahlte, die durch die Luft schwebten. „Ich muss den Luftfilter mal wieder wechseln."

„Hörst du mir überhaupt zu, Cor?"

Er drehte sich zu A.C. um und dann wieder zu den Jalousien. „Natürlich."

„Nein. Schau mich an."

Corin schaute ihn an. A.C.s Blick war so durchdringend, wie er es noch nie gesehen hatte. „In den ganzen Jahren seither, wenn ich in der Firma gearbeitet oder zu Hause Reparaturen ausgeführt oder dir geholfen habe, deine Möbel hin und her zu schleppen, habe ich immer Schmerzen in der Schulter gehabt. Jeden einzelnen Tag."

Corin setzte sich und trank einen Schluck von seinem

Kaffee, während er allmählich begriff, was sein Freund ihm sagen wollte. Tessers Worte hallten in seinem Kopf wider: *„Heilende Kräfte."*

A.C. stand auf, packte einen Mahagonitisch und hievte ihn über seinen Kopf. „Keine Schmerzen."

Corin starrte ihn nur an. A.C. stellte den Tisch ab und befühlte wieder seine Schulter. „Ich war heute Morgen im Fitnessstudio und habe hundertachtzig Kilo gestemmt. Keine Schmerzen. Nicht einmal ein Hauch."

„Du willst damit sagen ..."

„Meine Schulter ist geheilt."

„Das ist dein Ernst."

„Du hast da etwas ganz Unglaubliches."

Corin wurde ganz schwummerig. Es funktionierte! Der Stuhl hatte wieder jemanden geheilt. Und dieses Mal nicht irgendein Kind, das er nicht kannte. Er musste diese Nicole finden. Er brauchte Antworten. Und er brauchte sie jetzt!

Kapitel 29

Corin schickte Nicole drei E-Mails, bevor er den Laden abschloss, und noch eine, bevor er sein Haus verließ, um sich mit Tori zum Essen im Bistro zu treffen. Auf die ersten drei Mails war keine Antwort gekommen. Wahrscheinlich auch nicht auf die vierte. Von unterwegs rief er Tesser an und erzählte ihm von A.C.

„Er hat deinen Freund geheilt?" Tessers Atem beschleunigte sich hörbar. „Bist du sicher?"

„Wenn A.C. sagt, dass seine Schulter geheilt ist, ist sie geheilt."

Tesser stieß einen langen, leisen Pfiff aus. „Du musst diesen Stuhl an einen sicheren Ort bringen. Vielleicht zu mir."

„Mach dir keine Sorgen. Er ist in Sicherheit."

„Gut. Gut."

„Was soll ich jetzt machen?"

Corin hörte, wie Tesser mit seinem Stift klapperte wie ein Metronom, das auf eine hohe Taktfrequenz eingestellt ist. „Du solltest Kontakt zu dieser Frau aufnehmen."

„Ich arbeite daran."

„Ich werde jetzt für ein paar Tage verreisen, aber wir müssen uns treffen, sobald ich zurück bin. Und Corin?"

„Ja."

„Traue niemandem. Das ist mein Ernst."

Corin legte auf und schlängelte sich durch den Verkehr, während das Gesicht seines Bruders vor seinem geistigen Auge auftauchte. Wenn der Stuhl A.C. geheilt hatte, konnte er auch Sebastian heilen. Oder? Aber der Stuhl hatte A.C. nicht von seiner Angst befreit, vor Leuten zu sprechen. Er schien seine eigenen Pläne zu haben. Dieser Gedanke war nicht beruhigend, denn womöglich würde der Stuhl Bereiche in Corins Leben anrühren, die er lieber durch den Reißwolf jagen würde.

Tori saß bereits am Tisch, als er eintrat. „Mach dir keine Sorgen. Du kommst nicht zu spät. Ich war zu früh hier."

Corin setzte sich und nahm seine Serviette vom Tisch. „Wie waren deine Kurse heute?"

„Wie immer."

„Das klingt gelangweilt."

„Ein wenig. Das Abenteuer Selbstständigkeit verliert etwas von seinem Reiz."

„Dann mach doch bei meinem Abenteuer mit. Das wird jeden Tag interessanter."

„Nein, danke." Ihr Blick verriet ihm, dass sie genau wusste, von welchem Abenteuer er sprach.

Nachdem die Kellnerin ihre Bestellung aufgenommen hatte, sagte Corin: „Ich glaube, an der Sache mit diesem Stuhl ist wirklich etwas dran, Tori."

„Wie kommst du darauf?" Sie lehnte sich zurück.

„A.C."

„Ist er geheilt worden oder was?"

Corin nickte.

„Komm schon! Das ist doch nicht dein Ernst." Sie hielt drohend und mit finsterer Miene ihr Messer hoch.

„Er kam heute Morgen in den Laden und hat mir alles erzählt: Gestern hat er auf dem Stuhl gesessen, ihm wurde plötzlich warm und schummerig. Ein paar Stunden später waren die Schmerzen von einer alten Footballverletzung an seiner Schulter verschwunden."

„Und du glaubst ihm?"

„Er hat mit seiner kaputten Schulter einen schweren Tisch über seinen Kopf gehoben. Ohne Schmerzen."

„Und du glaubst, dass ihm dabei nichts wehtat?"

„Du meinst, er lügt mich an?"

„Nein, ich denke, er ist selbst überzeugt, dass die Schmerzen weg sind." Tori riss ein Stück von dem Sauerteigbrot ab, das auf dem Tisch lag, und tauchte es in das Balsamicodressing.

„Und was ist mit Tesser und seinem Buch über den legendären Stuhl, der seit der Zeit Jesu weitergegeben wird?"

„Wer ist Tesser und was für ein Buch?"

Ach ja, richtig, er hatte ihr noch gar nicht von Tesser erzählt. Corin erklärte, wer Tesser war und was er ihm über den Stuhl zu berichten gewusst hatte. „So langsam häufen sich die Hinweise, dass der Stuhl echt sein könnte. Zuerst der Junge mit dem Asthma, jetzt A.C. Soll ich das alles ignorieren?"

Die Kellnerin brachte das Essen und sie aßen schweigend. Tori würde ihm in dieser Sache wohl immer Kontra bieten und er wusste immer noch nicht warum. Ja, sie hatte beschlossen, aus der Kirche auszutreten, weil die Christen alle Heuchler waren. Aber es musste noch mehr dahinterstecken. Sie war ja nicht gleichgültig, beileibe nicht. Unter der Oberfläche war sie richtig feindselig. Was hatte sie erlebt?

Er spießte eine kleine Kartoffel mit der Spitze seines Steakmessers auf. „Wenn dieser Stuhl wirklich übernatürliche Kräfte hat, dann muss man eigentlich zu der Schlussfolgerung kommen, dass es Gott gibt."

Tori ließ ihre Gabel fallen, die klirrend auf ihrem Teller landete. „Ich muss auf die Toilette. Wenn ich zurückkomme, hätte ich gern einen Themenwechsel."

Wie sie wollte! Es war nicht sein Ziel, eine alte Narbe bei ihr aufzureißen, aber irgendwann würde dafür der richtige Zeitpunkt kommen. Wenn er mit Tori eine gemeinsame Zukunft haben wollte, musste er wissen, was in ihr vorging.

Als Tori zurückkam, war ihre übliche Fröhlichkeit zurückgekehrt und sie lächelte ihn an. „Erzähl mir doch mal mehr über diesen Professor. Du hast nie von ihm gesprochen."

„Ich habe ihn seit Ewigkeiten nicht mehr gesehen."

„Aber er hatte einen starken Einfluss auf dich."

„Warum sagst du das?"

„Das sehe ich dir an, wenn du über ihn sprichst." Tori beugte sich über den Tisch und schaute ihn forschend an. „Bewunderung. Respekt. Zuneigung."

„Ja, ich mochte den Mann. Ich mag ihn immer noch."

„Ich glaube, es geht tiefer."

„Wie meinst du das?"

„Psychologie."

„Was?"

„Du weißt schon, dein Vater. Er war nie da oder er war da und hat dich nicht beachtet oder er hat dich misshandelt."

Corin schüttelte den Kopf.

„Jeder Mann hat irgendwelche Probleme mit seinem Vater." Tori trank einen großen Schluck von ihrem Wasser.

„Ich hatte nicht sehr lange einen Vater. Er starb, als ich zwölf war." Corin lächelte schwach. „Also keine Probleme auf diesem Gebiet."

„Das ist der klassische Fall!" Tori schlug mit beiden Händen auf den Tisch. „Der vaterlose Jugendliche. Deshalb hast du andere Vaterfiguren gesucht, und keiner von ihnen konnte es mit deinem verklärten Vaterbild aufnehmen, das durch Hollywoodfilme verstärkt wurde. Bis du Tesser kennenlerntest. Und da du zu dem Zeitpunkt bereits reif genug warst, um zu erkennen, dass kein Mensch der perfekte Vater sein kann, wurde Tesser trotz seiner Schwächen der Vater, den du immer gesucht hast. Und ihr lebtet glücklich bis an euer Lebensende."

„Ist das dein Hobby, Leute zu analysieren?"

„Ja! Habe ich denn recht? Hast du Vaterfiguren gesucht?"

Sie hatte absolut recht. Tesser kam von allen Männern, die er gekannt hatte, einem Vater am nächsten. „Wir hatten nur fünf oder sechs Jahre wirklich engen Kontakt, aber ja, es ging schon in die Richtung."

„Während deines Studiums?"

Corin nickte.

„Warum ist die Beziehung abgebrochen? Was ist passiert?"

„Nichts ist passiert. Wir haben uns drei- oder viermal im Jahr getroffen, nachdem ich mein Studium abgeschlossen hatte, aber dann habe ich nicht mehr so oft angerufen oder er hat nicht mehr so oft angerufen. Irgendwann haben wir nur noch alle paar Jahre miteinander telefoniert. Und dann schlief der Kontakt irgendwie ganz ein."

„Du machst ihm keine Vorwürfe, weil er aus deinem Leben verschwunden ist?"

„Vorwürfe? Nein. Bereue ich es, dass ich ihn nicht öfter angerufen oder besucht habe? Ja. Aber das ist meine eigene Schuld."

„Er hätte dich ja auch mal anrufen können. Väter rufen ihre Söhne an und nicht umgekehrt."

„Er hat ja auch immer mal angerufen. Ich hatte viel zu tun und vergaß, ihn zurückzurufen, oder ich setzte es auf meine To-do-Liste und kam nie dazu." Corin schob seine Kreditkarte an die Tischkante. „Wie ich schon sagte: Meine Schuld."

„Hast du ihm je gesagt, was er dir bedeutet hat? Was er dir wahrscheinlich immer noch bedeutet?"

„Nein." Corin verschränkte die Arme vor sich. Tori machte es vielleicht Spaß, ihn mit diesen ganzen Fragen zu löchern, aber er hatte das Gefühl, ein Baseball zu sein, und Tori war der Schläger.

„Findest du nicht, dass du es ihm mal sagen solltest?"

„Nein."

„Warum nicht?"

Diese Frage war logisch. Und ohne Antwort. Warum wollte er ihm das nicht sagen? Weil er Ausreden für Tesser erfand und Tori gerade angelogen hatte. Tesser hatte ihn nie angerufen. Es war immer Corin gewesen, der den Kontakt aufrechterhalten hatte. Schließlich war Corin es müde geworden und hatte damit aufgehört. Er hatte gedacht, Tesser würde sich irgendwann melden, aber nachdem ein Jahr vergangen war, hatte Corin begriffen, dass er das nie machen würde. Also hatte er seine Wunschvorstellung von einer Vaterfigur in die hinterste Kammer seines Herzens gepackt und die Tür erst wieder geöffnet, als er gestern in Tessers Haus gestanden hatte.

Aber das machte nichts. Ehrlich. Es spielte keine Rolle, ob Tesser ihn angerufen hatte oder nicht. Corin liebte diesen Mann immer noch. Und er wusste, dass Tessers Zuneigung zu ihm echt war. Als er gestern bei ihm gewesen war, hatte er das gesehen. Er lächelte. „Tesser weiß es und ich auch."

Nachdem sie ihre Rechnung bezahlt hatten, schlenderten sie aus dem Restaurant und Tori sagte: „Du gehst morgen mit A.C. Drachenfliegen, nicht wahr?"

„Ja."

„Und du freust dich darauf?"

Corin fuhr mit der Hand durch die Luft, als wäre sie ein Flügel, der im Wind segelt. „Ich kann es kaum erwarten. Es ist so lange her, dass wir das gemacht haben. Ich hoffe nur, A.C. will keine allzu tief gehenden Gespräche mit mir führen. Ich brauche einen netten einfachen Adrenalinkick."

„Wie kommst du darauf, dass er ...?"

Corin lächelte. „Weil er es angekündigt hat."

Kapitel 30

Ein genialer Tag, um am Himmel zu schweben."

Corin und A.C. fuhren auf der Schotterstraße den Badger Mountain hinauf und zogen dabei eine Staubwolke hinter sich her. Corin drehte sein Fenster herunter und streckte den Arm hinaus. Es war warm für diese Jahreszeit. Die Thermik war gut. Sie würde sie stundenlang am Himmel tragen.

A.C. fuhr durch ein Schlagloch und Corin wurde hochgeschleudert und stieß mit dem Kopf an den Dachhimmel. „Hey, meinst du, du könntest auf dieser Straße unter achtzig bleiben?"

A.C. lachte. „Kein Problem. Wir sind noch unter hundert."

„Die meisten kriechen auf dieser Straße mit dreißig dahin."

„Wir sind aber nicht die meisten." A.C. warf den Kopf zurück und stieß einen lauten Freudenschrei aus.

Manchmal dachte Corin, dass A.C. noch verrückter war als er selbst. Er klopfte auf seine Hosentasche und seufzte. „Ich glaube, ich habe mein Handy in meinem Auto liegen lassen."

„Na und? Wir landen in einer Stunde an unserer Landestelle. Dein Auto und dein Handy warten dort bestimmt brav auf uns."

Vier Pick-ups und ein Van standen schon da, als sie den letzten Anstieg erreichten und auf die freie Fläche rechts neben dem Berggipfel bogen. Drei Drachenflieger sahen startbereit aus. Zwei weitere kontrollierten noch ihre Ausrüstung. Ein gutes Zeichen. Die Anwesenheit von anderen Drachenfliegern bedeutete, dass diese die Thermik auch positiv einschätzten.

Corin freute sich auf das Drachenfliegen. Wenn er durch die Luft schwebte und kein anderes Geräusch hörte als den Wind, der an seinem Drachen rüttelte, und nichts als den Himmel um sich sah, dachte er nie an den Traum, dachte er nie an Sebastian, dachte er nie daran, dass sein Geschäft bankrottgehen könnte.

Bevor A.C.s Jeep zum Stehen kam, machte Corin schon die Tür auf. Er konnte es nicht erwarten, sich endlich wieder so frei zu fühlen.

Zwanzig Minuten später stand er startbereit neben A.C. Ihre Drachen lagen nebeneinander und warteten nur darauf, dass sie sie anschnallten und in die Lüfte stiegen.

„Du hast deinen Sauerstoff?“, fragte Corin.

„Warum? Glaubst du, dass wir über fünftausend Meter aufsteigen?“

„Unbedingt.“ Corin schaute zum Himmel hinauf. „Bist du so weit?“

„Habe ich dir schon erzählt, dass ich wegen meiner Schulter beim Arzt war?“ A.C. klopfte auf seine linke Schulter.

„Ich dachte, sie sei geheilt.“

„Das ist sie auch.“ A.C. schaute ihn ernst an.

„Warum warst du dann beim Arzt?“

„Ich wollte, dass der Arzt jeden Muskel und jede Sehne untersucht. Ich wollte wissen, ob ich wirklich geheilt wurde. Ich wollte wissen, ob dieser Stuhl mehr als nur Sinnestäuschungen bei mir ausgelöst hat.“

„Und?"

„Er sagte, dass er so etwas noch nie gesehen oder erlebt hat. Er holte noch drei andere Ärzte, die mich untersuchen sollten. Dann hat er die alten Röntgenaufnahmen herausgesucht und neue gemacht, um sie miteinander zu vergleichen."

„Und dann?"

„Er wollte es nicht als Wunder bezeichnen, aber er hat immer wieder gesagt: ‚Das kann doch nicht sein. Das kann doch nicht sein', während er auf die eine Röntgenaufnahme und dann auf die andere schaute." A.C. schüttelte den Kopf und nahm seine Brille ab. „Weißt du, warum ich dir das erzähle?"

„Ja, weil es unglaublich ist."

„Weil du keine Zweifel daran haben sollst, dass ich hundertprozentig geheilt bin."

„Okay."

„Denn als ich wirklich begriff, dass ich geheilt bin, musste ich unwillkürlich an etwas denken." A.C. schaute Corin durchdringend an.

„An was?"

„Ich musste an *jemanden* denken." A.C. schaute auf die glänzenden Seen hinaus, die in der Ferne lagen, dann wieder zu Corin. Seine Augen funkelten immer noch wie bei einem Silvesterfeuerwerk.

„Will ich das hören?"

„Nein."

„Dann sag es nicht." Corin wusste, welchen Weg sein Freund einschlagen wollte. Aber dieser Weg war so zugewachsen, dass man auch mit dem schärfsten Buschmesser der Welt keine Schneise mehr schlagen konnte. „Ich mache das nicht, A.C."

„Wann hast du das letzte Mal mit ihm gesprochen?"

„Wollen wir jetzt diese günstige Thermik nutzen, bevor der Wind sich legt?"

„Wann?“

„Ich will nicht darüber reden.“

„Das ist mir egal. Wenn ich bei diesem Flug sterbe, weiß ich wenigstens, dass ich mit dir darüber gesprochen habe und dass du darum kämpfen wirst, die richtige Entscheidung zu treffen.“

„Dieser Weg ist so mit Sackgassen-Schildern übersät, dass nicht einmal ein Hummer durchkäme.“

„Wann?“

„Glaubst du, ich würde es nicht versuchen? Jede Woche erfinde ich einen Vorwand, um bei ihm anzurufen.“ Corin riss sich seine Handschuhe herunter und warf sie auf den Boden. „Jede Woche schicke ich ihm eine E-Mail. Ich hole sein Kind ab. Ich schicke Geschenke. Aber er antwortet nie.“

„Er ist dein Bruder. Und er war dein bester Freund.“

„Worauf willst du hinaus?“

„Solche engen Beziehungen sind es wert, wegen ihnen die Hölle durchzumachen. Sie sind es wert, dafür zu kämpfen.“

„Ich kämpfe doch. Und ich war so oft in der dunkelsten Hölle, dass ich dir eine Karte davon zeichnen könnte.“ Corin trat gegen ein Büschel vertrocknetes Gras. „Es zerreißt mich innerlich.“

„Wann hast du das letzte Mal an Sebastians Haustür gestanden und gesagt, dass du erst gehst, wenn du mit ihm gesprochen hast?“

Corin gab ihm keine Antwort. Er schaute die Anlaufstelle an, die sie in ein paar Minuten hinabrennen würden, bevor sie abhoben. Sein Fluchtweg.

„Wann?“, wiederholte A.C.

„Das geht dich nichts an.“ Corin hob seine Handschuhe auf und zog sie wieder an.

„Wenn ich sehe, wie mein bester Freund psychisch vor die

Hunde geht, und wenn es eine Möglichkeit gibt, ihm zu helfen – doch, dann geht es mich etwas an."

Corin ging zu seinem Drachen hinüber und hob ihn auf.

„Und wenn ich geheilt werde, weil ich in einem sonderbaren Stuhl gesessen habe, ist es doch ganz normal, dass ich dich für verrückt halte, wenn du nicht jede Möglichkeit ausnutzt und jedes Mittel einsetzt, um deinen Bruder dazu zu bringen, sich auch auf das Ding zu setzen."

„Können wir jetzt endlich fliegen?"

„Erzähl mir nicht, dass du in den letzten drei Tagen nicht pausenlos daran gedacht hättest. Dass du nicht mit diesem Gedanken eingeschlafen und aufgewacht bist."

„Natürlich, ja." Corin schaute A.C. an. „Ich weiß, dass du nur helfen willst, aber was ist, wenn ich ihn darum bitte und er es auch wirklich tut ... und *nichts passiert*?"

Er drehte sich zur Anlaufstelle herum und rannte los, ohne sich noch einmal umzudrehen. Der Boden verschwand unter seinen Füßen und das einzige Geräusch war der Wind unter seinem Drachen und A.C.s Worte, die in seinem Kopf widerhallten.

Er könnte sich an die Haustür seines Bruders stellen und bis in Ewigkeit warten, ohne dass Sebastian herauskäme. Oder er könnte die Haustür aufbrechen, ins Wohnzimmer seines Bruders eindringen und seinen Hinterkopf und seinen elektrischen Rollstuhl anschauen und wünschen, er könnte die Zeit zurückdrehen und das ändern, was er angerichtet hatte. Sebastian würde niemals mit dem Kinn die Rollstuhlsteuerung betätigen und sich zu ihm herumdrehen. Corin könnte ihm von einem legendären Stuhl erzählen, der seinen Freund und einen Jungen geheilt hatte, und Sebastian würde ihn auslachen und die ganzen Heilmethoden aufzählen, die er im Jahr nach dem Unfall ausprobiert hatte, hauptsächlich auf Corins

Drängen hin. Damit würde er noch mehr Distanz zu seinem Bruder aufbauen, falls das überhaupt möglich war. Und Corin würde wieder daran erinnert werden, dass er ihre Beziehung für den Rest ihres Lebens irreparabel zerstört hatte.

Nein, danke.

Wenn Gott ihm wirklich helfen wollte, hätte er 250.000 Dollar auf den Stuhl gelegt. Für diese neuartige Operation würde Corin kämpfen. Wenigstens standen dahinter wissenschaftliche Beweise und sie hatte bei zwei Drittel der Patienten geholfen. Auf dem Stuhl sitzen? Sebastian würde über diese Idee lachen, egal, wie viele Menschen geheilt worden waren.

Aber irgendwie wusste Corin, dass A.C. recht hatte. Er musste eine Möglichkeit finden, dass Sebastian geheilt wurde. Und der Stuhl war eine Möglichkeit.

Corin schüttelte den Kopf. Beim Drachenfliegen wollte er sich frei fühlen. Und in der nächsten Stunde gelang ihm das auch. Er verdrängte die Gedanken an Sebastian und den Stuhl aus seinem Kopf und ließ seine Seele mit seinem Drachen schwerelos am Himmel treiben.

A.C. war links vor ihm. Corin bestätigte ihm über sein Funkgerät, dass ihr Landeplatz ungefähr fünf Kilometer vor ihnen lag. Nach weiteren 15 Minuten konzentrierte er sich auf die Landung. Alles sah gut aus.

Moment. Was war das?

Jemand stand neben Corins Wagen auf der Wiese. Seltsam. Es war das erste Mal, dass nach einem Flug jemand auf sie wartete, um sie zu begrüßen. Wer es auch war, er war nicht zu der Party eingeladen worden.

Corin funkte A.C. an. „Hast du irgendeine Ahnung, wer unser Begrüßungskomitee sein könnte?"

A.C. lachte. „Du hast Anhänger, Cor. Wahrscheinlich jemand aus deinem Wunderstuhl-Fanklub."

„Hoffentlich nicht." Corin beugte sich nach links, um einen langen, weiten Bogen zu fliegen, damit er die Person von vorne zu sehen bekam. Hundert Meter tiefer konnte er einen guten Blick auf ihn werfen. A.C. hatte recht. Aber es war nicht irgendein Mitglied des Fanklubs – es war der Präsident.

Corins Funkgerät knackte und A.C.s Stimme ertönte. „Kannst du sehen, wer es ist?"

Er sah es. Und er wünschte, sein Drachen hätte eine Tarnkappe. Oder ein Lasergeschoss. Oder wenigstens ein paar faule Tomaten. Warum ließ dieser Mann nicht locker? Corin war nur froh, dass er nicht allein war. „Das ist mein größter Fan."

„Dieser Mark Jefferies?"

„Genau der."

Mark stand breitbeinig da, die Arme verschränkt. Er trug eine schwarze Sonnenbrille, die perfekt zu seiner schwarzen Lederjacke passte. Er schaute zum Himmel hinauf und sein Blick wanderte zwischen Corin und A.C. hin und her.

Corin beendete seinen Bogen, flog geradeaus weiter und machte dann wieder einen Bogen. Er dachte daran, so weit wie möglich von Mark entfernt zu landen und Mr Superprediger zu zwingen, in seinen teuren italienischen Schuhen über die nasse Wiese zu stapfen, aber wozu? Der Typ würde erst gehen, wenn er mit Corin gesprochen hatte, also brachte er es lieber schnell hinter sich.

Er landete 20 Meter von Mark entfernt mit dem Rücken zu ihm. Das Rascheln des Grases verriet ihm, dass der Pastor zu ihm kam. Vielleicht fünf Meter hinter ihm blieb er stehen.

„Wie war Ihr Flug?"

„Gut, und Ihrer?"

„Auch gut."

„Woher wussten Sie, wo wir landen?" Corin wand sich aus seinem Geschirr, immer noch mit dem Rücken zu Mark.

A.C. flog links neben ihm an und landete in 50 Metern Entfernung. Corin winkte ihn herbei. Falls Mark handgreiflich werden wollte, war Corin sich recht sicher, dass er mit ihm fertig werden würde, aber A.C. war eine willkommene Unterstützung, sowohl körperlich als auch verbal.

„Hier gibt es nur wenige Landemöglichkeiten“, antwortete Mark. „Das hier ist eine davon. Ich habe Leute an die anderen Stellen geschickt, für den Fall, dass Sie dort landen.“

„Was wollen Sie von mir, Jefferies?“

„Das habe ich Ihnen doch gesagt. Ich will Ihnen helfen.“

„Das hatten wir schon. Wenn ich Ihre Hilfe brauche, melde ich mich.“

A.C. kam anmarschiert und legte seinen Drachen neben Corins ab. „Gibt es hier eine Party?“

Mark ignorierte ihn. „Sie brauchen meine Hilfe, Corin.“

„A.C., das ist Mark. Mark, das ist A.C.“

Beide Männer schauten sich an und keiner sagte ein Wort. Schließlich fragte Mark: „Wie geht es Ihrer Schulter?“

„Meinen beiden Schultern geht es gut.“

„Das kann ich mir denken.“ Mark lachte. „Hören Sie zu, ich bin nicht zu Spielchen aufgelegt. Deshalb sage ich es geradeheraus: Ich habe in dieser Stadt viele Freunde an entscheidenden Stellen. Wenn also jemand eine körperliche Heilung erlebt oder Kohlenstoffdatierungen mit bizarren Ergebnissen zurückkommen, erfahre ich das. Stellen Sie sich also nicht dumm.“

„Solange Sie mein Geschäft nicht mit einer großen Summe Geld überschütten, bin ich nicht interessiert“, sagte Corin.

„O ja.“ Mark verschränkte die Arme. „Genau, eine große Summe.“

„Was? Sie wollen mir fünfhunderttausend Dollar für den Stuhl geben?“

„Nein, acht."

„Was?" Corin starrte Mark an, dann warf er einen Blick auf A.C., der ihn mit hochgezogener Augenbraue anschaute.

„Achthunderttausend Dollar. Ich gebe Ihnen das Geld. Sie geben mir den Stuhl." Mark nahm seine Sonnenbrille ab und hängte sie vorn in sein mitternachtsblaues T-Shirt.

Corin blinzelte überrascht. Der Mann meinte es ernst. „Warum?"

„Weil der Stuhl, wie Sie wissen, mich schon fast mein ganzes Leben lang beschäftigt und weil ich glaube, dass er echt ist. Diese Summe zeigt Ihnen, wie ernst es mir damit ist. Und ich weiß, dass das Geld Ihnen in Ihrer aktuellen Situation sehr helfen wird."

Dieser Mann war nicht nur der Pastor von Stalkerville. Ihm gehörte die Stadt. Corin verschränkte die Arme und kniff die Augen zusammen. „Erklären Sie mir, woher Sie das alles wissen."

„Ich habe Mittel und Wege."

„Aber keiner von ihren Mitteln und Wegen ist im Moment hier." Corin schaute sich vielsagend um. „Wahrscheinlich soll niemand Zeuge davon werden, wie Sie mit Spendengeldern umgehen."

Mark kam Corin ganz nahe. „Diese Summe könnte Sie von den Schulden befreien, in denen Ihr Geschäft steckt." Er beugte sich vor, sodass seine Nase Corins fast berührte. „Aber das ist nur zweitrangig im Vergleich zu dem ersten Gedanken, der Ihnen jetzt durch den Kopf geht." Mark warf einen Blick auf A.C. und senkte die Stimme. „Dass Sie mit diesem Geld eine Operation bezahlen könnten, von der die Versicherungsgesellschaften die Finger lassen, weil sie umstritten ist. Eine Operation, die bei sechzig Prozent der Patienten erfolgreich ist. Eine Operation, die jemandem sein Leben wiedergeben könnte."

Corins Körpertemperatur stieg um zwei Grad, während zwei Gedanken durch seinen Kopf schossen. Erstens: Woher wusste dieser Mann so viel über ihn? Und zweitens: Er lag zu hundert Prozent richtig. 800.000 würden für das Geschäft reichen und für die Operation. Falls sein Bruder sich darauf einließ. Dahinter stand ein sehr großes Fragezeichen. Aber ihn dazu zu bringen, sich auf den Stuhl zu setzen, war noch viel aussichtsloser.

„Was sagst du dazu, A.C.?"

A.C. trat langsam hinter Mark, der den Blick nicht von Corin abwandte. „Ich traue diesem Mann nicht. Und was noch wichtiger ist: Du traust ihm nicht."

„Woher weißt du das?"

„Hm, lass mich nachdenken. Vielleicht, weil ich dich seit zwanzig Jahren kenne?"

Corin schaute seinen Freund forschend an. „Mit anderen Worten, du würdest das Geld auf dem Konto sehen wollen, bevor du den Stuhl aus der Hand gibst."

„Nein. Ich würde diesen Stuhl nicht für achthundert *Millionen* Dollar aus der Hand geben."

Jefferies fuhr zu A.C. herum. „Aber Sie sind nicht derjenige, dessen Bruder jede wache Stunde des Tages in einem Gefängnis sitzt und der weiß, dass er der Grund dafür ist. Und Sie sind nicht derjenige, der kurz davor steht, sein Geschäft zu verlieren."

Jefferies hatte recht. A.C. erstickte nicht in Schulden und ihn quälten nicht jeden Tag erdrückende Schuldgefühle. „Wie bald könnten Sie das Geld transferieren?"

„Ich könnte es noch heute Abend auf Ihr Konto überweisen lassen."

„Ich werde darüber nachdenken." Corin trug seine Drachenausrüstung zum Auto.

„Ich brauche bis morgen Abend eine Antwort."

„Ich gebe Ihnen meine Antwort in einer Woche."

„Zwei Tage."

„Drei."

„Gut." Mark drehte sich um und ging auf sein Auto zu. „Drei Tage. Nicht vier. Nicht dreieinhalb. Um Schlag Mitternacht nach dem dritten Tag läuft mein Angebot aus."

Corin gab ihm keine Antwort. Er schaute Marks silbernem Luxusschlitten nach, bis er hinter den Bäumen verschwunden war. Die Kirche musste ihn gut bezahlen, wenn er sich einen solchen Mietwagen leisten konnte.

Während sie wieder auf den Berg fuhren, um A.C.s Jeep zu holen, bestand ihr ganzes Gespräch aus drei Sätzen.

„Verkaufst du ihm den Stuhl, Corin?"

„Das würde viele Probleme lösen."

„Was ist das größte Problem, das damit gelöst würde?"

Corin gab ihm keine Antwort.

Drei Tage, bis er sich entscheiden musste.

Morgen würde er zum See hinausfahren und sich zwingen, sich seinen Dämonen zu stellen. Er war seit über einem Monat nicht mehr dort gewesen.

Kapitel 31

Am nächsten Abend fuhr Corin, nachdem er den Laden abgeschlossen hatte, zum Woodmoor Lake hinaus. Das machte er normalerweise alle zwei oder drei Wochen, um wieder für ein paar Runden mit seiner alten Angst in den Ring zu steigen.

„Stellen Sie sich Ihren Ängsten", sagte sein Therapeut immer. Aber jetzt hatte er einen weiteren psychologischen Gegner im Ring. Sollte er den Stuhl verkaufen oder ihn behalten?

Der Woodmoor Lake war ungefähr so groß wie der Lake Vereor, an dem es passiert war, als er zehn Jahre gewesen war. Er schloss die Augen und biss sich auf die Unterlippe. Dorthin würde er so schnell nicht fahren.

Er schauderte.

Der Lake Vereor.

Der See, in dem er ertrunken war. Der See, in dem sein Herz stehen geblieben war und er über fünf Minuten lang nichts als Wasser in seiner Lunge gehabt hatte.

Als er am Woodmoor Lake ankam, stellte er sein Auto an dem üblichen Platz ab. Dann blieb er zehn Minuten lang reglos darin sitzen. *Steig aus und stell dich der Angst. Kämpfe mit den Dämonen, die dich im Traum verfolgen, und zertritt sie unter deinen Füßen.*

Nachdem er in einen Regenmantel geschlüpft war und eine alte Baseballkappe aufgesetzt hatte, stieg er aus und ging den kleinen Deich hinauf, der den See vom Parkplatz trennte. Als er oben ankam, steckte Corin die Hände in seine Taschen und ballte sie zu Fäusten.

Die Sonne schaute kurz zwischen den grauen Wolken hervor und verschwand dann wieder. Corin blinzelte in die aufblitzende Helligkeit. Sein Atem klang abgehackt, als er auf den See schaute, und er zwang sich, langsamer zu atmen.

Keine Angst. Du hast nichts zu befürchten.

Wenn das nur wahr gewesen wäre!

Nicole schaute zu, wie Corin sich auf die Bank mit Blick über den See setzte. Das machte sie schon seit neun Jahren. Wie viele Stunden hatte sie für ihn gebetet, während er hier gesessen hatte ... Wenn sie sie zusammenzählte, käme sie wahrscheinlich auf mehrere Hundert. Jetzt wollte sie endlich sehen, ob diese jahrelangen Gebete ihm Heilung oder die Hölle bringen würden.

Den Stuhl begleitete so viel Gutes. Und so viel Böses wurde wegen seiner Macht aktiv. Es war unmöglich, das eine ohne das andere zu bekommen. Hatte er die heilende Kraft des Stuhls bereits bemerkt? Höchstwahrscheinlich schon. Corin musste mitbekommen haben, dass der Junge durch den Stuhl von seinem Asthma geheilt worden war.

Sie ging auf ihn zu und war fest entschlossen, nicht zu viel über sich zu verraten, obwohl sie das gern gemacht hätte. Wieder betete sie um Weisheit, bevor sie in Corin Roscoes Leben trat und sich nicht so schnell wieder daraus vertreiben lassen wollte.

Corin ließ die Erinnerungen an das Ertrinken zu, er ließ zu, dass die Angst sein Herz erfüllte und versuchte, die Panik zu bekämpfen, die ihn zu erdrücken versuchte.

Nein, es ist vorbei. Du hast es überlebt. Du brauchst keine Angst zu haben. Es besteht kein Grund, Angst zu haben. Kein Grund, dich zu fürchten.

Aber es half nichts. Es half nie. Der Traum kam trotzdem immer wieder.

Warum konnte er ihn nicht abschütteln? Warum konnte er nicht begreifen, dass er an jenem Tag im See nicht gestorben war? Warum konnte er nicht annehmen, dass er überlebt hatte, und die Angst loswerden? Er war immer wieder bei verschiedenen Therapeuten gewesen, die ständig fragten: „Wie fühlen Sie sich? Wie fühlen Sie sich?", ohne ihm jemals konkrete Schritte zu zeigen, wie er dieses Erlebnis aus seinem Gedächtnis löschen konnte.

Der Himmel veränderte sich und eine dunkle Wolkenfront zog auf. Ein paar Minuten später fiel ein feiner Regen auf Corins Regenjacke, auf die Bank, auf der er saß, und das Gras, das ihn umgab. Und schon wurde der Regen stärker. Er wollte aufstehen, als das Geräusch von Regentropfen, die auf einen Schirm prasselten, ihn nach links herumfahren ließ.

Nicole.

Sie stand drei Meter neben ihm und lächelte ihn strahlend an. Ihre Augen schienen immer noch bis in seine Seele hineinschauen zu können. Diese Augen schienen ihn besser zu kennen, als ihm lieb war.

Nun blieb sie vor ihm stehen. „Darf ich?" Sie deutete auf die Bank.

„Ja, bitte."

Nicole setzte sich und hielt ihren Schirm so, dass er ihre beiden Köpfe schützte. Sie trug einen schwarzen Regenmantel, der einen scharfen Kontrast zu der von der Sonne ausgebleichten Bank bildete. Ihre Hände steckten in schwarzen Handschuhen. „Wie läuft es zurzeit in deinem Leben, Corin?"

Er betrachtete ihr Gesicht. Fröhlich. Ernst. Gleichzeitig. In einem Moment sah sie aus wie 35 und im nächsten wie 90.

„Ich habe Ihnen eine Antwortmail geschrieben. Ich wollte dringend mit Ihnen sprechen." Corin steckte die Hände tiefer in seine Jackentaschen. „Sind wir jetzt bei der Stelle im Skript, an der Sie mir sagen, warum Sie vor zwei Wochen in meinem Laden aufgetaucht sind und mir den Stuhl gegeben haben? Und ob den Stuhl wirklich Jesus gebaut hat? Und ob Sie zu den legendären Hüterinnen des Stuhls gehören und ob Sie irgendwie ein geistliches Wesen sind?"

Sie lachte. Es war ein buntes Lachen, das ihn an einen Regenbogen erinnerte. „Ich bin auf jeden Fall kein Engel. Das kannst du mir glauben."

„Warum haben Sie mir den Stuhl gegeben?"

„Das will ich dir unbedingt erzählen, aber erst zum richtigen Zeitpunkt." Sie zog ihre Handschuhe aus und tätschelte seine Schulter. „Ich finde, wir sollten nichts überstürzen."

„Das finden aber auch nur Sie. Ich kann es nicht erwarten, mehr zu erfahren."

„Je schneller wir uns bewegen, umso größer ist die Unfallgefahr."

„Ich bin bereit, dieses Risiko auf mich zu nehmen."

Nicole schaute auf den See. „Warum kommst du hierher?"

„Ist die Legende wahr? Wurde dieser Stuhl jahrhundertelang von der Mutter an die Tochter weitergegeben?" Nicole nickte. Die Regentropfen tanzten auf der Seeoberfläche, während es immer dunkler wurde. „Und hat er wirklich Jesu heilende Kraft?"

„An dieser Stelle spielt es keine Rolle, was ich dir sage. Es kommt nur darauf an, was du glaubst." Nicole hielt den Schirm so, dass er auch Corin bedeckte. „Wurde jemand geheilt?"

„Ja."

„Bist du sicher?"

Corin zögerte. „Ja."

„Verstehe."

Sie blieben schweigend sitzen, während die Wolken am Himmel weiter nach Norden zogen und der Regen schwächer wurde und dann ganz aufhörte.

„Warum kommst du zum Wasser?", wiederholte Nicole ihre Frage.

„Ich denke, das wissen Sie bereits."

Sie lächelte. „Ich weiß nicht alles über dich."

„Wie viel wissen Sie?"

„Genug."

Corin starrte auf die dunklen Wellen, die ihn verhöhnten, die ihn auslachten, die ihn herausforderten, in den See zu springen. „Wissen Sie, was mit mir passiert ist, als ich jünger war?"

Nicole schüttelte den Kopf. „Nur dass du fast ertrunken bist. Aber ich weiß keine Einzelheiten."

Corin lehnte sich zurück und zog seine Baseballkappe tiefer in seine Stirn. Sollte er es ihr erzählen? Na, warum nicht. „Als ich zehn war, machte meine Familie einen Campingurlaub am Lake Vereor. Am dritten Tag mieteten wir Flöße, auf denen zwei Räder nebeneinander angeschweißt waren. Sie sahen aus, als hätte sie jemand in seiner Werkstatt zusammengebastelt, nachdem er einen kräftigen Schluck Whiskey getrunken hatte. Man trat in die Pedale und trieb damit Paddel unter dem Wasser an, die uns um den See herumbewegten. Ich war bei meinem Vater auf dem Floß; mein Bruder war bei meiner Mutter."

Corin rieb sich mit der Hand über das Gesicht. „Wir hatten alle Schwimmwesten an, damit uns nichts passieren konnte.

Nachdem wir eine Weile herumgefahren waren, beschlossen wir, die Plätze zu tauschen. Ich sollte zu meiner Mutter aufs Floß und mein Bruder, Sebastian, sollte mit meinem Vater fahren."

Corin schloss die Augen, als die Erinnerungen auf ihn einstürmten.

„Komm neben mich, Corin", sagte seine Mutter.

Corin zögerte. Dann stieg er neben seine Mutter und seinen Bruder hinten auf das Floß.

„Das könnte zu viel Gewicht sein ..." Sein Vater schaute sie besorgt an. Corin warf einen Blick auf das Floß, das ins dunkelgrüne Wasser sank, und dann auf seinen Vater. „Papa?"

„Komm da runter!"

Zu spät.

„Spring! Bevor es umkippt und ..."

Die Worte seines Vaters erstickten, als das Floß unter seinem Gewicht und dem seiner Mutter umkippte und Corin untertauchte.

Etwas traf ihn am Kopf und ihm wurde schwarz vor Augen. Er musste an die Oberfläche kommen. Er strampelte, aber er kam nicht vom Fleck. Verständnislos machte er die Augen auf und schaute nach oben. Das Floß lag verkehrt herum im Wasser und er befand sich neben einem der Fahrräder. Neben den Lenkern. Er trat wieder, doch nichts geschah.

Dann sah er, warum er nicht vom Fleck kam: Ein Riemen seiner Schwimmweste hatte sich um den Fahrradlenker gewickelt. Er zerrte an dem Riemen. Er war fest wie ein Stahlseil.

Plötzlich bemerkte er eine Bewegung neben sich. Er fuhr herum und sah seine Mutter neben sich. Sie ergriff den Riemen und zog daran. Er rührte sich nicht. Sie zog wieder. Nichts.

Sie wickelte sich den Riemen um die Hand und zog ein drittes Mal. Eine leichte Bewegung. Zu leicht.

Ihm ging die Luft aus. Bitte, Mama! Bring mich an die Oberfläche!

Es vergingen weitere zwanzig Sekunden. Sie bewegte die Hände, wie um ihn aufzufordern, ruhig zu bleiben, dann schwamm sie nach oben.

Nein! Was machst du denn? Lass mich nicht allein!

Nicht mehr lange, bis ihm die Luft ausgehen würde.

Einen Moment später war sein Vater neben ihm, packte den Riemen mit eisernen Händen und zerrte so fest daran, dass sich der Lenker verbog.

Zehn Sekunden.

Er hing immer noch an dem Fahrrad. Er klammerte sich an seinen Vater, grub die Fingernägel in seine Haut und wusste nur, dass er atmen musste.

Sieben Sekunden.

Wieder zog sein Vater mit aller Kraft an dem Riemen. Corin trat so kräftig er konnte mit den Beinen, obwohl er wusste, dass das nicht helfen würde, aber er konnte nicht anders.

Drei Sekunden.

Sein Vater zog wieder. Corin umklammerte den Lenker, als könnte er ihn in der Mitte durchbrechen. Seine Augen wurden groß, er öffnete den Mund, um zu schreien. Und dann atmete Corin die Luft aus und die Kälte des Sees ein.

Sein Vater zerrte immer noch an dem Riemen, als ihn die Dunkelheit erfasste.

Corin legte seine zitternden Hände auf seine Jeans und versuchte zu lächeln. Obwohl er diese Erinnerung schon tausend Mal durchlebt hatte, im wachen Zustand und in seinen Träumen, erzählte er die Geschichte zum ersten Mal laut.

„Du bist damals nicht *fast* ertrunken."

Er schüttelte den Kopf.

„Du warst tot."

Corin nickte und atmete scharf ein. „Ich war fünf Minuten lang klinisch tot. Ich wurde reanimiert, und die Ärzte sagten, dass ich keine Spätschäden davontragen würde."

„Bis auf deine Angst vor dem Wasser."

Corin nahm seine Baseballkappe ab und rieb mit den Daumen über das aufgestickte Emblem. „Wenn hinter Ihrem Stuhl wirklich Gott steht, dann hat er eindeutig viel Sinn für Humor."

Nicole legte den Kopf schief und schaute ihn an. „Wie meinst du das?"

Corin stieß ein bitteres Lachen aus. „Wussten Sie, dass Olympiatrainer einen Sportler mit einem angeborenen natürlichen Talent schon im Alter von drei Jahren erkennen?"

„Nein, das wusste ich nicht."

„Ich wurde aus einer Gruppe von vierjährigen Jungen als besonders begabt ausgewählt, und ich trainierte sechs Jahre lang, um dieses Talent zu verbessern."

„Und in welcher Sportart hast du so viel Talent bewiesen?" Sie sprach die Frage aus, als wüsste sie bereits die Antwort.

Corin starrte ein paar Sekunden auf das Wasser, bevor er sich zu Nicole umdrehte. „Im Schwimmen natürlich."

„Das tut mir leid." Nicole seufzte und schüttelte leicht den Kopf. „Vermisst du es manchmal?"

„Nein."

Das stimmte nicht. Schwimmen war kein Extremsport. Es gab ihm nicht den Adrenalinstoß wie Drachenfliegen oder Base-Jumping oder Straßenrodeln. Aber im Wasser hatte er sich immer frei gefühlt, in seinem Element, wenn er neue Rekordzeiten für Achtjährige, dann Neun- und dann Zehnjährige aufgestellt hatte. Obwohl er jetzt Angst vor dem Wasser hatte, vermisste er es ein wenig. Er vermisste das, was es ihm früher bedeutet hatte.

„Hatte deine Mutter Schuldgefühle, weil das damals passiert war?"

„Sie schleppte bis zu ihrem Tod erdrückende Schuldgefühle mit sich herum." Corin nahm eine Handvoll Kieselsteine und warf sie einen nach dem anderen ins Wasser. „Ich habe immer wieder versucht, ihr klarzumachen, dass es nicht ihre Schuld war, aber nach diesem Unfall konnte sie nie wieder olympische Schwimmwettkämpfe ansehen. Sie gab sich die Schuld dafür, dass ich nie eine Goldmedaille gewinnen würde. Sie konnte nie akzeptieren, dass der Unfall nicht ihre Schuld war."

„Wessen Schuld war es dann?"

„Das weiß ich nicht. Und es spielt ja auch keine Rolle mehr. Doch warum verfolgt mich dieses Erlebnis immer noch so sehr? Haben Sie eine Lösung?"

„In gewisser Weise ja."

„Und welche?"

„Den Stuhl."

„Er kann mich heilen?"

„Er ist ein Weg zur Heilung."

„Was soll das heißen?"

Nicole tätschelte seine Hand. „Tut mir leid, aber das kann ich dir nicht sagen."

„Das muss ich selbst herausfinden?"

Sie nickte. „Ein Mensch, dem man etwas erklärt, lernt mit dem Kopf. Ein Mensch, der die Lektionen am eigenen Leib erfährt, lernt mit dem Herzen."

„Wer hat das gesagt?"

„Ich."

Vielleicht sollte er sich einfach wieder auf den Stuhl setzen. Er wusste nicht genau, was ihn davon abhielt, es ein zweites Mal zu versuchen. Möglicherweise hatte er Angst, dass es nicht funktionieren würde. Vielleicht wusste er nicht genau, woran er denken sollte, wenn er darauf saß. Vielleicht lag es daran, dass eine Angst freigelegt werden würde, die so tief saß, dass er sich ihr noch nie gestellt hatte.

Andererseits sollte er den Stuhl vielleicht einfach verkaufen. „Ein Pastor will den Stuhl unbedingt kaufen."

„Verstehe." Nicole schaute zum Himmel hinauf und klappte ihren Schirm zu. „Glaubst du, dass du ihn verkaufen solltest, oder gibt es etwas oder jemanden, der hier etwas Größeres vorhat, als du ahnst? Kannst du das nicht fühlen?"

Corin zögerte. Es lag auf der Hand, mit Ja zu antworten. Aber Gefühle waren keine Tatsachen, und selbst wenn er große Sympathie für Nicole hegte, selbst wenn er neue Hoffnung hatte, seit A.C. geheilt worden war, selbst wenn er fasziniert gewesen war, nachdem Brian gesund geworden worden war, bedeutete das nicht, dass eine höhere Macht das Ganze steuerte.

Und wenn tatsächlich Gott hinter allem stand? Vielleicht war Marks Angebot Gottes Art, ihm ein Rettungsboot zu schicken. Eine Hoffnung, die er Sebastian anbieten könnte, die zu einer Heilung führen konnte, die vor zwei Wochen noch unerreichbar erschienen war. „Ich weiß nicht, ob hier etwas Größeres passiert."

„Wann will der Pastor eine Antwort von dir haben?"

Corin lächelte sie an. „Sie wissen, wer der Pastor ist. Sie beobachten mich."

„Ich passe auf dich auf."

„Das scheint zurzeit ein weit verbreitetes Hobby zu sein."

„Das stimmt."

Corin suchte nach einer Spur von Misstrauen gegen Nicole in seinem Herzen. Unmöglich. Tesser hatte gesagt, dass er niemandem trauen sollte, und dieser Rat war weise, aber in Bezug auf Nicole war er unnötig. „Ich habe drei Tage, um mich zu entscheiden. Der erste Tag ist schon vorbei."

„Warum würdest du ihn verkaufen?“

„Ich brauche das Geld, um mein Geschäft zu retten.“

„Sonst noch etwas?“

Corin zuckte die Achseln. „Ein Freund von mir muss operiert werden und die Versicherung zahlt die OP nicht.“

„Muss?“

Corin zögerte. „Ja.“

„Und mit diesem Geld könnte die Operation bezahlt werden?“

„Ja.“

„Warum forderst du deinen Freund nicht auf, sich auf den Stuhl zu setzen?“

„Weil nach allem, was ich gesehen habe, der Stuhl selbst entscheidet, wen und was er heilen will und was nicht, und ich es nicht riskieren kann, dass dieser Freund auf dem Stuhl sitzt und nichts passiert.“

„Warum?“

Corin stand auf und trat ein paar Schritte auf den See zu. *Diese* Geschichte würde er niemandem erzählen. Nach zwei oder drei Minuten setzte er sich wieder.

„Hast du auf dem Stuhl gesessen, Corin?“

„Ja.“

„Und?“

„Ich wurde von nichts geheilt.“

„Hast du geglaubt, dass er dich heilen würde?“

Corin gab ihr keine Antwort.

„Vielleicht solltest du dich noch einmal daraufsetzen.“

„Bei mir ist alles in Ordnung bis auf ein etwas steifes Knie.“

„Das ist alles an Heilung, was du brauchst?“

„Es ist nur selten steif.“

„Heilung ist Heilung. Die westliche Kultur unterscheidet zwischen körperlichen und geistigen Dingen. Gott nicht. Was hilft ein Arm oder ein Bein, das geheilt wird, wenn der Geist immer noch kaputt ist?“

Nicole schwieg, bis Corin sie anschaute. „Außerdem könntest du dir überlegen, dass es um die Heilung eines anderen Menschen geht und nicht nur um deine eigene, wenn du auf dem Stuhl sitzt.“

„Können Sie das bitte so erklären, dass ich es verstehe?“

„Ich denke, wir haben für heute lange genug miteinander gesprochen.“ Nicole stand auf. „Wir setzen unsere Unterhaltung bald fort, Corin. Versprochen.“

Auf dem Heimweg verkrampften sich seine Hände um das Lenkrad, als könnte er ihm eine Erklärung abringen, was Nicole gemeint hatte. Aber eigentlich brauchte er keine Erklärung. Er wusste es.

Es wäre nicht überraschend, wenn Nicole alles über Sebastian wüsste. Warum wollte sie, dass Corin seinen Bruder dazu drängte, sich auf den Stuhl zu setzen? Glaubte sie wirklich, dass er geheilt werden würde? Und warum sollte es seinem Bruder helfen, wenn *Corin* sich auf den Stuhl setzte?

Es war egal. Er würde Sebastian nicht zwingen, sich auf den Stuhl zu setzen und auf Heilung zu hoffen. Wenn Gott das wollte, musste er selbst eingreifen.

Aber vielleicht würde Corin sich wieder auf den Stuhl setzen.

Vielleicht heute Abend.

Kapitel 32

Corin betrat sein Haus, warf die Schlüssel aufs Sofa und starrte die Kellertür an.

Sollte er? Sollte er nicht? Eine alte Sportverletzung hatte sein Knie etwas unbeweglich gemacht, was sich ein paarmal im Jahr störend bemerkbar machte. Der Zeigefinger seiner linken Hand tat manchmal weh, seit er ihn sich in der sechsten Klasse gebrochen hatte. Das war alles. Würde er sich deshalb auf den Stuhl setzen? Nein. Und ganz bestimmt nicht wegen seiner Ängste. *Tut mir leid, Nicole, ich stehe meine seelischen Qualen allein durch.* Er hatte gelernt, damit zu leben.

Das musst du aber nicht. Du solltest dich noch einmal auf den Stuhl setzen.

Der Gedanke schoss ihm mit einer solchen Klarheit durch den Kopf, dass er zurückschreckte und blinzelte. Nein, das sollte er nicht. Er sollte den Stuhl an Mark verkaufen und mit dem Geld Sebastians Operation bezahlen.

Er brauchte keine Heilung.

Er nicht.

Aber die Lüge blieb ihm im Hals stecken und weigerte sich, sich schlucken zu lassen.

Er ging im Wohnzimmer auf und ab und versuchte zu

entscheiden, ob er sich der Wahrheit stellen oder sich in Selbsttäuschungen verstricken sollte. Nach drei Minuten gestand er sich den eigentlichen Grund ein, warum er nicht auf dem Stuhl sitzen wollte: Er war genauso wie sein Bruder.

Seit 24 Jahren versuchte Corin, sich von seiner Klaustrophobie und seiner Angst vor Wasser zu befreien. Durch Hypnose, Akupunktur, Psychotherapie ... Und genauso wie Sebastian war er nicht bereit, auch nur noch einen kleinen Funken Hoffnung zuzulassen, der doch nur wieder brutal erstickt würde.

Komm und setz dich hin.

Jetzt war dieser Gedanke noch stärker. Na großartig! Jetzt hörte er schon Stimmen!

Komm.

Corin ging zur Kellertür und riss sie auf.

Also gut. Er würde sich auf den Stuhl setzen. Und er würde glauben. Und er würde sich selbst beweisen, dass der Stuhl bei ihm absolut nichts heilen würde.

Als er unten an der Treppe ankam, wollte er das Licht einschalten, doch dann zögerte er und ließ es aus. Das Licht von seinem Handy reichte, um das Schloss an der Tür zu finden.

Corin steckte das Handy in die Tasche, während er die Tür aufschob und eintrat. Er konnte den Stuhl, der drei Meter von ihm entfernt stand, fast fühlen. Noch ein Schritt. Dann noch einer.

Was dachte er sich nur? Er schlich sich an einen leblosen Gegenstand an! Aber im nächsten Moment lächelte er, als ein schwaches Licht von der Mitte des Raums ausging.

Es gab keinen Zweifel: Der Stuhl leuchtete. Seine Außenkanten waren von einem schwachen Lichtschein umgeben, und das Licht schien sich gegen den Uhrzeigersinn um den Stuhl herumzubewegen.

Nach zwei weiteren Schritten wurde das Licht schwächer

und verschwand dann ganz. Dunkelheit hüllte Corin ein, als er vortrat und nach dem Stuhl tastete. Da. Er hatte ihn. Seine Oberfläche war nicht warm. Sie war auch nicht kühl. Sie fühlte sich ... normal an.

Er glitt auf den Stuhl, schloss die Augen und wartete auf ... was? Corin wusste es nicht. Was hatte A.C. gesagt? Er hatte ein Licht wahrgenommen, Wärme und Frieden verspürt.

Nach einer Minute fühlte Corin immer noch nichts.

Zwei Minuten. Nichts.

„Gott? Hat dein Sohn diesen Stuhl gebaut?"

Schweigen.

„Hat er?"

Dann kribbelte es. So leicht, dass er nicht sicher war, ob es wirklich passierte oder ob er es sich nur einbildete, aber in dem Moment, in dem er zu dem Schluss kam, dass es echt war, hörte es auf, und er war wieder nicht sicher, ob er es sich nur eingebildet hatte.

Fünf Minuten später fühlte er ... nichts.

Vielleicht musste er sich auf das konzentrieren, was Heilung brauchte. Hatte Tori das nicht gesagt? Als Corin die Gefühle, die er am See gehabt hatte, erneut zuließ, schluckte er und sein Atem ging schneller. „Nimm es weg", flüsterte er. Dann lauter: „Nimm es weg!"

Er umklammerte die Stuhllehnen, bis seine Finger schmerzten, als könnte er aus dem alten Artefakt eine Reaktion herauspressen. „Heile mich. Bitte."

Der Zynismus wich einer neuen Hoffnung, und er versuchte sich vorzustellen, dass Wärme oder ein großer Frieden von dem Stuhl ausging. Ein Trost. Irgendetwas.

„Tu etwas!"

Die einzige Veränderung war, dass der Stuhl etwas kälter wurde.

Er schloss wieder die Augen und versuchte sich zu entspannen. Schließlich warf er einen Blick auf seine Uhr. Eine Viertelstunde war vergangen. Wie lange hatte der kleine Brian auf dem Stuhl gesessen? Und A.C.? Er konnte sich nicht erinnern. Als ob das eine Rolle spielen würde!

„Verändere mich." Die Worte waren kaum hörbar.

Wieder drängte sich ihm ein Eindruck auf.

Ruf ihn an. Biete ihm Heilung an. Nicht durch eine Operation.

Corin schüttelte den Kopf.

Unmöglich. Sebastian würde nicht kommen.

Ruf ihn an.

Der Gedanke schoss wie ein Blitz durch seinen Kopf. In einem Moment war er da, dann war er wieder fort, und danach fühlte sich sein Kopf dunkler an als vorher.

Zwanzig weitere Minuten auf dem Stuhl brachten ihm keine Erleuchtung, und irgendwie wusste er, dass auch der nächste Tag ihm keine neue Erkenntnis bringen würde.

Am nächsten Morgen holte Corin sich einen Becher Kaffee, vergewisserte sich, dass der Deckel richtig saß, und joggte im Dauerlauf zu seinem Laden. Er war zu spät dran.

Sechzig Sekunden später wurde er von vier Männern am Weiterkommen gehindert, die aussahen wie *Hells Angels*. Alle vier waren mindestens einen halben Kopf größer als Corin. In der Mitte stand mit verschränkten Armen und schwarzer Sonnenbrille Mark Jefferies.

„Guten Morgen, Corin."

Corin trank einen Schluck von seinem Kaffee, während seine Augen von einem Ende der Reihe zum anderen wanderten. Mark gab dem Mann am Ende mit einer Kopfbewegung einen Befehl, und die vier Muskelpakete bauten sich so um Corin herum auf, dass sie ihn umstellten. Na toll! Dank dieser religiösen Irren kam er noch später in sein Geschäft.

„Was für eine Freude, Sie zu sehen, Mark. Wer predigt denn bei Ihnen zu Hause, wenn Sie so viel hier in der Gegend sind?"

Mark bewegte den Kopf wieder. Die Muskelpakete traten zwei Schritte näher.

„Wie ich sehe, haben Sie ein paar Schafe aus ihrer Herde mitgebracht." Corin trank wieder einen Schluck Kaffee. „Was wollen Sie?"

„Mit Ihnen sprechen. Hören, ob Sie sich in Bezug auf mein Angebot schon entschieden haben." Mark warf einen Blick auf seine Uhr. „Es läuft in etwas über neununddreißig Stunden aus."

„Ich würde wirklich gern mit Ihnen plaudern, aber ich bin spät dran."

„Es dauert nur einen Moment."

Corin schaute sich in der Runde um. „Das Ganze hier sieht so aus, als wollten Sie mir drohen."

„Ganz und gar nicht. Ich will nur wissen, ob ich einen Scheck auf Ihren Namen ausstellen darf oder nicht." Mark zog mehrere Zettel aus seiner Hosentasche. „Ich könnte jetzt auf der Stelle unterschreiben, wenn Sie möchten. Da wir seit zwei Tagen nicht mehr miteinander gesprochen haben und da Sie auf meine E-Mails und Anrufe nicht geantwortet haben, hielt ich es einfach für gut, ein wenig zu plaudern."

Corin deutete auf die Männer, die um ihn herumstanden. „Plaudern diese Leute?"

„Natürlich. Aber müssen sie das? Oder verstehen Sie sie auch so?" Er schaute die Straße hinauf und hinab. Falls irgendein Passant ihre Gruppe für ungewöhnlich hielt, ließ er sich das nicht anmerken.

„Ich nehme an, das ist die Stelle, an der Sie mir sagen, dass Sie ein Nein als Antwort nicht akzeptieren, und Ihre Freunde hier werden ihre Körpersprache auf eine Weise bei mir einsetzen, die weltweit dieselbe ist."

„Sie haben mich schon wieder falsch verstanden."

„Das passiert mir anscheinend ständig." Corin setzte ein steifes Lächeln auf und nickte kurz. „Keine Ahnung warum."

Ein herablassendes Lächeln trat in Marks Gesicht und verschwand schnell wieder. „Der Stuhl gehört Ihnen, und Sie können damit machen, was Sie wollen. Das wird auch immer so sein. Das hier ist kein Fernsehkrimi. Ich will einfach, dass Sie verstehen, wie ernst es mir mit meiner Überzeugung und mit meiner Absicht ist, Ihnen das Geld zu geben. Und auch wenn Sie mein Angebot nicht annehmen, werde ich Ihnen trotzdem weiterhin auf jede erdenkliche Weise helfen."

Wenn er Marks Hilfe annahm, wäre das wahrscheinlich so ähnlich wie in dem alten Eagles-Hit „Hotel California". Er konnte jederzeit abreisen, aber er konnte Jefferies' Fängen nie entkommen. „Und wenn ich keine Hilfe will?"

Mark lächelte so breit, dass man einen Großteil seiner Zähne sah. „Sie brauchen auf jeden Fall jemanden, der Sie beschützt."

„Vor wem?"

„Vor jedem."

„Und warum sollten Sie so überaus freundlich zu mir sein, auch wenn ich Ihr Geld ablehne?"

„Ich bin nicht zu *Ihnen* freundlich." Mark öffnete den Reißverschluss an seiner schwarzen Lederjacke. „Ich mache das, weil ich will, dass dem Stuhl nichts passiert. Ich mag Sie aber irgendwie. Nur nicht so sehr wie den Stuhl."

„Danke für die ehrliche Antwort." Corin warf einen Blick auf seine Armbanduhr. „Ich muss los."

„Erzählen Sie mir etwas über die Frau, die Ihnen den Stuhl gegeben hat." Mark machte zwei langsame Schritte nach rechts, dann wieder zwei nach links.

Corin ging an Jefferies vorbei und auf einen seiner Bodyguards zu. „Ich muss in meinen Laden. Jetzt."

„Erlauben Sie mir, Ihnen das Geld zu geben, das Ihrem Laden und Ihrem Bruder helfen kann?"

„Das lasse ich Sie wissen, wenn die Bedenkzeit abgelaufen ist. Aber ich sollte Ihnen wohl vorher sagen, dass die Antwort wahrscheinlich Nein sein wird."

Das Muskelpaket trat einen Schritt zurück und Corin schob sich durch die Lücke und marschierte davon.

„Das wäre ein Fehler", rief Jefferies ihm nach.

„Ich bin so dankbar für Ihre tiefschürfenden geistlichen Einsichten, Pastor Mark. Ich werde bestimmt den ganzen Tag darüber meditieren." Corin überlegte, ob es weise war, das zu sagen. Damit brachte er den Pastor zweifellos auf die Palme. Corin lächelte. Umso besser.

Als sich Corin an diesem Abend an seinen Schreibtisch setzte und versuchte, seine Buchführung zu machen, fiel sein Blick immer wieder auf die Papiere, die die Erfolge der Rückenmarksoperation beschrieben. 60 Prozent Erfolgsrate. 60! Das war viel höher als die Erfolgsrate der beiden Ärzte aus Mexiko, bei denen Sebastian im ersten Jahr nach dem Unfall gewesen war und die ihm eine sofortige Heilung versprochen hatten.

250.000 Dollar. Mark bot ihm 800.000. Die Entscheidung war leicht, nicht wahr? Er könnte Sebastian die Operation bezahlen und hätte noch genug Geld übrig, um sein Geschäft zu sanieren und sein Haus abzuzahlen, und es bliebe immer noch etwas für die Reise in die Alpen, die er schon immer hatte machen wollen.

Warum zögerte er dann, Mark anzurufen?

Corin nahm sein Telefon, starrte Marks Karte an, die er an seinen Computerbildschirm gesteckt hatte, und tippte die Nummer ein. Er würde ihm den Stuhl erst geben, wenn das Geld auf seinem Konto war. Als das Telefon zum zweiten Mal klingelte, riss das Krachen von zersplitterndem Glas Corin aus seinen Gedanken.

„Was zum ... ?" Er sprang auf die Beine und lief aus seinem Büro in den Verkaufsraum.

Glasscherben waren über die Tische und Stühle im vorderen Teil des Ladens verstreut und funkelten im Licht der Leuchtstoffröhren wie Diamanten. Ein kalter Wind drang durch die Stelle herein, an der vorher seine Schaufensterscheibe gewesen war. Corin schaute sich um. Hatte jemand auf das Fenster geschossen?

Als er den Boden zum zweiten Mal absuchte, entdeckte er einen Stein, der etwas kleiner war als ein Baseball und neben dem Bein eines Walnusstischs aus dem 19. Jahrhundert lag. Er starrte ihn an, als erwarte er, dass der Stein sich bewegen würde. Schließlich ging er zu ihm hinüber und hob ihn auf.

Auf einer Seite standen drei Wörter: *Wir wollen ihn.* Auf der anderen stand: *Die alte Tamahoe-Scheune. Stell ihn dort gleich neben die Tür. Heute Abend nach Mitternacht. Keine Heldentaten. Keiner kommt zu Schaden.*

23 Minuten später fuhr die Polizei vor seinem Laden vor. Der Beamte begrüßte ihn mit einem Nicken. „Wann ist das passiert?"

„Vor ungefähr einer halben Stunde."

„Wurde etwas gestohlen?"

„Nein. Ich war in meinem Büro und kam heraus, als der Stein durch das Fenster flog."

„Haben Sie eine Ahnung, wer das gewesen sein könnte?"

Corin nahm den Stein vom Tisch und reichte ihn dem Polizisten. „Ich habe ihn aufgehoben, ohne daran zu denken, dass ich vielleicht Fingerabdrücke verwische."

„Zerbrechen Sie sich deshalb nicht den Kopf. Auf solchen Steinen kann man sowieso keine Fingerabdrücke nehmen." Der Polizist schaute ihn fragend an. „Irgendeine Idee?"

„Nein", log Corin. Er war nicht sicher, wozu Jefferies fähig war, aber er vermutete, dass seinen Bodyguards solche Aktionen zuzutrauen waren.

Der Polizist drehte den Stein um und las, was darauf stand. „Was ist ‚ihn'? Was sollen Sie in der Scheune abstellen?"

Corin log wieder. „Keine Ahnung."

„Sicher?"

„Ganz sicher."

Der Polizist schaute Corin lange an, um deutlich zu machen, dass er ihm nicht glaubte. Dann schrieb er etwas auf seinen Block. „Ich kann nicht viel mehr tun, als einen Bericht zu schreiben und öfter in dieser Gegend Streife zu fahren."

„Danke."

„Haben Sie irgendwelche Feinde?"

„Nein." Dieses Mal musste er nicht lügen.

„Jetzt haben Sie aber anscheinend welche. Das sieht nicht nach einem Kinderstreich aus. Das heißt, dass derjenige, der das gemacht hat, wiederkommen wird." Die Polizisten blieben noch ein paar Minuten, schauten sich kurz im Geschäft um und wandten sich dann an Corin. „Falls Ihnen eine Idee kommt, wer es gewesen sein könnte, rufen Sie uns an, ja?"

Nachdem er das kaputte Fenster mit Brettern zugenagelt hatte, schrieb Corin Nicole eine E-Mail, in der er sie bat, sich so bald wie möglich mit ihm zu treffen. Dann rief er Tesser an, landete auf seinem Anrufbeantworter und bat den Professor ebenfalls um ein Treffen.

Auf keinen Fall würde er den Stuhl in irgendeiner alten, verlassenen Scheune abstellen. Aber er brauchte Antworten. Das Wasser schlug über ihm zusammen und er brauchte eine Schwimmweste.

Nein, er brauchte ein Motorboot.

Kapitel 33

Am nächsten Vormittag war Corin um halb zwölf in *Rob's Ruby Rocket Diner* direkt am Highway 24 mit Nicole verabredet und hatte ein klares Ziel: Er wollte Antworten.

Die Tür quietschte laut, als er sie öffnete. Er schaute sich im Restaurant um. Es gab ein Dutzend Tische, die außer dem hintersten Tisch, an dem Nicole saß, alle leer waren.

Er ging auf sie zu. Sie schaute ihm mit ernstem und besorgtem Blick entgegen. Corin setzte sich auf einen roten Plastikstuhl, der anscheinend direkt aus den 1960er-Jahren stammte, faltete die Hände und legte sie um den Salz- und Pfefferstreuer, die noch älter aussahen als die Stühle. Er wischte ein paar Pommesreste vom Tisch und schob die Finger ineinander. „Danke, dass Sie sich so kurzfristig mit mir treffen."

Sie antwortete nicht, sondern nickte nur.

„Gibt es einen Grund, warum Sie sich in einem Restaurant mit mir treffen wollten, das eine Stunde von der Stadt entfernt ist und wahrscheinlich keinen Putzlappen mehr gesehen hat, seit Washington Präsident war?"

Corin war so auf Nicole konzentriert, dass er die dicke, blonde Frau in einer weißen Bluse und einem mindestens zwei Nummern zu engen Rock gar nicht bemerkt hatte, die mit einem Stift und Block in der Hand an ihrem Tisch stand.

Peinlich.

Sie knallte zwei Wassergläser auf den Tisch. „Uns gibt es erst seit der Lincoln-Regierung. Und wir haben renoviert, als Roosevelt ins Amt kam."

„Sie haben Humor!"

Die Kellnerin nickte und zwinkerte ihm zu. Corin bestellte Eistee und einen Hamburger und Nicole schwarzen Kaffee und eine französische Zwiebelsuppe.

„Warum hier?", sagte Nicole. „Weil er dir wahrscheinlich nicht bis hierher folgt und nicht auf die Idee kommt, dass du ein solches Restaurant betrittst."

„Wer ist ‚er'?"

„Die Person, die den Stuhl haben will und möglicherweise sogar bereit ist zu töten, um ihn zu bekommen."

Die Szene mit Marks Muskelpaketen schoss Corin durch den Kopf. „Jefferies, nicht wahr?"

„Ich sage dir nicht, wer es ist."

Zum ersten Mal stellte Corin Nicoles geistigen Zustand infrage. Sie strahlte immer eine große Selbstsicherheit aus. Auch jetzt. Aber nun hatte sie zum ersten Mal etwas Verrücktes gesagt. Obwohl ... ihre Vorstellungen waren eigentlich von Anfang an ziemlich seltsam gewesen. „Warum nicht?"

„Das gehört zum Erwachsenwerden dazu. Du musst lernen, wem du trauen kannst und wem nicht, ohne dass man dir das sagt."

„Ich soll erwachsen werden? Ich bin vierunddreißig." Corin knickte seinen Pappuntersetzer so, dass er ihn auf der verschmierten Tischplatte drehen konnte.

„Manche Menschen sind noch Kinder, wenn sie sterben."

„Was heißt das?"

„Ich denke, das weißt du, Corin."

Er wusste es. Er hatte gehört, dass ein einziges traumatisches Erlebnis im Leben eines Menschen sein emotionales Alter auf dem Stand einfrieren konnte, in dem er dieses Erlebnis hatte. Er war also vielleicht körperlich 34, aber emotional war er ... wie alt? Zehn? „Ich habe Angst vor dem Ertrinken. Na und? Diese Angst haben bestimmt viele Menschen." Er warf einen Cent in sein Wasserglas und schaute zu, wie er nach unten sank. „Ich habe mich wieder auf den Stuhl gesetzt."

„Und?"

„Nichts."

„Nichts? Das überrascht mich." Sie schaute ihn an, bis er den Blick senkte.

Die Kellnerin kam mit ihrem Essen. Eine willkommene Ablenkung. Das gab ihm Zeit nachzudenken. Sollte er es ihr sagen? Die Erkenntnis, die er gewonnen hatte, würde sie wahrscheinlich nicht überraschen. Nicole hatte sie quasi vorhergesagt. „Als ich auf dem Stuhl saß, hatte ich den Eindruck, dass ich meinen Bruder anrufen sollte."

„Verstehe." Nicole nippte an ihrem Kaffee und schaute ihn über den Rand ihrer Tasse fragend an. „Machst du es?"

„Das bezweifle ich." Corin konzentrierte sich die nächsten fünf Minuten darauf, seinen Burger zu verschlingen und seinen Eistee hinunterzukippen. Nicole blieb still, schaute ihn aber mit ihren durchdringenden blauen Augen weiterhin direkt an.

„Warum ich?" Corin schob sein Wasserglas vor sich hin und her. Der Cent lag noch in dem Glas und sah größer aus, als er war. Genauso wie seine Angst. „Warum haben Sie mir den Stuhl gegeben?"

„Weil ich ihn dir geben sollte."

„Und wie kamen Sie zu dieser Erkenntnis?"

Nicole sah ihn nur an und aß langsam ihre Suppe. Es brachte ihn an den Rand seiner Geduld. Er wollte seine Frage schon wiederholen, als sie endlich sprach. „Ich beobachte dich und die andere Möglichkeit jetzt schon seit vielen Jahren. Mir wurde schon sehr früh klar, dass du wahrscheinlich der richtige Kandidat bist, aber ich konnte ihn dir erst geben, als der Zeitpunkt gekommen war."

„Sie beobachten mich seit Jahren?" Corin lehnte sich auf seinem Stuhl zurück und runzelte die Stirn. „Das ist unheimlich."

„Überrascht dich das?"

Nein. Es überraschte ihn nicht. Nach allem, was er über sie wusste, schockierte es Corin überhaupt nicht. Das Selbstvertrauen, mit dem sie ihm den Stuhl gegeben hatte, und ihre Gespräche seitdem hatten ihm den Eindruck vermittelt, sie kenne ihn schon sein Leben lang.

Er schob seinen Teller an den Tischrand. „Warum ich? Warum nicht der oder die andere? Ich bin nichts Besonderes."

Ein fröhliches Lachen kam über Nicoles Lippen. „Das ist nicht wahr. Du kannst deinem Schicksal eine Weile ausweichen, aber du kannst ihm nicht ewig entfliehen."

„Welchem Schicksal? Wovon sprechen Sie?"

„Von deinem Schicksal. Den Stuhl zu haben."

„Das ist doch völlig unlogisch. Zum einen bin ich keine Frau. Außerdem bin ich voller Zweifel, voller Ängste. Ich habe ..."

„... Fehler gemacht, die du von ganzem Herzen bereust." Nicole lächelte. „Willkommen in der Welt der normalen Menschen. Ich will dir etwas vorlesen, das mir ein Freund vor vielen Jahren gegeben hat." Sie holte einen vergilbten Umschlag aus ihrer Tasche und zog eine kleine, graue Karte heraus.

„Du bist niemand und du bist jeder.
Du bist herrlich und du bist nichts.
Du bist Berge und Täler,
du bist Ruhm und Sünde.
Und selbst wenn du in deinem Herzen nicht begreifen
kannst, wie tief Gottes Leidenschaft für dich brennt,
sollst du ergreifen, wer du bist.
Du sollst es in deiner Seele wissen.
Lauf im Wind des Schicksals, das er dir zugedacht hat,
und suche ihn in jedem Moment."

Nicole steckte die Karte wieder in ihre Handtasche und faltete die Hände. „Verstehst du das?"

Corin nahm sich eine Pommes von seinem Teller. „Damit wollen Sie sagen, dass Gott mich auserwählt hat?"

„Ja. Aber sei vorsichtig. Dieser Stuhl war immer auch vom Tod umgeben. Genauso wie von Heilung. Dunkelheit und Licht. Gutes und Böses. Freude und Traurigkeit."

„Und warum will Gott, dass ich diesen Stuhl habe?"

Nicole strich ihre Jacke glatt. „Dieser Teil der Geschichte ist der einzige, auf den ich die Antwort ganz genau weiß."

„Wie lautet die Antwort?"

Sie stand auf, beugte sich vor und tätschelte ihm die Schulter. „Wir unterhalten uns bald wieder, Corin. Bleib stark und glaube." Nicole zog einen 20-Dollar-Schein aus ihrer Tasche und legte ihn auf den Tisch. „Er ist für dich."

Das Klappern ihrer Absätze auf dem alten Linoleumboden klang gedämpft, als sie wegging. Vielleicht arbeitete aber auch sein Verstand so laut, dass er es nicht richtig hörte. Er steckte sich die Pommes in den Mund. Sie war kalt, und er spuckte sie in seine Serviette, die er zusammenknüllte und auf seinen Teller warf. Dann stand er auf und warf einen Blick auf seine Uhr.

Der Glaser, der gerade eine neue Schaufensterscheibe in seinem Laden einsetzte, würde noch zwei oder drei Stunden beschäftigt sein. Tesser hatte noch nicht zurückgerufen. Also die ideale Gelegenheit, eine ausgiebige Inlineskaterunde zu drehen. Es würde ihm guttun, einmal nicht an den Stuhl, seinen Bruder und seine eigenen Neurosen zu denken.

Kapitel 34

Auf dem Weg zum Park überlegte Corin, dass er Sebastian eine Pistole an den Kopf halten könnte. Das wäre wohl die einzige Möglichkeit, seinen Bruder dazu zu bringen, sich auf den Stuhl zu setzen. Vielleicht sollte er das Ding aber auch Mark verkaufen und einfach vergessen, dass es diesen Stuhl überhaupt gab. Oder er gab ihn Tesser, damit er herausfinden konnte, ob er echt war. Oder er zog mit Tori nach Mexiko und lebte von der Hand in den Mund.

Er fuhr auf den Parkplatz vor dem Inlinerweg und stellte den Motor ab. Der ideale Ort, um allem und jedem zu entfliehen. Um diese Jahreszeit waren nicht viele Leute im Park. Nachdem er in seine Inlineskates geschlüpft war, fuhr er auf den Weg, der sich durch lichte Pappeln mit ihren schmalen Blättern schlängelte, die rot und golden zwischen ihren grünen Geschwistern leuchteten, die noch voll im Saft standen. *Denk einmal eine Stunde nicht an den Stuhl.* Das konnte er schaffen.

Es sollte nichts daraus werden.

Als er fünf Minuten gelaufen war, ertönte ein durchdringender Schrei von dem Hügel rechts neben ihm. „Hilfe! Bitte, kann mir jemand helfen?"

Corin zog seine Skates am Rand des Rasens aus und joggte

zu der Stimme hinauf. Als er oben ankam, erblickte er eine kräftige Frau, die vor einem großen Wasserablaufrohr besorgt auf und ab ging. Als Corin auf sie zugelaufen kam, drehte sie sich um. „Können Sie mir helfen? Oh, bitte!"

Aus dem Ablaufrohr ertönte ein aufgeregtes Kläffen.

„Was ... ?"

„Mein Hund. Er ist ... Ich bin zu ..." Sie strich über ihre Hüften. „Ich passe da nicht rein. Können Sie hineinkriechen und ihn rausholen?" Die Wimperntusche der Frau war tränenverschmiert und ihre Hände zitterten.

Corin ging in die Hocke und warf einen Blick in das Rohr. *Vergiss es!* Er würde in das Rohr passen, aber es war sehr eng, und für seine Klaustrophobie wäre es auf jeden Fall viel zu eng. „Tut mir leid, Enge Räume sind nichts für mich. Ich kann nicht ..."

„Oh, bitte! Hier ist sonst niemand. Er ist schon seit zehn Minuten da drinnen." Die Frau war total verzweifelt.

„Machen Sie sich keine Sorgen. Ich hole Hilfe. Ich schicke Ihnen jemanden ..."

„Er ist mein Ein und Alles." Die Frau kniete neben dem Rohr nieder und schluchzte. „Wenn ich ihn verliere ..."

„Wie tief ist er drinnen?" Corin knirschte mit den Zähnen. Warum fragte er eigentlich? Er konnte das nicht, selbst wenn der Hund nur ein paar Meter weit in dem Rohr war.

„Keine Ahnung. Er hat am Rand des Rohrs herumgeschnüffelt und ist dann hineingelaufen." Mehr Tränen. „Vielleicht hat er ein Kaninchen gesehen. Er hat an der Leine gezerrt und sie ist gerissen. Und ich rufe und rufe und er kommt einfach nicht heraus. Ich weiß nicht, ob er irgendwo festhängt oder sich verletzt hat oder ..."

„Hören Sie, ich laufe und hole Hilfe. Ich sorge dafür, dass in fünf Minuten jemand da ist. Spätestens in zehn."

„Okay." Ihr Gesicht wurde starr.

„Sind Sie sicher?"

„Nein." Die Frau schüttelte den Kopf und begann wieder zu weinen. „Ich weiß nicht, ob ich das überlebe. Wahrscheinlich ist er überhaupt nicht weit drinnen."

Das war wie in einem schlechten Film. Der Hund einer Frau steckt in einem Abflussrohr fest. Ein Mann kommt zufällig vorbei, der Angst vor engen Räumen hat. Die Frau weint. Der Mann gibt nach und kriecht in das Rohr. Er hasst die Frau dafür, er hasst den Hund, er hasst seine Angst. Warum konnte es nicht eine Katze sein, die in 20 Metern Höhe auf einem Baum saß?

Corin schaute in das Rohr. Höchstens drei Meter, bevor die Dunkelheit das Licht verschluckte. Er konnte zweieinhalb Minuten die Luft anhalten. Das war ein Trick, mit dem er etwas Zeit gewann, bevor die Panik ihn packte. Aus irgendeinem Grund umkreiste ihn die Angst, solange er die Luft anhielt, und schlug erst dann zu, wenn er wieder ausatmete. Wenn das nur länger als für den ersten Atemzug helfen würde! „Ich kann es versuchen, aber ich bezweifle, dass ich etwas ausrichten werde."

„Danke", flüsterte die Frau.

Corin schloss die Augen, legte das Ohr an das Rohr und lauschte. Nichts. Kein Winseln. Wie tief war der Köter hineingelaufen?

Waff.

Schwach.

Na toll! Der Hund war wahrscheinlich hundert Meter weit in dem Ding. Der Beton konnte ein Geräusch verstärken, sodass das Bellen sich näher anhörte, als es war. Vielleicht war der Hund inzwischen sonstwo.

„Wie heißt der Hund?"

„Mogli."

Corin schaute sie mit zusammengekniffenen Augen an. „Haben Sie vielleicht etwas, womit ich ihn locken könnte?"

Die Frau schüttelte den Kopf.

Natürlich nicht. „Wie ich schon sagte, ich fühle mich in engen Räumen nicht wohl. Ich versuche es, aber ich werde nicht lang da drinnen bleiben, verstehen Sie? Höchstens zwei Minuten."

Die Frau nickte.

„Sie haben nicht zufällig eine Taschenlampe?"

Sie nickte wieder, griff in ihre Handtasche und zog eine kleine rosa Taschenlampe heraus.

„Das war nur ein Scherz. Ich hätte nicht gedacht ..."

„Allzeit bereit. Das ist mein Motto."

Corin nahm die Taschenlampe und schaltete sie ein. Das würde helfen. Manchmal half es ihm, wenn er sah, wie eng ein Raum war. Meistens wurde es dadurch aber noch schlimmer.

Er betrachtete das Rohr wieder. Er hatte auf jeder Seite ungefähr zehn Zentimeter Platz, aber es wäre nicht leicht, sich umzudrehen, wenn er ... falls er den Hund fand. Rückwärts herauskriechen? Das würde lustig werden. Und doppelt so viel Spaß machen wie vorwärtszukriechen.

„Okay." Corin legte die Hände auf die Seiten des Rohrs und zog, als könnte er die Öffnung damit erweitern, und atmete dreimal tief durch. *Los geht's.*

Er füllte seine Lunge bis an den Rand ihres Fassungsvermögens, dann schwang er sich in das dunkle Rohr und schob sich auf Ellbogen und Füßen vor. Diese Situation hatte etwas Gutes. Das Schicksal nahm ihn in die Schule, zwang ihn, seine Angst zu überwinden. Das wollte er fest glauben.

Waff.

Das hörte sich nah an. Sehr nah.

Denk logisch. Das Rohr wird nicht einbrechen. Falsch! Das

war nicht der richtige Gedanke. Das falsche Wort. *Das Rohr ist stabil. Hier ist genug Luft. Du hast es bald geschafft. Bleib stark.*

Er spürte nicht die geringste Panik. Er war ruhig. Aber sobald er Luft holen musste, würde dieses Gefühl verschwinden und einem Zittern weichen, das sich schnell in ausgewachsene Panik verwandelte.

Der Druck in seiner Lunge wurde stärker. Die Luft wollte entweichen. *Nein. Denk nach. Du hast noch genug Luft. Ignoriere den Schmerz.* Er musste noch nicht atmen. Er robbte erst seit 30, höchstens 40 Sekunden.

Da, ein Winseln. Näher.

Jetzt musste er die Taschenlampe einschalten. Er zog sie aus seiner Hosentasche, schaltete sie ein und leuchtete in das Rohr hinein. Nichts.

Moment.

Der Lichtschein fiel auf etwas Metallenes. Zehn Meter vor ihm. Er hatte noch ungefähr zwanzig Sekunden, bevor er umkehren musste.

„Mogli, komm, mein Junge", stieß Corin aus und ließ einen Teil seiner kostbaren Luft entweichen.

Wieder ein Winseln. Aber nicht näher. Er schob sich weiter hinein und hielt seinen Lichtstrahl in die Richtung, aus der das Geräusch kam. Das Licht reflektierte in Moglis Augen. Corin hatte sich verschätzt. Mogli war nur fünf Meter von ihm entfernt.

Fünf Sekunden später hatte Corin den Hund erreicht.

Was soll das?

Der kleine Hund hing nicht versehentlich irgendwo fest. Er war mit einem dünnen Seil, das an seinem Halsband hing, an ein Metallteil gebunden, das aus dem Betonrohr ragte. Mogli war *angebunden* worden!

Corin ignorierte die Übelkeit, die sich in seinem Bauch breitmachte, und zog an dem Seil. Das dauerte viel zu lange.

Schließlich konnte er den Knoten lösen und zog das Seil aus Moglis Halsband. Der Hund sprintete an Corin vorbei auf das Licht zu, das 50 Meter hinter ihnen war, und seine Pfoten erzeugten ein leises Geräusch auf dem trockenen Boden des Rohrs.

Corin rollte sich zusammen und drehte sich um. Die Wände des Rohrs schabten an seinen Armen und Beinen entlang. Dann warf er einen Blick auf seine Armbanduhr. Noch 15 Sekunden, um zur Öffnung zurückzukommen.

Das reichte nicht.

Komm schon, Superman, beweg dich!

Als er noch 20 Meter vom Ausgang entfernt war, weigerte sich seine Lunge, die Luft noch länger zu halten, und sie zischte wie ein Geysir heraus. Er keuchte und schnaufte.

„Es geht dir gut, es geht dir gut", flüsterte er, während er darauf wartete, dass die mühsam aufgebaute Mauer der Selbstbeherrschung einstürzte und die bekannte Panik ihn ergriff. Der Kampf würde gleich beginnen.

Keine Panik.

Aber gleich. Es konnte sich nur noch um Sekunden handeln.

Denk an Belize, wo du einen Cocktail mit einem hässlichen gelben Schirm getrunken hast. Aber er wusste, dass das nicht helfen würde.

Während er zum zweiten Mal einatmete, stellte er sich auf die Panikattacke ein und kroch weiter auf die Öffnung zu. Aber die Angst kam nicht. Es vergingen zehn Sekunden. 20, 30. Immer noch nichts als Ruhe.

Er stellte sich vor, die Wände würden über ihm einbrechen. Nichts. Keine Angst. Keine Panik. Nur ein tiefer Friede, der sich von seinen Füßen bis zu seinem Kopf ausbreitete und dann wieder durch seinen ganzen Körper zurückwanderte.

Das war unerklärlich.

Dann sah er den Stuhl vor seinem geistigen Auge.

Ach!

Das war die Erklärung.

Unglaublich. Es war echt.

Und dann schaute er zu der Öffnung hinauf. Die Umrisse der Frau füllten die Rohröffnung aus und die Sonne schien von hinten durch ihre Haare.

„Ist alles in Ordnung?“, rief sie zu ihm hinein.

„Ja. Geht es dem Hund gut?“

„Ja. Bestens.“ Die Stimme der Frau klang verändert. Irgendwie gefühllos. „Sie scheinen ein netter Mann zu sein.“

„Danke, Sie scheinen auch nett zu sein.“ Noch 15 Meter, dann war er draußen.

„Ich habe ein richtig schlechtes Gewissen.“

„Was meinen Sie?“

„Es tut mir so leid. Man hat mir gesagt, dass ich mitmachen muss ... Ach, ich will nicht darüber reden. Ich hoffe, Sie können mir vergeben, okay?“ Ihr Arm verschwand, als sie den Arm über das Rohr streckte. Einen Moment später wurde das Eisengitter klirrend vor das Rohr geschoben.

Nein! Das konnte sie doch nicht machen.

„Was machen Sie da?“ Corin robbte wie ein Wilder weiter, obwohl sich winzige Steinchen schmerzhaft in seine Ellbogen und Knie bohrten. Noch fünf Meter.

Die Frau schlang ein Schloss um das Gitter und drückte es zu. „Es tut mir so leid. Ehrlich.“ Sie bückte sich und die Gitterstäbe umrahmten ihr Gesicht. „Ich soll Ihnen ausrichten: Sie hätten ihn zur Scheune bringen sollen, wie man es Ihnen gesagt hat. Keine Ahnung, was das bedeuten soll.“

„Sperren Sie mich hier nicht ein."

„Es tut mir wirklich leid."

Die Frau schritt davon, und Moglis Kläffen wurde immer schwächer, während Corin zurücksank und sich mit seinen schmutzigen Händen über das Gesicht fuhr.

Er war ihnen in die Falle gegangen.

Wenn er nicht ... er wusste nicht, wie er es nennen sollte ... von seiner Klaustrophobie geheilt worden wäre, hätte er jetzt den Verstand verloren.

Genau das hatten sie erreichen wollen.

Und wenn sie gekommen wären, um den Stuhl einzufordern, hätte er ihnen alles gesagt, was sie hören wollten. Vielleicht kamen sie in einer Stunde oder zwei oder drei und schlugen ihm ein Geschäft vor: Er sollte ihnen verraten, wo der Stuhl war, und als Gegenleistung würden sie ihn freilassen.

Wer hatte ihm diese Falle gestellt?

Das war im Moment unwichtig. Er musste aus diesem Rohr hinauskommen.

Corin drehte sich um und robbte in die Dunkelheit zurück, bis er auf eine Gabelung stieß. Er richtete den Strahl der Taschenlampe auf seine Armbanduhr. Fünfzehn Minuten waren vergangen. Nach rechts oder links?

Links. Er hatte das Gefühl, dass links der rechte Weg war. Er versuchte, über seinen Witz zu lachen, aber sein Verstand arbeitete auf Hochtouren. Er hatte einfach zu viele Fragen.

Warum hatte der Stuhl ihn geheilt? Und wann? Er hatte nichts gefühlt, als er daraufgesessen hatte.

Steckte Jefferies hinter dieser Sache? Dieser Gedanke war naheliegend, aber irgendwie war Corin nicht überzeugt, dass der Pastor so weit gehen würde.

Führte dieser Weg ins Freie, oder war das Rohr an beiden Enden verschlossen?

Sieben Minuten später hatte er seine Antwort, als er aus einem Abflussschacht in einer Seitenstraße stieg. Als er wieder in seinem Auto saß und den Motor anließ, wusste er drei Dinge mit absoluter Gewissheit:

Erstens: Er würde Jefferies den Stuhl nicht verkaufen.

Zweitens: Er musste Tesser und Nicole von seiner Heilung erzählen.

Drittens: Er musste einen besseren Platz finden, um den Stuhl zu verstecken.

Kapitel 35

Sei da, alter Freund.

Corin hatte Tesser am Abend nach dem Vorfall in dem Abwasserrohr angerufen und mit ihm verabredet, dass sie sich am Sonntagmorgen, bevor Corin seinen Laden aufmachte, in Seven Falls treffen wollten.

Als er ankam, saß der alte Professor schon auf einer Bank vor dem 80 Meter hohen Wasserfall und nippte an einem Becher Kaffee.

„Warum treffen wir uns hier?“ Tesser erschlug eine Mücke auf seinem Handgelenk, dann goss er etwas Kaffee auf seinen Unterarm, um das Tier wegzuwaschen. „Ich hasse dieses Viehzeug.“

Corin hatte Tesser aus drei Gründen gebeten, sich am Fuß des Wasserfalls mit ihm zu treffen: Erstens, um diese Jahreszeit waren sie vermutlich allein hier. Im August schwirrten hier die Touristen herum wie die Mücken, die Tesser angriffen. Aber Ende Oktober hielten sich die Leute lieber in ihren warmen Häusern auf.

Zweitens, er litt nicht unter Verfolgungswahn, sondern wurde *tatsächlich* verfolgt. Wer auch immer versucht hatte, ihn um den Verstand zu bringen, indem er ihn in dieses Rohr hatte einsperren lassen, beobachtete ihn wahrscheinlich jetzt noch mehr. Die Leute, die hinter dem Stuhl her waren, hatten möglicherweise sein Haus, Tessers Haus und sein Auto verwanzt, aber bei dem Donnern des Wasserfalls konnte niemand ihr Gespräch belauschen.

Drittens wollte er nicht, dass Tesser von seinen ganzen Büchern und dem Internet abgelenkt wurde.

„Diese Leute wollten mich weichkochen, damit ich ihnen verrate, wo ich den Stuhl versteckt habe“, sagte Corin, als er sich neben Tesser setzte.

„Es hört sich ganz danach an.“ Tesser rutschte auf der dicken Holzbank nach hinten und schaute zum Wasserfall hinauf, der über ihnen in die Tiefe stürzte. „Was ist jetzt die aufregende Neuigkeit, die du mir nicht am Telefon erzählen wolltest?“

„Ich werde auf meine alten Tage wohl paranoid.“

„Die alten Tage beginnen erst mit achtzig.“

Corin räusperte sich. „Es gibt keinen Zweifel mehr, was den Stuhl angeht. Er kann Menschen heilen.“

„Ist zu den Heilungen, von denen du mir erzählt hast, eine neue dazugekommen?“

„Ja.“

Tesser zupfte an seinem rechten Ohr und rieb sich dann scheinbar unschuldig die Stirn. „Du glaubst wirklich, dass der Stuhl Menschen heilt?“

„Ja. Zu neunundneunzig Prozent glaube ich das. Aber zu einem Prozent weiß ich immer noch nicht genau, was ich glauben soll.“

„Aber du scheinst jetzt von seiner Heilkraft stärker überzeugt zu sein als vor ein paar Tagen, als dein Freund geheilt wurde. Deine Skepsis hat abgenommen.“

„Deshalb will ich ja mit dir reden.“

Tesser lehnte sich zurück und rieb sich dieses Mal beide

Ohren. „Du willst wissen, was das Buch dazu sagt. Ob dieser Teil der Legende wahr ist."

„Ja, und ich will wissen, ob du das für möglich hältst."

„Wer war die letzte Person, die geheilt wurde?"

Corin schaute zu der weißen Wasserwand hinauf, die vor ihm nach unten donnerte. „Ich." Er drehte sich um, um Tessers Reaktion zu sehen.

Wenn sein Gesicht noch weißer hätte werden können, als es schon war, wäre das jetzt wahrscheinlich passiert. „Ist das wahr?" Tesser rieb sich die Hände. „Er hat dich wirklich geheilt?"

Corin erzählte ihm, was in dem Abwasserrohr passiert war. Als er fertig war, sagte Tesser: „Faszinierend. Absolut faszinierend." Er nahm seinen Kaffee und trommelte mit einem Zweig außen auf die Tasse, bevor er antwortete. „Ich habe dich immer sehr gemocht, Corin." Er drehte sich um und lächelte ihn an. „Du warst der beste Student, den ich je hatte. Und ein guter Freund. Es tut mir leid."

Ein plötzlich aufkommender Herbstwind ließ rund um sie herum die Blätter wie riesige goldene Schneeflocken auf die Erde regnen.

Corin sah ihn irritiert an. „Was tut dir leid?"

„Dass du in diese ganze Sache hineingezogen worden bist." Tesser bohrte die Finger in seine Oberschenkel.

„Wovon sprichst du?"

Tesser seufzte. „Ich denke, mehr muss ich dazu nicht sagen." Er ging auf unsicheren Beinen zu der Brücke hinüber, die über den Bach führte, der aus dem See unter dem Wasserfall herausfloss, und starrte ins Wasser hinab.

„Das sehe ich anders." Corin trat zu Tesser auf die Brücke und wartete, bis sein alter Professor ihn anschaute. Was ging hier vor? „Sprich mit mir. Um was geht es hier?"

Der alte Mann blähte seine Wangen auf, bis er wie ein Eichhörnchen aussah, das sich den Mund zu voll gestopft hatte. „Denk doch nach. Immer wenn man einen Gegenstand oder eine Idee bekommt, in der möglicherweise eine Macht steckt, die unser Verstehen übersteigt, lockt das andere an wie … wie …" Er erschlug die nächste Mücke, die auf seinem Arm landete. „Siehst du, was ich meine?"

„Blutsauger, die es auf meinen Stuhl abgesehen haben."

„Irgendjemand muss diese Frau dazu überredet haben, dich in diesem Rohr einzusperren." Tesser wischte die tote Mücke von seinem Arm. „Aber diese Leute wollen mehr als Blut, mehr als den Stuhl. Sie wollen seine Macht. Sie werden sich bald zu erkennen geben. Und sie werden vor nichts zurückschrecken, um ihn zu bekommen."

Corin war erleichtert. Eben hatte Tesser geklungen, als wüsste er irgendwie mehr, als er ihm gesagt hatte, doch anscheinend hatte er sich nur seltsam ausgedrückt. „Ich denke, ich weiß, wer hinter alledem steckt. Dieser religiöse Irre ist hinter mir her und will unbedingt den Stuhl sehen. Er sagt, dass er mich vor seiner Macht beschützen kann."

„Wirklich? Wer ist er?"

„Spielt das eine Rolle?"

„Nein, wahrscheinlich nicht, aber trotzdem." Tesser schlurfte über den Beton, als führe er einen Tanz auf. „Wenn die Mafia hinter dem Stuhl her wäre, wäre das etwas anderes, als wenn es eine Frau ist, die einen Kindergarten in der Stadt leitet."

„Hey, Erzieherinnen können ganz schön krass sein."

„Das stimmt."

„Der Mann heißt Mark Jefferies. Er ist Pastor einer riesigen Kirche in der Nähe von La Jolla."

Ein unruhiger Blick trat in Tessers Augen, verschwand aber im nächsten Moment wieder.

„Du kennst ihn?“

Tesser drehte den Kopf weg. „Nein, aber ich habe von ihm gehört.“

„Woher?“

Der Professor fuchtelte mit den Händen. „Das spielt keine Rolle, aber es beweist, dass ich recht habe.“

„Dass Leute hinter mir her sind?“

„Ja. Genau. Das heißt, dass der Stuhl ein sicheres Versteck braucht.“ Tesser fuchtelte wieder mit den Händen. „Du musst ihn in Sicherheit bringen. Ich will mit diesem Teil dieser chaotischen Gleichung nichts zu tun haben.“

Corin klopfte mit den Fingerknöcheln auf das Geländer und schaute zu, wie die dünnen Wasserschlieren wie Nebelschwaden über den See am Fuß des Wasserfalls zogen und die Bäume verdeckten, die sie umgaben.

Tesser schlurfte zum Ende der Brücke hinüber und wieder zurück und raufte sich den weißen Bart. „Wo ist der Stuhl jetzt?“

„Er ist in meinem Tresorraum im Laden“, log Corin. Er traute niemandem mehr hundertprozentig. Auch nicht Tesser. Nicht mal Nicole.

„Nicht gut. Nicht sicher. Du musst einen besseren Platz finden.“

„In den Tresorraum bricht niemand ein.“

Tesser hörte auf, an seinem Bart zu ziehen, und schaute Corin finster an. „Die richtigen Leute können überall einbrechen.“

Sein alter Freund hatte recht. Sein Keller war nicht sicher genug. Der Vorfall im Abwasserrohr hatte ihm klargemacht, dass er den Stuhl in den Geheimbunker bringen musste, den er vor Jahren im Wald hinter seinem Haus gebaut hatte. Das würde er bald machen.

„Hast du eine Idee, wo ich ihn verstecken sollte?"

Tesser ging an Corin vorbei und wieder zurück. Das machte er dreimal, bevor er ihm eine Antwort gab. „Vielleicht in meinem Haus."

„Was?"

Tesser blieb stehen und schaute ihn direkt an. „Du solltest ihn in mein Haus bringen. Bald. Noch heute Abend."

„Warum soll ich ihn ausgerechnet zu dir bringen? Du willst doch mit diesem Problem nichts zu tun haben."

„Gleichung. Ich habe Gleichung gesagt, nicht Problem."

Ein aufheulender Automotor ließ Corin aufblicken. Als er sich umdrehte, sah er einen Wagen mit getönten Scheiben auf den Parkplatz fahren.

„Ich dachte, du hast gesagt, dass außer uns niemand heute hierherkommen würde."

Das Auto fuhr mit knirschenden Reifen über den Schotterparkplatz direkt auf sie zu.

„Komm, machen wir einen kleinen Spaziergang", sagte Corin. Er ging auf der anderen Seite der Brücke den Weg hinab und schaute sich um, um sich zu vergewissern, dass Tesser ihm folgte. „Komm schon. Gehen wir."

Der alte Professor folgte ihm in einer Mischung aus einem langsamen Joggen und einem schnellen Gehen.

„Ein bisschen flotter, Professor, ja? Wir wollen im Moment keine neuen Freunde kennenlernen."

„So schnell bin ich seit Jahrzehnten nicht mehr gegangen. Vielleicht sogar seit Jahrhunderten."

Sie bogen auf einen Weg ab, der nach weiteren 30 Metern in einen Wald hineinführte. „Kommst du?", fragte Corin mit einem Blick über die Schulter.

„Können wir nicht erst einmal schauen, wer es ist, bevor ich einen Herzinfarkt bekomme?"

Corin drehte sich um, packte Tesser am Ellbogen, um ihn mitzuziehen, ging aber weiter, jetzt rückwärts, und ließ das Auto dabei nicht aus den Augen. Es blieb am Rand des Parkplatzes so nahe wie möglich bei ihnen stehen. Warum musste das Auto schwarz sein? Irgendwie hätte er ein viel besseres Gefühl gehabt, wenn es himmelblau gewesen wäre. Ein paar Sekunden vergingen, dann ging die Beifahrertür auf; einen Moment später auch die Fahrertür. Zwei Frauen stiegen aus. Etwa Mitte 20. Kamerataschen hingen um ihren Hals.

Die ganze Aufregung umsonst. „Die richten höchstens ihre Kameras auf uns, aber keine Waffen."

Tesser atmete keuchend und stieß die Luft aus, als blase er Kerzen auf einer Geburtstagstorte nacheinander aus.

„Wirst du es überleben?" Corin bemühte sich, sich ein Lächeln zu verkneifen.

„Ich habe gesehen, dass du ... grinst." Tesser legte die Hände auf seine Knie. „Glaube mir, wenn du zweiundneunzig wirst und ich dann hundertfünfzig bin, bin ich besser in Form als du." Sein alter Freund hustete.

„Das möchte ich sehen." Corin legte Tesser die Hand auf den Rücken. „Jetzt im Ernst: Ist alles in Ordnung?" Dass Tesser wegen seines Verfolgungswahns einen Herzinfarkt bekäme, war nicht seine Vorstellung von einem Sonntagsspaziergang.

Die Frauen gingen bis zur Mitte der Brücke und stellten ihre Kamerataschen ab. Sie wollten den Wasserfall fotografieren.

„Kannst du gehen?"

„Natürlich kann ich gehen", knurrte Tesser.

Sie gingen ein paar Minuten langsam auf dem Weg weiter, bevor Corin zu ihrem Gespräch von vorhin zurückkam. „Du meinst also, ich sollte den Stuhl in deinem Haus verstecken?" Vielleicht war das tatsächlich die bessere Idee. Corins Haus hatten diese Leute im Visier. Tessers nicht.

„Ja, ja, ja." Tesser bewegte den Kopf auf und ab.

„Warum?"

„Zu deinem Schutz. Ich will nicht, dass dir etwas passiert."

Corin legte den Arm um Tessers Schultern. „Und ich will nicht, dass dir etwas passiert."

„Bis vor Kurzem haben wir uns jahrelang nicht gesehen. Jemand, der hinter dir her ist, kann zwischen dir und mir keinen Bezug herstellen. Und du brauchst jemanden, dem du vertrauen kannst." Tesser zog seine Hose hoch und schnallte seinen Gürtel enger. „Außerdem gibt mir das mehr Gelegenheit, dieses faszinierende Stück zu untersuchen. Mein Angebot ist also nicht ganz uneigennützig."

„Hast du denn ein sicheres Zimmer?"

Tesser bewegte seine Finger, als spiele er Klavier. „Ich habe einen Keller, in dem seit Jahren niemand mehr war."

„Mit anderen Worten: Nein."

„Unsinn. Dort wird niemand nachschauen."

„Ich weiß nicht, Tesser." Corin machte kehrt und führte ihn zum Parkplatz zurück. „Ich brauche etwas, vor dem ein Schloss hängt. Ein großes Schloss."

Ein Anflug von Frustration zog über Tessers Gesicht. Corin seufzte. Er wusste, dass sein alter Freund ihm nur helfen wollte. Aber solange er sich nicht endgültig im Klaren darüber war, was los war, wollte Corin den Stuhl an einem Ort haben, zu dem er jederzeit Zugang hatte, und er wollte, dass niemand sonst wusste, wo dieser Ort war. „Er ist im Tresorraum sicher. Glaub mir."

„Okay, okay. Es ist nur, wenn dir etwas zustieße, könnte ich es mir nie vergeben, und so weiter ..."

„Du wirst meinetwegen jetzt doch nicht sentimental werden, Tess?"

„Wenn du noch einmal Tess zu mir sagst, schlage ich dich."

Corin lachte. Sie gingen weiter. Die kalte Luft ließ ihm eine Gänsehaut über den Rücken jagen. „Bist du jetzt, wo ich geheilt wurde, überzeugt, dass der Stuhl von Jesus gebaut wurde und wirklich heilende Kräfte hat?“, fragte Corin.

„Fast. Es könnte aber auch psychosomatisch ein.“

„Was?“

„Eine psychosomatische Heilung. Das Gehirn überzeugt den Körper, dass er geheilt ist, und eine Weile werden die Symptome unterdrückt und alles scheint sich geändert zu haben. Aber in einer Vielzahl dieser Fälle kehren die Symptome später zurück.“

„Mit anderen Worten, die Heilung fand nur in meinem Kopf statt? Ich habe es so stark geglaubt, dass es real wurde?“

„Etwas in der Art.“

„Du machst Scherze.“ Corin fing ein goldenes Espenblatt auf, das zu Boden flatterte. „Wenn dieses Blatt stark genug glaubt, dass es grün ist, wird es dann für ein paar Stunden grün?“

Tesser klopfte sich an den Kopf und sagte: „Dein Gehirn kann viel mehr, als du ihm zutraust.“

„Das ist unlogisch.“ Corin ließ das Blatt auf den Boden fallen. „Der Junge, Brian, glaubte nicht, dass er von seinem Asthma geheilt werden würde. Er saß einfach auf dem Stuhl und ruhte sich aus. Ich habe nicht geglaubt, dass ich von meiner Klaustrophobie geheilt werden würde. Ich habe nur versucht, einen Hund zu retten.“

„Ja, aber dein Gehirn beschäftigt sich seit fast zwei Wochen damit, dass du einen Stuhl hast, der vielleicht heilende Kräfte besitzt. Da könnte dein Unterbewusstsein dir eingeredet haben, dass du geheilt wurdest.“

„A.C. hat eine Wärme und einen übernatürlichen Frieden gespürt. Er hat einen hundertfünfzig Kilo schweren Schreibtisch ohne Schmerzen über seinen Kopf gehoben.“

Tesser kickte eine Ladung Blätter in die Luft und schaute zu, wie sie wieder zu Boden tanzten. „Komm mir nicht gleichzeitig mit Logik und Mystik."

„Im Ernst, glaubst du, dass sich alles nur in unserem Kopf abspielt?"

Tesser lächelte. „Ich lebe lang genug, um ehrlich zu sagen, dass ich nicht alles weiß. Ich lebe auch lang genug, um schon Übernatürliches gesehen zu haben, und ich habe keine schlüssigen Erklärungen dafür gefunden. Ich würde also nicht herumlaufen und mir einreden, dass ich einen Stuhl mit übernatürlichen Kräften habe, wenn es höchstwahrscheinlich nicht so ist. Aber wenn ich andererseits bedenke, dass du geheilt wurdest – jemand, den ich kenne und dem ich glaube –, könnte ich mich fast davon überzeugen lassen, dass du den echten Stuhl hast."

Sie kamen bei ihren Autos an und Corin legte Tesser beide Hände auf die Schultern. „Danke für deine weisen Worte, Professor."

„Gern geschehen." Tesser öffnete die Tür von seinem Lexus. „Und das Angebot, dass ich den Stuhl für dich verstecke, gilt weiterhin."

„Ich weiß." Corin drückte Tessers Schultern. „Danke für deine Fürsorge, alter Freund."

„Natürlich." Tesser zuckte die Achseln. „Angesichts des neuen Lichts, das auf dieses Abenteuer geworfen wurde, denke ich, wir müssten nach Patmos fliegen. Findest du nicht auch?"

„Wo der Apostel Johannes lebte?"

„Genau." Tesser rieb die Hände zusammen. „Wir sprechen mit den Leuten dort. Eine solche Legende stirbt in dem Land, in dem sie entstanden ist, niemals aus."

„Tesser ..."

„Danach fliegen wir weiter nach Griechenland, wo der Verfasser des Buches *Die Frauen des Christus-Stuhls* wohnte, und sprechen mit seinen Kindern, falls sie noch leben, was eher unwahrscheinlich ist. Ansonsten eben mit den Enkeln."

„Tesser ..."

„Vielleicht gibt es noch etwas, das wir wissen müssen und das er in seinem Buch nicht geschrieben hat."

„Tesser!" Der alte Professor schaute Corin irritiert an. „Ich habe ein Geschäft. Ich kann nicht wochenlang in der Welt herumreisen. Abgesehen davon bin ich pleite."

„Lass dich doch von solchen Nebensächlichkeiten nicht abhalten. Auf dich wartet ein herrliches Abenteuer."

Corin seufzte. „Ich muss Geld verdienen. Wenigstens muss ich es versuchen."

„Als ich in deinem Alter war, habe ich Abenteuer erlebt."

„Du hast auch nicht einfach deine Vorlesungen ausfallen lassen und bist in ein Flugzeug gestiegen, wenn dich die Abenteuerlust packte."

„Natürlich. Du vergisst, dass ich zahlreiche Reisen unternommen habe, als du mein Student warst und ich an der Universität fest angestellt war. Du hast dich sogar beschwert, dass ich so viele Gastvorlesungen hielt." Tesser nahm seine Baseballkappe ab und rieb über ihren fleckigen Rand. „Wie habe ich das gemacht?"

„Du hast betrogen. Du warst damals fest angestellt und hast so getan, als wärst du im Auftrag der Universität in Ländern, in die du nie einen Fuß gesetzt hast." Corin klopfte auf das Dach von Tessers Auto. „Du hast ihnen erzählt, dass du Artefakte aus Übersee mitbringen würdest, die das Ansehen der Universität steigern würden. Dabei hast du diese Stücke in Wirklichkeit von deinen Kontaktpersonen gekauft und stattdessen irgendwelche exotischen Orte besucht."

„Ich habe nicht betrogen. Diese Stücke haben das Ansehen der Universität wirklich verbessert."

Corin schüttelte lachend den Kopf. „Eines Tages schreibe ich ein Buch über die ganzen Abenteuer, die wir gemeinsam erlebt haben, und verrate deine ganzen kleinen Geheimnisse."

„Ich bin ein offenes Buch. Ich habe keine Geheimnisse." Tesser schloss die Augen und legte sich theatralisch eine Hand auf die Brust.

Corin lächelte. Wer sollte diesen Mann nicht mögen? Vorhersehbar. Unvorhersehbar. Lustig, klug, fürsorglich, zerstreut. Eine völlig widersprüchliche Persönlichkeit. Eine Serie über sein Leben im Fernsehen würde hohe Einschaltquoten erzielen. „Darf ich etwas aus deiner Vergangenheit ansprechen, das ein wenig schmerzhaft ist?"

„Ich bin zu alt, um Schmerzen aus der Vergangenheit mit mir herumzuschleppen."

„Dein Bruder."

„Oh. Ja." Tesser raufte sich wieder den Bart. „Ich habe dir von ihm und mir erzählt?"

„Nicht viel. Nur dass ihr euch gestritten habt und euch nicht mehr versöhnen konntet, bevor er starb."

Tesser schloss die Augen und seufzte.

„Wir müssen nicht darüber sprechen."

„Unsinn." Tesser deutete mit der Hand auf Corin. „Natürlich sprechen wir darüber. Was willst du wissen?"

Corin erzählte seinem Freund die Geschichte von Sebastian und ihm. Dabei traten immer wieder Tränen in die Augen seines Freundes. Als er geendet hatte, nahm Tesser Corins Hände und drückte sie lange, ohne etwas zu sagen.

Schließlich tätschelte er Corins Arm und fuhr sich mit dem Handrücken über die Augen. „Es ist das, was ich am meisten bereue. Ich habe es bei meinem Bruder nicht versucht. Ich habe es immer auf den nächsten Tag verschoben. Immer auf morgen." Tesser richtete sich auf und legte Corin die Hände auf die Schultern. „Aber du hast das Heute. Wahrscheinlich auch das Morgen. Aber wie viele Tage es sind, weiß nur Gott. Und ich glaube nicht, dass er es dir verraten wird." Tesser ließ Corin los und lehnte sich an seinen Wagen. Er sah um Jahre gealtert aus. „Mach nicht den gleichen Fehler wie ich, Corin. Vielleicht kann der Stuhl ihn wirklich heilen."

Corin nickte und blinzelte seine Tränen zurück. Die Vorstellung, Sebastian anzurufen und ihm von dem Stuhl zu erzählen, war plötzlich nicht mehr vollkommen verrückt, sondern eindeutig möglich.

Sebastian Roscoe saß in seinem Rollstuhl und starrte ein Foto von Corin und sich vor dem Hintergrund der Schneehänge in Breckenridge an. Ein breites Lächeln lag auf ihren Gesichtern. Die Arme hatten sie triumphierend erhoben.

Schritte hinter ihm rissen ihn aus seinen Gedanken.

„Warum hebst du dieses Bild auf?", fragte Romy.

„Um nicht zu vergessen, was er getan hat."

Sie kam an seine Seite und kniete sich neben seinen Stuhl. „Du kannst ihn nicht ewig hassen."

„Ich hasse ihn nicht." Er drehte den Kopf zu ihr herum. „Ich fühle überhaupt nichts."

„Das glaube ich dir nicht."

Sebastian wandte sich wieder zu dem Foto um und schloss dann die Augen. Es kam ihm wie eine Szene aus einem anderen Leben vor, als er nach dem Unfall die Augen geöffnet und sofort wieder zugemacht hatte, um das grelle Sonnenlicht auszusperren. Aber es war nicht die Sonne gewesen.

Er wollte die Hand heben, um zu überprüfen, ob er seine Sonnenbrille aufhatte, aber seine Hand rührte sich nicht.

„Mr Roscoe, ich glaube, er ist wach."

Sebastian drehte den Kopf zu der Stimme herum, na ja, er versuchte es. Warum ließ sich sein Kopf nicht bewegen?

Er hörte Schritte, die näherkamen. „Hey, Sebastian. Ich bin da." Corins Gesicht erschien über ihm.

„Was ist los?"

„Alles wird wieder gut."

„Was wird wieder gut? Wo bin ich?" Warum stellte er diese Frage? Er wusste genau, wo er war. Er hatte als Schüler zwei Jahre ehrenamtlich in einem Krankenhaus gearbeitet. Die Krankenhausgerüche waren ihm genauso bekannt wie die in seinem eigenen Haus.

„Du bist im Memorial Hospital."

„Warum?"

„Du hattest einen Unfall." Corin schaute zum Fußende des Betts. „Als wir gesprungen sind, bist du nicht richtig gelandet."

Der Sprung von der Rampe schoss ihm durch den Kopf, dann das furchtbare Knacken bei der Landung. Dann war alles schwarz geworden. Er begriff, was passiert war. „Ich bin gelähmt."

Corin wischte sich über den Mund und schaute weg.

„Ist es so?"

„Sie haben noch nicht alle nötigen Untersuchungen durchgeführt. Du solltest erst wach sein, bevor ..."

„Sag mir die Wahrheit."

Für einen langen Augenblick sah Corin aus wie damals, als sie Kinder gewesen waren und ihr Hund Max gestorben war. Sein Bruder atmete stockend ein und hielt die Luft so lange an, dass Sebastian fast erwartete, dass er bewusstlos umfallen würde. Als er schließlich wieder ausgeatmet hatte, sagte Corin: „Die Ärzte vermuten es."

„Ich bin gelähmt." Sebastian sprach es wieder laut aus, auch wenn er es nur zu sich selbst sagte. „Vom Hals abwärts."

Tränen traten in Corins Augen, als er Sebastian sagte, wie leid es ihm tat. Immer wieder. Aber seine Stimme trat in den Hintergrund, als die Worte, die er gesagt hatte, in Sebastians Kopf widerhallten: *„Nach diesem Sprung wird das Leben nie wieder so sein wie vorher."*

„Du hast mich überredet zu springen." Er schaute in Corins blasses Gesicht. „Warum hast du das gemacht?"

„Ich weiß, Sebastian. Ich weiß. Ich wünschte ..."

„Was? Dass du es ungeschehen machen könntest?"

„Ja. Ich habe es nur für ..."

„Für wen hast du es gemacht, Corin? Für mich? Oder für dich? Um zu beweisen, was für ein cooler Bruder du bist? Damit du noch ein Bild mehr herumzeigen kannst, auf dem wir etwas Verrücktes machen? Oder weil du jemanden dabeihaben musst, wenn du wieder etwas Unverantwortliches anstellst?"

Corin wischte sich den Schweiß von der Stirn und wollte etwas sagen. „Ich ..."

„Geh, Corin."

„Ich lasse dich nicht allein. Ich ..."

„Du lässt mich nicht allein? *Du lässt mich nicht allein*?!" Sebastian spuckte vor Erregung. „Doch. Genau das wirst du jetzt machen."

„Sebastian ..."

Er schloss die Augen und machte sie erst wieder auf, als Corins Schritte sich entfernten und auf dem Krankenhausflur verhallten.

Um 2:00 Uhr nachts wachte Sebastian auf, weil es ihn über der linken Augenbraue juckte. Er wollte seine Arme, seine Hände, seine Finger zwingen, sich zu bewegen, aber sein Körper gehorchte ihm nicht und seine Arme lagen wie altes Treibholz neben seinem Körper. Er versuchte, an etwas anderes als an das Jucken zu denken, aber das war unmöglich.

„Hallo!", rief er. Keine Antwort. Lauter. „Hilfe!" Nichts. Und auch beim zweiten, dritten und vierten Mal bekam er keine Antwort. Er schimpfte auf den dunklen Krankenhausflur hinaus und irgendwann hörte es auf zu jucken.

Aber der Zorn in ihm wütete weiter. Er war zornig auf sich selbst. Auf die Götter, das Schicksal oder wen auch immer, der so etwas zugelassen hatte. Er war zornig auf Corin, der sein Leben für den Rest seiner Tage ruiniert hatte. Aber wer war wirklich schuld? Corin, weil er ihn gedrängt hatte, diesen Sprung zu machen? Er selbst, weil er eingewilligt hatte? Vielleicht beide. Vielleicht keiner.

Das spielte keine Rolle. Er schwor sich, dass er Corin nie wieder in sein Leben lassen würde.

„Sebastian, hörst du mich?"

Er schlug die Augen auf. Romy stand vor ihm und schaute ihn fragend an.

„Ja." Er blinzelte, als könnte er damit die Gefühle loswerden, die diese Erinnerungen geweckt hatten.

„Corin liebt dich sehr."

„Das ist mir egal."

„Das glaube ich dir nicht." Sie küsste ihn zärtlich auf die Stirn. „Und du wirst mich nie von etwas anderem überzeugen."

Romys Schritte verhallten genauso wie vor vielen Jahren die von Corin auf dem Krankenhausflur. Sebastian ließ den Kopf an die Kopfstütze seines Rollstuhls sinken.

Nein, er würde Corin nie wieder in sein Leben lassen.

Das konnte er nicht.

Kapitel 36

Nachdem Corin wieder einen Tag in seinem Laden verbracht hatte, an dem er fast nichts verkauft hatte, fuhr er zu Toris Dojo und holte sie ab. Sie wollten zu einer Schultheateraufführung von Toris Neffen.

Während sie aus dem Parkplatz bogen, sagte Corin: „Ich überlege ernsthaft, ob ich Sebastian anrufen soll. Vielleicht kommt er und setzt sich auf den Stuhl." Vor zwei Tagen hatte er Tori von Sebastians Unfall, von der experimentellen Operation und von Jefferies' Angebot erzählt.

„Du willst *was* machen?" Tori schaute ihn mit einem Gesichtsausdruck an, als hätte sie in eine Zitrone gebissen.

„Du hast mich schon verstanden."

„Großartige Idee. Brillant." Sie schaltete das Radio ein und drehte es laut auf.

„Ich höre einen gewissen Sarkasmus in deiner Stimme." Er drehte das Radio leiser.

„Wirklich?"

Als sie an einer roten Ampel stehen blieben, drehte sich Corin zu Tori herum. „Ich muss es versuchen."

„Verkauf den Stuhl einfach an diesen Pastor und nimm das Geld."

„Vorher muss ich das ausprobieren."

„Du glaubst immer noch, diese Fantasy-Story wäre Realität geworden, nicht wahr?"

„Ja." Corin drehte den Kopf und schaute die Ampel an, bis sie auf Grün schaltete. Grünes Licht bedeutete, dass man loslegen sollte. Und der Eindruck, den er bekommen hatte, als er auf dem Stuhl gesessen hatte, war ein deutlich grünes Licht gewesen. Genauso war es ihm bei seinem Gespräch mit Tesser gegangen. Und bei seinem Gespräch mit Nicole. Wie viele grüne Lichter brauchte er noch? Aber wenn es nicht funktionierte?

„Und wenn Sebastian nicht geheilt wird? Was wird dann aus eurer Beziehung?"

Konnte sie jetzt auch noch Gedanken lesen? „Es *muss* helfen."

„Willst du wirklich jede Chance endgültig zerstören, wieder eine Beziehung zu ihm aufzubauen?"

Corin grub in einem vergeblichen Versuch, die Knoten in seinen Muskeln zu lösen, die Finger in seinen Nacken. „Ich habe doch ohnehin keine Beziehung zu Sebastian. Was würde sich also ändern?"

„Es würde etwas ändern, glaub mir." Tori ließ sich auf ihrem Sitz zurückfallen und schnaubte. „Wenigstens gibt es im Moment noch Hoffnung. Hast du mir nicht erzählt, dass er langsam auftaut? Dass seine Frau sagt, dass es Anzeichen für Hoffnung gibt?"

„Ja, die Gletscher am Nordpol schmelzen auch."

„Dann löse keine neue Eiszeit aus."

„Ich habe dir noch nicht erzählt, was passiert ist." Corin schaltete das Radio aus. „Der Stuhl hat noch jemanden geheilt."

„Wen?"

Er atmete tief ein und langsam wieder aus. „Mich."

Nachdem er ihr seine Geschichte erzählt hatte, wartete Corin auf Toris Reaktion. Es kam keine. „Hast du mich gehört? *Ich* wurde geheilt, Tori. Ich. Das sind jetzt keine Legenden und Märchen mehr. Wenn A.C. und Brian und ich geheilt wurden, kann auch Sebastian geheilt werden."

„Woher willst du wissen, ob nicht einfach dein Gehirn diese Angst aufgegeben hat?"

„Das war nicht so. Das würde ich wissen."

Tori zuckte die Achseln. „Ich weiß nicht. Brians Asthma vergeht ungefähr zu der Zeit von selbst, in der er auf dem Stuhl sitzt – das passiert manchmal. A.C. bekommt eine Cortisonspritze oder reißt vielleicht verklebtes Narbengewebe auf, nachdem er auf dem Stuhl gesessen hat, und du bekommst endlich dein psychisches Problem – wohlgemerkt, ein psychisches, kein körperliches! – in den Griff und bist überzeugt, dass in diesem Stuhl Gottes heilende Kraft steckt."

„Warum wehrst du dich so sehr dagegen, dass dieser Stuhl vielleicht Menschen heilen kann? Muss er erst anfangen, Leute mit Krebs im Endstadium gesund zu machen, damit du es glaubst?"

„Nein." Tori verschränkte die Arme fest über ihrer Brust.

„Deine Körpersprache sagt aber etwas völlig anderes." Corin trat aufs Gas, um über eine Kreuzung zu kommen, bevor die Ampel von Gelb auf Rot umschaltete. „Erzählst du es mir jetzt?"

Tori drehte sich zum Fenster. Sie fuhren fünf Minuten schweigend weiter. Schließlich unternahm Corin einen Versuch, an der Eiswand zu kratzen, die sie zwischen ihnen hochgezogen hatte. „Hat dich heute ein Schüler besonders beeindruckt?"

„Mein Onkel."

„Dein Onkel nimmt bei dir Karateunterricht?"

„Mein Onkel ist der Grund, warum ich denke, dass du deinen Bruder von dem Stuhl fernhalten solltest."

„Was hat dein Onkel mit Sebastian zu tun?"

Sie gab so lange keine Antwort, dass Corin schon dachte, sie würde nichts mehr sagen. Schließlich drehte sie sich auf ihrem Sitz zu ihm herum, hielt die Arme aber immer noch verschränkt und starrte aus der Windschutzscheibe.

„Er war mein Lieblingsonkel. Als ich fünfzehn war, wurde bei ihm eine aggressive Form von MS festgestellt. Innerhalb von vier Monaten wurde aus dem Marathonläufer ein Mann, der den ganzen Tag im Rollstuhl saß. Außer sonntagmorgens und mittwochabends." Sie fuchtelte mit den Händen durch die Luft. „Zweimal in der Woche setzten wir uns ins Auto und fuhren irgendwohin – manchmal stundenlang, um einen drei- oder fünf- oder achtstündigen Heilungsgottesdienst über uns ergehen zu lassen. Aber niemand heilte meinen Onkel. Diese Quacksalber behaupteten, sie sprächen in Gottes Auftrag, durch sie flössen seine großen Heilungskräfte, aber aus irgendeinem unerklärlichen Grund konnten sie meinen Onkel, der drei Meter vor ihnen saß, einfach nicht sehen. Aus irgendeinem Grund sagte Gott ihnen, dass sie andere Leute auf die Bühne holen sollten, auf die ‚der Geist Gottes gefallen war', und siehe da, sie wurden geheilt!"

Tori schnaubte vor Empörung. „Mein Onkel wehrte sich irgendwann dagegen, zu diesen Gottesdiensten zu fahren, aber mein Vater ließ nicht locker. Er war immer überzeugt, dass der *nächste* Heilungsgottesdienst meinen Onkel wieder gesund machen würde. Schließlich sagte mein Onkel nichts mehr und weigerte sich mitzukommen. Aber mein Vater machte richtig Druck und mein Onkel fuhr noch ein paarmal mit." Tori verstummte und eine Weile höre er nur ihren abgehackten Atem.

„Schließlich hatte mein Onkel die Nase voll und sprach nicht mehr mit meinem Vater und mit meiner Mutter. Nicht einmal mehr mit mir." Tori blinzelte, aber ihre Tränen kamen trotzdem. „Als mein Onkel starb, hatte ich auch die Nase voll. Ich wollte mit Gott nichts mehr zu tun haben."

Corins Hände verkrampften sich um das Lenkrad, und er suchte nach den richtigen Worten, fand aber keine. Während sie schweigend weiterfuhren, tupfte sich Tori die Augen mit einem Taschentuch ab.

„Sie jagten einem Traum mit kaputten Flügeln nach." Sie schnäuzte sich und strich sich die Haare zurück. „Ich will damit nur sagen, dass du die Möglichkeiten genau abwägen und entscheiden musst, ob es deine Beziehung zu Sebastian wert ist. Vielleicht irre ich mich. Vielleicht wurdet ihr drei ja wirklich geheilt. Aber wenn du falsch liegst und Sebastian setzt sich auf diesen Stuhl und nichts passiert, sage ich dir voraus, dass jede Hoffnung darauf, die Beziehung zu ihm wiederherzustellen, für immer verloren ist."

Sie fanden einen freien Parkplatz vor der Schule und Corin stellte den Motor ab. Aber sie stiegen nicht aus.

„Noch etwas, Corin."

„Ja?"

„Wenn du diesen Weg weiter verfolgst, komme ich nicht mit."

„Welchen Weg?"

„Ich sehe es in deinen Augen. Du denkst, wenn der Stuhl echt ist, dann muss Gott auch real sein. Du denkst, dass Gott wirklich in das Leben von Menschen eingreifen könnte, und wenn das stimmt, dann musst du dich intensiver mit ihm befassen."

„Und?"

„Dabei mache ich nicht mit."

„Was soll das heißen?“

„Wenn du mit Gott leben willst, meinetwegen. Ich liebe meine Eltern immer noch und habe viele Freunde, die Christen sind. Aber ich will klarstellen, dass ich dabei nicht mitmache.“

„Aber wir können doch trotzdem zusammen sein.“

„Ich weiß nicht. Du bekehrst dich und dann wird alles komisch.“

„Ich *bekehre* mich nicht. Aber ich kann doch nicht einfach ignorieren, was ich erlebe.“ Corin stieg aus, ging zur Beifahrerseite herum und hielt Tori die Tür auf.

Sie schaute ihn fünf Sekunden lang an, bevor sie ausstieg. „Behalte es einfach im Hinterkopf, ja?“

Das Theaterstück war möglicherweise gut. Corin wusste es nicht. Er saß anderthalb Stunden in dem überfüllten Schultheater und versuchte, eine Entscheidung zu treffen.

Als Corin an diesem Abend nach Hause kam, schrieb er Nicole eine E-Mail und tat etwas, das er noch nie gemacht hatte.

Liebe Nicole,

ich bin einerseits fest entschlossen, Sebastian morgen anzurufen. Andererseits habe ich Angst, dass ich damit jede Chance verspiele, dass unsere Beziehung noch mal heilen könnte. Ich könnte einen weisen Rat gebrauchen. Könnten Sie mit Gott darüber sprechen? Ich treffe meine Entscheidung morgen früh, auch wenn ich noch nicht weiß, wie sie ausfällt.

Er hörte auf zu tippen und spielte noch einmal die Szenarien im Kopf durch, die Tori und Tesser ihm beschrieben hatten. Das Bild von den Tränen in Tessers Augen behielt die Oberhand und Corin drehte sich wieder zu seiner Tastatur herum.

Ehrlich gesagt habe ich gerade meine Entscheidung getroffen. Ich verspreche, dass ich ihn morgen Vormittag anrufen werde.

Corin

Er zögerte, dann schickte er seine E-Mail ab.

Jetzt hatte er sich festgelegt.

Kapitel 37

Corin starrte sein Handy an und spielte gedanklich alle möglichen Szenarien durch. 10:00 Uhr. Der Vormittag würde noch zwei Stunden dauern. Er hatte sich Nicole gegenüber verpflichtet, Sebastian vormittags anzurufen. Er könnte noch eine Stunde und 59 Minuten warten, bis er anrief. 60 Sekunden vor 12:00 Uhr war immer noch Vormittag, oder?

Nein, er musste ihn bald anrufen. Das Geschäft musste spätestens am Mittag geöffnet werden, und er wollte nicht durch die Stadt rasen müssen, um pünktlich zu sein. Er war gestern Abend so sicher gewesen, doch jetzt regte sich in ihm ein starker Widerstand gegen das, was er vorhatte.

Er legte sein Handy weg, ging zur Kellertür hinüber und öffnete sie langsam. Die Treppe knarrte und ächzte, als er sie hinabstieg. Er schloss die Tür zu dem Raum auf, in dem der Stuhl stand, trat langsam darauf zu, ging in die Hocke und berührte das Holz, als wäre er ein Konzertpianist, der Kontakt zu seinem Instrument aufnimmt.

„Wirst du ihn heilen?“

Er bekam keine Antwort. Keine Wärme, keinen Lichtschein, der ihm Mut gemacht hätte. Egal. Corin ging wieder hinauf, setzte sich an den Küchentisch und drehte sein Handy auf der

Tischplatte. „Gott, ich könnte bei diesem Anruf Hilfe brauchen."

Ruf ihn an.

Dieser Gedanke war von einem Anflug von Frieden begleitet. Okay. Er würde es tun. Wie lange war es her, seit er das letzte Mal wirklich mit Sebastian gesprochen hatte? Drei Jahre? Oder schon vier?

Corin wirbelte sein Handy erneut herum. Wie sollte er das Gespräch anfangen? „Hallo, ich bin's – der Mensch, den du auf der ganzen Welt am meisten hasst."

Corin nahm das Handy und ging zur Kellertür zurück. Während er die Treppe hinabstieg, änderte er die Einstellungen an seinem Handy, um die Anzeige seiner Nummer zu unterdrücken. Wenn Sebastian nicht wusste, wer anrief, würde er vielleicht ans Telefon gehen. Sonst würde er den Anrufbeantworter drangehen lassen und Romy würde Corin später anrufen und sich wieder einmal entschuldigen.

Corin trat in den Tresorraum, setzte sich im Schneidersitz neben den Stuhl, atmete stockend ein und hielt die Luft dann an, so lange er konnte, bevor er wieder ausatmete.

Es war so weit.

Er gab die Nummer seines Bruders ein und wartete auf die vertraute Botschaft des Anrufbeantworters.

„Hallo?"

Corin hustete überrascht.

„Hallo?"

„Sebastian. Hier ist Corin." Sein Herz hämmerte wie der Bass bei einem Rockkonzert. Einige Sekunden lang war das einzige Geräusch, das er hörte, Sebastians mühsamer Atem.

„Warum rufst du mich an?"

„Ich muss mit dir sprechen."

„Lieber nicht."

„Es ist zehn Jahre her, Sebastian."

Wieder 30 Sekunden nur Atmen.

„Du hättest nicht anrufen sollen. Danke für alles, was du für Sam tust; du bist ihm ein toller Onkel. Aber es hat keinen Sinn, dass wir über irgendwas sprechen, solange ich nicht dazu bereit bin. Und heute bin ich jedenfalls nicht dazu bereit."

„Es ist wichtig. Wir müssen jetzt sprechen. Zwei Minuten, Sebastian, zwei."

„Nein, wir müssen nicht sprechen. Mach's g-"

„Willst du geheilt werden?", platzte Corin heraus, bevor er richtig nachdenken konnte. Es war das Schlimmste, was er hätte sagen können. Und das Beste.

Wieder nur Atmen.

„Warum tust du mir das an?"

Corin wusste es nicht. Vielleicht war er verrückt. Vielleicht würde der Stuhl Sebastian nicht helfen. Vielleicht? Nein, wahrscheinlich. Vielleicht hatte Tori recht und diese Sache würde nur neuen Schmerz auslösen. Vielleicht weckte er nur wieder das Entsetzen jenes Tages, an dem sich ihrer aller Leben für immer verändert hatte.

„Weil ich es muss." Corin stand auf und warf einen Blick auf das gerahmte Foto, das er vor ein paar Tagen nach unten gebracht und an der Rückwand des Raumes aufgestellt hatte. Es zeigte ihn und Sebastian auf ihren Motocross-Rädern mit triumphierend erhobenen Armen.

Bitte, Gott. Ich brauche jetzt auch einen Sieg.

„Ich lege jetzt auf." Sebastian atmete zweimal tief durch. „Ich wünschte, ich könnte so tun, als gäbe es die Vergangenheit nicht. Aber das kann ich nicht. Ich will nicht dauernd daran denken und das solltest du auch nicht. Also ruf mich nicht mehr an. Das ist für uns beide das Beste, findest du nicht?"

Da Corin bereits zu weit gegangen war, konnte er auch noch

einen Schritt weiter gehen. Er fuhr mit dem Finger über die Rückenlehne des Stuhls und eine spürbare Wärme zog an seinem Arm hinauf. „Ich glaube, ich habe eine Möglichkeit gefunden, wie du geheilt werden kannst."

„Tu mir das nicht an."

„Du musst es versuchen."

„Hast du etwa all die Fehlversuche aus deinem Gedächtnis gestrichen? Ich habe alles probiert. Ich habe sogar einen Monat lang viermal am Tag einen besonderen Heiltrunk aus eklig schmeckenden Kräutern getrunken." Sebastian stieß ein angewidertes Lachen aus. „Ich habe alles schon durch."

„Vor ein paar Wochen habe ich einen ..."

„Ich will das nicht hören."

„Du kennst doch meinen Freund A.C.? Er wurde geheilt. Er hat sich auf den Stuhl gesetzt, den ich bekommen habe, und zwei Tage später war eine alte Schulterverletzung verschwunden, die ihm jahrelang zu schaffen gemacht hat." Corin konnte immer noch Sebastians Atem hören, also wagte er sich weiter. „Und ein Junge kam in meinen Laden und brach mit einem Asthmaanfall zusammen. Er setzte sich auf den Stuhl und am nächsten Tag war er vollkommen geheilt."

Sebastian sagte nichts. Er seufzte nur durch das Telefon. Schließlich sprach er: „Es ist mir egal, was A.C. geholfen hat. Es ist mir egal, ob dieser Junge glaubt, er wäre durch einen Stuhl geheilt worden. Ich kann es nicht gebrauchen, dass du in mir neue Hoffnung weckst, obwohl es keine gibt und nie geben kann. Ich kann es nicht gebrauchen, dass du so tust, als könntest du alles in Ordnung bringen, wie du es seit zehn Jahren machst. Du hast mein Leben schon einmal für immer verändert. Reicht dir das nicht?"

„Als diese Frau vor drei Wochen mit dem Stuhl in meinem Laden auftauchte und mir sagte, dass der nächste Monat für mich der Himmel oder die Hölle werden würde und dass ich Hoffnung auf einen Neubeginn finden würde, hielt ich sie für verrückt. Aber ich habe ein Stück vom Himmel gesehen, und ja, diese Heilungen haben mir Hoffnung geschenkt."

„Ich setze mich also auf diesen Wunderstuhl und kann mich plötzlich wieder bewegen?"

„Keine Ahnung." Corin umklammerte das Stuhlbein. „Ich hoffe, dass das passiert."

Der Elektromotor von Sebastians Rollstuhl summte durch das Telefon. Wahrscheinlich drehte sein Bruder sich zum Fenster und schaute in den Garten hinaus, den er seit zehn Jahren nicht betreten hatte. „Hast du daraufgesessen?"

Corin zögerte. „Ja."

„Wurdest du geheilt?"

„Ja."

Sebastian atmete tief ein. „Was wurde bei dir geheilt?"

„Meine Klaustrophobie."

„Aha." Sebastian schwieg wieder eine Weile. „Und deine Panik, wenn du unter Wasser bist?"

Corin starrte den Stuhl an. Er wusste, worauf sein Bruder hinauswollte. Was sollte er ihm antworten? Wenn er log und sagte, er wäre von seiner tiefsten Angst geheilt worden, würde sein Bruder ihn sofort durchschauen. Wenn er die Wahrheit sagte – dass seine Angst vor Wasser noch genauso groß war wie immer –, würde er seinem Bruder damit einen Ball zuspielen, der wie ein Bumerang zurückkäme.

„Nein, die nicht." Corin wischte sich den Schweiß von der Stirn.

„Was ist mit deinem rechten Knie? Ist es morgens immer noch steif?"

„Ja."

„Es wurde also kein körperliches Gebrechen geheilt und

auch nicht dein psychisches Hauptproblem, sondern nur eine kleine Neurose."

„Sebastian, du …"

Sebastian lachte sarkastisch. „Aber du bist sicher, dass dieser Stuhl mir helfen wird. Warum? Weil ich ein Krüppel bin und es nötiger habe, geheilt zu werden?"

„Wenn ich diese Heilungen nicht mit eigenen Augen gesehen hätte, würde ich nicht anrufen. Wenn ich nicht selbst von etwas befreit worden wäre. In diesem Stuhl steckt große Kraft. Ist es nicht einen Versuch wert?"

„Nein, das ist es nicht. Die Hoffnung bleibt lieber begraben. Jedes Mal, wenn sie neu zum Leben erweckt wird, ist es noch schwerer, damit umzugehen, dass sie danach unweigerlich wieder stirbt. Deshalb habe ich sie endgültig begraben. Wenigstens versuche ich es. Aber wir wissen beide, dass man die Hoffnung nie ganz mundtot machen kann, weil immer noch ein kleiner Funke überlebt, der nur darauf wartet, entzündet zu werden. Und das würde passieren, wenn ich mich von dir auf diesen Stuhl setzen ließe. Ich würde wieder hoffen, ich würde mich davon in deinen kleinen Laden treiben lassen, ich würde auf deinem alten Stuhl sitzen, und nichts würde passieren."

Corin ließ den Stuhl los. „Ich musste dich fragen, Sebastian."

„Nein, das musstest du nicht."

„Doch, ich musste." Corin stieg die Kellertreppe langsam hinauf. „Erinnerst du dich daran, wie Papa uns beibrachte, unsere Modellflugzeuge zu fliegen? Und als wir anfingen, am Himmel miteinander zu kämpfen? Snoopy und Darth Vader. Du warst Snoopy, ich war Darth Vader. Ich war immer der Böse." Corin ging durch sein Wohnzimmer und schaute auf denselben grauen Himmel, zu dem sein Bruder wahrscheinlich aufsah.

„Nein, Corin. Du warst damals nicht der Böse, und du bist

auch jetzt nicht der Böse. Ich weiß, dass du nie vorhattest, mein Flugzeug abzuschießen."

Was? Er sank auf seine Couch. Hatte Sebastian gerade gesagt, dass er ihm keinen Vorwurf machte? „Wenn ... warum willst du dann nicht ...?"

„Wenn es nachts still wird und ich einschlafe, dann fliege ich, und ich träume von den Abenteuern, die du und ich miteinander erlebt haben. Aber ich halte es nicht aus, dass diese Erinnerungen mein Denken ausfüllen." Die Stimme seines Bruders zitterte. „Und jeden Morgen, wenn ich die Augen aufschlage, weiß ich, dass ich nie wieder in ein Cockpit steigen werde. Und weißt du, wen ich stattdessen im Cockpit sitzen sehe?"

„Nein."

Sebastian schluckte schwer. „Ich sehe meinen Sohn. Ich sehe meine Frau. Ich sehe andere Freunde, mit denen ich nie fliegen werde. Ich sehe in ihren Gesichtern die Sehnsucht danach, dass ich mehr tun kann als in einem Rollstuhl zu sitzen. Sie bemühen sich alle sehr, diese Sehnsucht vor mir zu verbergen, aber es gelingt ihnen nicht ganz. Sie tun alle so, als wäre es in Ordnung, dass ich keinen Baseball werfen und kein Zelt aufstellen und nicht mal eben etwas aus dem Keller holen kann. Ich kämpfe fast jeden Morgen mit der totalen Verzweiflung, wenn ich nachts im Cockpit gesessen habe." Sebastian hustete. Ob aus Gefühlsregung oder weil ihm etwas im Hals steckte, konnte Corin nicht sagen. „Und weißt du, wen ich im Cockpit am meisten an meiner Seite vermisse?" Sebastian atmete dreimal abgehackt ein. „Weißt du, von wem ich nachts am häufigsten träume?"

Corin wusste es.

„Wir waren zusammen frei. Wir waren frei." Sebastian versuchte nicht, seine Gefühle noch länger zu verbergen, und weinte offen. „Ich muss jede Nacht gegen diese Träume ringen. Ich kann sie nicht auch noch im wirklichen Leben bekämpfen."

Corin schaute sich im Zimmer um, als könnte er etwas finden, das ihm verriet, wie er reagieren sollte, was er als Nächstes sagen sollte. „Sebastian, ich ..."

„Leb wohl, Corin. Ruf mich nicht mehr an."

Corin sah zu, wie das Display an seinem Handy dunkel wurde. Er steckte das Handy in seine Jeans, dann nahm er den Stuhl und trug ihn in den versteckten Bunker, den er im Wald hinter seinem Haus gebaut hatte.

Den restlichen Tag verbrachte er in seinem Geschäft, wo er versuchte, seine Enttäuschung niederzuringen und herauszufinden, was er als Nächstes tun sollte. An diesem Abend fuhr er nach Hause und wünschte sich nur eines: eine Nacht, in der er an nichts anderes denken müsste als daran, ob es in diesem Jahr früher schneien würde als sonst. Aber eine quälende innere Stimme sagte ihm, dass er über viel mehr nachdenken musste.

Kapitel 38

Corin bog um 19:30 Uhr in seine Einfahrt und wollte nur noch der schmerzlichen Wunde entfliehen, die Sebastians Reaktion in ihm aufgerissen hatte. Er hatte gedacht, sein Bruder hätte ihn die ganzen Jahre gehasst. Aber es war nicht Hass gewesen. Es waren Bedauern und eine tiefe Sehnsucht, die sich zu einem emotionalen Molotowcocktail vermischt hatten.

Mit einem Seufzer legte er seine Tasche auf die Arbeitsplatte in der Küche und starrte eine Zeitschrift an, die neben seiner Espressomaschine lag. Sie lag weiter links, als er es in Erinnerung hatte. Sein Verstand hatte schon Aussetzer, dabei war er erst 34. Aber wenn er an den Stress dachte, unter dem er in letzter Zeit gestanden hatte, überraschte es ihn eigentlich, dass er sich überhaupt noch an etwas erinnern konnte.

Er ging ins Badezimmer, warf sich kaltes Wasser ins Gesicht und starrte den fertig aussehenden Typen im Spiegel an. Nachdem er sich zwei hart gekochte Eier aus dem Kühlschrank geholt hatte, ging er in sein dunkles Wohnzimmer, ließ sich auf die Couch fallen, nahm die Fernbedienung und schaltete den Fernseher ein.

Moment mal!

Sein Herz hämmerte.

Etwas hatte sich in der Ecke des Zimmers bewegt. Ihm wurde am ganzen Körper heiß, als er die Umrisse einer Gestalt anstarrte, die in der hintersten Ecke des Zimmers rechts neben ihm in einem Sessel saß. Eine Sekunde später ging die Lampe neben dem Sessel an und tauchte Mark Jefferies in ein weiches Licht.

„Hallo, Corin."

„Was machen Sie in meinem Haus?" Er sprang auf und wich in die Küche zurück.

„Ich versuche, Ihre Aufmerksamkeit zu erregen." Mark zeigte seine ultraweißen Zähne und strahlte dabei gleichzeitig Selbstvertrauen und einen Anflug von Verzweiflung aus. „Es hat anscheinend funktioniert."

„Was wollen Sie?"

„Nur reden."

Corin wartete, bis sein Herzschlag sich wieder normalisiert hatte. „Sieht so aus, als wären Sie heute Abend allein unterwegs." Corin schaute sich um. „Wo sind Ihre Schläger?"

„Sie mögen es nicht, wenn man sie als Schläger bezeichnet. Und ich mag es auch nicht. Tun Sie das nie wieder."

„Aber das sind sie doch, oder?"

Mark schaute Corin mit seinen grünen Augen durchdringend an. „Wollen Sie das am eigenen Leib erfahren?"

„Machen Sie sich keine Sorgen, dass Sie wegen Mittäterschaft schuldig gesprochen werden könnten?"

„Es gibt nur eine Person, von der ich von meiner Schuld freigesprochen werden will."

„Und die wäre?"

„Jesus Christus."

Unglaublich. Wenn dieser Mann ein Vertreter von Jesus war, dann hatte das Christentum ein großes Problem. „Verstehe."

„Nein, ich glaube nicht, dass Sie das verstehen." Mark schwenkte die Hand durch Corins Wohnzimmer. „Ich interessiere mich nicht für Häuser oder Autos oder Boote oder Ferienhäuser oder Ruhm. Ich interessiere mich für die Wahrheit. Und die Wahrheit macht manche Leute wütend."

„Und deshalb haben Sie Ihre, äh, Bodyguards?"

Mark dehnte seinen Nacken nach links und rechts. „Wenn ich über Homosexualität oder die Rechte Ungeborener spreche, prasseln Morddrohungen auf mich ein. Deshalb achte ich darauf, dass ich kein leichtes Ziel abgebe." Mark schlug die Beine übereinander und klopfte mit den Händen einen Takt darauf.

„Was wollen Sie?"

„Immer noch das, was ich von Anfang an gesagt habe: Ich will Ihnen helfen. Sie brauchen jemanden auf Ihrer Seite."

„Nein, danke."

„Warum?"

„Ich habe mich um diese Mission nicht gerissen. Wenn ich den Stuhl morgen verschwinden lassen könnte, würde ich es tun. Der einzige Grund, warum ich ihn überhaupt verstecke, sind Leute wie Sie."

„Wirklich?" Mark stellte beide Füße auf den Boden und beugte sich vor. „Sie würden ihn aufgeben? Das glaube ich nicht. Wenn das wahr wäre, wären Sie sofort auf mein Angebot, den Stuhl zu kaufen, eingegangen. Ich denke, Sie wollen Antworten."

„Kein Interesse."

„Ich glaube, ich habe etwas, das Sie dazu bewegen wird, Ihre Meinung zu ändern."

Corin ging zu seiner Haustür und hielt sie auf. „Es wird Zeit für Sie zu gehen, Jefferies."

„Kein Problem." Mark hob die Hände, dann stand er auf

und schlenderte zur Haustür. Als er vor Corin stand, zog er ein kleines dunkles Buch aus seiner Jacke und klopfte Corin damit an die Schulter. „Ich bin gekommen, weil ich dachte, dass Sie sich das vielleicht anschauen wollen." Mark hielt das Buch mit den Fingern am Rand, als zeige er ihm ein gerahmtes Foto. „Sehr interessanter Lesestoff. Es würde Ihnen vieles erklären."

Der Titel lautete: *Der Stuhl Christi: Die Tatsachen zwischen den Legenden.*

Adrenalin schoss durch Corins Adern.

„Aus Ihrem Blick schließe ich, dass Sie es nicht kennen."

„Kann ich es mir ansehen?" Warum hatte ihm Tesser nichts von diesem Buch erzählt? Vielleicht wusste er nicht, dass es dieses Buch gab. Oder vielleicht hatte er es nicht erwähnt, weil er es für Schwachsinn hielt, um seine Worte zu gebrauchen.

Oder war es eine Fälschung?

„Natürlich. Aber ich würde eine Gegenleistung wollen." Als er an Corin vorbeiging, hielt Mark das Buch so, dass Corin es nicht fassen konnte. „Wir könnten doch morgen Vormittag weiter darüber sprechen. Sagen wir, um zehn Uhr im Forest Lawn Park? Ich bringe einen Football mit und wir spielen ein bisschen, während wir uns unterhalten."

Football? Diesem Mann war ja jedes Mittel recht. „Ich muss darüber nachdenken."

„Sie brauchen jemanden, der auf Ihrer Seite steht, Corin. Und Sie müssen dieses Buch lesen."

„Ich habe genug Leute, die auf meiner Seite stehen."

„Wen denn? Ihre mysteriöse Freundin? Der alte Tesser?"

„Ja."

„Die sind nicht auf Ihrer Seite."

„Warum sagen Sie das?" Corin lehnte sich an die Haustür.

„Was wissen Sie wirklich über Tesser? Sie haben ein paar Vorlesungen von ihm besucht. Sie haben ein paar gemeinsame Reisen unternommen. Und was wissen Sie über Nicole?"

„Ich weiß genug."

Mark winkte mit der Hand ab. „Ja, klar, Sie kennen ihren Namen. Ihren *Vor*namen. Und was sonst? Ich konnte nichts über sie herausfinden." Mark kniff die Augen zusammen. „Das heißt, Sie wissen auch nicht mehr über sie. Es sei denn, sie hat Ihnen ihre Lebensgeschichte erzählt." Mark legte den Kopf schief.

Corins Gesicht glühte. Mark hatte recht. Tesser kannte er. Aber Nicole? Über sie wusste er nichts. Nur das, was sie ihm gesagt hatte. Warum hatte er das als bare Münze genommen? Ja, sein Bauchgefühl sagte ihm, dass er ihr vertrauen konnte. Sie war eine außergewöhnliche Frau. Weise. Mitfühlend. Aber er hatte auch geglaubt, dass seine Exfrau ihm die Wahrheit sagte, obwohl sie in Wirklichkeit die ganze Zeit eine Affäre mit seinem Cousin gehabt hatte. Mit seinem Ex-Cousin, falls das möglich war.

„Woher weiß ich, ob Sie mein Vertrauen verdienen? Ob Sie mir die Wahrheit sagen?"

„Das wissen Sie nicht."

„Aber Sie wollen, dass ich Ihnen vertraue. Genauso wie Nicole."

„Ja."

„Ich zeige Ihnen den Stuhl und Sie zeigen mir Ihr Buch?"

„Genau." Mark benetzte seine Lippen. „Außerdem möchte ich Nicole kennenlernen."

„Das halte ich für unwahrscheinlich."

„Sie könnten sie wenigstens fragen."

Corin schaute das Buch und dann Mark an. Dann ließ er den Arm sinken und trat einen Schritt zurück. „Ich werde darüber nachdenken." Er forderte Jefferies mit einer Handbewegung auf zu gehen. „Ich gebe Ihnen in vierundzwanzig Stunden Bescheid."

Mark schaute ihn zehn Sekunden lang stumm an, bevor er sich umdrehte und zur Tür hinausging.

Corin setzte sich auf seine Couch, schaltete den Fernseher ein und schaute sich einen Ironman-Wettkampf an. In dieser Stunde rang er mit der Möglichkeit, dass Nicole ihm etwas vorgespielt haben könnte, damit er ihr vertraute.

Als die Uhr Mitternacht schlug, hatte er immer noch keine Antwort.

Es war Zeit, wieder einmal mit seinen Träumen zu kämpfen. Genauso wie Sebastian mit seinen Träumen kämpfte. Sein Bruder.

Mark hatte Zweifel in ihm gesät, und Corin war nicht sicher, ob aus dieser Saat eine Blume wachsen würde, die er gießen musste, oder ob er sie mit einem starken Unkrautvernichtungsmittel beseitigen sollte.

Morgen nach Ladenschluss würde er versuchen, eine Antwort zu bekommen.

Kapitel 39

Corin sah Nicole wie eine Statue auf einer Parkbank viel zu nah am Wasser des Woodmoor Lake sitzen. Nur wenige Meter trennten sie von den peitschenden Wellen. Hatte sie sich absichtlich so dicht an den See gesetzt?

Die Sonne schien auf ihre Haare und ließ sie stellenweise so weiß leuchten, dass ihr Profil krass von den goldenen und roten Farben des Novembernachmittags abstach. Es sah so aus, als hätte sie die Augen geschlossen.

Als er sie ansah, wurden alle Zweifel, die Mark Jefferies am Vorabend bei ihm geweckt hatte, weggeblasen. Er starrte sie noch immer an, als sie sich umdrehte und ihn entdeckte. Sie lächelte, schloss dann wieder die Augen.

Corin betrachtete die Wellen auf dem See und versuchte zum millionsten Mal, Frieden damit zu schließen. *Du hast es überlebt. Du warst damals noch ein Kind. Lass die Angst los!* Aber sein laut pochendes Herz sprach eine völlig andere Sprache.

„Wir müssen aufhören, uns heimlich zu treffen. Sonst fangen die Leute noch an zu reden", sagte Corin schmunzelnd, als er bei Nicole ankam und sich neben sie setzte.

„Lass sie reden." Nicole drehte sich um und legte den Ellbogen auf die Rücklehne der Bank. „Wie geht es dir, Corin?"

„Der Stuhl macht das Leben immer noch sehr interessant."

„Das glaube ich dir gern." Sie lächelte. „Hast du dein Vorhaben in die Tat umgesetzt? Hast du deinen Bruder angerufen?"

„Ja."

„Und?"

„Es war das längste Gespräch, das wir seit dem Unfall miteinander geführt haben."

„Hat er dir eine Antwort auf deine Einladung gegeben?"

„Ja." Corin beugte sich vor, stützte die Ellbogen auf die Knie und schob seine Finger ineinander. „Er wird sich niemals auf den Stuhl setzen. Und er wird wahrscheinlich nie wieder mit mir sprechen. Ich habe es versucht und bin gescheitert."

„Was hast du jetzt vor?"

„Haben Sie keine Antwort auf diese Frage für mich?" Corin versuchte zu lächeln, lehnte sich zurück und verschränkte die Arme vor seiner Brust. Die Sonne breitete funkelnde Diamanten über die Seeoberfläche, so hell, dass er die Augen zusammenkneifen musste. Aber das war nichts im Vergleich zu der Wirkung, die das Wasser auf ihn hatte. Diese Macht zerquetschte ihn nachts, wenn die Albträume kamen und er wieder und wieder ertrank. Sie rüttelte seinen Verstand durcheinander, als befände er sich in einer Waschmaschine. Warum hatte der Stuhl ihn nicht von dieser Angst geheilt?

„Und was ist mit dir, Corin? Hast du noch einmal auf dem Stuhl gesessen?"

„Ja."

„Und?"

„Ich wurde geheilt."

„Wovon?"

„Von meiner Klaustrophobie."

„Das freut mich." Nicole nickte, als habe sie erwartet, dass er das sagen würde. „Glaubst du jetzt?"

„Es klingt zwar verrückt, aber ich bin immer noch nicht sicher, obwohl ich geheilt wurde. Vielleicht hat Tori recht und all das lief nur in unserem Kopf ab." Corin trat gegen die Steine vor seinen Füßen. „Glauben Sie wirklich, dass dieser Stuhl von Gottes Sohn gebaut wurde?"

„Wahrscheinlich kommt es nicht so sehr darauf an, was *ich* glaube, sondern darauf, was *du* glaubst."

„Ich glaube, dass in diesem Stuhl irgendeine Macht steckt."

„Dann hast du deine Antwort."

„Aber das ist nicht die Antwort, die Sie mir auf diese Frage gegeben hätten ...?"

Nicole schüttelte den Kopf. „Nein."

„Welche Macht steckt dann Ihrer Meinung nach in dem Stuhl?"

„Noch nicht."

„Was noch nicht?"

„Es ist noch nicht die Zeit für eine Antwort." Nicole holte eine Handvoll Körner aus ihrer Tasche und warf sie einem Spatz hin, der auf der anderen Seite des Weges über das Gras hüpfte.

„Warum nicht?" Corin knirschte mit den Zähnen. Sie gab ihm immer nur kryptische Antworten, die neue Fragen aufwarfen.

Sie lächelte Corin an, gab ihm aber keine Antwort.

„Sagen Sie es mir!" Er beugte sich vor. „Wenn ich Sebastian überredet hätte, sich auf den Stuhl zu setzen, wäre er dann geheilt worden?"

Sie tätschelte seine Hand, genauso wie Tesser es manchmal machte. „Das weiß ich nicht. Ich bin nicht Gott." Sie warf einem anderen Spatz, der sich zu dem ersten gesellt hatte, auch Körner hin. „Ich höre auf seine Stimme. Ich gehe dorthin, wohin er mich führt. Ich hoffe, mit offenen Ohren."

„Was heißt das?"

„Dass jetzt noch nicht der richtige Zeitpunkt ist, um dir zu sagen, was ich in Bezug auf den Stuhl denke."

„Wann ist der richtige Zeitpunkt dafür?"

„Wenn es so weit ist."

Corin ließ seinen Blick über den See wandern. Wasser war etwas Schönes. Er konnte sich an eine Zeit erinnern, in der er das Wasser geliebt hatte, in der er sich nach den Sommernachmittagen gesehnt hatte, an denen er und seine Freunde im Fluss geschwommen waren oder sich Äste gesucht hatten, die über den Fluss ragten und stark genug waren, um ein Seil und einen Jungen zu halten. Und an denen er bei Schwimmwettkämpfen neue Rekorde für seine Altersklasse aufgestellt und eine Medaille nach der anderen an seine Wand geheftet hatte.

„Der Stuhl hat mich nicht von meiner Angst vor dem Wasser geheilt."

„Nein." Nicole faltete die Hände und öffnete sie wieder.

„Warum nicht?"

„Das weiß ich nicht." Sie schaute ihn mit ihren durchdringenden blauen Augen an. „Gott weiß es."

Der Blick in ihren Augen machte ihn nervös. So selbstsicher. So wissend. So ... „Wer sind Sie?"

„Eine Freundin."

„Sie sind mehr als eine Freundin."

„Denkst du, Tesser glaubt, dass in dem Stuhl Gottes Macht steckt?"

„Woher wissen Sie, dass ich mit Tesser gesprochen habe? Spionieren Sie mir nach?"

„Natürlich. Darüber haben wir doch schon gesprochen." Ihr Lachen klang wie flüssiges Licht.

„Was ist mit dem Stuhl selbst? Machen Sie sich um ihn keine Sorgen?"

„Nicht sehr. Bei Weitem nicht so viel wie um dich."

Corin wagte eine Frage, die sie vielleicht nicht beantworten würde, aber ihre Reaktion würde ihm vielleicht dennoch etwas verraten. „Sind Sie eine Nachfahrin des Ordens, der geschworen hat, den Stuhl zu schützen?"

Nicole lächelte. „Das hört sich so an, als hätten deine Gespräche mit dem Professor dir neue Erkenntnisse gebracht."

„Das stimmt."

„Und gefällt dir, was du in Erfahrung gebracht hast?"

„Sie weichen jetzt nicht meiner Frage aus, oder?"

„Natürlich."

„Aber wenn Sie die Frage beantworten würden, wie würde Ihre Antwort ausfallen?"

Nicole strich über ihre karierte Hose. „Ich würde dir sagen: Wenn die fantastischen Legenden, die in Tessers Buch dargelegt werden, wahr wären, ja, dann würde ich diesem Profil entsprechen."

„Mark Jefferies will Sie kennenlernen."

„Wirklich?"

„Sehr dringend sogar."

„Das ist interessant."

„Warum?"

Nicole antwortete ihm nicht. Schon wieder.

Zwei Jungen, vielleicht neun oder zehn Jahre alt, liefen an ihnen vorbei; der eine hielt einen alten Football umklammert, der andere zog daran.

„Gib ihn her!", rief der Junge, der den Ball nicht hatte, und versuchte ihn dem anderen zu entringen.

„Ich denk nicht dran!", rief der andere und drehte sich um.

Corin verzog das Gesicht. Wie oft hatten er und Sebastian in ihrer Kindheit ähnliche Kämpfe ausgefochten? Tausendmal? Er lächelte. Ihre Streitereien hatten immer damit geendet, dass sie eine Sprungschanze für ihre Fahrräder gebaut hatten oder auf den höchsten Baum im Wald gegenüber von ihrem Haus geklettert waren.

Aber diese Spielchen hatten vor zehn Jahren aufgehört, als er seinen Bruder gezwungen hatte, mit Skiern über eine Sprungschanze zu springen. Ihr gestriges Gespräch hallte schmerzhaft und lauter als ein Sommergewitter in seinem Kopf wider. Corin schüttelte den Kopf, um das Dröhnen zu verjagen, und drehte sich dann zu Nicole um. „*Sind* Sie die Frau aus der Legende?"

„Corin, diese Frage brauchst du mir nicht mehr zu stellen. Du weißt, wer ich bin. Du musst dich entscheiden, ob du glaubst oder nicht glaubst. An mich. An den Stuhl. An dich."

„An mich?"

„Ja. Entscheide dich zu glauben, dass du derjenige bist, der den Stuhl haben soll. Dass du das nächste Kapitel der Legende schreibst, denn tief in meinem Herzen weiß ich, dass du voll und ganz an den Stuhl glaubst und kurz davorstehst, auch an seinen Schöpfer zu glauben."

Sie hatte recht: Der Stuhl beschäftigte ihn sehr stark. Er gab ihm eine Aufgabe. Er war etwas aus einer Legende. Nicht aus einem Comicheft, sondern das wahre Leben. „Aber Sie sollten den Stuhl doch an eine Tochter weitergeben, an einen direkten Nachkommen und nicht an einen Fremden." Corin zögerte. „Haben Sie nie geheiratet? Hatten Sie keine Tochter, an die Sie den Stuhl weitergeben konnten?"

„Doch, ich war verheiratet."

„Und?"

„Und ja, ich hatte eine Tochter."

Corin wusste nicht, wie er die nächste Frage formulieren sollte, deshalb sprach er einfach aus, was ihm in den Sinn kam: „Lebt sie noch?"

„Nein."

„Das tut mir leid."

„Mir auch." Sie tätschelte seine Hand. Zum ersten Mal traten Tränen in Nicoles Augen. Sie versuchte zu lachen, während sie sie wegwischte. „Es ist so lange her."

„Was?"

„Nichts." Nicole blinzelte die Tränen zurück.

„Ich wollte nicht neugierig sein."

Sie strich sich die Haare zurück und sprach erst wieder, als mindestens eine Minute vergangen war. „Ich konnte mich nicht von ihr verabschieden."

„Das tut mir leid."

„Sie ließ mich nicht. Sie dachte, mein Glaube an den Stuhl sei verrückt." Nicole knetete ihre Hände. „Sie wollte nicht, dass ich ihre Kinder damit verrückt mache, und ich musste ihr versprechen, dass ich nie Kontakt zu ihnen aufnehmen werde."

„Haben Sie dieses Versprechen gehalten?"

Sie schaute Corin traurig an. „Nein. Hast du dich entschieden, dem zu folgen, der den Stuhl gebaut hat?"

„Nein, ich habe mich noch nicht entschieden."

„Wenn du dich entschieden hast, dann, denke ich, ist es an der Zeit, dir zu sagen, warum ich dir den Stuhl gegeben habe." Nicole stand auf und hielt Corin die Hände hin. Er ergriff sie. „Es war schön, mit dir zu sprechen, aber ich muss gehen. Diese Wolken sehen nach Regen aus, und ich will nach Hause, bevor ich nass werde." Sie drückte zweimal seine Hände und wandte sich dann zum Gehen. „Keine Sorge", rief sie über ihre Schulter, als sie sich entfernte. „Wir sprechen bald weiter."

„Wann?"

„Früher oder später."

Corin stieß ein langes Seufzen aus und beschloss, zum Friedhof zu fahren. Er musste mit seinen Eltern reden.

Kapitel 40

Corin fuhr vom See weg und hoffte, der Regen würde erst einsetzen, wenn er auf dem Friedhof fertig war. Aber dieser Wunsch ging nicht in Erfüllung. Ein leichter Nieselregen legte sich auf seine Windschutzscheibe, als er auf den Parkplatz vor dem Friedhof fuhr.

Sein Auto war das einzige weit und breit. Das überraschte ihn nicht. Wer sonst ging schon am Abend auf den Friedhof? Corin fuhr hierher, um allein zu sein.

Als er aus dem Auto gestiegen war, schritt er den bekannten Weg hinab, der ihn zu den Grabsteinen seiner Eltern führte. Zwei Minuten später sank er vor ihren Gräbern auf die Knie. Die Feuchtigkeit des Bodens drang durch seine Jeans und machte seine Knie eiskalt. Das war ihm egal. Der lehmige Geruch der Erde stieg ihm in die Nase und er atmete tief ein.

„Habt ihr, als wir Kinder waren, je gedacht, dass Sebastian und ich an so einen Punkt kommen würden? Wir waren Brüder, die alles gemeinsam machten und die ihr oft in die Notaufnahme fahren musstet, weil wir wieder ein neues Abenteuer gewagt hatten."

Zum Beispiel damals, als sie mit sechs und vier Jahren vom Dach gesprungen waren und festgestellt hatten, dass sie mit

Superman- und Batman-Anzügen nicht automatisch fliegen konnten.

„Ihr wolltet immer, dass wir Freunde sind. Und wir dachten, wir würden für immer Freunde bleiben. Aber wenn ihr uns in letzter Zeit beobachtet habt, wisst ihr, dass der Traum zerbrochen ist." Sein Blick wanderte vom Grabstein seiner Mutter zu dem seines Vaters. „Und jetzt sieht es so aus, als wäre auch die letzte Chance auf eine Versöhnung zunichte. Ich dachte einfach, dass ihr das wissen solltet."

Er steckte die Hände in seine Jackentaschen. „Was haltet ihr von meinem letzten Versuch? Habt ihr gedacht, Sebastian würde sich auf meinen Stuhl setzen und wieder heil werden und wir würden wieder mit Motocross-Rädern über Schluchten springen? Haben wir euch eigentlich je erzählt, dass Sebastian einmal mit seinem Motocross-Rad fast hundert Meter in die Tiefe gestürzt wäre?"

Die Straßenlaterne neben ihm flackerte und ging dann wie auf Kommando aus und tauchte ihn in Zwielicht. „Es tut mir leid, Mama. Es tut mir leid, Papa. Es tut mir so leid."

Corin schloss die Augen, und sofort wurden Bilder vor seinem inneren Auge lebendig. Zuerst der Unfall, dann die Benommenheit in Sebastians Augen, als er auf dem Schnee gelegen und auf die Bergwacht gewartet hatte. Weiche Schneeflocken hatten sich auf sein Gesicht gelegt, und Corin hatte plötzlich begriffen, warum sein Bruder sie nicht wegwischte.

Einen Moment später wurde diese Szene von der Oberfläche des Lake Vereor verdrängt. Die Bilder in seinem Kopf waren genauso lebendig, als wäre er tief in diesem Traum begraben. *Dieses Mal drang kein Licht durch die Wasseroberfläche zwei Meter über seinem Kopf nach unten. Alles war dunkel, während sein Vater an seiner Rettungsweste zerrte.*

Wasser strömte um seinen Körper, erdrückte ihn, als wäre er hundert Meter in der Tiefe, und bohrte sich wie Eispickel in sein Trommelfell. Sein Vater tauchte zum zweiten Mal. Zum dritten Mal. Zum vierten Mal.

Aber das spielte keine Rolle mehr. Die ganze Luft war aus seiner Lunge entwichen und jetzt war sie voll Wasser. Dieses Mal spürte er keine Panik. Keine Entschlossenheit, die Oberfläche zu erreichen, kein wildes Kratzen an den Unterarmen seines Vaters, weil er unbedingt leben wollte. Nur das Akzeptieren, dass alle Hoffnung verloren war.

Und die Angst. Sie war dieses Mal tiefer als je zuvor. Corin schrumpfte in sich zusammen, bis er kleiner war als ein Atom, aber die Angst kam trotzdem und fand ihn, verspottete ihn, und einen Moment später verschlang sie ihn.

Er erwachte davon, dass sanfter Regen sein Gesicht benetzte. Die Lampe links neben ihm ging immer wieder flackernd an und aus und es roch nach feuchter Erde.

Die Vision oder der Traum – er wusste nicht genau, was es gewesen war – verschwand schnell, ließ aber einen Gedanken zurück, der ihn wie ein kalter Nebel einhüllte.

Der Tod würde gewinnen ... nein, er hatte schon gewonnen.

Kapitel 41

Als Corin am Mittwochmorgen in seinen Laden kam, lehnte A.C. mit zwei XXL-Schokoladenmuffins und zwei großen Bechern mit vermutlich starkem Kaffee und einem breiten Grinsen am Türrahmen. Dieses Grinsen sagte ihm: „Ich will etwas von dir."

„Was machst du denn hier?"

„Ich dachte, ich besteche dich, damit du mich noch einmal auf deinem Stuhl sitzen lässt."

Corin lachte. „Was hast du diesmal? Einen abgebrochenen Zehennagel?" Er schloss die Tür auf.

„Nein, ich will einfach darauf sitzen. Diesen Frieden wiederfinden." A.C. schlenderte in den Laden und stellte die Muffins und den Kaffee auf Corins Verkaufstheke.

„Wirst du jetzt religiös oder so?"

„Ach komm! Hast du dir etwa keine Gedanken über Gott gemacht, seit das alles angefangen hat?"

Doch. Mehr als einmal. Mehr als zweimal. Diese Gedanken hatten ihn schon lange, bevor Nicole es gestern angesprochen hatte, beschäftigt. „Doch." Corin schaltete die Lichter im Laden ein. „Das habe ich." Er drehte sich um, aber A.C. musste schon nach hinten zum Tresorraum gegangen sein.

Corin war auf dem Weg nach hinten, als A.C. mit kreidebleichem Gesicht und aufgerissenen Augen auf ihn zugestürmt kam.

„Was hast du denn?“

„Er ist weg!“

„Wer ist weg?“

„Was heißt hier wer? Der Stuhl!“ A.C. stapfte durch den Gang, als würde er gleich gegen etwas boxen. „Hast du ihn versteckt?“

„Nein.“

„Nimm mich nicht auf den Arm! Ist das dein Ernst?“

Corin schob sich an ihm vorbei und ging zum Tresorraum.

Er war leer. Alle Farbe wich aus Corins Gesicht.

„Dieser Stuhl hat mich geheilt.“ A.C. schlug mit der Handfläche an die Tür zum Tresorraum. „Er hätte vielen weiteren Menschen helfen können. Er hätte deinem Bruder helfen können.“

„Reg dich ab, A.C.“

A.C. drehte sich zu Corin um. „Was ist mit dir los?“

„Was?“

„Du bist überhaupt nicht erschüttert.“

„Es ist okay. Ich bin davon nicht begeistert, aber es ist okay.“

„Der Stuhl ist fort, Corin. Das ist nicht *okay*. Wir haben ihn verloren!“

„Nein, das haben wir nicht.“ Corin lächelte seinen Freund an.

„Du nimmst mich auf den Arm.“

„Nein.“

„Aber was ... Moment! Du hast ein Duplikat gebaut?“

Corin nickte. „Nur für alle Fälle. Den Stuhl nachzubauen war eine Herausforderung. Er hat mich fasziniert. So einfach und doch so komplex. Ich brauchte sieben Anläufe, bis ich ihn richtig hingekriegt hatte, und auch dann war ich immer noch weit von der Perfektion des Originals entfernt."

„Aber nicht zu weit. Sie haben es dir ja anscheinend abgekauft."

„Sieht ganz so aus."

„Du bist brillant, Roscoe." A.C. lächelte, aber einen Moment später verdüsterte sich seine Miene wieder. „Aber wir haben immer noch das Problem, dass jemand in deinen Laden eingebrochen ist und den Stuhl gestohlen hat, auch wenn es nicht der Originalstuhl war."

„Genau. Wir reden hier nicht mehr von Vandalismus, sondern von einem eindeutigen Verbrechen. Keine Anzeichen für ein gewaltsames Eindringen. Das heißt, es sind Profis. Wahrscheinlich dachten sie, sie hätten ein paar Tage, bis ich merke, dass der Stuhl weg ist. Und ja, sie haben es mir abgekauft. Aber sobald sie merken, dass es nicht der richtige Stuhl ist, kommen sie vermutlich wieder." Corin ging vor dem Tresorraum auf und ab. „Ich habe das Duplikat für den Fall gebaut, dass so etwas passiert, aber ich habe nicht wirklich geglaubt, dass es passieren würde." Er faltete die Hände über seinem Kopf. „Falsch gedacht."

„Wer? Wer hat ihn gestohlen?"

„Jefferies. Es könnte auch jemand anders gewesen sein, aber ich würde wetten, dass er es war."

„Und wo ist der echte Stuhl?"

„In Sicherheit."

A.C. lachte. „Wo ist er?"

„In Sicherheit."

„Du willst es mir nicht erzählen?" Sein Freund legte den Kopf schief. „Danke für dein Vertrauen."

„Ich vertraue dir. Aber ich vertraue diesen Leuten nicht.

Wenn du es nicht weißt, musst du nicht lügen. Und du bist kein guter Lügner."

„Was willst du jetzt machen?"

„Ich rufe meine neuen Freunde bei der Polizei an, erkläre ihnen, was passiert ist, höre mir ihre üblichen Sprüche an und schaue zu, wie sie mit einem ‚Wir werden versuchen, Ihren alten Stuhl zu finden und die Leute zu verfolgen, die ihn mitgenommen haben' wieder gehen."

„Glaubst du nicht, dass dir die Sache ein wenig über den Kopf wächst? Du solltest jemanden mit ins Boot nehmen. Zu deinem Schutz."

„Und wen?"

A.C. breitete die Arme aus. „Mich."

Corin sperrte den Tresorraum zu und drehte das Zahlenschloss. „Ich brauche keinen Schutz. Ich habe das Gefühl, dass diese Sache bald vorbei ist. So oder so."

„Was heißt das?"

„Wenn ich das wüsste!"

Während Corin an diesem Abend nach Hause fuhr, versuchte er, Tesser anzurufen, aber es meldete sich niemand. Danach versuchte er es bei Nicole. Etwas, das sie gesagt hatte, hatte ihm verraten, wer sie war. Und in welcher Beziehung er zu ihr stand.

Kapitel 42

Ich bete für dich, Corin."

„Das macht alles noch schlimmer." Er gähnte und streckte seine Beine aus.

„Was ist passiert?"

Nicole und er setzten sich an den See, beide in dicken Jacken, um sich vor der Kälte an diesem Novemberabend zu schützen. Corin warf einen Blick auf den See und erzählte Nicole von dem nachgebauten Stuhl, der gestohlen worden war, und von dem Traum und von dem, was auf dem Friedhof passiert war.

„Es sieht ganz danach aus, als versuche jemand, deine Aufmerksamkeit zu erregen."

„Gott?"

„Das kannst nur du beantworten." Sie rieb sich die Schultern und zog sich ihre Wollmütze tiefer in die Stirn. „Und wie geht es dir in Bezug auf Sebastian?"

„Ich habe die Hoffnung aufgegeben, dass unsere Beziehung je wieder in Ordnung kommt."

„Tu das nicht."

„Warum nicht?"

„Weil du das nicht willst. Auch wenn es schmerzlich ist,

willst du doch in der Tiefe deines Herzens diese Hoffnung nicht aufgeben. Wenn du sie leugnest, leugnest du damit einen sehr wichtigen Teil von dir."

Sie hatte natürlich recht. Er könnte den kleinen Hoffnungsfunken nie ganz auslöschen. Aber nach dem letzten Gespräch mit seinem Bruder hatte er die Hoffnung darauf verloren, dass sie wieder eine richtige Beziehung zueinander aufbauen könnten.

„Nein, ich werde sie nie ganz aufgeben. Sebastian ist mein einziges verbliebenes Familienmitglied." Corin schaute Nicole an. „Wenigstens dachte ich, dass er das wäre."

Ein geheimnisvolles Lächeln spielte um ihre Mundwinkel. „Warum sagst du das?"

„Wie heißen Sie mit Nachnamen?"

„Das hast du wahrscheinlich schon erraten, nicht wahr?"

„Es ist derselbe Name wie der Mädchenname meiner Mutter."

„Richtig." Nicole lächelte. „Wie lange ahnst du das schon?"

„Unbewusst wahrscheinlich schon seit dem ersten Tag, an dem wir uns begegnet sind."

„Gut! Ich wäre enttäuscht, wenn du nichts gefühlt hättest. Ich habe auf jeden Fall von Anfang an einen starken Bezug zu dir gefühlt." Nicole tätschelte Corins Hand. „Wie hast du es herausgefunden?"

„Das letzte Puzzleteil kam gestern dazu, als du sagtest, dass du das Versprechen, das du deiner Tochter gegeben hast, nicht gehalten hast."

„Dass ich ihren Kindern nichts von dem Stuhl erzähle?"

Corin nickte. „Außerdem passen alle anderen Teile zusammen. Die Legende sagt, dass die Hüterin des Stuhls ihn immer an ihre Tochter weitergegeben hat. Diese Möglichkeit hast du nicht, da du keine Tochter mehr hast. Die nächste Option wäre eine Enkelin. Aber du hast auch keine Enkelin. Die letzte Möglichkeit ist es, den Stuhl einem nahen Verwandten zu geben, der den Eid ablegt und an Gott glaubt. Ich habe keinen Eid abgelegt und ich habe auch nicht an Gott geglaubt, aber trotzdem hast du ihn mir gegeben."

Nicole lächelte und tätschelte sein Knie. „Manchmal ist es nötig, dem Geist des Gesetzes zu folgen und nicht dem Buchstaben. Ich wusste, dass du mir nicht geglaubt hättest, wenn ich eines Tages einfach aufgetaucht wäre und versucht hätte, dir zu erklären, wer ich bin."

„Und meine Mutter?"

„Wie ich dir schon gesagt habe: Deine Mutter konnte nie glauben, dass der Stuhl echt ist, und sie wollte nichts damit zu tun haben. Sie wollte auch nie, dass du oder Sebastian da hineingeratet. Das bedeutete, dass sie auch nicht wollte, dass ihr etwas mit mir zu tun habt."

Corin seufzte. Er war um so vieles betrogen worden. Das war nicht richtig. Seine Mutter hatte kein Recht gehabt, diese Entscheidung für ihn zu treffen. „Sie hat uns nur gesagt, dass du viel auf Reisen bist."

„Ja, meine Pflichten im Zusammenhang mit dem Stuhl kosteten viel Zeit. Ich musste viel reisen. Dadurch habe ich letztlich auch deinen Großvater verloren." Nicole lächelte traurig. „Und ich kann nicht sagen, ob ich etwas Positives erreicht habe. Deine Mutter wollte mit dem christlichen Glauben nichts mehr zu tun haben, weil ich so viel unterwegs war, und ihr wurdet nicht im Glauben erzogen."

„Warum hast du ihm dein Leben gewidmet?"

„Ich hatte nicht das Gefühl, eine andere Wahl zu haben."

„Hattest du eine?"

„Ja." Nicole rieb sich über die Unterarme und schaute auf das Wasser. „Zu meiner Verteidigung kann ich aber sagen, dass ich das nicht wusste, als meine Mutter den Stuhl an mich weitergab."

„Habe ich eine Wahl?"

Nicole lachte und legte den Kopf schief. „Natürlich."

Corin schaute sie an. „Was ist mit Tori?"

„Was soll mit ihr sein?"

„Sie ist nicht gerade begeistert von der Sache mit dem Stuhl. Weißt du, sie ist ein gebranntes Kind, was Religion angeht."

„Vielleicht muss sie sich auch auf den Stuhl setzen."

„Dazu wäre ein Wunder nötig."

Nicole schaute ihn mit weit offenen Augen und hochgezogenen Augenbrauen an. Corin lachte. „Verstehe. Ja, ich habe in letzter Zeit ein paar Wunder erlebt. Wahrscheinlich wäre noch eines mehr durchaus drin."

„Das stimmt." Nicole stand auf. „Ich muss jetzt los und jemanden besuchen. Er muss die Wahrheit hören. Er muss das Licht sehen."

Nicole betete beim Fahren um die richtigen Worte. Worte, die durch die polierte Oberfläche ins Herz von Mark Jefferies vordringen würden.

Während die Kilometersteine an ihr vorbeiflogen, ließ sie der Trauer um all die Zeit, die ihr mit Corin und Sebastian verwehrt geblieben war, freien Lauf. So vieles war für immer verloren. Auch die Zeit mit ihrer Tochter, die ihr nie vergönnt gewesen war. Nicoles Gedanken wanderten zu ihrer letzten Begegnung mit Rachel zurück. An jenem Tag hatte sie auch Corin und Sebastian das letzte Mal gesehen. Sie hatte bei Rachel in der Küche gesessen und mit ihr über dasselbe Thema diskutiert wie seit drei Jahren: „Sie brauchen ihre Großmutter."

„Nein, Mutter. Ich will nicht, dass deine sonderbaren Ideen und deine Besessenheit ihnen Flausen in den Kopf setzen."

„Ich brauche sie."

„Daran hättest du früher denken müssen, bevor dieser Stuhl das Wichtigste in deinem Leben wurde."

Rachel hatte recht. Der Stuhl hatte sie vieles gekostet. Sie hatte wegen ihm ihre Tochter verloren, und jetzt stand sie in Gefahr, auch ihre Enkel zu verlieren. „Es tut mir leid, Rachel. Du hast recht, ich ..."

„Gut." Sie schob sich ihre dunkelblonden Haare aus der Stirn. „Entschuldigung angenommen. Aber das ändert nichts."

„Ich habe mich verändert. Ich weiß ..."

„Es ist zu spät, Mutter." Sie warf einen Blick über Nicoles Schulter. Nicole drehte sich zu den Schritten hinter ihr um.

„Du bist unsere Oma?"

Corin und Sebastian schauten zu ihr hinauf. In ihren Augen waren viele Fragen und ein Anflug von Angst. Drei und fünf Jahre alt. So unschuldig.

„Ja."

„Warum sehen wir dich nie?", fragte Corin.

„Ich hoffe, dass wir uns in Zukunft öfter sehen."

„Wann?", fragte Sebastian.

„Vielleicht im Sommer ..."

„Das reicht, Mutter." Rachel drehte sich um und schickte die Jungen aus dem Zimmer. „Mama muss etwas besprechen. Geht spielen."

„Dürfen wir rutschen?", fragte Corin.

Rachel verdrehte die Augen. „Ja, meinetwegen. Hauptsache, wir können hier ein paar Minuten reden."

Corin und Sebastian stiegen die Treppe hinauf und kurze Zeit später saßen sie auf einer Matratze und grinsten übers ganze Gesicht. Wie aus einem Mund riefen sie: „Eins! Zwei! Drei! Los!"

Sie stießen sich ab und die Matratze kippte über den

Treppenabsatz. Corin und Sebastian rutschten wie auf einem außer Kontrolle geratenen Schlitten die Treppe herab. Ihre Augen leuchteten vor Freude, wie es nur Kinderaugen können. Sie kamen unten an, schlitterten über den Boden und knallten gegen die Wand.

„Noch mal! Noch mal!", rief Corin.

Wenn sie 20 Jahre jünger gewesen wäre, hätte Nicole sich zu ihnen auf die Matratze gesetzt.

„Es gefällt mir nicht, dass sie das machen, aber das ist die einzige Möglichkeit, ein paar Minuten Ruhe zu haben", sagte Rachel.

Ihre Enkel stapften wieder die Treppe hinauf und zogen die Matratze hinter sich her.

„Sie sind so jung. Wenn du mich jetzt aus ihrem Leben verbannst, erinnern sie sich später vielleicht überhaupt nicht an mich."

„Ich will ja auch nicht, dass sie sich an dich erinnern."

Nicole zwang sich, die Tränen zu unterdrücken, als sie aufstand und ihrer Tochter zunickte. „Verstehe." Sie drehte sich um und ging zur Tür.

Danach wartete und betete sie, dass Rachel sie zurückrufen würde. Aber die Stimme ihrer Tochter blieb stumm.

Corin zog an diesem Abend um 20:20 Uhr die Tür von Toris Dojo auf. Es war so spät, dass auch die letzten Kursteilnehmer inzwischen gegangen sein mussten. Laute Musik dröhnte aus den vier Lautsprechern in jeder Ecke des Raumes. Tori stand mit dem Rücken zu ihm an der Theke und gab etwas in ihren Computer ein. Wahrscheinlich dokumentierte sie die Leistungen ihrer Schüler an diesem Abend oder sie beantwortete E-Mails von Leuten, die versuchten, einen Platz in ihren ständig ausgebuchten Kursen zu bekommen.

Er hielt die gelben Rosen, die er unterwegs gekauft hatte, hinter seinem Rücken versteckt und ging auf sie zu. Seine Schritte waren auf den Trainingsmatten nicht zu hören.

Sie lachte und sagte, ohne sich umzudrehen: „Wahre Meister können sehen, auch wenn sie nichts sehen, und hören, auch wenn sie nichts hören."

„Wie machst du das?"

„Ganz gut." Tori drehte sich lächelnd um.

„Die sind für dich." Er reichte ihr die Blumen.

Sie nahm sie und hielt sie an ihre Wange. „Danke. Ich nehme dein Friedensangebot an."

„Sehr großzügig von dir." Corin verbeugte sich und erwiderte ihr Lächeln. „Können wir uns setzen?"

„Natürlich." Tori kam hinter ihrer Theke hervor und sie gingen zu der doppelten Reihe weißer Plastikstühle hinüber, die für Eltern, Großeltern, Geschwister und Freunde gedacht waren, die einmal im Monat kamen, um die Schüler bei einem Turnier zu bejubeln.

Sie setzten sich und Corin nahm Toris beiden Hände in seine. Gedankenverloren schaute er auf Toris Finger hinab und streichelte sie.

„Du willst mir also etwas sagen. Oder bist du nur gekommen, um mir eine Handmassage zu geben?"

Er schaute in ihre Augen hinauf. „Ich will, dass du versuchst, dich auf den Stuhl zu setzen."

Tori entzog ihm ihre Hände und lehnte sich zurück. „Du bist unmöglich."

„Was kann es schaden?"

„Warum sollte ich das machen?" Tori tippte mit den Fußspitzen in einem schnellen Takt auf den Boden.

„Weil es dich von deiner Vergangenheit befreien könnte."

„Wovon in meiner Vergangenheit muss ich befreit werden?"

Tori verschränkte die Arme vor sich. „Ich habe mich befreit, als ich von zu Hause auszog."

„Frei von deiner Abneigung?"

„Ich habe keine Abneigung gegen irgendetwas."

„Natürlich."

Tori stand auf. „Hör mir jetzt genau zu. Ich will nie wieder über diesen Stuhl sprechen. Verstanden?"

„Verstanden."

„Und wenn unsere Beziehung weiter Bestand haben soll, werden wir auch nicht über Gott sprechen. Ist das klar?"

„Kristallklar."

Auf dem Heimweg versuche Corin dreimal, Tori anzurufen. Sie ging nicht dran und er hinterließ keine Nachricht. Wieder stand eine Beziehung auf der Kippe. Er wurde immer besser darin, Beziehungen zu zerstören. Aber die Sache mit Tori konnte er wieder in Ordnung bringen, wenn die Sache mit diesem Stuhl geklärt war. Irgendwann musste sich der Staub auch wieder legen.

Kapitel 43

Corin stand hinten in seinem Laden und sortierte eine neue Lieferung Lampen, als die Glocke an der Tür ankündigte, dass jemand seinen Laden betrat.

„Hallo?“, rief eine Stimme.

Diese Stimme kannte er schon sein ganzes Leben lang. Sie gehörte zu dem letzten Menschen, den er je hier erwartet hätte. „Dieser Laden sieht nicht schlecht aus.“

War er es? Er musste es sein.

Corin eilte nach vorn, blieb dann stehen und schaute in den Verkaufsraum. Sein Puls schlug sofort höher. Ja. Gleich neben der Tür befand sich tatsächlich Sebastian Roscoe.

Corin starrte seinen Bruder, wie es ihm vorkam, minutenlang sprachlos an.

„Überrascht, mich zu sehen, Cor?“ Sebastian legte den Kopf nach hinten.

Sebastians dunkelbraune Haare waren so kurz, wie Corin es noch nie bei ihm gesehen hatte. Er hatte fast einen Bürstenschnitt. Und sein Gesicht war schmal. „Absolut.“ Überraschung, Angst, Aufregung, Freude – alles rollte wie eine Sturmflut auf Corin ein.

Sebastian bediente mit dem Kinn die Steuerung seines Rollstuhls und fuhr auf ihn zu. Der elektrische Rollstuhl wackelte, als er über den unebenen Holzboden rollte.

„Ich muss diesen Boden abschleifen lassen, damit er nicht so uneben ist."

„Warum? Hast du viele behinderte Kunden?"

Corin wusste nicht, was er darauf antworten sollte, und schwieg. Sebastian blieb zwei Meter vor ihm stehen und schaute Corin an. „Mich überrascht es auch, dass ich hier bin." Sein Blick wanderte langsam durch den Laden. „Wie läuft das Geschäft?"

„Geht so."

„Tut mir leid."

„Das wird schon wieder."

Sebastian nickte und das Schweigen zwischen ihnen wurde lauter. Corin schaute auf seine Hände hinab. Dann hob er den Kopf und sah wieder seinen Bruder an. „Hoffentlich."

Wieder Schweigen.

„Romy hat erzählt, dass du eine nette Freundin hast. Tori heißt sie, nicht wahr?"

„Ja." Corin rieb sich mit den Daumen über die Augen. „Wir könnten wahrscheinlich noch zwei Stunden Small Talk machen, aber danach steht mir, ehrlich gesagt, nicht der Sinn."

„Mit anderen Worten: Warum bin ich hier?"

„Ich denke, ich weiß, warum du hier bist. Aber ich habe keine Ahnung, warum du deine Meinung geändert hast."

„Ich bin gekommen, um deinen Stuhl auszuprobieren."

„Ja, aber was hat dich bewogen, deine Meinung zu ändern?"

„Du."

„Das hörte sich am Telefon aber anders an."

„Ja. Das kam erst danach." Sebastian fuhr noch ein Stück näher auf Corin zu. „Nach unserem Gespräch musste ich mich damit auseinandersetzen, dass du geheilt worden bist. Nicht irgendjemand anders. Einem anderen hätte ich nicht glauben können, aber dir schon. Mir ist klar, dass es keine körperliche Heilung war, aber du kämpfst schon fast dein ganzes Leben lang mit dieser Klaustrophobie. Wenn sie weg ist, muss irgendwie ein Wunder bei dir passiert sein. Falls auch nur die geringste Chance besteht, dass das bei mir auch geschehen kann, muss ich es versuchen. Für Romy. Für Sam." Sebastian drehte sich um und schaute zur Tür, als wollte er sagen, dass das Gespräch damit beendet sei.

„Aber nicht für dich und mich."

Sebastian drehte sich nicht wieder zurück. Als er sprach, war seine Stimme leise. „Nein."

Corin biss sich auf die Unterlippe. Sebastian war nicht hier, um eine Brücke zu ihm aufzubauen. Er war nicht einmal bereit, sich die Baupläne anzuschauen. Aber falls Sebastian geheilt wurde ...

Er sah eine Bewegung vor dem Schaufenster. Romy ging neben dem umgebauten Van auf und ab und sah fast genauso dünn aus wie Sebastian. Wahrscheinlich stand sie mit der täglichen Sorge um Sam und Sebastian ständig unter Stress. Sie schaute überallhin, nur nicht in den Laden.

Das überraschte ihn nicht.

Romy hätte vermutlich alles getan, um zwischen Corin und Sebastian alles wieder in Ordnung zu bringen, aber er kannte seine Schwägerin gut genug, um zu wissen, dass sie nicht neugierig verfolgen würde, was sich in seinem Laden abspielte.

„Der Stuhl ist nicht hier." Corin drehte sich wieder zu Sebastian um. „Glaubst du, Romy hätte etwas dagegen, für ein paar Stunden mit mir die Autos zu tauschen, damit wir mit eurem Auto zu mir nach Hause fahren können?"

„Nein."

Als sie zu Romy hinauskamen, umarmte sie Corin herzlich und flüsterte: „Ich habe so sehr dafür gebetet. Habe ich dir nicht gesagt, dass du die Hoffnung nie aufgeben darfst?"

Corin hatte die Hoffnung dennoch aufgegeben, aber jetzt kehrte sie mit voller Wucht zurück und versetzte ihm einen stärkeren Adrenalinstoß als irgendeines seiner Extremsportabenteuer. Es spielte keine Rolle, dass Sebastian ihm immer noch die kalte Schulter zeigte. In 40 Minuten würde sein Bruder auf dem Stuhl sitzen. Und Corin wollte glauben, dass Sebastian geheilt werden würde.

Auf der Fahrt zu seinem Haus schwiegen sie die meiste Zeit. Aber das störte Corin nicht. Es war eine Gelegenheit, mit Gott zu sprechen. *Gott, ich weiß nicht, wie man betet, und es ist mir auch egal. Ich hoffe, dir ist es auch egal. Ich muss annehmen, dass du dafür gesorgt hast, dass Sebastian in meinen Laden gekommen ist. Wenn das also stimmt und du die Finger im Spiel hast, dann enttäusch mich jetzt nicht, ja? Enttäusch Sebastian nicht. Bitte heile ihn. Lass uns wieder Freunde sein wie früher. Ich will meinen Bruder zurück.*

Ein Friede, wie er ihn nie zuvor erlebt hatte, legte sich über Corin. Er warf einen Blick auf seinen Bruder. *Sein Bruder.* Er saß bei ihm im Auto. Wie lange war das nicht mehr vorgekommen? Seit Sebastians Unfall natürlich. Ihre letzte gemeinsame Fahrt hatte in die Katastrophe geführt. Die Fahrt heute führte hoffentlich zu einem neuen Anfang.

Aber wenn er nicht geheilt wurde? Was dann? Corin versuchte, diesen Gedanken zu verdrängen, aber er ließ ihn nicht los. *Bitte, Gott, es muss klappen.*

Als sie bei seinem Haus ankamen, steuerte Sebastian den Rollstuhl über die Rampe in die Einfahrt.

„Ich habe den Stuhl aus meinem Keller in einen versteckten Bunker gebracht, den ich gebaut habe, als ich vor ein paar

Jahren richtig Geld hatte. Es ist ein Versteck für kostbare Artefakte, die ich absolut sicher aufbewahren will. Niemand weiß etwas davon, und ich habe ihn an einer Stelle gebaut, an der ihn niemand finden würde. Er befindet sich ungefähr fünfzig Meter hinter dem Haus und der Weg führt durch unebenes Gelände. Das heißt, dass ich dich tragen muss."

„Okay", sagte Sebastian, schaute Corin aber nicht an.

„Bist du so weit?"

Sebastian nickte mit ausdruckslosen Augen. „Klar."

Er hievte Sebastian aus seinem Stuhl und hätte ihn vor Schreck fast fallen lassen. Er war so dünn. Nur Haut und Knochen. Er konnte nicht mehr als 60 Kilo wiegen.

„Ist es so in Ordnung?"

„Es tut nicht weh. Ich fühle vom Hals abwärts nichts, falls du dich erinnerst."

„Ich ..."

„Ich werde es überleben. Meine Physiotherapeuten nehmen mich viel unsanfter ran als du."

Als sie den Bunker erreichten, setzte Corin Sebastian an einem Baum beim Eingang ab und drückte auf die Fernbedienung in seiner Tasche. Ein Stück des Grasbodens glitt zurück und brachte eine schmale Treppe zum Vorschein, die nach unten führte.

Corin stieg die Treppe hinab und öffnete die Bunkertür, dann ging er wieder zu Sebastian hinauf und hob ihn hoch. „Dieses Mal wird es anders sein." Die Worte kamen Corin über die Lippen, bevor er es verhindern konnte. Er hatte unabsichtlich seine ganze Hoffnung in Worte gefasst. Er vermutete, dass die Hoffnung auch seinen Bruder ergreifen wollte, aber Sebastian wehrte sich wahrscheinlich dagegen. Es war zu schmerzhaft gewesen, er hatte schon zu viele Versuche hinter sich und die erhoffte Heilung war nicht eingetreten.

Corin trug Sebastian in den Raum hinab und setzte ihn auf einen Küchenstuhl, der zwei Meter neben dem Stuhl stand.

Sebastian schaute den Stuhl lange an, ohne etwas zu sagen. Schließlich sagte er: „Das ist also der Wunderstuhl."

„Ich hoffe es." Corin ging hinüber und berührte die Rückenlehne des Stuhls. Nichts. „Bist du so weit?"

„Klar."

Corin hob seinen Bruder hoch und setzte ihn auf den Stuhl, als lege er ein neugeborenes Baby zum ersten Mal in die Arme seiner Mutter.

„Du musst mich stützen, damit ich nicht umkippe."

„Natürlich." Corin hielt seinen Bruder an den Schultern und schloss die Augen. Es gab nichts zu sagen, keine Anweisungen, die er ihm geben müsste.

Zehn Minuten später sagte Sebastian: „Woher weiß ich, wann es lange genug war?"

„Keine Ahnung." Corin seufzte. „Fühlst du etwas?"

„Nein." Sebastians Stimme war nicht traurig, sie war nicht hoffnungsvoll. Sie war gar nichts.

„Glaub mit mir, Sebastian. Denk an das, was du dir am meisten wünschst."

Sebastians abgehackter Atem war in den nächsten drei Minuten das einzige Geräusch im Raum.

„Merkst du irgendwas?", fragte Corin.

„Nichts." Sebastian hustete. „Was sollte denn passieren?"

„Es ist jedes Mal anders." *Bitte, Gott, heile ihn.* Corin wusste nicht, was er erwartet hatte, aber nicht *nichts*. Wo waren der Friede und das Licht und die Wärme?

Zehn Minuten später trug Corin seinen Bruder auf dessen Bitte hin wieder aus dem Bunker und zum Van. Auf dem Rückweg zu Corins Laden sprachen sie kein Wort.

Bevor Sebastian und Romy wegfuhren, trat Corin an das

Beifahrerfenster und suchte nach den richtigen Worten. „Die Heilungen sind alle später erst eingetreten. Nicht direkt dann, wenn man auf dem Stuhl saß."

„Okay." Sebastian schaute mit zusammengekniffenen Augen zu ihm auf. „Du wirst es als Erster erfahren."

Würde Gott ein Wunder tun? Er wusste es nicht.

Aber als das Auto wegfuhr, konnte Corin das Gefühl nicht abschütteln, dass er für lange Zeit das letzte Mal mit seinem Bruder gesprochen hatte.

Kapitel 44

Corin brütete im Büro über seinen Verkaufszahlen und versuchte, irgendetwas zu finden, das ihm Hoffnung machte, als er hörte, wie die Tür leise aufging. Das war nicht gut. Er warf einen Blick auf seine Armbanduhr. Um 21:15 Uhr an einem Donnerstagabend? Ein bisschen spät für einen Einkaufsbummel. Aber vielleicht nicht zu früh für einen Einbruch.

Er stand auf und ging zu seiner Bürotür. Das Poltern schwerer Schuhe – Stiefel, wie es sich anhörte – hallte von zwei verschiedenen Stellen in seinem Verkaufsraum wider. Es war also mehr als nur einer. Corin zog sein Handy aus seiner Hosentasche und öffnete seine Textnachrichten. Ja, A.C. war der Letzte, dem er eine SMS geschickt hatte. *Bitte hab dein Handy an!*

Corin gab schnell die Buchstaben ein. *Schneller! Ich muss diese SMS wegschicken, bevor sie kommen. IM LADEN. PROBLE-*

Seine Bürotür wurde aufgerissen und knallte gegen die Wand, während ein Mann mit breiten Schultern, dickem Nacken und kahl rasiertem Kopf in den Türrahmen trat. Ein höhnisches Grinsen zog über sein Gesicht, als er sich im Büro umschaute.

„Hallo, Corin." Der Mann deutete auf sein Handy. „Es ist

wahrscheinlich keine so gute Idee, jetzt jemandem eine SMS zu schreiben. Wir müssen uns unterhalten, und ich will nicht, dass du mitten in unserem Gespräch abgelenkt wirst, weil dir jemand zurückschreibt. Kann ich bitte dein Handy haben?"

Corin hoffte, dass sein Daumen an der richtigen Stelle lag, um A.C. die SMS zu schicken. Dann schob er sein Handy auf den Schreibtisch und drehte sich wieder zu dem Mann um. „Wie schön dass sie mein Geschäft beehren. Sind Sie auf der Suche nach bestimmten Antiquitäten?"

„Allerdings. Besonders interessiert uns ein spezielles Stück, bei dem du uns weiterhelfen kannst, wie wir gehört haben." Der Mann schlenderte zu Corins Schreibtisch hinüber und angelte das Handy unter den Papieren hervor, unter die es gerutscht war. Er schob das Telefon mit einem Finger seines schwarzen Handschuhs in die Mitte des Schreibtisches und warf einen Blick auf das Display.

Corins Herz hämmerte.

„Hoffen wir ..." Der Mann warf einen genaueren Blick auf Corins Telefon. „... dass A.C. die Nachricht erst bekommt, wenn wir weg sind. Um seinetwillen. Und um deinetwillen." Er hob den Ellbogen und rammte ihn auf das Telefon. Dann noch einmal. Er lachte. „Das nenne ich iSmash. Fast so gut wie dieser eine Typ auf YouTube, findest du nicht?" Er lachte wieder. Dann forderte er Corin mit einer Handbewegung auf, zur Tür zu gehen. „Können wir?"

Corin stellte fest, dass noch zwei andere Männer in seinem Laden waren. Der eine war eher klein und sah aus, als arbeite er in einer Universität aus den 1950er-Jahren. Das Einzige, das fehlte, war eine Tweedjacke. Aber seine Schultern waren breit und seine Stiefel sahen aus, als hätten sie Stahlkappen. Der andere war vielleicht 1,80 Meter groß; seine Haare waren vorn kürzer als hinten, wo er einen Pferdeschwanz trug, und er hatte auf beiden Seiten seines Halses einen Dolch eintätowiert.

„Ich nehme an, die Herren machen einen abendlichen Einkaufsbummel." Corin zwang sich, ruhig zu atmen, und wünschte, er hätte in Toris Kursen besser aufgepasst. Er würde sich höchstens selbst umbringen, wenn er versuchte, sich zu verteidigen. Und er vermutete, dass seine Besucher in Schlägereien weitaus erfahrener waren als er.

Der Mann mit dem Pferdeschwanz grinste. „Ja, wir wollen einen Stuhl kaufen. Aber der Stuhl, den wir suchen, scheint nicht hier zu sein. Ich weiß jedoch aus zuverlässiger Quelle, dass du ihn noch nicht verkauft hast."

„Und welcher Stuhl sollte das sein?"

„Ein Stuhl, der Wunder wirkt. Ein Stuhl, den man um jeden Preis haben will."

„Ich weiß nicht, wovon Sie sprechen."

„O doch, das glaube ich schon." Der Pferdeschwanztyp legte den Kopf schief und schloss die Augen. „Es wäre wirklich nett, wenn du uns nicht anlügen würdest."

„Alle Stühle, die zum Verkauf stehen, sind hier in diesem Raum. Wenn Sie ihn nicht sehen, habe ich ihn also nicht."

Der Mann seufzte und zog ein Foto aus seiner Tasche. „Er sieht so aus."

Corin warf einen Blick auf das Bild von seinem Stuhl. Er hoffte, sein Gesicht verriet nicht, dass er sich fragte, woher sie das Bild hatten. „So etwas habe ich nicht."

Der Typ mit dem Pferdeschwanz steckte das Foto in seine Hosentasche, ging auf Corin zu und schubste ihn grob gegen die Brust. „Her mit dem Stuhl. Sofort."

„Er ist fort. Ich habe ihn verkauft."

„Verstehe." Der Mann machte eine Handbewegung in die Richtung von Glatzkopf und Mr Fifties. Eineinhalb Minuten später saß Corin gefesselt auf einem Esszimmerstuhl aus den 1930er-Jahren, und eine dünne, braune Schnur schnitt die Blutzirkulation in seinen Handgelenken ab.

„Wir haben dir gesagt, dass du ihn einfach in die Scheune stellen sollst, aber das wolltest du ja nicht! Also noch einmal: Könnten wir bitte den Stuhl haben?"

„Ich habe ihn verkauft."

Der Pferdeschwanztyp schaute den Glatzkopf an, der Corin daraufhin einen Schlag ins Gesicht verpasste. Sein Kopf flog nach hinten. Es fühlte sich ungefähr so an wie der Autounfall, den er vor zwei Jahren gehabt hatte. Schleudertrauma, Sterne vor den Augen und das Gefühl, sein Kopf würde zerbersten.

„Ich frage noch einmal, Corin." Der Mann benetzte seine Lippen. „*Wo ist er*?"

Corin stieß ein leises Stöhnen aus. „Ich habe ihn nicht." Sie konnten ihn schlagen, so viel sie wollten. Er würde den Stuhl nicht hergeben. Niemals.

„Okay." Der Pferdeschwanztyp nickte und rieb sich die Schläfe. „Gut. Aber ich muss dir etwas erklären: Wir sind hier nicht in Hollywood. Wenn du es uns nicht verrätst, halten wir dir keine lange Rede oder foltern dich. Wir bringen dich auch nicht um. Wir suchen Tori und foltern und töten *sie* ganz langsam vor deinen Augen."

Der Kleine schlenderte gemütlich auf Corin zu, zog ein Messer aus seiner Tasche, fuhr damit über seine Jeans und zwinkerte Mr Pferdeschwanz zu. „Dann trennen wir die Muskeln von deinen Knochen, ohne dem Hilfskommando Zeit zu geben, den Laden zu stürmen."

In diesem Augenblick stürmte das Hilfskommando den Laden.

Kapitel 45

Als A.C. Corins SMS bekam, war er nur drei Minuten vom Laden entfernt. Vielleicht auch nur zwei, wenn keine roten Ampeln ihn aufhielten. Er schaffte es in einer Minute und 49 Sekunden und schaute durch das Schaufenster in Corins Laden.

Drei Männer standen vor Corin, der auf einen Stuhl gefesselt war. Einer war ein riesiger Gorilla, aber die anderen beiden sahen durchschnittlich gebaut aus. A.C. ging vom Schaufenster weg und rief mit dem Handy die Polizei an.

„Notrufzentrale. Was kann ich für Sie tun?"

„Der Besitzer des Antiquitätenladens in der West Francis Street 69 wird als Geisel festgehalten. Bitte schicken Sie einen Wagen. Ich gehe jetzt hinein."

„Warum glauben Sie, dass er als Geisel festgehalten wird?"

„Weil er an einen Stuhl gefesselt ist!" A.C. trat unruhig von einem Bein auf das andere und beobachtete Corin. „Sie müssen *sofort* einen Streifenwagen schicken."

„Wie heißen Sie, Sir?"

„Beeilen Sie sich. Ich gehe jetzt hinein."

„Sie müssen draußen bleiben. Und sagen Sie mir bitte Ihren Namen."

„A.C. Avena. Warum muss ich draußen bleiben?“

„Weil Sie sich sonst gefährden.“

A.C. grunzte missbilligend. „Wie schnell ist der Streifenwagen hier?“

„Wir haben bereits jemanden losgeschickt. In spätestens sieben Minuten müssten die Polizeibeamten vor Ort eintreffen.“

Na toll. Corin hatte vielleicht nicht einmal mehr fünf Minuten. Womöglich nicht einmal drei. „Das muss schneller gehen.“

„Können Sie sehen, was in dem Laden passiert, und es uns beschreiben?“

A.C. spähte wieder vorsichtig durch das Schaufenster in den Laden. Der Mann in der Mitte redete auf Corin ein, der ihn finster anschaute. A.C. hätte fast gelacht. Corin könnte es trotz des Karatetrainings nicht einmal mit einer Barbiepuppe aufnehmen, aber er hatte Mut. Der Mann in der Mitte, der wie ein Gelehrter aus früheren Zeiten aussah, sagte etwas zu Corin ... Corin antwortete ... Aus der Miene des Mannes schloss er, dass ihm seine Antwort nicht gefiel ... Der Mann nickte dem Glatzkopf zu. Der Glatzkopf schlug Corin ins Gesicht, dessen Kopf nach hinten flog.

„Sie haben ihn gerade geschlagen“, knurrte A.C. ins Telefon. „Ich gehe jetzt hinein.“

A.C. rannte um das Gebäude herum zur Hintertür. Aber bevor er hineinstürmte, müsste er sich ein Bild von der Situation machen und herausfinden, ob diese Typen Waffen hatten oder nicht. Falls sie welche hatten, würde er sich zurückhalten und sie zunächst daran hindern, Corin noch mehr Schaden zuzufügen. Sie irgendwie ablenken. Wenn sie keine hatten, würde es rundgehen.

Er trat durch die Hintertür in den Laden und schlich leise zum Verkaufsraum. Nach fünf Schritten klingelte sein Handy.

Anrufer unbekannt. Wahrscheinlich die Polizei. Sie wollten ihm noch mal sagen, dass er draußen bleiben sollte, und er würde ihnen seine Meinung sagen und es später bereuen. Zeitvergeudung. Er schaltete den Klingelton ab und steckte das Handy in seine vordere Hosentasche.

Ein Ruf von vorn hallte durch den Laden. „Wir bekommen Gesellschaft!"

A.C. stürmte in den Laden. Corin schaute zu ihm auf. Ein Auge war bereits halb zugeschwollen. „Bist du okay, Corin?"

„Wunderbar. Meine neuen Freunde und ich diskutieren über die Modalitäten für ein Möbelstück, das sie gern kaufen würden."

Der kahlköpfige Gorilla sagte: „Ich nehme an, vor uns steht der berühmte A.C. Habe ich recht? Bist du A.C.?"

A.C. schnaubte. „Ich bin euer schlimmster Albtraum."

„Ausgezeichnet." Ein Mann mit Tätowierungen am Hals und einem Pferdeschwanz klatschte in die Hände. „Schön, dass du kommst, um deinen Busenfreund zu retten. Was können wir für dich tun?"

A.C. schaute sie der Reihe nach an. Falls sie Waffen bei sich hatten, waren sie nicht zu sehen. Aber selbst wenn, A.C. würde nicht tatenlos zusehen, wie sie auf Corin einschlugen. „Wenn es euch nichts ausmacht, würde ich euch jetzt bitten zu gehen."

„Es macht uns aber etwas aus."

„In diesem Fall werde ich euch persönlich hinausbegleiten. Und das wird nicht allzu sanft geschehen."

Der Pferdeschwanztyp wackelte grinsend mit den Fingern und öffnete den Mund, sodass A.C. seine gepiercte Zunge sah. „Wir sind drei. Ihr seid zwei. Und einer von euch", er deutete auf Corin, „ist keine große Hilfe. Du hast keine Chance, Mann."

„Das sehe ich anders." A.C. setzte sein schiefes Grinsen auf.

Der Glatzkopf erwiderte das Lächeln und ballte die Fäuste. „Du willst uns also ein wenig aufmischen, was?"

„Absolut."

„Diese Männer meinen es ernst, A.C." Corin zerrte an den Seilen, die seine Hände fesselten. „Hau lieber ab."

„Nein, ich habe gestern mein Training verpasst. Das kann ich jetzt nachholen." Er schaute die drei Schläger wieder an. „Kann es losgehen?"

Sie nickten, gingen auf A.C. zu und teilten sich wie Synchrontänzer auf. Der Pferdeschwanztyp machte von links einen Satz auf A.C. zu, während der Glatzkopf von rechts auf ihn losging und in einer geschmeidigen Bewegung anhob, A.C. einen kräftigen Tritt in die Seite zu verpassen. A.C. ließ sich von Pferdeschwanz' Finte nicht beirren. Er warf sich nach vorn, täuschte nach links an, als wollte er Pferdeschwanz angreifen, dann fuhr er herum und packte Glatzkopfs Bein mit eisernem Griff in der Luft. Er verdrehte ihm blitzschnell das Bein, sodass er umfiel und mit dem Kopf auf dem Boden aufschlug. Einer war erledigt. Blieben noch zwei.

Einer der anderen sprang ihn von hinten an – das musste Pferdeschwanz sein –, warf den Arm um A.C.s Hals und drückte zu. A.C. rammte dem Mann den Ellbogen in die Rippen, der daraufhin seinen Griff um seinen Hals lockerte. Ein weiterer Schlag gegen den Brustkorb des Mannes und er sank zu Boden.

Der Professor griff ihn frontal an. Finte von rechts. Hand an die Kehle. Abwehren. Parieren. Zuschlagen.

Dieser Mann hatte etwas drauf. A.C. musste einen kräftigen Kinnhaken einstecken und taumelte nach hinten. Im nächsten Moment rammte Pferdeschwanz A.C. von hinten die Faust in die Niere.

„Ahhh!"

„Willst du noch mehr?“

„Versuch es“, sagte A.C., während er herumwirbelte.

Pferdeschwanz machte als Erster einen Satz auf ihn zu. Der Mann war schnell, aber A.C. wich aus, packte Pferdeschwanz' Kleidung am Rücken und nutzte seinen Schwung, um ihn kopfüber gegen eine Eichenkommode zu werfen. Pferdeschwanz lag stöhnend auf dem Boden. Erledigt. Zwei waren ausgeschaltet.

„A.C., pass auf!“

Er wirbelte herum und sah gerade noch, wie der Professor einen Revolver auf ihn richtete – und abdrückte.

Es fühlte sich an, als hätte ihn ein Speer direkt unter den Rippen getroffen. Seine Hand fuhr reflexartig an seinen Bauch, und ein paar Sekunden später drang Blut durch seine Finger. Er taumelte und sackte dann zu Boden.

„Verdammt.“ Er hustete und das Blut lief auf den Boden. „Schusswaffen sind doch wirklich unsportlich!“

Corin wurde heiß, dann kalt, dann wieder heiß. Das konnte doch nicht wahr sein! Er schrie und zerrte an den Fesseln, die so fest in seine Handgelenke schnitten, dass er das Gefühl hatte, seine Hände würden abgetrennt.

Blut sickerte zwischen A.C.s Fingern hindurch und tropfte auf den Boden. Kleine Luftblasen mit Blut kamen aus seinem Mund und er atmete stoßweise.

„Lasst ihn nicht sterben!“ Corin zerrte an dem Seil. „Er braucht einen Arzt!“

„Warum? Ich habe gerade mit der Absicht auf ihn geschossen, dass er stirbt“, sagte der Professor trocken.

„Nein. Bitte. Nicht A.C.!“

„Du kannst ja deinen kostbaren kleinen Stuhl herausrücken, um ihn zu retten.“ Der Mann schaute Pferdeschwanz an, der gerade das Bewusstsein wiedererlangte. „Wenn du uns das Ding einfach gegeben hättest, wäre er jetzt nicht in dieser Situation. Aber nun sieht es so aus, als müsstest du dich von ihm verabschieden. Und ich schätze, das wird dir dein Leben lang keine Ruhe lassen."

Corin warf ihnen jedes Schimpfwort an den Kopf, das ihm einfiel, und zerrte wieder mit aller Kraft an den Fesseln. „Ich bringe euch um."

„Nein. Das wirst du nicht tun." Der Tweedtyp zündete sich eine Zigarette an. „Gib uns den Stuhl, dann verschwinden wir." Er zog einen glänzenden Cent aus seiner Tasche und drehte ihn zwischen Daumen und Zeigefinger. „Kopf, ich schieße noch einmal auf ihn. Zahl, ich schieße noch einmal auf ihn." Er setzte ein grausames Lächeln auf. „Es sei denn, du sagst uns, wo der Stuhl ist."

„Wer hat euch geschickt?"

„Das ist nicht die Antwort, auf die ich warte."

Corin ließ den Kopf hängen und schloss die Augen, während der Cent klirrend auf den Boden fiel. Er war ein Idiot! Was hatte er sich nur dabei gedacht, A.C. diese SMS zu schicken?

Mr 1950er-Jahre hob den Cent auf. „Sieh einer an: Zahl." Er hob seinen Revolver.

In diesem Moment klingelte Glatzkopfs Handy. Er ging dran und steckte das Handy wenige Sekunden später wieder in die Tasche. „Wir müssen sofort verschwinden."

Die drei Männer sprinteten aus dem Laden, ohne Corin noch einmal anzuschauen. Er dachte nicht darüber nach, warum sie verschwunden waren. Seine ganze Aufmerksamkeit galt A.C. Das Blut strömte weiter aus A.C.s Wunde und lief in die Spalten und Ritzen des Holzbodens.

„A.C.!"

Keine Antwort. Keine Bewegung.

„A.C.! Wach auf!"

Er musste irgendwie an das Handy seines Freundes herankommen. Wo hatte A.C. es? Immer in der vorderen rechten Tasche.

Corin hoppelte mitsamt dem Stuhl zu seinem Freund hinüber. Bei jeder Bewegung schnitt das Seil schmerzhaft in seine Handgelenke. Er achtete nicht darauf. *Du darfst nicht umkippen. Konzentrier dich. Noch drei Meter. Weiter!*

Als er A.C. erreicht hatte, begriff er, das er nur an sein Handy herankommen würde, wenn er mit dem Rücken zu A.C. auf der Seite lag, sodass seine gefesselten Hände in Reichweite der Hosentasche waren. Dazu musste er den Stuhl umwerfen. Er schaukelte einmal. Zweimal. Der Stuhl kippte.

Er hatte sich verschätzt und befand sich zu nah bei dem Schemel neben A.C. Fluchend drückte er den Kopf auf die Brust, aber das genügte nicht. Krachend und mit voller Wucht schlug sein Schädel auf dem Schemel auf.

Während ihm schwarz vor Augen wurde, hatte Corin nur einen Gedanken: *A.C. wird sterben und es ist wieder meine Schuld.*

Als Corin langsam wieder aus der Dunkelheit auftauchte, hörte er laute Sirenen heulen. Und er bewegte sich irgendwie vorwärts. In einem Krankenwagen? Bedeutete das, dass A.C. gerettet wurde?

Er öffnete die Augen. Das war ein Fehler. Das Licht durchbohrte seinen Schädel und verstärkte das Pochen in seinem Kopf um ein Vielfaches. Übte ein Elefant auf seinem Kopf Seilspringen?

„Er kommt zu sich."

Die Stimme klang erstickt, und er konnte nicht sagen, ob sie von einem Mann oder einer Frau kam.

„Ist A.C. am Leben?" Corins Kopf fühlte sich an, als wäre er

24 Stunden am Stück Achterbahn gefahren. „Mein Freund ... ist er okay?“

„Nicht sprechen. Sie sind auf dem Weg ins Krankenhaus. Sie haben sich den Kopf schwer angeschlagen. Wahrscheinlich haben Sie eine Gehirnerschütterung. Einen Zentimeter weiter links und Sie lägen jetzt in einem anderen Auto.“

Corin öffnete die Augen einen Millimeter weit und wartete, bis sie sich an das Licht gewöhnt hatten. Dann versuchte er, sich auf die Ellbogen zu stützen, aber ihm wurde sofort wieder schwarz vor Augen.

„Langsam, Mann. Soweit sind Sie noch lange nicht.“ Der Mann – es war jetzt als Männerstimme identifizierbar – legte die Hand auf Corins Schulter und drückte ihn sanft wieder auf die Trage zurück.

„Ich muss wissen, ob er okay ist.“

„Das weiß ich nicht. Nach dem, was ich gesehen habe, denke ich aber, dass er durchkommt.“

„Meine Schuld. Alles meine Schuld.“ Corin tastete nach seinem Handy. „Ich muss ihn anrufen.“

„Sie müssen vor allem ruhig liegen bleiben, Sir.“

Einen Moment später versank er wieder in der Dunkelheit.

Corin wurde von einem lärmenden Fernseher geweckt, der links neben ihm stand. Wo war er? Er rieb sich über das Gesicht und atmete tief ein. In einem Krankenhaus. Aber warum? Und warum fühlte sich sein Kopf an, als hätte er für ein Wochenende mit Karatedemonstrationen als Sandsack hergehalten?

Einen Moment später schoss ihm die Szene vom Vorabend durch den Kopf.

A.C.! Er musste herausfinden, wie es A.C. ging.

Corin schaute auf der Suche nach einem Knopf, mit dem er die Schwester rufen konnte, nach rechts und dann nach links.

Da war er. Am Bettgeländer. Er drückte einmal. Ein leises Brummen ertönte. Dann noch einmal.

„Das kann eine Weile dauern."

Corin blickte auf. Durch den Vorhang links neben sich sah Corin die Umrisse eines Mannes, der in einem Bett lag.

„Was?"

„Sagen wir es so: Wenn das Pflegepersonal hier an den Olympischen Spielen teilnehmen würde, wären sie keine Sprinter."

„Kommt denn niemand, wenn man den Knopf drückt?"

„Doch, es kommt immer jemand. Die Frage ist nur wann."

Corin warf einen Blick auf die Uhr an der Wand. 7:00 Uhr. „Welcher Tag ist heute?"

„Samstag."

Corin schaute wieder auf die Uhr. Unglaublich! Er war fast 30 Stunden weggetreten gewesen. Missbilligend betrachtete er den intravenösen Zugang, der in seinem Arm steckte, und begann daran herumzufummeln. „Ich muss hier raus."

„Hey, was soll das?" Ein großer, schlanker Mann mit einer Nase wie Michael Jackson kam in den Raum.

„Ich will diese Nadel aus meinem Arm haben."

Der Pfleger zog Corins Hand von seinem Arm weg. „Ich sehe, dass Sie das wollen, aber warum überlassen Sie es nicht uns, den Zugang zu entfernen, wenn es so weit ist?"

„Ich will wissen, wie es A.C. Avena geht."

„Ich habe eben nach ihm geschaut."

„Und?"

„Er ist stabil. Es geht ihm gut."

„Ich muss zu ihm."

„Sie haben eine Gehirnerschütterung und brauchen Ruhe. Wir haben Ihnen –"

„Ich will ja nicht unhöflich sein, aber ich muss wirklich zu meinem Freund."

„Ihr Freund ist bereits nach Hause gegangen. Auf eigene Verantwortung. Wir hätten ihn nie so früh entlassen, auch wenn seine Frau Krankenschwester ist."

„Also wird er wieder gesund?"

Der Pfleger biss sich auf seine Unterlippe, sagte aber nichts.

Corin fuhr ein eisiger Schreck durch die Glieder. *Nein. Nicht A.C.*! „Was ist mit ihm?"

„Das sollten Sie ihn lieber selbst fragen. Oder seinen Arzt."

„Er ist mein bester Freund." Corin setzte sich im Bett auf. „Er hat mir das Leben gerettet. Bitte sagen Sie es mir."

Der Mann zuckte die Achseln. „Geistig ist er vollkommen fit, aber die Kugel hat seine Wirbelsäule gestreift. Es sieht so aus, als sei er von der Hüfte abwärts gelähmt."

Alles um Corin begann sich zu drehen. Das konnte nicht wahr sein. Unmöglich! Es war ein schlechter Scherz. „Was?!"

„Tut mir leid."

Corins Puls überschlug sich fast. Er schluckte schwer. Das musste doch alles ein Albtraum sein! „Ich muss hier raus!"

Der Pfleger schaute auf seine Uhr. „Ich soll in zwei Stunden ein paar Tests mit Ihnen machen, um sicherzugehen, dass bis auf die Gehirnerschütterung alles in Ordnung ist. Aber ich denke, es wäre Ihnen recht, wenn ich diese Tests sofort mache, oder?"

Kapitel 46

Eine Stunde später starrte Corin A.C.s Haustürglocke an, die vom weichen Licht der Verandalampe beschienen wurde, und wünschte sich, ein solches Licht würde ihm einen Ausweg aus diesem Albtraum zeigen.

Er suchte nach den richtigen Worten. Was konnte er sagen? *„Tut mir echt leid. Setz dich doch noch mal auf den Stuhl. Vielleicht bringt er alles wieder in Ordnung"?*

Corin hatte das Gefühl, in einem Meer aus Schuld zu schwimmen, das so groß war, dass der Pazifik daneben wie ein Kinderplanschbecken aussah.

Schließlich hob er mühsam die Hand und drückte auf den Knopf. Es fühlte sich an, als versuche er eine Stahlwand zu bewegen. Er drückte kräftiger und hörte das bekannte Klingeln im Haus.

Kurz darauf ging die Tür auf. „Hallo, Cor. Wie geht es dir?" A.C.s Frau Dina lächelte ihn müde an.

„Ich fühle mich wie eine Brezel, die jemand einfach aus Spaß doppelt verdreht hat."

„O je! A.C. wird sich freuen, dich zu sehen. Er ist dir nicht böse." Dina winkte ihn ins Haus.

„Er hat aber jedes Recht dazu." Corin trat in die Diele.

„Was hast du ihm denn getan? Dass er kam, um dich zu retten, war seine Entscheidung und nicht deine."

„Was ich getan habe?" Corin schaute sie ungläubig an. „Abgesehen davon, dass ich ihn in eine Situation gebracht habe, durch die er nun gelähmt ist? Dass er seine Firma nicht weiterführen kann? Dass er nicht mehr mit seinen Kindern spielen kann? Abgesehen davon?"

Dina schüttelte den Kopf, nahm ihn an der Hand und zog ihn ins Wohnzimmer. Sie setzte sich auf die geblümte Couch und forderte ihn mit einer Handbewegung auf, sich ebenfalls zu setzen. „Was hat er zurückgeschrieben, als du ihn in deiner SMS gebeten hast zu kommen?"

„Bin schon unterwegs." Corin warf einen Blick auf den Flur, der ins Hintere des Hauses führte „Ich bin davon ausgegangen, dass er mich jetzt auffordert, aus seinem Leben zu verschwinden." Corin warf wieder einen Blick zum Flur.

„Kennst du ihn denn überhaupt nicht? Selbst wenn er gelähmt wäre, würde er dich nicht fallen lassen. Niemals. Eure Freundschaft bedeutet ihm sehr viel."

Corin rieb sich den Hals unter dem Kinn. „Neben Sebastian ist A.C. der Mensch, den ich auf der Welt am meisten liebe." Corin beugte sich vor. Ein plötzlicher Adrenalinstoß durchfuhr ihn. Was hatte sie gerade gesagt? *Selbst wenn er gelähmt wäre* ... „Willst du etwa sagen, dass er ...?"

„Ja, Cor, das will ich sagen." Dina zwinkerte ihm zu. „Ich dachte schon fast, das hättest du völlig überhört."

„Soll das heißen, dass er wieder gehen kann? Der Krankenpfleger hat gesagt ..."

„Der Pfleger hätte den Mund halten sollen. Die Ärzte sagen, dass er mit allergrößter Wahrscheinlichkeit nicht gelähmt bleiben wird. Diese Wahrscheinlichkeit klingt gut."

„Das stimmt." Corin atmete kräftiger aus, als er erwartet

hatte. „Das klingt sogar sehr gut." Eine riesige Welle der Erleichterung durchflutete ihn. Er hatte mit dem Schlimmsten gerechnet. Und jetzt – alles würde wieder normal werden? Corin brauchte so sehr etwas, das ihm Hoffnung gab. Noch mehr schlechte Nachrichten könnte er nicht verkraften. Er sprang auf die Beine. „Ich kann dir gar nicht sagen, wie froh ich bin, das zu hören."

Sie erwiderte sein Lächeln, aber dann verschwand die Freude aus ihren Augen. Er kannte Dina fast genauso lange wie A.C. Etwas stimmte hier nicht. Es gab noch etwas, das Dina ihm nicht erzählt hatte. Tränen traten in ihre Augen und sie atmete stockend ein.

„Was ist?" Corin setzte sich wieder. „Sag es mir, Dina."

Sie winkte ab. „Es ist keine große Sache." Dina blinzelte die Tränen zurück und versuchte zu lächeln. „Geh und sprich mit ihm, Corin. Das wird dir guttun."

Als er zu A.C.s Zimmer ging, wurde die Luft irgendwie dicker. Es war, als liege eine dunkle Wolke darüber. Corin blieb im Türrahmen stehen. Auf dem riesengroßen Fernseher, den A.C. vor drei Jahren gekauft hatte, lief Wrestling, und ein gerahmtes Foto von seiner Tochter beim Fußballspielen hing über dem eingebauten Bücherregal, in dem keine Bücher standen, weil A.C. nicht las. Der Hinterkopf seines Freundes ragte wie ein kleiner Berg über die Rückenlehne des Fernsehsessels. Dass er sitzen konnte, war ein gutes Zeichen, oder?

„Hey, Cor. Wie geht's dir?"

Corin ging um das Sofa herum und steckte die Hände in seine Hosentaschen. „Das ... das Ganze ist richtig schlimm, Mann." Corin legte die Handflächen an seine Schläfen und drückte zu.

„Nein, es ist gut, Mann." A.C. lachte. „Im Ernst. Du weißt, dass ich das nicht sagen würde, wenn es nicht so wäre."

Corin ging vor dem Fenster auf und ab und schaute in den Garten hinaus, dann wieder auf die blaue Couch. „Jetzt wirst du mir gleich erzählen, dass du in Zukunft keine Betonarbeiten mehr machen kannst."

A.C. fuhr mit den Fingern durch seine dichten sandfarbenen Haare. „Dina hat es dir also erzählt."

„Was?" Corin blieb abrupt stehen und schaute A.C. entsetzt an.

„Nein." Corin sank aufs Sofa. „Sie hat mir nichts gesagt. Ich wollte nur zynisch sein."

„Die Ärzte sagen, dass die Lähmungserscheinungen wieder verschwinden werden. Ich werde gehen und auch leichte körperliche Arbeiten verrichten können, aber ich werde meinen Körper nie wieder so belasten können, dass ich selbst in der Firma tätig sein kann." A.C. zwinkerte. „Es sei denn, ich will auf Dauer in einem Rollstuhl sitzen."

In Corins Kopf drehte sich alles. Wie konnte die Zukunft in einem Moment so voller Hoffnung sein und im nächsten in Verzweiflung versinken? Er wusste den Grund: Er war an allem schuld – er und der Gegenstand, der sein Leben und das Leben der Menschen um ihn herum wie ein Erdbeben erschütterte: der Stuhl. Der Stuhl, der ihm die hinterhältigste Lüge eingeredet hatte: Dass es einen Ausweg geben könnte, eine Möglichkeit, Sebastian wieder näherzukommen.

„Was hast du jetzt vor?"

A.C. lächelte. „Ich werde die Firma verkaufen."

„Und was dann?" Corin war wieder auf den Beinen und ging unruhig auf und ab.

„Wenn du so weitermachst, habe ich bald ein Loch im Teppich."

Corin ignorierte ihn.

„Du glaubst, du hast mein Leben ruiniert, nicht wahr?"

„Der Stuhl hat mir nichts als Schwierigkeiten gebracht und ich habe meinen besten Freund großzügig daran teilhaben lassen."

„Du hast genau das Gegenteil gemacht." A.C. wartete, bis Corin stehen blieb und ihn direkt anschaute. „Du hast mich befreit."

„Was?"

„Ich habe eine Berufsunfähigkeitsversicherung. Mit sehr guten Konditionen. Nach drei Monaten bekomme ich eineinhalb Jahre lang fünfundachtzig Prozent meines Gehalts. Können wir mit fünfzehn Prozent weniger Einkommen leben? Ja. Und ich habe jede Menge Zeit zur Verfügung."

„Und was hast du vor?"

A.C. nahm einen braunen Umschlag, der neben ihm lag, zog mehrere Blätter heraus und reichte sie Corin. Er schaute das oberste an. Es sah aus wie eine CAD-Zeichnung von mehreren Gebäuden auf einem größeren Gelände. Corin runzelte die Stirn und blätterte die anderen Papiere durch. Es waren weitere Baupläne, Fotos von Feldbetten, Internetshops für Kanus, Volleyballnetze, Tischtenniszubehör und Lebensmittel. Er hielt die Papiere in die Höhe. „Was ist das?"

„Wie lang spreche ich schon davon, dass ich ein Ferienlager für die Kinder von Obdachlosen aufbauen will?"

„Ungefähr seit deiner Geburt."

„Genau."

„Was hält Dina von der Idee?"

„Sie ist begeistert."

Corin lehnte sich an A.C.s Billardtisch. „Gib mir eine ehrliche Antwort: Ist das wirklich das Leben, das du willst?"

„Aber wenn ich es dir doch sage!" A.C. kniff die Augen zusammen, als sei er geschockt, dass Corin seine Ehrlichkeit infrage stellte. „Du darfst auch eins nicht vergessen: Wenn wirklich Gott hinter diesem Stuhl steht, dann weiß er vielleicht, was er tut."

Corin ging zu A.C. hinüber. Er beugte sich nach unten, drückte den Kopf seines Freundes an seine Brust und gab ihm einen rauen Kuss auf die Stirn. „Ohne dich würde das Leben nur halb so viel Spaß machen, Mann."

„Gleichfalls."

Als Corin A.C.s Haus verließ, versuchte er zu glauben, dass etwas Gutes dabei herauskommen würde, dass sein Freund angeschossen worden war. Aber es gelang ihm nicht so recht. Ja, A.C. hatte jetzt viel Zeit, aber woher würde er das nötige Geld bekommen? Solche Ferienlager waren ein riskantes Geschäft. Die Teilnehmerzahlen schwankten, und bei der aktuellen Wirtschaftslage wuchs das Geld der Ämter und Behörden, die so etwas bezuschussten, nicht auf den Bäumen. Und A.C. hatte nie viel Geld gespart.

Kurz bevor er nach Hause kam, leuchtete Tessers Nummer auf Corins neuem Handy auf. „Hallo?"

„Ausgezeichnete Neuigkeiten, Corin." Tesser schmunzelte hörbar. „Ich habe eindeutige Beweise, dass dein Stuhl von Jesus gebaut worden ist. Falls wir irgendwelche Zweifel hatten, können wir sie jetzt begraben."

„Ich denke, dass ich das schon eine ganze Weile glaube."

„Das, was ich gefunden habe, wird deinen Glauben noch stärken."

„Sag es mir."

„Nein, nein. Das musst du mit eigenen Augen sehen. Kannst du morgen um neun zu mir kommen?"

„Klar." Corin bog in seine Einfahrt und stellte den Motor ab. „Gibst du mir einen Tipp?"

„Nein, das würde die ganze Überraschung verderben. Und ich möchte unbedingt dein Gesicht sehen, wenn du erblickst, was ich gefunden habe." Der Professor unterdrückte ein Kichern.

Corin sparte sich die Mühe, das Licht einzuschalten, als er ins Haus ging. Das Einzige, woran er denken konnte, war Schlafen. Aber eine Stunde später lag er immer noch wach im Bett, weil irgendetwas an Tessers Tonfall nicht gepasst hatte und Corins Gehirn offensichtlich fest entschlossen war herauszufinden, was es war.

Gegen 2:00 Uhr nachts gab er es schließlich auf, ohne eine brauchbare Antwort gefunden zu haben. Tesser würde ihn wahrscheinlich später vor anstrengende Gedankenspiele stellen. Hoffentlich übertrieb er es nicht.

Kapitel 47

Corin kam am Sonntagmorgen um 8:58 Uhr bei Tessers Haus an und wollte klingeln, aber bevor er das tun konnte, ging die Tür auf und ein grinsender Tesser stand vor ihm.

Seltsam. In all den Jahren, die Corin ihn kannte, war er nie zur Tür gekommen.

„Da bist du ja endlich!" Tesser bewegte die Füße wie in einem kleinen Tanz vor und zurück. „Ich bin schon seit vier Uhr auf und platze fast vor Vorfreude."

„Du hast etwas Großes gefunden."

„Allerdings." Tesser winkte ihn ins Haus. „Komm. Gehen wir in mein Büro."

Corin folgte Tesser, der aufgeregt vor sich hin murmelnd durch den dunklen Flur ging. In seinem mit Massivholz eingerichteten Arbeitszimmer breitete er die Arme aus und deutete auf etwas in der Mitte des Zimmers. *„Regarde! Regarde!"*

Corin war überrascht; er hatte Tesser noch nie Französisch sprechen hören. Sein eigenes Französisch war reichlich eingerostet, aber hieß das nicht „Schau!"? Er trat ein, um sich Tessers Entdeckung anzuschauen. Drei Gefühle durchfuhren ihn gleichzeitig:

Überraschung.

Wut.

Angst.

Nicole saß in der Mitte des großen Büros auf dem Duplikat des Stuhls. Ihre Hände waren ebenso wie ihre Fußknöchel mit einer dünnen braunen Schnur gefesselt. Mit der gleichen Schnur war er vor drei Tagen in seinem Laden gefesselt worden. Ihre weißen Haare waren zerzaust, ihr Kopf leicht zur Seite geneigt. Sie sah müde und blass aus.

Unmöglich.

Corin versuchte zu sprechen, aber der Schock, Nicole gefesselt in Tessers Büro sitzen zu sehen, machte ihn sprachlos und lähmte ihn.

Das konnte Tesser doch nicht gemacht haben! Er suchte nach etwas, an dem er sich festhalten konnte. „Was hast du getan?“ Corin taumelte auf Tesser zu, der rückwärts zu seinem übergroßen Eichenschreibtisch auswich. Corin überlegte es sich anders und wandte sich Nicole zu.

„Nein, das kann ich dir nicht erlauben“, erklärte Tesser. Dann sagte er etwas lauter: „Ich brauche Hilfe.“

Sofort traten vier Männer aus den flackernden Schatten der Kerzen, die im Raum verteilt waren, ins Licht. Ihre Arme hingen locker nach unten, sahen aber aus, als könnten sie sich im Ernstfall blitzschnell bewegen. Er erkannte zwei von ihnen: Pferdeschwanz und Glatzkopf. Die anderen beiden Männer waren eher schmächtig, aber ihre harten Gesichter verrieten, dass sie wenig Skrupel kannten.

Es war ganz klar: Das hier musste ein mieser Traum sein. Wenn Jefferies so etwas gemacht hätte, wäre das zwar krass gewesen, aber damit hätte Corin irgendwie gerechnet. Aber das jetzt war einfach grotesk.

„Ich wollte es nicht auf diese Weise machen.“ Tesser schlurfte in seinen übergroßen Hausschuhen vor dem Schreibtisch auf und ab und drückte sich die Finger an die Stirn. „Wirklich, Corin, das wollte ich nicht." Er blickte auf, verzog das Gesicht und schlug dann mit der Hand auf den Schreibtisch. „Warum konntest du mir den Stuhl nicht einfach geben, als ich dir vorschlug, ihn hier zu verstecken? Oder ihn in die Scheune stellen? Wenn du das gemacht hättest, bliebe uns das alles jetzt erspart. Es ist wirklich eine Schande."

„Lass sie gehen."

Tesser trat auf Corin zu. „Lassen wir einmal alle Gefühle beiseite. Ich bin so froh, dass du gekommen bist, weil wir jetzt dieses kleine Täuschungsmanöver beenden können. Ich warte auf diesen Moment, seit ich gestern Abend Nicole endlich gefunden und hierhergebracht habe. Ich nehme an, dass sie auch darauf gewartet hat." Er deutete mit einem alten Füller auf sie. „Obwohl ich finde, dass ich ein guter Gastgeber bin, glaube ich, dass sie lieber nicht hier wäre."

„Geht es dir gut?", fragte Corin Nicole.

„Ja." Sie sah allerdings nicht so aus.

Corin warf einen Blick auf Tessers Schlägertypen. „Freunde von dir?"

„Ja. Gute Freunde."

„Freunde, die Steine durch Schaufensterscheiben werfen und in Geschäfte einbrechen, um zu stehlen, was ihnen nicht gehört?"

„Ja, solche Freunde." Tesser raufte sich den schütteren Bart.

Corin machte einen Satz auf Tesser zu, aber Pferdeschwanz und Glatzkopf packten ihn, warfen ihn auf einen Stuhl und begannen, ihn daran zu fesseln.

Während sie damit beschäftigt waren, runzelte Tesser die Stirn. „Ja, das mit deinem Freund ist übrigens sehr bedauerlich. Das war nicht geplant."

„Wie konntest du mir das antun?“

„Du meinst, warum ich den Stuhl will?“

Corin starrte ihn nur an.

„Es gibt mindestens drei oder vier Gründe, vielleicht sogar fünf. Ich habe noch nicht richtig darüber nachgedacht.“

„Dann denk jetzt darüber nach.“ Corin zerrte an den Fesseln an seinen Handgelenken.

„Das ist amüsant, da du dich nicht gerade in einer Position befindest, in der du etwas verlangen kannst. Aber warum nicht?“ Tesser ging vor ihm auf und ab. „Erstens, es ist alles so aufregend, findest du nicht? Indiana Jones im wahren Leben.“ Tesser blieb stehen und drehte sich zu Corin um. „Komm schon. Auch wenn es dir im Moment keinen Spaß macht, musst du doch zugeben, dass es das faszinierendste Abenteuer ist, das wir miteinander erlebt haben. Nicht wahr?“

Tesser sprach weiter, ohne auf eine Antwort zu warten. „Zweitens, ich suche diesen Stuhl schon mein ganzes Leben lang. Die meisten hielten ihn nur für eine Legende.“ Er schüttelte den Kopf. „Ich konnte es kaum fassen, als ich begriff, dass du vielleicht den echten Stuhl hast. Drittens muss sich die ganze Zeit, die ich dafür investiert habe, doch auch irgendwie lohnen. Viertens hat es mich wahrscheinlich geärgert, dass Nicole die ganzen Jahre sozusagen vor meiner Nase herumlief und ich das nicht gemerkt habe. Deshalb möchte ich mich ein wenig bei ihr revanchieren. Und fünftens will ich die Macht, die in diesem Stuhl steckt. Das verstehst du doch bestimmt.“

„Aber du bist ein alter Mann! Was könntest du noch Großes mit dem Stuhl anfangen?“

„Ja, das ist wahr. Zum einen frage ich mich, ob mich der Stuhl auch von meinem Alter heilen kann … Wer weiß. Ich hoffe es.“ Er nahm seine Brille ab und rieb sich die Augen. „Doch auch, wenn das nicht eintrifft, ist der Stuhl letztlich zu

Größerem bestimmt. Er gehört denen, denen die Macht über diese Erde gegeben wurde. Denen, die dazu bestimmt sind, über sie zu herrschen. Ich bin Historiker; ich denke nicht in Jahrzehnten, sondern in Jahrhunderten. Sieh dir doch unser Land an, Corin. Die Welt. Sie bricht auseinander! Die Zeit ist reif, dass die Erleuchteten in neuer Kraft voranschreiten, sich zu erkennen geben und ihre Friedenspläne in die Tat umsetzen."

In Corins Kopf drehte sich alles. Wovon sprach Tesser da bloß? Seine Worte von ihrem früheren Treffen kamen ihm wieder in den Sinn, irgendetwas mit Armeen und Kämpfern für das Gute ... „Diese Erleuchteten, das sind die Männer auf dem Foto, das in Frankreich aufgenommen wurde? Wer sind sie?"

„Nun, ein paar auserwählte Mitglieder der Illuminati natürlich."

„Du machst doch wohl Witze!"

„Nein."

„Die Illuminati gibt es doch in Wirklichkeit gar nicht!"

„Aber *au contraire*, Corin. Sie sind sogar äußerst real. Hinter den Kulissen bisher, o ja. Gebunden von denen, die nicht wissen, wovon sie reden. Doch nun, mit dem Stuhl, könnten sie endlich den Platz einnehmen, der ihnen zusteht, und die Welt aus ihrer Misere retten."

„Aber wie ... ich verstehe nicht, wie du zu ..."

„... den Illuminati gekommen bist?" Tesser zog die Augenbrauen hoch. „Ich dachte, das könntest du dir leicht zusammenreimen. Hast du wirklich in all den Jahren, die du in meinen Vorlesungen gesessen hast, nicht zwischen den Zeilen gelesen? Historiker denken in Jahrhunderten, nicht in Jahrzehnten. So wie der Orden. Und ich habe die Jahrhunderte gründlicher studiert als die meisten – und dessen warst du dir wohl bewusst. Deshalb passten wir ja so gut zusammen.

Wusstest du, dass der Orden in demselben Jahr gegründet wurde, in dem die Vereinigten Staaten geboren wurden? Ja, tatsächlich! Am ersten Mai 1776 in Oberbayern." Tesser ging auf und ab, während er sprach. „Ich habe mich erst in den Zwanzigern eingehender mit dem Orden befasst. Doch an meinem siebenundzwanzigsten Geburtstag war ich dann sicher, dass er den einzigen Weg zum Weltfrieden darstellt. Mit einer einheitlichen Weltregierung gibt es keine Feinde mehr. Mit der totalen Kontrolle über Religion, Verwaltung, Finanzen und Kultur ... nun ja, damit eliminiert man die meisten Probleme der Menschheit. Als ich Mitte dreißig war, trat ich dem Orden bei, und seitdem habe ich mich für die großen Ziele eingesetzt."

Himmel, der alte Mann war offensichtlich verrückt geworden. „Ich habe dir vertraut."

„Du kannst mir immer noch vertrauen. Ich bin dein Freund, Corin, und ich habe nicht die Absicht, dir wehzutun." Tesser seufzte. „Es ist so, wie ich beim Wasserfall gesagt habe: Ich wünschte, dass du nicht in diese Sache verstrickt wärst. Deshalb habe ich mit dem Stein, der durch dein Schaufenster flog, und dann mit meinen Freunden, die vorbeikamen, um den Stuhl abzuholen, versucht, dich zu verschonen. Aber du wolltest ja nicht hören. Wirklich schade." Er deutete wieder auf Nicole. „Deshalb musste ich diese Dame aufspüren und ich werde sie als wertvolles Tauschobjekt bei unseren Verhandlungen benutzen."

„Lass sie gehen", wiederholte Corin.

„Gewiss. Natürlich, sofort." Tesser lächelte und schaute Corin erwartungsvoll an.

„Sobald ich dir sage, wo der Stuhl ist?"

„Genau. Gut zu wissen, dass wir uns immer noch verstehen, auch wenn sich unsere Beziehung, äh, ein wenig ... verändert hat."

Tesser tippte mit dem Stift auf seine Handfläche und trat zwischen Pferdeschwanz und Glatzkopf hinter Nicoles Stuhl. „Ich muss sagen, dass es ein ausgezeichneter Trick war, ein Duplikat anzufertigen." Er steckte den Stift in seine Tasche und klopfte mit beiden Händen auf die Rückenlehne des Stuhls. „Das hatte ich nicht vorhergesehen, obwohl ich es hätte ahnen müssen. Gratuliere zu deinem Geschick. Ich hatte keine Ahnung, dass du so gut mit Holz arbeiten kannst. Ich bin wirklich beeindruckt. Ich brauchte zwei ganze Tage, bis ich merkte, dass es eine Fälschung ist." Tesser tippte an seine Baseballkappe. „Du bist ein Künstler." Er schüttelte lächelnd den Kopf.

„Wie kann ich sicher sein, dass du sie gehen lässt, wenn ich es dir verrate?"

„Das kannst du leider nicht."

Nicole setzte sich aufrechter hin. „Lass dich durch deine Gefühle nicht von der Wahrheit abbringen, Corin."

„Von welcher Wahrheit?"

„Dass wir alle früher oder später sterben müssen. Und der Wunsch, meinen Tod hinauszuzögern ist es nicht wert, ihnen zu verraten, wo der Stuhl ist."

„Ich will dich nicht verlieren." Er hatte sie doch gerade erst gefunden. Da Sebastian Lichtjahre von ihm entfernt war, war sie das einzige Familienmitglied, das er hatte.

„Das ist schön", lächelte sie. „Aber wenn ich früher als gedacht gehen muss, ist das in Ordnung."

Corin zerrte an der Schnur, die schon wieder schmerzhaft in seine kaum verheilten Handgelenke schnitt, und schaute Tesser finster an. „Warum hast du mir nicht von Anfang an die Wahrheit gesagt?"

Tesser lächelte nachsichtig. „Ich habe nie gelogen. Ich habe nur einfach nicht alles gesagt, was ich wusste." Tesser winkte den zwei Männern und sie hievten Corin auf die Beine. Tesser schob seine Brille weiter nach unten und schaute Corin über ihren Rand an. „Sag mir, wo der Stuhl ist."

„Niemals."

Tesser bewegte den Finger und die Männer auf beiden Seiten von Corin schlugen ihm in den Magen. Kräftig. Er krümmte sich vor Schmerzen und beinahe wäre sein Frühstück auf Tessers Parkett gelandet.

Tesser runzelte die Stirn. „Das war ein wenig zu hart, meine Herren. Wir wollen den Jungen *überreden*, nicht umbringen."

Tessers Schlägertypen gaben keine Antwort. Sie traten nur einen Schritt zurück und schauten den Professor stumm an.

„Corin, jetzt sag mir, wo der echte Stuhl ist."

„Keine Chance."

Tesser schaute die Männer links und rechts neben Corin an und dann wieder ihn. „Bist du sicher?"

„Absolut."

„Interessant." Tesser rieb sich die Stirn, ging vor Corin auf und ab und schaute dann Nicole an. „Was sagen Sie dazu, Nicole? Sie müssen stolz auf Ihren Protegé sein, dass er Ihren kostbarsten Besitz so tapfer beschützt."

Tesser machte eine Handbewegung in Richtung der zwei Männer neben Corin. Dieses Mal fühlten sich die Fäuste wie Kanonenkugeln an.

„Corin?"

„Nein", keuchte Corin.

Tesser schüttelte den Kopf. „Ich habe nicht die Absicht, dir bleibenden Schaden zuzufügen, Corin. Ich will einfach den Stuhl. Nicole und du, ihr müsst nicht sterben, und wir gehen alle glücklich unseres Weges. Jetzt sag es mir."

„Nein."

Tesser ging um Corin herum und pikste ihm den Finger in die Brust. „Wo ist er?"

Er schaute seinen alten Mentor nur finster an.

„Dann versuchen wir es noch ein einziges Mal." Tesser rieb die Hände aneinander, dann schaute er mit einem schnellen Fingerschnippen seine Männer an. Im nächsten Moment wurde Corins Kopf nach hinten gerissen und die Klinge eines Jagdmessers funkelte vor seinem Gesicht. Dann wurde sie mit so viel Druck auf seine Kehle gedrückt, dass sie einen Hustenreiz auslöste. Und schon fühlte er, wie Blut an seinem Hals hinablief.

Tesser lachte. „Nicht husten, Corin! Das reizt die Klinge. Dann blutest du noch mehr und versaust das schöne Hemd, das du anhast. Spende dein Blut lieber beim Roten Kreuz und nicht hier, okay? Jetzt sag es mir."

„Nein."

Corin versuchte, Nicole anzuschauen, aber der eiserne Griff an seinen Haaren hinderte ihn daran, den Kopf weiter als ein paar Millimeter zu drehen. Er wurde wieder herumgerissen. Das Schlurfen von Tessers Hausschuhen, das sich ihm näherte, vermischte sich mit einem Klingeln in Corins Ohren.

„Lasst ihn den Kopf bewegen."

Der Griff an Corins Haaren wurde gelockert und er schaute Nicole an. Ihr Rücken war gerade, ihr Kinn vorgereckt, und sogar ein Anflug ihres geheimnisvollen Lächelns spielte um ihre Lippen, als sie in Tessers Richtung schaute. Dann sah sie Corin an. Während aus ihren Augen eine Freude und ein Friede sprachen, die ihm völlig fehl am Platz erschienen, versuchte Corin, das alles in sich aufzusaugen. Ihr Verhalten stärkte seine Entschlossenheit.

Corin hustete, und sein Brustkorb schmerzte dabei, als würde ihm ein Messer hineingebohrt. Vermutlich ein oder zwei gebrochene Rippen. Tesser ließ seinen Blick mehrmals zwischen Corin und Nicole hin und her wandern, bevor er sich über Corin beugte. „Ich denke, ich kann dich dazu bringen, es dir anders zu überlegen." Tesser seufzte laut und ging zu Nicole hinüber. „Ich mache das wirklich nur sehr ungern." Er nahm ein langes Sägemesser vom Tisch, drehte es um und betrachtete die Klinge. „Wo ist der Stuhl?"

„Also gut! Ich sage es dir."

„Siehst du? Das war doch gar nicht so schwer." Tesser trat von Nicole weg.

„Er ist in meinem Tresorraum. Im Geschäft."

„Also bitte, Corin." Tesser verdrehte die Augen. „Dort waren wir doch schon. Hast du das vergessen?"

„Er ist in dem verschlossenen Raum in meinem Keller." Corin senkte den Blick. „In meinem Haus."

„Ach, lieber Corin. Dort waren wir auch. Erst gestern. Habe ich vergessen, dir das zu sagen?" Er kehrte wieder zu Nicole zurück, drückte das Messer an ihren Hals und zog es einen Zentimeter nach rechts. Sofort strömte Blut aus der Wunde.

„Nein!" Corin zerrte so kräftig an den Fesseln um seine Handgelenke, dass es sich anfühlte, als hätte er sich seine Schultern ausgerenkt. Wie konnte Tesser so etwas tun?

Tesser fuhr zu ihm herum. „Na, na. Wozu das ganze Theater? Es ist ein kleiner Schnitt; daran stirbt niemand. Aber du hast mich angelogen und das wird langsam ermüdend." Der alte Professor drehte sich wieder zu Nicole um und sagte in einem kaum gedämpften Flüstern zu ihr: „Sobald er mir sagt, wo der Stuhl ist, tun wir Jod auf die Wunde und verbinden sie. Die Narbe wird kaum zu sehen sein."

Er hielt das Messer wieder an Nicoles Hals. Eine dünne Blutspur lief an Nicoles Hals hinab und Corin versuchte abzuschätzen, wie tief der Schnitt war. Tesser schaute zu Corin hinüber. „Dieses Mal schneide ich tiefer, mein Freund."

„Nicht, Tesser! Falls ich dir je wichtig gewesen bin, mach das nicht."

„Du bist mir wichtig. Deshalb gebe ich dir auch noch eine letzte Chance. Aber es ist die letzte. Sag es mir einfach."

In Corins Kopf drehte sich alles. Er musste aufwachen! Aber es war kein Traum. Sein alter Freund war durchgedreht. *Denk nach.* Es musste doch etwas geben, das den Mann wieder zur Vernunft brachte. Aber wahrscheinlich könnte er ihn nur aufhalten, wenn er nachgab. „Also gut."

Tesser nahm die Klinge von Nicoles Hals weg und schaute ihn an. „Wo ist er?"

„Geh weg von ihr." Corin schaute Tesser durchdringend an.

„Gut." Tesser trat einen halben Schritt nach links. „Jetzt sprich."

„Gib mir dein Wort, dass du sie dann gehen lässt."

„Du hast mein Wort." Tesser verbeugte sich spöttisch.

„In meinem Lager dreißig Kilometer außerhalb der Stadt. Dort ist ein Keller mit Antiquitäten, die ich noch restaurieren will. In der hintersten Ecke ist unter alten Decken und einem Haufen Lampen eine Falltür versteckt. Da ist er."

„Das war doch gar nicht so schwer, oder?"

„Jetzt lass sie gehen." Corin schaute Tesser finster an, als könne er ihn durch die Kraft seines Blickes dazu zwingen, sein Wort zu halten. Sein Atem kam in einem kurzen Keuchen.

„Hast du die Wahrheit gesagt? Ist der Stuhl wirklich dort?"

„Du kannst den Stuhl haben. Mir ist nur Nicole wichtig."

Tesser zog ein Handy aus seiner Brusttasche und drückte auf eine Taste. „Er ist in Corins Lagerhaus dreißig Kilometer außerhalb der Stadt, hinterste Ecke im Keller, Falltür." Er beendete das Gespräch und steckte das Handy wieder ein.

„Lass sie gehen", knurrte Corin.

Tesser ging vor Nicole auf und ab, bevor er wieder sprach. „Jetzt kommen wir zum unangenehmsten Teil unseres Geschäfts." Er blieb stehen und trat mit der Spitze seines

Hausschuhs gegen den Boden. „Dieser Teil gefällt mir überhaupt nicht, aber ..." Er blickte auf. In seinen Augen lag ein gleichzeitig trauriger und entschlossener Blick. „Es lässt sich nicht umgehen."

Tesser trat hinter den Stuhl, legte die Klinge wieder an Nicoles Hals und schlitzte ihr mit einer schnellen Bewegung die Kehle auf. Das dünne Blutrinnsal wuchs sofort zu einem dicken Strahl an, der an ihrem Hals hinablief und ihre Bluse rot durchtränkte. Nicole gab keinen Laut von sich.

„Nein!" Corin fuhr auf seinem Stuhl vor, dass er fast umkippte. „Warum?! Du hast doch, was du wolltest!"

„Nennen wir es Absicherung. Nur für den Fall, dass du gelogen hast, wollte ich sichergehen, dass du begreifst, wie ernst es mir ist. Und dass du mir glaubst, wenn ich dir sage, dass ich jeden zur Strecke bringe und töte, der sich zwischen mich und den Stuhl stellt."

Corin zerrte mit ganzer Kraft an den Fesseln um seine Handgelenke und hatte einen Moment tatsächlich das Gefühl, er könnte sie zerreißen. Er würde Tesser den Hals umdrehen, wenn er den alten Mann in die Finger bekam. Er war ein Mörder! Ein Irrer!

Tesser zog seine alte Baseballkappe und verbeugte sich spöttisch vor Nicole. „Da wir uns nicht wiedersehen werden, wünsche ich Ihnen eine gute Reise ins Jenseits. Und Corin, sollte ich dich nicht wiedersehen, was nur passiert, wenn du mich angelogen hast, wünsche ich dir ein schönes Leben, solange du diese Erde mit deiner Anwesenheit beglückst."

Der Professor schlurfte zur Tür. Dort blieb er stehen und deutete auf seine Männer. „Meine Freunde hier werden dich im Auge behalten, bis ich mich vergewissert habe, dass der Stuhl da ist und du nicht noch ein Duplikat gebaut hast."

Bevor Tesser die Tür zum Flur erreicht hatte, zerbrachen die

Fenster oben in der Wand, und Glassplitter prasselten auf den Boden des Arbeitszimmers.

„Keine Bewegung!“, brüllte eine Stimme links über Corin.

Tesser wankte zurück und drehte sich irritiert zu der Stimme um. Einer von Tessers „Freunden“ griff in seine Jacke. Eine Kugel flog knapp an ihm vorbei. Holzsplitter spritzten in die Luft, als sie neben ihm im Boden einschlug.

„Hände hoch!“ Die Stimme über ihnen durchschnitt wieder die Luft.

Tesser und seine Freunde gehorchten. Einen Moment später stürmten vier Männer durch das Büro und richteten ihre Waffen auf Tesser und seine Männer.

„Langsam. Die Waffen aus den Taschen und hinlegen!“ Wie auf Kommando entriegelten die Männer ihre Gewehre.

Tesser sank zu Boden, umklammerte seinen Kopf mit beiden Händen und schaukelte vor und zurück. In diesem Moment verwandelte sich der alte Professor von einem 92-jährigen Mann in einen kleinen Jungen, der dabei ertappt worden war, wie er etwas Verbotenes getan hatte.

„Helfen Sie ihr“, rief Corin und deutete mit dem Kopf in Nicoles Richtung.

Während einer der Männer das Seil durchschnitt, das Corin an seinen Stuhl fesselte, befreite ein anderer Nicole und drückte ein Handtuch an ihren Hals. Der Anführer der Rettungsmannschaft zog ein Handy aus seiner Weste und sagte: „Wir brauchen hier sofort einen Krankenwagen.“

Sobald Corin frei war, eilte er zu Nicole hinüber und ergriff ihre Hände. „Ein Krankenwagen ist unterwegs; sie bringen dich ins Krankenhaus. Du wirst schon wieder.“

„Nein“, keuchte sie. „Meine Zeit ist gekommen. So soll es sein.“

Corin drückte ihre Hände und schaute in ihre Augen. „Nein,

ich brauche dich doch! Du musst mir sagen, was ich tun soll, mir zeigen ..."

„Ich habe nur noch wenige Sekunden." Nicole hustete Blut. „Beschütze den Stuhl weiterhin, wie du es bis jetzt getan hast. Und denk immer daran: Gott ist für dich, wer kann gegen dich sein?"

„Verlass mich nicht."

„Du warst stark." Nicole rang nach Luft und schloss die Augen. „Du hast ihm nicht gesagt, wo der Stuhl wirklich versteckt ist."

Corin schüttelte den Kopf.

„Gut. Ich wusste, dass du das nicht machen würdest." Ihr Kopf sank zur Seite und der Glanz verschwand aus ihren Augen.

Er blinzelte die Tränen zurück. „Stirb nicht."

Sie lächelte. „Ich gehe in die Arme desjenigen, der mich nie loslassen wird, Corin." Sie atmete gurgelnd ein. „Bleib auf dem Weg, den er dir gezeigt hat." Ihr Griff um seine Finger löste sich.

„O nein! Bleib bei mir, Nicole." Corin beugte sich über sie.

Als sie mühsam die Augen noch einmal aufschlug, sagte sie: „Vergebung. Für beide."

„Für welche beiden?"

„Vergiss nicht: Der Stuhl ist nur ein Gefäß für Gottes Macht. Die Heilung kommt vom Schöpfer." Nicole schloss die Augen und öffnete sie nicht mehr.

Corin saß noch sehr lange auf dem Boden, nachdem die Tränen versiegt waren. Die Trauer und Wut verblassten. Alles, was er fühlte, war Leere.

„Entschuldigung?"

Er schaute mit Tränen in den Augen auf. Der Anführer der

Rettungsmannschaft stand über ihm, die Hände in die Hüften gestemmt.

„Mir ist klar, dass dies für Sie ein schmerzlicher Moment ist, aber ich wollte Ihnen sagen, dass ich die Polizei angerufen habe. Sie sind in fünf bis zehn Minuten da."

„Sie bleiben nicht hier?"

„Ich werde aus sicherer Entfernung aufpassen, dass nichts passiert, bis sie kommen, aber nein, wir halten uns fern, um der Polizei keinen Bericht abgeben zu müssen." Der Mann zwinkerte vielsagend. „Oder eine Erklärung, wer wir sind."

„Aber von mir werden sie eine Erklärung haben wollen."

„Ja, tut mir leid."

Corin nickte und stand mühsam auf. „Wer sind Sie?"

„Ein Freund." Der Mann wischte sich mit dem Handrücken seines schwarzen Handschuhs über die Stirn.

„Aber wer hat Sie geschickt? Woher wussten Sie, dass wir hier waren?"

„Sie werden bald eine Erklärung bekommen."

„Von wem?"

„Von dem Mann, der uns geschickt hat."

„Wer ist er?"

Der Mann lächelte. „Keine Sorge. Er wird sich bei Ihnen melden."

Zwei Stunden später fuhr Corin von Tessers Haus weg und hatte das Gefühl, sein ganzer Körper sei narkotisiert. Seine Gefühle und besonders sein Gehirn waren wie betäubt.

Wie sollte es jetzt weitergehen?

Er fuhr zum Woodmoor Lake und saß drei Stunden einfach nur da, ohne zu denken, ohne zu weinen, ohne Angst zu haben. Er fühlte nur, wie die Kälte des Nachmittags in sein Herz zog.

Auf dem Heimweg tauchte das Bild von dem Stuhl vor seinem inneren Auge auf. Was hatte Nicole gesagt? Der Stuhl würde Freude und große Traurigkeit bringen. Wie recht sie hatte! Aber es waren 99 Prozent Traurigkeit und nur ein Prozent Freude. A.C., sein Bruder, Nicole ... Das einzige Gute war, dass es jetzt niemanden mehr gab, den er liebte und den der Stuhl zerstören konnte.

Als er in seine Einfahrt bog, stand Tori mit ihrem Auto vor seiner Garage. Er lachte sarkastisch. Bei diesem Lachen taten ihm die Rippen weh.

Okay, nicht alle waren zerstört worden. Aber irgendwie hatte er das Gefühl, dass der Kreis sich gleich schließen würde.

Kapitel 48

Tori stand mit düsterer Miene in seiner Einfahrt und trommelte mit den Fingern auf ihr Autodach.

„Hallo, ich wollte dich gleich anrufen", sagte Corin müde, während er aus seinem Auto stieg.

Sie nickte, sagte aber nichts. Corin schaute sie fragend an. Sie bewegte sich nicht auf ihn zu. Das Auto stand zwischen ihnen, während sie mit blassem Gesicht dastand und blinzelte, als befände sie sich in einem Sandsturm.

„Geht es dir gut, Tori?"

„Bestens! Und dir?"

Ihr ging es ganz und gar nicht bestens. Etwas stimmte nicht. Na toll! Wahrscheinlich noch ein Tiefschlag, der zu seinen Schuldgefühlen und seiner Trauer dazukam.

„Wie es mir geht? Es ging mir schon besser." Corin schlug seine Autotür zu. „Nicole ist tot."

Tori ging zur Beifahrerseite ihres Autos und lehnte sich an die Tür. „O Mann. Ich befürchtete schon, dass es sich um sie handelt, als ich den Bericht im Radio hörte. Als ich hörte, dass Tesser verhaftet wurde, ging ich vom Schlimmsten aus. Es tut mir so leid, Corin. Du hattest sie schon sehr ins Herz geschlossen, nicht wahr?"

Corin nickte und verschränkte die Arme vor sich. Sie schaute auf die hartgefrorene Erde hinab. „Ich weiß, dass das nicht gerade der beste Zeitpunkt ist, aber ich muss mit dir sprechen."

Sofort bildete sich ein harter Stein in Corins Magen. *Jetzt kommt es.* „Was gibt's?"

„Es ist vorbei. Das mit uns." Tori wischte sich über die Nase. „Ich wollte es dir persönlich sagen."

„Warum?"

„Ich habe das ein paarmal zu oft erlebt. Du wirst zu einem Jesus-Freak."

Corin stieß ein bitteres Lachen aus. „Du irrst dich. Nach dem, was heute passiert ist, will ich von dem Stuhl und allem, was mit Gott zu tun hat, nichts mehr wissen. Beide haben mir nichts als Schmerz gebracht. Ich will das Ding loswerden."

„Wann?"

„Bald."

„Ruf mich an, wenn er weg ist." Tori steckte die Hände in die Taschen ihres blauen Anoraks und schüttelte den Kopf. „Nein, das ist nicht fair. Ruf mich nicht an."

„Ich habe dir doch gerade gesagt ..."

„Nein. Es liegt nicht an dir, Corin. Es ist ... das alles. Meine Vergangenheit. Zu viele Dinge, die ich vergessen will, wurden wieder aufgewühlt."

„Ich habe es dir doch gesagt: Ich will mit dem Stuhl nichts mehr zu tun haben. Die Sache ist für mich vorbei."

„Die Sache mit uns ist auch vorbei."

Corin versuchte den restlichen Tag, seinen Verstand zu betäuben, indem er alle drei Spiderman-Filme hintereinander anschaute. Wenn er seine Welt nur genauso leicht in Ordnung bringen könnte wie Tobey Maguire als die Spinne! Doch die

Filme konnten den Schmerz, der in jede Pore seiner Seele eindrang, nicht betäuben. Gegen Mitternacht, als der Nachspann des dritten Films lief, sagte er sich, dass er es positiv sehen sollte: Schlimmer konnte es jetzt nicht mehr kommen.

Er schleppte sich in sein Schlafzimmer, sank auf sein Bett und schloss die Augen.

Natürlich konnte es noch schlimmer kommen.

Kapitel 49

Corin hatte das Gefühl, erst wenige Sekunden geschlafen zu haben, als sein Handy ihn aus dem Schlaf riss. Er warf einen Blick auf den Wecker. Ein Uhr. Er tastete nach seinem Handy und schaute mit zusammengekniffenen Augen auf das beleuchtete Display, um zu sehen, wer ihn um diese Zeit anrief.

Adrenalin schoss durch seine Adern und er war schlagartig hellwach. Sebastian! War das möglich? War etwas geschehen durch den Stuhl?

Corin rieb sich die Augen und versuchte, sich zu erinnern, wie viel Zeit vergangen war, seit sein Bruder auf dem Stuhl gesessen hatte. Drei Tage? Bei Brian, A.C. und ihm war die Heilung innerhalb von 24 Stunden eingetreten. *O bitte* ... „Sebastian?" Er hörte den Soundtrack von *Gladiator* im Hintergrund. „Sebastian, bist du das?"

„Ja, ich bin dran." Sein Bruder schwieg einen Moment. „Wie geht es dir?"

„Gut."

„Wie fühlt es sich an, wenn es einem *gut* geht?" Sebastians Stimme klang eisig.

Nein. Corin rappelte sich auf die Beine.

„Wie fühlt es sich an, wenn man seine Zehen, seine Füße, Beine, Finger, Arme, Schultern spürt? Sag es mir! Wie fühlt es sich an, wenn es einem gut geht? Das würde ich wirklich gern wissen."

„Mach das nicht, Sebastian."

„Ich muss es machen. Denn du hast mich drangekriegt. Wirklich. Ich war trotz allem überzeugt, dass es diesmal klappen würde. Ein Wunder. Als du mir sagtest, dass dieser Junge geheilt worden ist, habe ich es für möglich gehalten. Als du sagtest, dass A.C. geheilt wurde, habe ich ihn angerufen. Wusstest du das? Nachdem ich mit ihm gesprochen hatte, glaubte ich es noch mehr. Und dann sagtest du auch noch, dass du selbst von deiner Klaustrophobie befreit wurdest. Ab diesem Moment habe ich jeden Köder geschluckt, den du mir hingehalten hast." Sebastians mühsames Atmen hallte wie ein Sturm in Corins Kopf. „Gratuliere, du hast eine Hoffnung geweckt, die ich zehn Jahre lang zu begraben versucht habe. Gut gemacht."

„Sebastian ..."

„Falls du dich je wieder bei mir meldest, werde ich Wege finden, dich zu vernichten. Kein Kontakt mehr zu Romy, keine Geschenke mehr für Sam, keine E-Mails, keine Weihnachtskarten. Nichts."

„Ich habe nicht ..."

„Verstehen wir uns?"

„Tu das nicht."

„*Du* hast das getan, nicht ich."

„Ich dachte ..."

„Nein, du denkst selten. Du handelst einfach."

Corin sank auf die Knie.

„Leb wohl, Corin."

Das Handy rutschte aus seiner Hand und fiel klirrend zu

Boden. Dann verwandelte sich seine Verzweiflung in unbändige Wut. Plötzlich wusste er ganz genau, was er tun musste.

Er kochte innerlich, als er in seine Garage marschierte und den Schrank aufriss, in dem er seine alten Sportsachen aufbewahrte. Er kramte in dem Haufen, warf Wandersachen, Basketbälle, einen Tennisschläger und einige Golfschläger zur Seite, ohne sich umzudrehen, als die Sachen gegen sein Auto donnerten.

Wo ist er?

Da.

Sein Baseballschläger. Das perfekte Werkzeug für das, was er vorhatte. Er hatte diesen Schläger als Jugendlicher selbst gemacht. Er lag ganz unten in dem Haufen. Der Lack, mit dem er ihn vor zwanzig Jahren überzogen hatte, glänzte immer noch.

Er zog ihn hervor und fuhr mit der Hand über die glatte Oberfläche. Das perfekte Holz, weiße Esche, hatte er für den Schläger gewählt. Er trat zurück und schwang den Schläger zischend durch die Luft. Ja! Das perfekte Werkzeug, um das wieder loszuwerden, was ihm ohne seinen Willen aufgedrängt worden war.

Eine leise Stimme in ihm versuchte zu protestieren, aber er hörte nicht darauf und ließ den Schläger noch einmal durch die Luft wirbeln. Er konnte mit dem Ding immer noch ganz gut umgehen.

Es war so weit. Zahltag.

Kapitel 50

Corin schritt über den gefrorenen Rasen hinter seinem Haus und sein Atem stieg in Zorneswolken in die Luft auf. Bevor er den Bunker erreichte, drückte er auf die Fernbedienung. Die Grassode glitt zurück und die Treppe lag dunkel in der Nacht vor ihm.

Er lief die Betonstufen hinab, steckte den Schlüssel in das massive Schloss und riss die Tür so schwungvoll auf, dass der Griff gegen die Betonwand des Bunkers knallte und wie ein Gong in der Nacht widerhallte.

Fahles Mondlicht fiel durch das winzige Oberlicht in der hintersten Ecke. Eine Seite des Stuhls wurde angeleuchtet; die andere Seit warf einen langen Schatten an die Wand. Licht und Dunkelheit. Yin und Yang. Himmel und Hölle.

Corins Blick wanderte von dem Stuhl zum Mond, dessen Schein durch das Oberlicht fiel. Lächelte Gott? Oder lachte er ihn aus? Es war ihm egal.

Mann im Mond. Mann auf dem Stuhl. Mann der Verzweiflung.

Sein Blick kehrte zu dem Stuhl zurück. Am liebsten hätte er ihn einfach mit einem Blick in Flammen aufgehen lassen wie ein Superheld in seinen Comics.

„Es reicht. Jetzt beenden wir diese Sache." Corin schlug mit dem Schläger in seine Hand. „Bist du so weit? Ich bin bereit."

Würde Gott ihn aufhalten? Ihn zur Salzsäule erstarren lassen oder seine Muskeln in Sirup verwandeln oder einen Erzengel schicken, der den Stuhl vor der Vernichtung rettete?

Er trat lauernd rechts neben den Stuhl, als wäre er ein ausgehungerter Löwe, der jeden Moment seine Beute anspringen würde. „Du hast mich zerstört. Du hast alles zerstört und jetzt werde ich es dir heimzahlen." Die Wut in ihm flackerte auf wie ein Stroboskoplicht, das immer wieder an- und ausgeht. An und aus. An und aus. Bei jedem Mal wurde sein Zorn stärker.

Der Baseballschläger fühlte sich so schwer an wie ein Vorschlaghammer und die Zeit blieb fast stehen, als er den Schläger über seinen Kopf hob und ihn mit aller Kraft auf den Stuhlsitz niederkrachen ließ.

Würde der Stuhl sich in Stahl verwandeln wie damals, als er eine Materialprobe genommen hatte? Würde er sich selbst schützen?

Beim ersten Schlag brach der Sitz ein, beim zweiten flogen Holzspäne durch den Raum, beim dritten riss die Rückenlehne des Stuhls ab und segelte durch die Luft, bevor sie an die Wand knallte.

Unzerstörbar?

Ha!

Er verstärkte seinen Griff um den Schläger, als eine Stimme in seinem Hinterkopf fragte: *Warum machst du das?*

Er schloss die Augen. „Halt den Mund."

Warum?

„Halt den Mund!", schrie Corin, dann sprang er auf den Stuhl zu, den Schläger so fest umklammert, dass seine Finger wehtaten. Mit aufs Äußerste angespannten Muskeln schlug er auf das Olivenholz ein. Immer und immer wieder. Jeder Schlag, den er dem Stuhl versetzte, entfachte seinen Zorn noch mehr. „Du hast mein Leben gestohlen!"

Wieder ein Schlag. „Warum konntest du meinen Bruder nicht heilen?"

Der nächste Schlag. „Jetzt besteht keine Hoffnung mehr, dass Sebastian und ich uns je wieder versöhnen!"

Noch ein Schlag. Der Schweiß lief von seinen Händen auf den Griff des Schlägers. „Wie fühlt sich das an?"

Schließlich sank er nach Luft ringend an die Wand. Der Schläger rutschte aus seinen feuchten Händen und fiel klappernd zu Boden, als er das Ergebnis seiner Bemühungen betrachtete.

Der Stuhl war vernichtet. Das Holz hatte innen die gleiche Farbe wie außen, als wären die Jahre von außen nach innen gedrungen und hätten dem ganzen Stuhl eine einheitliche Farbe verliehen. Es lag auf einem Haufen, rührte sich nicht, sagte kein Wort gegen das, was gerade geschehen war.

Corin schüttelte den Kopf und lachte bitter. Was sollten diese Gedanken? Das hier war keine Person, die etwas sagen könnte. Es war ein einfacher, gewöhnlicher *Stuhl!*

Er erwartete, dass sich sein Zorn legen würde, als er das zersplitterte Holz anstarrte, aber er wuchs noch mehr. „Wir sind noch nicht miteinander fertig." Er schob sich auf den Knien vor und ergriff eine Querstrebe. Es durften nur noch Späne übrig bleiben von dem verhassten Ding. Die Luft fühlte sich undurchdringlich an, als müsse er die Hände in Gelatine stecken, um die Einzelteile zu fassen. Es wurde immer schwerer. *Komm schon. Mach weiter!* Er nahm eine Handvoll von den Holzstücken und ließ sie sofort wieder fallen.

Heiß. Brennend heiß. Corin rieb sich die Hände an seiner Trainingshose und blies auf seine Handflächen. Er schaute seine Hände an und erwartete, Brandblasen zu sehen.

Nichts.

So ein Quatsch. Er bildete sich das alles nur ein. Er packte die Holzstücke wieder, die jetzt fast kühl waren, und wollte sie über seinem Knie zerbrechen. Ein brutaler Schmerz durchfuhr sein Bein und er stöhnte auf. Es war, als versuche er, Stahlstangen über seinem Knie zu zerbrechen. „Was zum ...?"

Er nahm ein Stück in der Größe eines Küchenmessers und versuchte, es in der Mitte durchzubrechen. Stahlhart. Corin ließ es fallen, und es landete klirrend auf dem Betonboden. Er trat mit den Füßen ziellos nach dem Holzhaufen, taumelte aus dem Raum und wollte mit der Ferse die Tür zuschlagen. Sie ging nur halb zu. Er drehte sich um und warf noch einmal einen Blick auf die Überreste des Stuhls. Sie lagen da, ohne sich zu bewegen, ohne zu leuchten. Einfach ein Holzhaufen ohne jede Wunderwirkung.

Als er ins Haus zurückkehrte, waren alle Gefühle wie weggeblasen, und er wurde von einer überwältigenden Leere erfasst, die sich bis ins Unendliche auszudehnen schien. Die Großvateruhr im Flur schlug halb zwei.

Corin schleppte sich ins Wohnzimmer und warf einen finsteren Blick auf sein Spiegelbild in dem großen Spiegel im Flur. Der Blick in seinen Augen überraschte ihn. Er sah nicht Erleichterung, Angst oder Wut. Es war Trauer.

Natürlich. Trauer, weil er den Stuhl nicht früher zerstört hatte. An diesem Gedanken hielt er sich einen Moment fest. Morgen würde sein Leben wieder beginnen. Nein, es hatte in dem Moment wieder begonnen, in dem er den Schläger genommen hatte und zum Bunker gegangen war.

Was hatte Nicole über den Stuhl gesagt? Dass er über viele Generationen in seiner Familie bleiben sollte? Na klar. Er würde jedem der hundert Kinder, die er nie haben würde, ein Stück davon geben.

Er schaute auf seine Uhr. 1:35 Uhr. Tori schlief bestimmt längst, aber das war ihm egal. Er zog sein Handy aus seiner Tasche und wählte ihre Nummer. Es klingelte zweimal. Viermal.

„Hey, hier ist Tori. Ich kann gerade nicht drangehen, also hinterlass mir eine Nachricht. Ich rufe dich zurück."

„Ich bin es. Ich wollte dich fragen, ob du dir die Sache mit uns vielleicht noch einmal anders überlegst. Außerdem wollte ich dir sagen, dass es vorbei ist. Der Stuhl ist weg und ich bin frei."

Er legte das Handy weg und versuchte, die Worte, die er gerade gesagt hatte, zu glauben. Ein paar Sekunden später gesellte sich ein anderes Gefühl zu seiner Freude. Entsetzen. Als stünde er am Strand, während ein Tsunami auf ihn zurollte, und er konnte nirgendwohin fliehen.

Tief in seinem Herzen wusste er, dass der Stuhl echt gewesen war. Er wusste, dass die Heilung, die er erfahren hatte, keine Einbildung gewesen war. Genauso wie bei A.C. Genauso wie bei Brian Gibson.

In diesem Moment wurde sein Wohnzimmer von einem so strahlenden Licht erfüllt, dass er keuchte. Dann erfasste ihn ein überwältigender Friede und rollte wie eine zehn Meter hohe Welle über ihn hinweg. Einen Moment später verblasste das Licht und das Gefühl war wieder fort.

Corin stöhnte und sank vor seiner Couch auf die Knie, als das Bild von dem Stuhl, der zerschlagen in seinem Bunker lag, vor ihm auftauchte. Er versuchte, es zu verdrängen, indem er sich vorstellte, was der Stuhl Nicole angetan hatte, aber dieser Gedanke verschwand wieder und das Bild von dem Stuhl wurde stärker. Es erfüllte die Luft vor seinen Augen, als starre er auf eine Filmleinwand.

Warum hast du das getan?

Die ungeheure Tragweite dessen, was er getan hatte, stand ihm vor Augen. Was hatte Nicole gesagt? *„Gib ihn niemals her."*

Corin stöhnte und beugte den Kopf nach vorn, bis seine Stirn auf dem Teppich lag. Er schloss die Augen und drückte den Kopf schwer auf den Boden, dann noch stärker, bis er das Gefühl hatte, sein Schädel würde zerspringen. Mehr Druck. Mehr Schmerzen. Mehr Druck.

Als das Pochen in seinem Kopf nicht mehr stärker werden konnte, sank er auf die Seite, öffnete die Augen und starrte das Bild auf dem Kaminsims an, auf dem Sebastian und er Fallschirm sprangen.

Es gab nur eine Lösung.

Ein Blick aus dem Fenster sagte ihm, dass die Nacht ideal war. Wolken waren aufgezogen und verdeckten den Mond. Perfekt. Kein Licht, das ihm zeigte, was von unten auf ihn zukam.

Er warf einen Blick auf seine Uhr. Um 3:00 Uhr könnte er auf der Klippe stehen.

Kapitel 51

Corins Herz hämmerte, als er zur Garage marschierte, seine Fallschirmausrüstung packte, den Kofferraum seines Autos öffnete und alles hineinwarf.

Er bog aus seiner Einfahrt, fuhr los und drückte das Gaspedal bis zum Boden durch. Nur Minuten später fuhr er mit 150 Sachen zum ersten Mal über eine rote Ampel. Hinter ihm hupte ein Auto, aber da hatte er bereits die nächste rote Ampel mit 160 passiert.

Ein paar Minuten später verlangsamte er sein Tempo. Es hätte keinen Sinn, sich auf diese Weise umzubringen. Er musste heil an der Absprungstelle ankommen.

Etwas über eine Stunde später bog er auf den Wanderparkplatz, stellte das Auto ab und schleppte seine Ausrüstung den Weg hinab, der zum Rand der Klippe führte.

Die Sterne und der Mond waren hinter dicken Wolken versteckt und er stolperte mehrmals über Baumwurzeln. Die Bäume, die den Weg säumten, schienen ihn erdrücken zu wollen. Aber die Angst, die sie noch vor zwei Wochen bei ihm ausgelöst hätten, war verschwunden.

Der Stuhl.

Er hatte ihn geheilt.

Er hatte seine Beziehung zu Sebastian zerstört.

Dann hatte Corin den Stuhl zerstört.

Jetzt würde er den Kreis schließen und sich zu seinem Bruder gesellen und sie konnten wieder Freunde sein.

Ein Bild tauchte vor seinem inneren Auge auf: Er und Sebastian saßen nebeneinander in der Achterbahn in einem Freizeitpark. Sie waren zehn und acht Jahre alt. An diesem Tag waren sie schon 16 Mal am Stück in dem Ding gefahren. Das war der Anfang ihrer gemeinsamen Abenteuer gewesen.

Heute Nacht würde Corin ihren Tod einläuten. Er ging in einen langsamen Trab über, als er der Absprungstelle näher kam.

Als er oben auf der Klippe ankam, wehte ihm ein leichter Wind ins Gesicht. Perfekt. Vielleicht war der Wind hundert oder zweihundert Meter weiter unten stärker. Vielleicht würde der Wind ihn durch die Luft tragen, auch wenn er sich später nicht daran erinnern würde. Alle Möglichkeiten waren gut.

Corin schaute in die Dunkelheit unter sich hinab. Wenn er sich richtig erinnerte, hatte er ungefähr fünf Sekunden, vielleicht sieben, bevor er den Fallschirm öffnen musste. Da er den Talboden nicht sehen konnte, konnte er das nicht genau wissen. Aber war genau das nicht seine Absicht?

Sobald er in der Luft war, würde er entscheiden, wann er den Fallschirm öffnete. Vielleicht würde er es aber auch nicht entscheiden.

Er atmet tief durch. Dann noch einmal.

Dann trat er fünf Schritte vom Rand zurück und drehte sich um. Seine Beine fühlten sich merkwürdig weich an und seine Hände zitterten. Das Entsetzen, das ihn durchströmte, hatte wahrscheinlich das ganze Blut aus seinen Extremitäten weichen lassen. Eine Stimme, die so tief in seinem Inneren war, dass sie nur ein leises Flüstern war, versuchte sich Gehör zu verschaffen. Corin erstickte sie und schaute in den Abgrund vor sich.

Er schloss die Augen und atmete langsamer.

Er musste das machen.

Wirklich? Die Stimme in ihm wurde lauter.

„Ja."

Corin zog den Fallschirm aus dem Rucksack und schnallte ihn sich um. Bilder von Nicole und Sebastian und Tesser und dem Stuhl tanzten wie in einem Kaleidoskop durch seinen Kopf. Genau in dem Moment, in dem er auf die Absprungstelle zurennen wollte, erfüllte sein Handyklingelton die Nachtluft.

Was für ein Witz! Versuchte Gott, ihn zu retten?

Es war egal. Denn wenn nicht gerade Gott höchstpersönlich am Telefon war, würde er sich nicht von seinen Plänen abbringen lassen.

Aber es konnte nicht schaden nachzusehen, wer es war. Corin zog sein Handy aus seiner Tasche. A.C. Ein guter Mann, ein guter Freund. Corin schaltete das Telefon auf stumm und steckte es wieder tief in seine Tasche. „Tut mir leid, A.C."

Er starrte in die Dunkelheit. In das Nichts. Genauso wie ein See.

Er zählte bis drei, dann nahm er Anlauf. Schneller. Etwas schob ihn von hinten an. Einen Moment später flog er durch die Luft, ohne etwas zu sehen, und ließ die Angst zu, die sich in seinem Magen ausbreitete. Er fing an zu zählen.

Eins.

Zwei.

Die Dunkelheit umgab ihn, zog ihn in die Tiefe. Der Wind wehte ihm mit roher Gewalt ins Gesicht.

Drei.

Zeit, die Reißleine zu ziehen. Der Adrenalinspiegel in seinem Körper explodierte.

Vier.

Zieh! Sein Verstand schrie ihn wieder an. Aber er hörte nicht darauf.

Fünf.

Zieh jetzt endlich die Reißleine! Corin verstärkte seinen Griff um die Leine.

Einen Moment später erlebte er das Gefühl des Ertrinkens so deutlich, dass er wieder unter Wasser war, nach Luft rang, an seiner Schwimmweste zerrte, die Fingernägel in den Arm seines Vaters grub, dann den Mund aufmachte und eine Unmenge Wasser schluckte, das sich in seiner Lunge und seinen Gehörgängen ausbreitete, sein Gehirn zerdrückte und ihn in den Tod zog.

In diesem Moment ging ihm ein Licht auf. Er hatte sich 24 Jahre lang geirrt!

Er hatte nie Angst vor dem Ertrinken gehabt. Das war nie seine Angst gewesen. Es war immer die Angst gewesen, die hinter dieser Angst stand. Er hatte Angst vor dem Tod. Vor dem Sterben. Davor, dass die Dunkelheit, der er entkommen war, ihn für immer verschlingen würde.

Vor dem Nichts.

Corin riss die Augen auf und starrte auf die schwarze Erde, auf die er zuschoss. War es zu spät? „Ahhh!", rief er, als er die Reißleine seines Fallschirms zog.

Geh auf. Bitte ...

Sein Fallschirm öffnete sich mit einem Geräusch, das wie ein Gewehrschuss klang. *Zu spät.* Es war zu spät. „Es tut mir leid, Sebastian."

Er schaute in die undurchdringliche Dunkelheit hinab, die ihn umgab. Keine fünfzig Meter mehr. Er bewegte sich immer noch viel zu schnell. Nur noch Millisekunden.

Als seine Beine auf dem Boden aufkamen, versuchte er sich

abzurollen, um den Aufprall abzumildern, aber wie vergeblich dieser Versuch war, begriff er im selben Moment, in dem der Schmerz wie ein Güterzug in seine Füße und Beine und seinen Rücken fuhren.

Ein schraubstockähnlicher Griff legte sich um seine Lunge und drückte zu. *Zu wenig Luft.* Es war, als wollte er durch einen dünnen Strohhalm Luft einatmen.

Die Luft muss in meine Lunge. Sie war so nah, aber trotzdem unerreichbar. Und der Tod legte sich wie Schneeflocken im Winter über ihn. Genau das gleiche Gefühl, das er unter Wasser gehabt hatte.

Er würde sterben.

Corin rollte sich auf den Rücken und schrie. Flüssiges Feuer schoss durch seinen Brustkorb und seinen rechten Arm. „Ahhh."

Er wollte am Leben bleiben. Er musste am Leben bleiben. Um wie viel Uhr war er gesprungen? Um 3:00 Uhr nachts? Es würde frühestens in dreieinhalb Stunden hell werden.

Während er auf der Erde lag und fühlte, wie das Leben aus ihm wich, dachte Corin an Nicoles Augen, kurz bevor sie gestorben war, und an ihre letzten Worte: *„Vergebung. Für beide."*

Plötzlich wusste er, wen sie gemeint hatte. Seine einzige Hoffnung war Vergebung. Bevor er das Bewusstsein verlor, galt sein letzter Gedanke Sebastian. *Ich habe dich nie darum gebeten. Warum habe ich das nie gemacht?*

„Mr Roscoe? Können Sie mich hören?"

Corin stöhnte und drückte die Augen fester zu. Es half nicht viel gegen das grelle Licht, das durch seine Augenlider drang. Woran erinnerte ihn das? Hatte er das nicht erst vor Kurzem erlebt? Richtig. Im Krankenwagen, nachdem A.C. angeschossen worden war.

„Hell ... so hell." Er versuchte, den Arm zu heben, um ihn über seine Augen zu legen, aber er konnte ihn nicht bewegen. Das Licht im Raum wurde dunkler und Corin öffnete einen Spaltbreit die Augen.

„Wie fühlen Sie sich?"

„Als wäre ein Güterzug über mich gerollt. Mehrmals." Corin versuchte, die Beine zu bewegen, aber die Schmerzen, die dabei durch seinen Körper schossen, waren so stark, dass ihm wieder schwarz vor Augen wurde.

„Humor ist zu diesem Zeitpunkt ein gutes Zeichen."

„Bin ich im Krankenhaus?"

„Ja."

Corin schlug die Augen unter Qualen ganz auf und schaute sich um. Sterile weiße Wände, ein weißer Vorhang, der halb um sein Bett herumging, ein weißer Arztkittel, über dem ihn ein afroamerikanischer Arzt mit dunklen Augen aufmerksam anschaute.

„Wie schlimm ist es?"

„Wenn man bedenkt, was alles hätte passieren können, muss ich sagen, dass Sie Glück hatten."

„Wie viel Glück?"

„Sehr viel Glück."

„Wie schlimm bin ich verletzt?"

„Ein Bein ist verstaucht, das andere ist kompliziert gebrochen, der rechte Arm ist verstaucht, ein Lungenflügel ist kollabiert – das ist der Grund, warum ein Schlauch aus ihrer Seite hängt –, und Sie hätten sich fast das rechte Ohr abgerissen." Der Arzt beugte sich vor. „Das waren die schlechten Nachrichten."

„Und wie lautet die gute?"

„Sie werden wahrscheinlich ein leichtes Humpeln zurückbehalten, aber alles andere wird gut verheilen. In den nächsten Tagen dürften Sie noch sehr starke Schmerzen haben, aber ..."

„Kann ich nach Hause?"

„Wie ich schon sagte, mir gefällt Ihr Humor. Manche glauben, dass Humor von Warzen bis Krebs alles heilen kann."

Corin schaute den Arzt einen Moment an. „Glauben Sie an Wunder? Daran, dass Menschen durch göttliches Eingreifen spontan geheilt werden können?"

„Ich halte das für möglich."

„Warum? Haben Sie schon ein Wunder erlebt?"

„Ich glaube, dass es eine höhere Macht gibt. Ein Wesen, das ich Gott nenne. Ich glaube, dass ich nicht Gott bin. Ich gestehe ihm zu, dass er in seiner Güte und Barmherzigkeit in unsere Welt eingreift. Dazu gehören auch Heilungen. Des Körpers." Der Arzt legte die Finger auf Corins unbeschädigten Arm. „Und manchmal der Seele, was noch wichtiger ist." Er deutete auf Corins Herz.

„Ich muss meinen Bruder besuchen."

„Ich denke, in ungefähr einer Woche können Sie daran denken."

Der Countdown begann. Noch sechs Tage.

Kapitel 52

Sechs Tage später saß Corin am See und tat etwas, was ihm noch neu war: er betete. Die Krücken lagen rechts neben ihm, die Schmerztabletten hatte er in seiner linken Tasche. Er betete um Frieden. Für das Gespräch mit Sebastian. Für Verständnis. Für Vergebung.

Ein paar Minuten später drang ein Husten durch den leichten Nebel, der den See und das Ufer umgab. Er drehte sich zu dem Geräusch um.

„Schön, Sie so lebendig zu sehen, Corin." Mark Jefferies stand links hinter ihm und hatte die Hände in die Taschen seiner schwarzen Lederjacke gesteckt.

Corin konnte sich ein Lächeln nicht verkneifen. „Sie waren es, nicht wahr? Sie haben mir das Leben gerettet. In Tessers Haus."

„Stimmt."

„Und dann wieder, als ich von dieser Klippe gesprungen bin."

„Ja." Mark lächelte schwach und setzte sich neben Corin auf die Bank. Er lehnte sich zurück, legte die Beine übereinander und faltete die Hände hinter seinem Kopf.

„Wie ich sehe, beschränken Sie sich nicht nur auf ein paar Bodyguards zu Ihrem eigenen Schutz."

„Meine Freunde kennen Freunde, die wiederum Freunde kennen ... Es ist gut, sie in solchen Situationen zu haben."

„Danke."

Mark nickte. „Das mit Nicole war schrecklich. Sie war eine wunderbare Frau. Sie lebte mit Gott."

„Sie haben mit ihr gesprochen?"

„Ja. Erst vor Kurzem." Mark scharrte mit den Füßen über den Boden. „Sie hat mir viel Weises gesagt. Erkenntnisse und Wahrheiten, die ich dringend hören musste."

„Sie war meine Großmutter."

„Das habe ich vermutet."

„Warum?"

„Wegen der Legende. Manchmal wurde bei der Weitergabe des Stuhls eine Generation übersprungen. Er ging immer auf eine Frau über, aber das war nur Tradition und kein absolutes Muss."

Und jetzt war diese Tradition mit ihm unterbrochen worden. Aber es gab keinen Stuhl mehr, den er seiner Tochter oder seinem Sohn weitergeben könnte. Dieser Gedanke erfüllte ihn mit einer großen Leere und einer tiefen Sehnsucht nach Vergebung. Aber von wem er sich diese Vergebung wünschte, wusste er nicht. Von Nicole? Von Gott?

Corin warf einen Blick auf Mark. Dieser Mann war schwer zu durchschauen. Er war so aalglatt und so sehr auf Äußerlichkeiten bedacht. Andererseits hatte er ihm das Leben gerettet und schien keine Gegenleistung dafür zu wollen. „Warum waren Sie so besessen von dem Stuhl?"

„Das bin ich immer noch." Mark drückte seine Fingerspitzen zusammen. „Er hat mich schon immer fasziniert. Mich begeisterte einfach die Möglichkeit, dass es ihn tatsächlich geben könnte. Eine Legende, wie sie sonst nur in Büchern und Filmen vorkommt. Mir gefiel der Gedanke, dass ich derjenige sein könnte, der ihn findet." Jefferies sagte das mit viel zu viel Selbstvertrauen.

„Ich will den wirklichen Grund wissen."

„Den wirklichen Grund?" Mark warf den Kopf zurück und schmunzelte. „Sie sind ein guter Beobachter." Er beugte sich vor und stützte die Hände auf seine Beine. „Na, warum nicht?", sagte Jefferies, mehr zu sich selbst als zu Corin. „Weil ich ihn brauchte. Es wäre gut für mich gewesen, darauf zu sitzen und seine Macht zu spüren."

„Brauchen Sie denn Heilung?"

„Ich habe Dinge getan, auf die ich nicht stolz bin. Ich tue sie immer noch. Ich habe Gedanken und Gelüste, die mich selbst erschrecken." Mark rieb sich das Gesicht. „Ich brauche Vergebung. Ich brauche Heilung."

Zum ersten Mal seit er den Pastor kannte, verschwand die gelackte Fassade, und Corin erhaschte einen Blick auf den kleinen Jungen darunter, der mit seinen eigenen Dämonen kämpfte.

„Die Heilung kommt aber letztendlich nicht durch den Stuhl, sondern vom Schöpfer, der ..."

„Was soll das werden, Corin? Will der Schüler jetzt den Lehrer unterweisen?" Jefferies lachte. „Aber Sie haben recht. Ich wollte eine Spontanheilung ohne Haken und Ösen. Das Wunder, das von jetzt auf gleich die Teile meiner Seele reinwäscht, die immer noch im Schatten leben." Er machte eine Handbewegung, als wolle er einen Tisch abwischen.

„Können Sie nicht mit Ihrem Kirchenvorstand oder anderen Leuten über Ihre Probleme sprechen?"

„Auf keinen Fall."

„Warum nicht?"

„Ich bin die Galionsfigur, das Vorbild, dem alle nacheifern. Ich kann diese Schwäche nicht öffentlich zeigen."

„Warum können Sie sie mir verraten?"

„Ich vertraue Ihnen. Wir sind über tausend Kilometer von diesem Leben entfernt. Und Sie glauben nicht an Gott."

„Ich glaube, das ändert sich gerade."

„Ich hoffe, diese Veränderung geht weiter. Jesus ist Leben." Mark lächelte. Ein ehrliches Lächeln.

„Wo wollen Sie jetzt Hilfe suchen?"

„Bei Gott. Wo sie schon immer zu finden war."

„Ich habe den Stuhl zerstört."

Etwas flackerte in Marks Augen, aber es war im nächsten Augenblick wieder verschwunden. „Das war ... dumm."

„Ich weiß."

„Warum haben Sie es gemacht?"

„Ich habe die Beherrschung verloren."

Sie saßen schweigend da. Das einzige Geräusch, das man hörte, war ihr Atmen in der kühlen Novemberluft.

„Wussten Sie das mit Tesser?"

Mark lächelte. „Schon lange. Einer meiner Männer hat ihn seit Jahren beobachtet. Ich fand, das wäre Zeitverschwendung. Anscheinend war diese Vermutung falsch." Mark klopfte Corin auf die Schulter. Das war bei ihm wahrscheinlich ein Ausdruck tiefsten Mitgefühls. „Es tut mir leid, dass er Sie betrogen hat. Auch das mit Nicole tut mir so leid."

„Mir auch."

„Ich bete, dass das, was Tesser getan hat, Sie nicht davon abhält, Menschen zu vertrauen. Und Gott."

Corin nickte.

Mark schlug mit den Händen auf seine Oberschenkel und stand auf. „Ich muss los. Ich fände es schön, wenn wir in Kontakt bleiben, Corin. Sie sind ein guter Mann." Mark nickte ihm zu, dann drehte er sich um und ging weg.

Während Corin zuschaute, wie Mark in den Nebel trat, kam

ihm eine Idee, wie er Mark dafür danken könnte, dass er ihm das Leben gerettet hatte. „Hey, Mark!"

Der Pastor drehte sich um.

„In ungefähr zwei Wochen habe ich vielleicht etwas, das ich Ihnen zeigen möchte. Es könnte sich lohnen, noch einmal herzukommen."

„Klingt gut. Rufen Sie mich an." Mark drehte sich wieder um und verschwand im grauen Nebel.

Corin lächelte über seine kühne Idee. Mit Gottes Hilfe könnte er es schaffen.

Aber zuerst musste er mit Sebastian sprechen.

Als Corin am nächsten Tag zu Sebastians Haus fuhr, wischte er sich alle paar Kilometer die feuchten Hände an der Hose ab und versuchte, seine Nerven in den Griff zu bekommen. Zum Glück heilte sein verstauchtes Bein gut und die Schmerzen beim Gasgeben und Bremsen waren erträglich. Viel mehr Sorgen machte er sich um das, was mit seinen Gefühlen passieren würde, wenn er seinem Bruder gegenüberstand. Es fühlte sich an, als wollte er sich mit Bleigewichten an den Füßen in den See stürzen.

Er versuchte sich nicht vorzustellen, wie Sebastian auf seine Worte reagieren würde. Das war nicht seine Sache. Er hatte nur die Aufgabe, seinen Teil zu sagen, und dann musste er es seinem Bruder überlassen, wie er darauf reagierte.

Kapitel 53

Eine tiefe Traurigkeit stand in Romys Gesicht, als sie die Tür öffnete und Corin mit einer Handbewegung einlud hereinzukommen.

Corin stützte sich auf seine Krücken, und sein linkes Bein baumelte in der Luft, während seine Nerven zu zerreißen drohten. „Wo ist er?"

„Im Fernsehzimmer." Sie hielt sich die Hand vor den Mund und ließ den Kopf hängen. „Ich bin nicht sicher, ob er nicht so tun wird, als wärst du gar nicht da. Er ist stinkwütend, weil du kommst. Er hat es ernst gemeint, als er sagte, dass er nie wieder mit dir sprechen will."

„Sebastian braucht nichts zu sagen. Ich sage, was ich sagen muss, und dann gehe ich wieder."

„Ja, mach das", nickte Romy. „Egal was passiert, es wird gut ausgehen."

Corin schaute sie mit einem schwachen Lächeln an. „Glaubst du das?"

„Eigentlich nicht, aber ich versuche es."

„Ich auch." Romy nahm seine Hände und drückte sie.

Corin fühlte sich, als schwebe er losgelöst von seinem Körper, als er in den Fernsehraum seines Bruders humpelte. Er war plötzlich wie betäubt und die aufgewühlten Gefühle, mit denen er vor ein paar Minuten das Haus betreten hatte, waren verschwunden. Er war nicht mehr nervös. Er war überhaupt nichts mehr und konnte nicht sagen, ob das ein Segen oder ein Fluch war.

Gleich neben der Tür blieb er stehen und schaute Sebastians Hinterkopf an, der sich von dem Bildschirm abhob, auf dem drei Reiter – zwei Indianer und ein Weißer –, durch einen Wald galoppierten. Als die Szene zu Ende war, wurde der Film angehalten, und der Schauspieler Daniel Day-Lewis starrte ihn von dem großen Bildschirm aus an.

„Hast du *Der letzte Mohikaner* schon mal gesehen?", fragte sein Bruder.

Diese Frage war wie ein schmerzlicher Pfeil in Corins Herz. Vor 19 Jahren hatten Sebastian und er den Film gemeinsam im Kino gesehen. Sie waren davon begeistert gewesen und hatten ihn als Bild für ihre Freundschaft genommen; dafür, dass sie immer füreinander kämpfen würden wie Chingachgook, Uncas und Hawkeye. Sebastian konnte ihn verletzen, wenn er wollte. Das war egal. Corins Herz blutete vielleicht, aber er würde daran nicht sterben. Und es würde nichts an seiner Liebe zu Sebastian ändern.

„Ich habe ihn nicht mehr gesehen, seit wir ihn das letzte Mal zusammen angeschaut haben."

Das leise Surren von Sebastians elektrischem Rollstuhl war das einzige Geräusch, das man im Raum hörte. Als es verstummte, schaute Sebastian ihn an. Ohne Ärger, ohne Bedauern, ohne jede Emotion.

„Danke, dass ich kommen durfte."

„Romy sagte, dass du mich dringend sehen willst."

„Ja."

„Dass es etwas gibt, was du mir persönlich sagen musst."

Corin nickte und trat einen halben Schritt vor. Dann blieb er stehen. „Ja."

„Ich dachte, wir hätten uns darauf geeinigt, dass wir uns nie wieder sehen werden."

„Es ist das letzte Mal, dass ich dich belästige, Sebastian."

„Was willst du?"

„Ich versuche es in Worte zu fassen." Corin knabberte an seinem Fingernagel.

„Gib mir Bescheid, wenn du so weit bist." Sebastian drehte sich wieder zu dem Bildschirm herum, und der Film lief weiter.

„Ich muss dich um etwas bitten."

„Und das wäre?" Der Film lief weiter.

Corin schaute nach rechts und dann nach links, als suche er eine Stelle, wo er Gewichte ablegen könnte, die er gar nicht trug. Er presste die Lippen zusammen und blinzelte und versuchte, die Tränen zurückzuhalten, die ihm in die Augen traten.

„Also?", fragte Sebastian.

Corin sank auf seinen Krücken nach vorn und ließ seinen Tränen freien Lauf. „Ich habe dich nie darum gebeten."

„Worum hast du mich nie gebeten?"

„Ich habe dir gesagt, dass mir der Unfall wahnsinnig leidtut. Ich habe dir gesagt, dass ich es liebend gern ungeschehen machen würde. Ich habe dir gesagt, dass ich wünschte, das alles wäre nicht passiert. Ich habe dir gesagt, wie sehr ich es bereue, dass ich dich gedrängt habe, diesen Sprung zu machen, aber ..." Corins Stimme zitterte. „... ich habe dich nie um Vergebung gebeten."

Das Surren von Sebastians Rollstuhl, als er sich wieder nach links herumdrehte, klang wie ein Donnergrollen in Corins Kopf. „Ich habe dich nie dafür um Vergebung gebeten, dass ich dir dein Leben gestohlen habe." Ein Schluchzen erschütterte Corins Brustkorb und er ließ den Kopf hängen. „Vergib mir, dass ich versucht habe, es wiedergutzumachen, dass ich versucht habe, mir deine Freundschaft wieder zu erarbeiten, und dass ich dich in den ganzen Jahren kein einziges Mal darum gebeten habe, mir zu vergeben, was ich dir angetan habe."

Eine leichte Bewegung von Sebastians Kinn ließ den Film verstummen und der Stuhl machte eine leichte Drehung nach rechts.

„Vergib mir bitte."

Schweigen lag auf dem Zimmer. Sebastians gleichmäßiger Atem war das einzige Geräusch. Corin legte die Handflächen aneinander und stützte die Daumen an seine Stirn. *Lass meine Worte zu ihm durchdringen, mach, dass sie die Eisschicht um sein Herz wegreißen. Lass uns wieder eine Beziehung zueinander finden. Sebastian ist ...*

Als er Sebastians Stuhl surren hörte, hob Corin schnell den Kopf. Er rechnete damit, dass ein Blick in die Augen seines Bruders ihm verraten würde, was er dachte. Aber er sah wieder nur Sebastians Hinterkopf.

„Leb wohl, Corin."

Die Lautsprecher erwachten wieder zum Leben, und *Der letzte Mohikaner* tauchte wieder auf dem Bildschirm auf.

Als Corin mit Krücken die Stufen vor dem Haus seines Bruders hinabstieg, sagte Romy: „Tut mir leid."

Corin drehte sich um. „Es ist okay." Er ging weiter. Und es war wirklich okay. Nein, die Eishöhle, in der sein Bruder lebte, war immer noch genauso kalt. Eine Stimme in Corins Kopf sagte ihm, dass er nichts erreicht hatte, aber eine lautere Stimme sagte, dass er die Wahrheit gesagt hatte und dass er jetzt frei war, auch wenn sein Bruder ihn nicht in diese Freiheit begleiten wollte, und dass eine Einladung ausgesprochen worden war, die Sebastian nicht ewig ignorieren konnte.

Während er wegfuhr, fiel ihm auf, dass das Wasser nicht mehr so tief war und nicht mehr so schwarz. Und er hatte das Gefühl, dass es noch heller werden würde.

Kapitel 54

Corin schleppte sich die Stufen zum Haus hinauf und wollte nur noch ein Kissen, auf das er seinen Kopf legen konnte, und zehn Stunden Schlaf, aber ein Blick auf seine Veranda verriet ihm, dass er vorerst noch nicht zum Schlafen kommen würde.

Eine schwarze DVD-Hülle lehnte an seiner Haustür. Er balancierte sein Gewicht mit den Krücken und bückte sich, um sie aufzuheben. Bei der fließenden silbernen Beschriftung runzelte er die Stirn. Es stand nur ein einziges Wort darauf: Corin. Die Handschrift kannte er nicht.

Er schaute sich um, öffnete dann die Haustür und humpelte auf Krücken in die Dunkelheit hinein. Es roch nach den Knoblauchkartoffeln, die er gestern Abend gemacht hatte. Corin legte seine Krücken weg, ließ sich auf die Couch fallen und schaltete die Lampe daneben ein. Den Raum erfüllte eine so deutliche Stille, dass es fast wehtat.

Corin zog eine desaströse Bilanz: Er hatte Nicole verloren, er hatte Tori verloren, Tesser war sein Feind, und Mark hatte ihm zwar das Leben gerettet und eine überraschend neue Seite seiner Persönlichkeit gezeigt, aber Corin würde sicher keine Freundschaft mit ihm schließen. A.C. würde wieder gesund werden, aber nicht mehr so sein wie früher. Und irgendwie übte Base-Jumping nicht mehr denselben Reiz auf ihn aus wie früher. Trotzdem erfüllte eine Hoffnung, die er nie gekannt hatte, sein Denken und sein Herz. Und ein Friede, den er sich nicht erklären konnte.

Er wusste, woher dieser Friede und die Hoffnung kamen.

Nicht von einem Stuhl. Nicht von einer Religion. Sondern von einer Person, die ihn mit einer so starken Leidenschaft liebte, dass die ganze Welt sie nicht fassen konnte. Dieser Person wollte er den Rest seines Lebens folgen.

Er drehte die DVD in seiner Hand; dann klappte er die schwarze Hülle auf, schob die DVD in das Laufwerk seines Laptops und lauschte dem Surren, während der Film geladen wurde.

Ein paar Sekunden später tauchte eine kleine Frühstücksecke auf seinem Bildschirm auf, und dann hörte man schlurfende Schritte und sah einen Oberkörper, der an der Kamera vorbeihuschte. Eine Sekunde später tauchte die Person ganz auf und setzte sich auf den Stuhl am Ende des Tisches.

Es war Nicole. *„Hallo, Corin." Sie strich sich über die Haare. „Ich möchte ein wenig mit dir plaudern." Ein trauriges Lächeln zog über ihre Lippen. „Wenn du diesen Film siehst, ist mein Geist nicht mehr auf der Erde, und mein Körper ist nur noch eine Hülle, in der früher meine Seele gewohnt hat." Sie lachte. „Findest du nicht, dass sich das besser anhört, als wenn ich sage: ‚Ich bin tot'?*

Jeder muss irgendwann sterben. Weine also nicht wegen mir. Ja, vielleicht hätte ich noch ein paar Jahre länger leben können, aber im Licht der Ewigkeit wäre das nur ein kurzer Moment. Und wer weiß? Vielleicht sind wir eines Tages ja wieder zusammen. Ich glaube daran.

Zu welcher Schlussfolgerung bist du nun gekommen? Glaubst

du, dass der Stuhl die Macht hat zu heilen? Ich habe das nie geglaubt. Aber ich habe Heilungen gesehen, die durch den Stuhl zustande kamen. Verstehst du, was ich damit sagen will? Der Stuhl selbst hatte nie die Macht zu heilen. Ich weiß, dass du das denkst, aber diese Macht kommt nur von Gott. Ohne ihn ist der Stuhl ein Stück Holz, nichts weiter. Und viel wichtiger als dieses Stück Holz sind Gott die Herzen der Menschen, die darauf sitzen. Du hast mich einmal gefragt, was für eine Macht in dem Stuhl steckt, aber ich habe dir damals keine Antwort auf deine Frage gegeben." Sie beugte sich vor. „Ich glaube, die größte Macht des Stuhls ist es, dass Beziehungen wieder heil werden, denn das ist die größte Gabe, die man je bekommen kann. Dass die Beziehung des Menschen zu Gott und unsere Beziehungen untereinander wieder heil werden. Ich bete, dass du das mit dem Stuhl erlebst.

Vergiss nicht: Alle körperlichen Heilungen sind sowieso nur vorübergehend. Es gibt nur eine einzige Wiederherstellung, die von ewiger Dauer ist: Die Heilung unserer Seele. Ich werde dich wiedersehen, Corin. Lebe bis dahin im Bewusstsein von Gottes Vergebung und Liebe. Leb wohl, Corin."

In dieser Nacht schlief er, ohne zu träumen, und als er am nächsten Morgen erwachte, war er bereit, das Unmögliche zu wagen.

Kapitel 55

Um 6:00 Uhr am Samstagmorgen, als es noch stockdunkel war, humpelte Corin in seine Werkstatt und hatte die Vision, etwas tun zu können, das eigentlich unmöglich war.

Er öffnete die Tür, blieb im Türrahmen stehen und holte tief Luft. Eine gewisse Unruhe erfüllte ihn. Er war nicht mal ganz sicher, ob er es überhaupt versuchen sollte. Aber das sagte nur eine leise Stimme. Eine viel lautere Stimme forderte ihn auf, sich mit voller Kraft in dieses Projekt zu stürzen.

Es war egal, ob diese Idee wie die Knallfrösche explodieren würde, die Sebastian und er früher an Silvester abgeschossen hatten. Er musste es versuchen. Wie lautete dieses alte Sprichwort? Es war besser, große Dinge zu wagen, die in Flammen aufgingen, als sie nicht zu versuchen und das ein Leben lang zu bereuen. Oder so ähnlich. Er lächelte still in sich hinein.

Corin ging zur Werkbank. „Ich brauche hierzu Fähigkeiten, die mein Können übersteigen, Gott." Er setzte sich auf den Hocker und betrachtete die zersplitterten Holzteile auf der Werkbank. Der Haufen Holz, der jahrhundertelang ein unschätzbar wertvoller Schatz gewesen war. Der Haufen Holz hatte Corin irgendwie sein Leben zurückgegeben und ihm eine innere Freiheit geschenkt, von der er keine Ahnung gehabt hatte. Könnte er den Stuhl so wiederherstellen, wie er vorher gewesen war? Unmöglich. Aber er wollte es trotzdem versuchen.

Er nahm ein vielleicht 15 Zentimeter großes Stück Holz und fuhr mit der Handfläche darüber. Kein Kribbeln lief an seinem Arm hinauf, keine Wärme fuhr in seine Fingerspitzen. Es machte nichts. Er hatte nicht mehr den Wunsch, die Macht zu spüren, die in dem Stuhl steckte. Er hatte den Erbauer des Stuhls kennengelernt. Und der hatte mehr Macht, als Corin je begreifen könnte.

Er trug die Teile zu der kleinen Plattform, die er gebaut hatte, und legte sie so behutsam ab, als wären sie aus feinstem Porzellan. Dann klebte er vier Fotos von dem Stuhl auf den dicken Laminatpfosten in der Mitte des Raums.

Verschiedene Leime standen griffbereit auf dem Tisch.

Es kann losgehen.

Nach drei Stunden legte er eine kurze Pause ein, dann widmete er sich wieder zwei Stunden der Restaurierung des Stuhls. Erst dann trat er zum ersten Mal zurück und betrachtete seine Arbeit.

Der Anfang war gemacht und er war gut. Der Stuhl nahm langsam Formen an.

Es bestand Hoffnung.

Nach einer weiteren Stunde schaltete er das Licht in der Werkstatt aus und humpelte zur Küche hinüber. Es war Zeit, etwas zu essen und sich auszuruhen.

Bevor er den Kühlschrank erreichte, klingelte sein Handy. Die angezeigte Nummer kannte er nicht. Er ging nicht dran. Kurz danach klingelte es wieder. Dieselbe Nummer. Corin stellte das Handy auf stumm und konzentrierte sich wieder auf die Zubereitung eines Sandwichs mit Speck, Tomate, Käse und einer Avocado. Aus dem Augenwinkel sah er, dass sein Handy zum dritten Mal aufleuchtete.

Hartnäckig!

Er legte das Brot ab, das er gerade mit Butter hatte bestreichen wollen, und nahm den Anruf entgegen.

„Corin Roscoe?“

„Ja.“ Er kannte die Stimme nicht.

„Heute Abend um achtzehn Uhr wird um Ihre Anwesenheit beim Essen gebeten.“

„Wer sind Sie?“

„Tut mir leid, aber ich habe Anweisungen, Ihnen das nicht mitzuteilen.“

„Aber ... was soll das?“

„Das ist eine Einladung zum Abendessen.“

„Heute passt es mir nicht. Ich stecke mitten in einem Projekt.“ Corin hielt das Telefon an sein anderes Ohr. „Wer sind Sie?“, fragte er wieder.

„Ein Freund der Person, die die Einladung ausspricht.“

„Wie ist der Name meines Gastgebers?“

„Man hat mich gebeten, Ihnen das nicht zu verraten.“

„In diesem Fall können Sie ihm ausrichten, dass ich heute Abend allein essen werde.“

Der Mann am anderen Ende der Leitung schwieg einen Moment. „Davon würde ich Ihnen stark abraten.“

„Ach ja? Ist das eine Drohung?“

„Keineswegs. Die Entscheidung liegt ganz bei Ihnen, wie mein Freund sagen würde, aber er glaubt, dass dieses Abendessen eine heilsame Wirkung haben könnte.“

Corin stutzte. Eine heilsame Wirkung? Wer rief ihn an und erzählte etwas von Heilung? Interessant. Aber nicht so interessant, dass er nicht an dem Stuhl weiterarbeiten würde. „Vielleicht ein anderes Mal.“

„Es tut mir leid, dass Ihre Antwort so ausfällt." Die Enttäuschung in der Stimme klang echt. „Mein Freund wird bis neun Uhr auf Sie warten. Ich hoffe, Sie überlegen es sich anders und kommen."

„Sagen Sie Ihrem Freund, wenn er mich das nächste Mal einlädt, soll er ein bisschen weniger geheimnisvoll tun."

„Ich werde diese Nachricht weitergeben."

„Sonst noch etwas?"

„Man hat mich gebeten, Ihnen etwas zu sagen, falls Sie sich entscheiden, nicht zu kommen."

„Und das wäre?"

„Egal wie lange es dauert, egal wie weit der Weg ist, er wird sie finden."

War er es? Corin wurde es ganz heiß. Er musste es sein. „Sagen Sie dem Gastgeber, dass ich komme."

„Er wird sich sehr freuen, das zu hören."

Corin hatte das starke Gefühl, dass die Stimme am anderen Ende lächelte.

Corin warf einen Blick auf seine Uhr, während er sich auf den Weg zu der Adresse machte, die er bekommen hatte. Das GPS an seinem Telefon zeigte ihm, dass die Adresse in einer Wohngegend im Westen der Stadt lag.

17:40 Uhr. Er würde zu früh sein. Er lächelte, dann gab er dem Drang nach, Sebastian anzurufen. Es musste Sebastian sein.

„Hallo?"

„Du hast Hawkeye zitiert."

„Ich dachte, das wäre eine nette Idee."

„Absolut."

„Ich fand es lustig, der Einladung einen geheimnisvollen Touch zu geben."

Er hörte das Lächeln in Sebastians Stimme. Corins Herz schlug schneller als bei ihren ganzen gemeinsamen Extremabenteuern. „Was ist passiert? Bist du ...?" Die Worte blieben Corin im Hals stecken.

„Ja, Corin, ich bin geheilt." Sebastian lachte. „Aber fahr deshalb jetzt nicht in den Straßengraben."

Corin wurde am ganzen Körper heiß. „Was? Wann? Nimmst du mich auf den Arm?" Die Worte sprudelten förmlich aus Corin heraus. Einen Moment später lachte er. „Das ist dein Ernst!"

„Absolut."

Ein Monsunregen aus Glaube und Zweifeln zog über Corin hinweg. „Du machst Witze. Erzähl es mir!"

„Ich erzähle dir alles, wenn du hier bist. Bist du schon unterwegs?"

Corin schaute auf seine Uhr. „Ich bin in zehn Minuten da."

„Lass dir Zeit und fahr nicht so schnell, okay?"

Sieben Minuten später stand Corin vor der Tür eines Hauses, das wohl Ende der 1940er-Jahre gebaut worden war. Blumenkörbe hingen von beiden Seiten der überdachten Veranda und die hellbraune Farbe sah frisch aus.

Er klingelte und wartete. Niemand öffnete. Er klingelte wieder. Einen Moment später ging die Tür auf und Romy stand vor ihm.

„Willkommen, Corin." Sie strahlte über das ganze Gesicht.

„Er ... er ist geheilt", stammelte Corin.

Romy grinste. „Ja." Sie winkte ihn ins Haus und führte ihn durch einen kurzen Flur, blieb aber vor der Tür stehen. „Ich lasse euch allein." Sie umarmte Corin. „Gib mir Bescheid, wenn du etwas brauchst. Ich bin in der Küche. Die findest du bestimmt."

Corin versuchte seine zitternden Hände zu beruhigen.

Schließlich atmete er tief ein und humpelte dann auf seinen Krücken in das Zimmer.

Sebastian saß mit dem Rücken zu ihm in seinem Rollstuhl und schaute aus dem Fenster der kleinen Bibliothek.

„Sebastian?“

Als der elektrische Rollstuhl sich zu ihm umdrehte, war Corin endgültig verwirrt.

„Du bist da!“ Ein Lächeln, das Corin seit zehn Jahren nicht mehr gesehen hatte, lag auf dem Gesicht seines Bruders.

Corin blinzelte und schüttelte ein paarmal leicht den Kopf. „Was … aber … Ich verstehe nicht.“

„Was verstehst du nicht?“

„Warum sitzt du immer noch im Rollstuhl?“ Das ergab keinen Sinn. „Ich dachte, du bist geheilt.“

„Ich *bin* geheilt, Corin.“

Er schaute auf Sebastians Rollstuhl und dann in seine Augen. „Aber warum …?“

„Ich bin vollständig geheilt. Vollständig befreit.“

„Wann?“

„Vor zwei Tagen.“

„Das verstehe ich nicht. Heißt das, du bist nicht mehr gelähmt?“

„Genau. Ich bin nicht mehr gelähmt.“ Ein Lächeln spielte um Sebastians Lippen und er blinzelte Corin zu.

„Soll das heißen, dass du aus diesem Rollstuhl aufstehen könntest?“

Sebastian drückte mit dem Kinn auf die Steuerung des Rollstuhls und rollte auf Corin zu. „Ich war seit dem Moment, in dem ich vor zehn Jahren in diesem Krankenhausbett aufwachte, wie in einem Gefängnis. Ich hasste mich, weil ich diesen Hang hinuntergefahren war. Dich hasste ich noch mehr, weil du mich dazu gedrängt hattest. Ich habe dir die Schuld an allem gegeben. Eine Weile habe ich sogar gebetet, dass du dir auch den Hals brichst."

Sebastian rollte mit dem Stuhl auf Corin zu, bis er einen halben Meter vor ihm stand. „Ich war gefangen in einer unüberwindlichen Zelle, deren Wände aus Selbstmitleid und Bitterkeit bestanden. Ich ließ niemanden hinein und ich kam nicht heraus. In den letzten zehn Jahren *wollte* ich auch nicht hinauskommen. Dann hast du mich überredet, mich auf deinen Stuhl zu setzen, und danach verabscheute ich dich noch mehr. Weil ich einen Moment lang wirklich geglaubt hatte, dass er mich heilen würde. Während ich auf dem Stuhl saß, betete ich sogar, dass er meinen Körper heilen würde und ich mein Leben zurückbekommen würde. Und in diesem Moment fühlte ich etwas. Einen Frieden und eine Wärme, die ich noch nie zuvor erlebt hatte. Ich fühlte sie nicht nur in meinem Kopf, sondern auch in meinen Armen und Beinen. Aber als sonst nichts passierte, begann ich, noch dickere Mauern um mich herum aufzubauen. Nach einer Woche wachte ich mitten in der Nacht auf, weil etwas, besser gesagt, *jemand* in meinem Zimmer stand. Vielleicht habe ich das auch nur geträumt. Ist auch egal. Jedenfalls sprach diese Person zu mir. ‚Die Entscheidung, ob du geheilt werden willst oder nicht, liegt bei dir.' Das war alles. Er ging wieder, und ich wachte am nächsten Morgen mit neuer Hoffnung auf."

Sebastian schaute Corin an und sah wirklich wieder so aus wie früher. „Ich folgte dieser Hoffnung, und sie führte mich zu einem Tunnel, der unter den Gefängnismauern durchführte, bis ich ins Freie kam und begriff, was ich in den letzten zehn Jahren viel mehr vermisst habe als unsere gemeinsamen Abenteuer. *Dich.*" Sebastian kam noch näher. „Als ich diese Wahrheit akzeptierte, wurde ich von meiner Bitterkeit und meinem Selbstmitleid geheilt."

Corin keuchte, während er versuchte, das alles zu verarbeiten. Sie waren beide auf einem ähnlichen Weg zum selben Ziel geführt worden. „Ich glaube, ich weiß, wer dieser Jemand ist."

„Ich auch." Sebastian lächelte wieder. „Dieses Leben ist kurz, Corin, aber Romy hat mir gesagt, dass wir nach diesem Leben einen Körper bekommen, der nie zerstört werden kann."

Corin sank auf einen Stuhl neben der Tür. „Sebastian, ich ..."

„Warte. Noch etwas: Vergib mir bitte, wie ich dich die letzten zehn Jahre behandelt habe."

Corin schüttelte leicht den Kopf. Dann noch einmal. Das hatte er wahrhaftig nicht erwartet. Freude durchflutete ihn, aber sie war mit Traurigkeit vermischt. Ja, der Stuhl hatte Sebastian geheilt. Und auch wieder nicht.

Tränen traten ihm in die Augen, aber er drängte sie zurück. „Ich weiß nicht, was ich sagen soll."

„Sag nichts. Akzeptiere es einfach."

Corin ließ seinen Tränen freien Lauf.

Sebastian drehte seinen Stuhl zum Fenster herum. „Das Licht scheint in der Dunkelheit, und die Dunkelheit kommt nicht dagegen an. Die Dunkelheit kann nie so stark sein, dass sie das Licht einer Flamme löschen kann, auch wenn sie noch so klein ist."

Vergebung. Für beide.

Ein Neubeginn.

„Sebastian?" Zum ersten Mal seit 10 Jahren ergriff Corin die leblosen Hände seines Bruders. „Dir gehört mein Herz."

„Und dir gehört meines." Sebastian lächelte wieder so herzlich, dass es im Zimmer förmlich heller wurde. „Ich denke, das mit Gott wird vermutlich das extremste Abenteuer sein, das wir je erlebt haben."

Corin nickte mit Tränen in den Augen und lächelte.

Nachdem sie einige Momente schweigend und friedlich

zusammengesessen hatten, sagte Sebastian: „Was geschieht denn nun mit deinem alten Professor?"

Traurigkeit erfüllte Corin. Ein Teil von ihm konnte immer noch nicht fassen, dass Tesser zu so etwas fähig gewesen war. „Ich dachte, du hättest das in den Medien verfolgt. Das Datum für den Prozess gegen ihn steht schon fest. Er wird wohl den Rest seines Lebens hinter Gittern verbringen. Das gilt auch für seine Helfershelfer, denke ich."

„Du wirst gegen ihn aussagen müssen." Das war keine Frage.

„Ja, und das wird kein Spaziergang. Aber vielleicht hilft es mir auch, einen Punkt hinter das Ganze zu setzen. Und es ist ein Weg, um Nicole die letzte Ehre zu erweisen", sagte Corin.

Als Sebastian ihn aus dem Zimmer geleitete, sagte er: „Sind dir die Bilder an den Wänden aufgefallen, als du ins Haus kamst?"

„Nein, ich war in Gedanken woanders."

„Schau sie dir an."

Corin betrachtete erstaunt die Bilder. „Ach du ... das ist *ihr* Haus?"

„Ja."

Corin folgte Sebastian benommen durch den Flur. Bilder von Nicole hingen auf beiden Seiten an den Wänden: aus der Zeit, als sie jung gewesen war, bis zu einem Bild, das aussah, als wäre es erst vor Kurzem aufgenommen worden.

„Warum hast du den Schlüssel zu ihrem Haus?"

Beim Essen erklärte Sebastian, dass er am Vortag einen Brief mit der Post bekommen hatte, der erklärte, dass Nicole alles, was sie besessen hatte, Sebastian und Corin hinterließ. „Wahrscheinlich hat sie diese Informationen mir und nicht dir zukommen lassen, da ich Anwalt bin."

Corin stützte die Hände auf den Tisch. „Sie wusste, wie es ausgehen würde."

„Nein, das glaube ich nicht. Aber sie hat bestimmt gehofft, dass es so ausgehen würde." Sebastian zwinkerte Romy zu, die Corin daraufhin ein abgegriffenes Lederbuch zuschob.

„Was ist das?"

„Nicoles Tagebuch. Sie wollte, dass du es bekommst."

Er fuhr mit den Fingern langsam über den glatten Ledereinband und lächelte. Ein kostbarer Schatz.

„Außerdem musst du etwas unterschreiben." Romy schob ihm ein Blatt Papier hin.

„Was ist das?"

„Ich schlage vor, dass wir Nicoles Haus verkaufen und das Geld einer sehr lohnenswerten Sache spenden."

„Was ist das für eine lohnenswerte Sache?"

„Der Kauf und die Renovierung eines Gebäudes in der Innenstadt, in dem sich der coolste Antiquitätenladen der Welt befindet."

Er konnte schon kaum fassen, dass es für seine Beziehung zu Sebastian einen Neubeginn geben würde. Aber dass jetzt auch noch sein Laden eine Wiedergeburt erleben sollte, war fast zu viel für ihn. Fast.

Neubeginn.

Dieses Wort ging Corin auf dem ganzen Heimweg durch den Kopf. Nicole hatte gesagt, dass das die Aufgabe des Stuhls sei. Dass die größte und wichtigste Heilung in der Seele geschieht, nicht im Körper. Es war für ihn jetzt viel mehr als nur ein Wort.

Neubeginn.

Bevor er zu Bett ging, schaute er noch in seine Werkstatt und setzte sich lange vor den Stuhl. Er hatte seinen Auftrag erfüllt. Corin stand auf und fuhr mit den Fingern über die Rückenlehne. Seine Finger kribbelten nicht und er sah viele

Unvollkommenheiten. Die Restaurierung war alles andere als perfekt gelungen, aber sie genügte. Während er den Anblick des Stuhls auf sich wirken ließ, stieg Freude in ihm auf.

Als er sich an diesem Abend die Zähne putzte, fiel sein Blick auf die Schlaftabletten neben seinem Waschbecken. Ohne das Zähneputzen zu unterbrechen warf er die Flasche in den Abfalleimer.

Plötzlich wusste er genau, was er morgen tun musste. Es wäre ein würdiger Abschluss für dieses Kapitel seines Lebens.

Kapitel 56

Corin erwachte am Sonntagmorgen mit einem Lächeln und dachte daran, was er heute vorhatte.

Ein kalter Wind wehte durch sein offenes Schlafzimmerfenster herein und zerzauste ihm die Haare, als wollte er seinen Plan bestätigen. Er legte die Hände hinter den Kopf und schaute aus dem Fenster in den diesigen, blauen Colorado-Himmel hinaus. Es würde nicht leicht werden. Aber es war richtig.

Er wollte erst am Spätnachmittag dort sein. Der Sonnenuntergang war die ideale Zeit dafür; in der Abenddämmerung waren weniger Leute dort, und es war etwas, das er allein machen wollte.

Als er auf den Highway 24 in Richtung Osten aufbrach, schaute Corin auf seine Uhr. In spätestens drei Stunden würde er am See sein. Damit bliebe ihm mindestens noch eine Stunde Tageslicht. Genug Zeit, um sich vorzubereiten, auch wenn er nicht genau wusste, wie er das machen würde.

Vielleicht würde er Gott für Sebastians Rückkehr in sein Leben danken. Vielleicht um Nicoles Tod trauern. Vielleicht den Schmerz verarbeiten, weil Tesser ihn verraten hatte, und über das Ende seiner Beziehung zu Tori nachdenken. Vielleicht würde er auch überhaupt nichts machen.

Sein Handy klingelte.

Sebastian. Ein Lächeln zog über Corins Gesicht, das immer breiter wurde. Er nahm nicht ab. Es war ein so gutes Gefühl, einfach diese Nummer auf seinem Handy zu sehen. Ein paar Minuten später rief er Sebastian zurück.

„Bist du im Auto unterwegs?“, fragte sein Bruder.

„Ja.“

„Auf dem Weg zu irgendetwas Interessantem?“

„Ja. Zu einem Abenteuer.“

„Ich dachte, du wolltest dich in Zukunft ein bisschen weniger in Gefahr begeben.“

„Das will ich auch. Heute geht es nicht um äußere Extreme. Sondern um innere.“

„Interessant. Was hast du vor?“

Wenn es vorbei war, würde er es Sebastian auf jeden Fall erzählen. Corin hoffte, es wäre der letzte Schritt seiner Heilung, und er wollte ihn seinem Bruder dann ausführlich schildern. „Das würde ich dir gern erzählen, aber erst, wenn es vorbei ist.“

„Dann komm doch an Thanksgiving zu uns.“

„Gern.“

„Bevor du zustimmst, musst du aber wissen, dass es auf dem Tisch ein Gericht nur für dich geben wird.“

„Was denn?“

„Erinnerst du dich, was du sagtest, als wir am Tag meines Unfalls auf dem Berg standen? Ich zitiere: ‚Wenn wir es hinter uns haben und du mir nicht recht gibst, dass es das absolut Richtige war, esse ich einen Handschuh.‘ Jetzt nehme ich dich beim Wort.“

Corin lächelte. Sebastian machte Witze über den Unfalltag? Er war wirklich geheilt! „Ich bringe mein eigenes Messer und meine Gabel mit.“

„Keine Sorge. Er wird mit meiner Spezialsoße serviert."

Corin konnte es immer noch nicht ganz glauben. Er hatte gehofft, dass er Sebastian von nun an öfter sehen würde, aber dass er ihn mit leidenschaftlicher Stimme zu diesem Familienfest einlud und zum ersten Mal seit zehn Jahren mit ihm Witze machte, weckte bei Corin Gefühle, die er seit dem Unfall nicht mehr gehabt hatte. Das Gefühl, dazuzugehören. Das Gefühl, wieder mit dem Menschen zusammenzusein, mit dem er sein ganzes Leben verbracht hatte und dem er immer sein Herz hatte ausschütten können.

Er fuhr an einem Straßenschild vorbei. Noch 266 Kilometer. „Sebastian?", sagte Corin.

„Ja?"

Corin wusste nicht, wie er es anfangen sollte. *„Ich bin froh, dich wieder in meinem Leben zu haben"* klang so lahm. „Ich, äh ... wegen dir und mir, weißt du ... das, was passiert ist ..."

„Was ist damit?"

„Also ... ich habe viele Jahre lang darauf gewartet und ..." Corin zerquetschte beinahe das Lenkrad. „Was ich zu sagen versuche, ist ..."

Sebastian lachte leise. „... dass du dich wirklich auf Thanksgiving freust?"

„Richtig."

„Ich verstehe, was du meinst. Mir geht es genauso."

Das Grinsen kehrte auf Corins Gesicht zurück und er begann zu lachen. Nicole hatte recht gehabt: Die größte Heilung war nicht die körperliche Wiederherstellung, sondern die Heilung des Herzens.

Die Klippe ragte nicht so hoch über den See, wie er sie in Erinnerung gehabt hatte, aber die Bäume waren eindeutig höher als damals. Und immer noch genauso stumm wie vor 24 Jahren, als sie Zeuge geworden waren, wie er gestorben war. Heute würden sie wieder das Publikum sein, aber dieses Mal durften sie zuschauen, wie er lebte. Wie er seine Angst überwand.

Als er unten am Fuß der Klippe ankam, legte er seine Autoschlüssel und seine Brieftasche hinter einen Baum und deckte sie mit Blättern zu.

Er schaute zu der Klippe hinauf. Zehn, vielleicht zwölf Meter. Es würde nicht leicht sein, mit der Schiene an seinem linken Bein so weit hinaufzusteigen. Er müsste ein Stück klettern. Das würde schmerzhaft werden, aber das störte ihn nicht. Er musste es machen.

War es die richtige Entscheidung gewesen, hierherzukommen? Ohne Frage. Aber dieses Wissen verhinderte nicht dieses Kribbeln an seinem ganzen Körper. Er wusste nicht, ob es für Angst oder Vorfreude sprach. Wahrscheinlich war es eine Mischung aus beidem. Corin wischte sich die Hände an seiner Khakishorts ab, atmete tief ein und hielt die Luft an.

Hinter ihm kam ein frischer Wind auf, als wollte er ihn auffordern loszulegen. Sieben Minuten später kam er oben an. Der See breitete sich wie eine riesige Glasplatte vor ihm aus. Die blaugrüne Oberfläche spiegelte die Bäume und den fast wolkenlosen Himmel wider.

Die Sonne würde in zehn, vielleicht fünfzehn Minuten hinter den Espen am hinteren Ende des Sees untergehen. Genug Zeit, um zu beten. Genug Zeit, um Nicole zu betrauern. Genug Zeit, um noch einmal mit seiner Angst zu ringen.

Aber es gab keinen Ringkampf. Seine Angst war nur noch schwach; er hatte bereits gewonnen. Er ließ die Vergangenheit los, schloss die Augen und genoss es, dass die Spätnachmittagssonne sein Gesicht mit Wärme und Hoffnung berührte.

„Danke. Für die Freiheit. Für das Leben. Für die Beziehung zu meinem Bruder.“

Ein paar Minuten später schlug er die Augen wieder auf und schaute auf das dunkle Wasser unter sich hinab.

See des Todes.

See des Lebens.

Keines von beiden.

Der Wind schuf winzige Täler und Höhen auf der Wasseroberfläche, und ein goldenes Espenblatt tanzte auf die Felswand zu, auf der er stand. Corin zog sein Hemd und seine Socken und Schuhe aus und streckte die Arme zum Himmel. Er dachte wieder an Nicole. An Sebastian. An Tori. An Tesser. An den Stuhl. Und an den Schöpfer, der ihn gemacht hatte.

Mit zusammengekniffenen Augen blickte er zur Sonne, die es eilig zu haben schien, hinter den Baumwipfeln zu verschwinden. Einen Moment später verblassten die letzten Diamanten, die auf der Wasseroberfläche gefunkelt hatten.

Er schloss die Augen und rieb mit den Zehen über den Stein, auf dem er stand. Er war kalt. Die Freiheit war zum Greifen nahe.

Er öffnete die Augen. Noch wenige Augenblicke, dann würde es so weit sein.

Corin trat an den Rand der Klippe und schaute noch einmal auf das Wasser hinab, dann wieder zur Sonne. Der Wind wehte durch seine Haare. Die Sonne war jetzt nur noch ein goldener Streifen am immer dunkler werdenden Himmel.

Nur noch wenige Sekunden.

Er lächelte.

Einen Moment später verschwand das letzte Licht hinter den Bäumen. Corin warf einen letzten Blick auf die Wasseroberfläche, schloss die Augen und sprang.

Lieber Leser,

im Herbst 2005 hatte ich eine Auseinandersetzung mit meinem besten Freund und wir sprachen danach lange Zeit nicht mehr miteinander. Ich hatte ihn verletzt, er hatte mich verletzt, und wir gaben beide unsere Freundschaft auf.

Aber im August 2008 griff Gott ein.

Ich hatte beruflich in der Nähe zu tun, und als ich am Ferienhaus meines Freundes vorbeifuhr, hörte ich, wie Gott zu mir sagte: „Geh hinein und besuche Jeff."

Ich antwortete Gott: „Wenn es wirklich du bist, der mir das sagt, dann zeig es mir." Ich bat ihn um einen ungewöhnlichen Anruf oder darum, dass ich von jemandem hören würde, von dem ich seit Langem nichts mehr gehört hatte. Später an diesem Abend bekam ich eine SMS von jemandem, der mir noch nie eine SMS geschrieben hatte.

Als ich um 9:00 Uhr am nächsten Morgen vor Jeffs Haus vorfuhr, hatte ich keine Zweifel, dass er zu Hause sein würde. Als er die Tür aufmachte, schaute er mich zehn Sekunden lang sprachlos an. Die Überraschung war ihm deutlich ins Gesicht geschrieben. Dann umarmten wir uns herzlich.

Der Neubeginn dieser Beziehung war ein wichtiges Erlebnis für mich. Ich habe damals beschlossen, von nun an für meine Beziehungen zu kämpfen, weil sie unermessliche Schätze sind und weil sie zerstört werden können.

Wir alle sehnen uns nach Heilung. Körperlich. Geistig. Aber ich denke, die Heilung, nach der wir uns am meisten sehnen, ist die Heilung zerbrochener Beziehungen.

Das ist das Hauptthema dieses Buches, und ich hoffe, dass Sie diese Erkenntnis aus diesen Seiten mitnehmen und in Ihrem Leben umsetzen. Ich wünsche uns, dass wir uns immer wieder dafür entscheiden, um unsere Beziehungen zu kämpfen.

James L. Rubart
www.jimrubart.com

MIX
Papier aus verantwortungsvollen Quellen
FSC www.fsc.org FSC® C014496

Verlagsgruppe Random House FSC® N001967
Das für dieses Buch verwendete FSC®-zertifizierte Papier *Munken Premium Cream* liefert Arctic Paper Munkedals AB, Schweden

Die amerikanische Originalausgabe
erschien im Verlag B&H Publishing Group, Nashville, Tennessee,
unter dem Titel „The Chair“.

1. Auflage 2013
Bestell-Nr. 816903
ISBN 978-3-86591-903-8

Umschlaggestaltung: Immanuel Grapentin
Umschlagfoto: Jeannette Woitzik
Satz: DTP Verlagsservice Apel, Wietze
Druck und Verarbeitung: GGP Media GmbH, Pößneck
Printed in Germany